新潮文庫

異端の大義

上巻

楡 周平著

新潮社版

8664

目次

異端の大義

上巻

第一章　帰　国

一九九八年九月——。

夜明け前の空は、濃い藍色《あいいろ》一色に染めあげられていた。

近くを通る高速道路を疾走する車が、静謐《せいひつ》な空気を切り裂いていく音が聞こえる。

サンフランシスコから北へおよそ四百キロの街、ユーリカの郊外。昨晩、予約もなしに飛び込んだモーテルのドアを閉めると、高見《たかみ》龍平《りゅうへい》は着替えの入ったバッグを手にした。

市街地から離れたこの場所に、視界を遮《さえぎ》る建物などありはしない。寂しげな光を放ちながら客を誘う、終夜営業のドライブインやレストランの看板が目につくだけだ。

駐車場に停まっているボルボのトランクを開けた。ほのかな灯の中にロッドを収めたケースと、ルアーが入ったタックルボックスが浮かび上がる。そこにバッグを放り込むと、運転席に乗り込みエンジンをかけ、チェックアウトをするために短い距離を走った。

目的地までは、まだ三時間ほどの距離がある。自宅があったパロアルト近郊ならば渋滞の時間をみなければならないが、ここではその必要はない。予期せぬトラブルがない限り、快適なドライブが約束されているはずだ。

管理棟の前で車を停めた。ガラス張りのドアを開けると、香ばしいコーヒーの匂《にお》いが鼻孔をくすぐる。

気配を察したカウンターの中の若い男が、

「おはようございます」

穏やかな笑みを口元に浮かべながら挨拶《あいさつ》をしてきた。

「おはよう。チェックアウトを頼む」

「かしこまりました」

カウンターの上に置いたキーの番号を見ながら、男がコンピュータの端末を操作する。

その間に高見は、ロビーに置かれたセルフサービスのコーヒーを発泡スチロールのカップに注いだ。空っぽになった胃の中に、熱い液体が入り込んでいく。このモーテルに着いたのが午前零時近く。それからシャワーを浴び、ベッドに潜り込むまで一時間。長距離ドライブをしてきた身に四時間の睡眠は充分とはいえなかったが、それでもカフェインの香りに体が急速に覚醒《かくせい》していくのが分かった。

コーヒーサーバーの傍らには、見るからに甘そうなペーストリーが用意されている。その中から、シナモンロールを一個摘《つま》むと、口いっぱいに頬張った。

普通の日本人ならば、顎《あご》がしびれそうな甘い菓子を朝食に摂ることなど御免被《こうむ》りたいところだろうが、アメリカ駐在も八年ともなると慣れたものだ。

明細をプリントアウトする音が停まった。

「OK、ミスター・タカミ。明細に間違いがなければ、ここにサインを」

一枚の紙片が差しだされた。

部屋代の他に、昨夜日本にかけた国際電話の利用代金が記載されていることを確認し、サインをする。

「オール・セット？」

「イエス・サー。こちらは控えです。それにしても早いお出かけですね」

男は明細のコピーを差しだしながら訊《たず》ねてきた。

「これからクラマス・リバーまで行くんだ」

「なるほど、それでそんな服装なのですね」

「アメリカに住んで八年目にしてようやく初めてのスチールヘッド釣りだ」

アメリカに長く暮らしていれば分かることだが、何事にもコストと時間の概念が徹底しているこの国では、世界に名を馳《は》せる企業のビジネスマンでも、国内出張で宿泊する際には、この程度の安モーテルを使うのが当たり前だ。空港でレンタカーをピックアップし、地図を片手に目的地へ向かう。民間航空会社のフライトクルーにしても、ホテルと名のつくところにステイなどしやしない。名のあるホテルに泊まるのは、海外からの出張者かエグゼクティヴぐらいと決まっている。

言い訳がましい言葉が口をついて出たのは、夜勤の男の目に微《かす》かだが羨望《せんぼう》の眼差《まなざ》しが浮かんだような気がしたからだ。週末やバケーションのシーズンならばともかく、ウイークデイに釣りとは良い身分だと思うだろう。

「スチールヘッドを釣るには絶好のシーズンですよ。クラマス・リバーにはいいポイントがたくさんあります」

「君は釣りをやるのかい」

「こんな田舎町に住んでいれば、楽しみは釣りかハンティングぐらいしかありませんからね。それにしても八年もアメリカにいて、あのファイトを楽しむのは初めてとはもったいない」

「仕事が忙しかったものでね。アメリカを離れるにあたって、最後に念願の獲物を手にしてみたかったのだ」

「それじゃもうすぐ国に帰られる?」

「ああ。これが最初で最後のチャンスになるだろう」

「きっとでかい獲物がかかりますよ。何事にもビギナーズ・ラックというものがありますからね。幸運を……」

「ありがとう」

管理棟を出ると、短い間にも藍色の空がだいぶ薄くなっていた。サンフランシスコ近辺とは違い、豊かな葉を宿した木々の塊が黒いシルエットとなって稜線《りょうせん》を縁取っている。

高見はハンドルを握り、一〇一を北に向かって走った。急速に夜が白み始める。朝の日差しが一際眩《ひときわまぶ》しく周囲を照らしだす頃には東に走る二九九へ入った。

つけっぱなしにしたラジオからは、地元のFM局が流すポップスが聞こえてくる。ローカル局の多いアメリカでは、一つの周波数帯が聞こえる範囲は限られている。電波の感度が悪くなり、次の局を選択するのは、確実に走行距離が増すことの証《あかし》だった。

やがてウイロウ・クリークに差しかかり、進路を再び北にとった頃には、外の景色は一変していた。オレゴンに近いノーザン・カリフォルニアのこの一帯は、インディアン居住区が多く、うっそうと生い茂る深い森に覆《おお》われた山間部となる。雨期の一時期を除いて、金色に枯れた草に覆われた大地を見慣れた目に映る風景は、生命の息吹に満ちあふれ、木々が絶え間なく発するオゾンに体の中が浄化されていくように感じられた。つかの間の休暇とはいえ、仕事からの解放感が体の中に漲《みなぎ》ってくる。オートクルーズにセットしたボルボが奏《かな》でるエンジン音も、いつにもまして心地よく聞こえる。セットしたラジオからは七〇年代から八〇年代に流行《はや》ったロックが聞こえてくる。「ホテル・カリフォルニア」が流れだした時には、フリーになった足がリズムを刻み始めていた。路面の凹凸を拾うたびに、ハンドルを握り締めた手に目指す獲物が食いついた瞬間を思わせる振動が伝わってくる。

　スチールヘッド——。その正体は日本にも広く生息している虹鱒《ニジマス》だが、海を回遊し、川を遡上《そじよう》し始めたそれは、魚体の上半分が鉄色に黒く染まっていることから、こうした名前で呼ばれる。生涯川にとどまる虹鱒とは違い、大海の環境で揉《も》まれただけあって性質は獰猛《どうもう》で、素晴らしいファイトをみせるという。

　鱒釣りは数少ない、いや唯一《ゆいいつ》といえる趣味だった。シリコンバレーへの駐在を命じられた時には、かねてより憧《あこが》れていたスチールヘッド釣りを楽しむ機会も存分にあるだろうと考えていたものだったが、これが最初で最後の釣行《ちようこう》になってしまった。考えてみれば、息をつく間もない激務の日々だった。

　高見の脳裏に、八年間の駐在生活が泡沫《うたかた》のように次々に現れては消え、消えては浮かんだ。

　コンピュータの民間への普及に伴って、半導体市場が急速に拡大していった八〇年代から九〇年代前半。世界中の電器メーカーは、ハード、ソフトのいずれを問わず激烈な開発競争に追われた。さらにその間、九〇年代に入ると通信技術の革命的な進歩に伴い、市場の広がりはさらに加速した。その中心となったのが米国西海岸のサンフランシスコ郊外に広がるシリコンバレーである。新産業の出現。カリフォルニアに出現した二度目のゴールドラッシュ。大企業はもちろん、数多《あまた》のベンチャーが市場に参入し、投資家は血眼になって金の投資先を探し求めた。活況は未来永劫《えいごう》にわたって続くと思われた。しかしそんなものは幻想に過ぎなかった。

蜜《みつ》に群がる蟻《あり》のように新鉱脈への参入が相次げば、行き着く先は決まっている。後発企業の技術力が先発企業に追いつき、どれを取っても性能に大差がないとなれば、勝敗はいかに安い製品を供給できるかにかかってくる。半導体は装置産業の最たるものであり、後発の韓国や台湾の企業が参入してくると、市場はそうした国々に奪われていった。

あれはバブルだったのだ。

そんな解釈は、現象を後で分析して初めて分かることだ。企業は常に時流に乗り、力のある製品を世に送り続けなければ生き残ることなどできはしない。投下した資本に見合う収益を上げられなくなれば、勝負の場からのすみやかなる退場を余儀なくされる。元手がなくなればテーブルを去らなければならないカジノと同じことだ。誰もが大金を手にする機会があれば、誰もが敗者になる可能性もある。両者の間に違いがあるとすれば、賭《か》けが組織として行なわれるか、個人として行なわれるかだけだ。そして前者の場合、個人のポケットが痛むことはないが、その分だけ失う金額も莫大《ばくだい》なものとなる。

撤退——。

まさかこんな形で駐在を終えるとは、赴任当初には考えもしなかった。人生においても、企業人として働くにしても、日々押し寄せる労苦に歯を食い縛って耐えられるのは、前途に夢があったからだ。八年もの間、釣行することもままならない激務をこなしてこれたのも、業績が右肩上がりの数字となっていればこそのことだった。それが一転しての敗戦処理。後ろ向きの業務は、これまで経験してきたどんな仕事よりも辛《つら》いものだった。

全《すべ》ての残務処理を終えた時、アメリカを離れる前にスチールヘッドを釣り上げてみたい。そんな気持ちに襲われたのは、ささやかな夢を叶《かな》え、帰国の後に待ち受けているであろう、過酷な日々を受け入れられるだけのエネルギーをいささかでも充塡《じゅうてん》しておきたいと思ったからに違いなかった。

右手に豊かな水が滔々《とうとう》と流れる川が見え始めた。クラマス・リバーだ。笹緑色の水面には、まるで大海を泳ぎ回った野性溢《あふ》れるスチールヘッドが群れをなして遡上しているかのように、湧《わ》き立つような渦が無数に浮いている。朝の陽光を反射して煌《きら》めく水面を見ているだけで、ずっと心に垂れ籠《こ》めていた不快な感情が吹き飛んでいく。

この地に出向くのは、これが初めてのことだったが、川の様相、ポイントは、この八年間、釣りのガイドブックを読んで熟知している。二十分ほど川を見ながら走ったところに、目印となる標識を見つけ車を停めた。

外に降り立つと、清冽《せいれつ》な大気が全身を包む。周囲は深い森で、小鳥の囀《さえず》りと、切り立った崖《がけ》の下を流れる水音しか聞こえない。釣り人の姿も見えない。路肩に歩み寄り、ポイントの様子をうかがうと、ガイドブックに書いてあった通りに、十メートルほどの切り立った崖を伝って川岸に降りるロープが設置されていた。

タックルボックスを持ってこの崖を降りるのは無理だ。

トランクを開け、タックルボックスの中から、いくつかのルアーを選び出した。崖は険しいが川岸は広く、ゴム長は必要なさそうだった。ハンティングブーツを履き、ランディングネットを腰に付ける。ロッドを持ち、川岸へとロープを慎重に使いながら降りた。たった十メートルほど降りただけにもかかわらず、渓谷の底に人が入った痕跡《こんせき》はない。むせかえるような水の匂いがする。朽ちた巨大な倒木が横たわる上流の方を見ると、かなりの落差のある落ち込みがあった。

ポイントはこの上流にも数多く存在することを考えると、スチールヘッドはちょっとした滝とも言えるこの落ち込みを乗り越えていくのだろうか。凄《すさ》まじいほどのエネルギーに圧倒される思いにとらわれると、急激にまだ見ぬ獲物への闘志がこみ上げてきた。

所持してきたルアーの中から、小さな羽がついたスピナーを選び、ラインに括《くく》りつける。落ち込みの下流に広がる水量豊かな澱《よど》みに目をやりながら、鑢《やすり》で針の先を研ぎ澄ます。川幅は優に二十メートルはあるだろう。全ての準備が整ったところで、上流に向かってロッドを振った。ラインの先に付いたスピナーが弧を描いて宙を舞い、一瞬の煌めきを残して水面に小さな波紋を作る。流れは思ったよりも速く、水流に乗ってラインが流れる。スピナーが充分に水中に没し、位置が正面にきたところでリールを巻く。水の感触が手を伝わってくる。下流に向かって半弧を描くように引き寄せる。やがて、跳ね上がるような感触とともに、スピナーが水面から飛び出てくる。

釣りは孤独なゲームである。獲物がどこに潜んでいるかどうかも分からない。仮に獲物がそこにいたとしても、食性にそぐわない餌を用いていれば、相手は見向きもしない。ましてや擬似餌《ぎじえ》ともなればなおさらのことだ。そして勝負は一瞬。一時たりとも気を抜くことはできない。いつくるか分からない瞬間に備え、常に神経を張りつめていなければならないのだ。

その緊張感がたまらなかった。

二度、三度と同じポイントにルアーを投じる。事前に仕入れた情報では、ここはクラマス・リバーの数あるポイントの中でも大物が狙《ねら》える絶好の場所のはずだった。

延々とロッドを振ってはルアーを巻き上げる。どれくらいの時が過ぎただろうか。その瞬間は突然にやってきた。川底の石を擦《こす》ったかのようなごつごつという振動。反射的にロッドを立てると、先が弓のようにしなった。ラインが悲鳴を上げる。リールを巻くと、ぴんと張りつめたラインから水中で暴れる生き物の気配が伝わってきた。獲物は上流の川底に向かって走り始めたかと思うと、円を描くようにもがく。水中に没したラインの先が、動きにそって水面を切り裂く。ラインを常に張りつめた状態にしておくためにドラッグを調整しながらリールを巻く。ロッドを立てる。激しいやり取りの最中に、突如水面が裂け、黒い魚体がジャンプした。わずかな間にそれは頭を激しく振り、そのたびにスピナーの羽が硬い口先に当たり、水鳥が羽毛を逆立て身を震わせたような音を立てながら飛沫《しぶき》を上げて再び水中に没した。なるほど聞きしに優るとも劣らないファイトだ。

熱い感情がこみ上げてきた。

神経を両手に集中し、獲物の状態を探る。リールを巻き、ロッドを立てるというやり取りを何度となく繰り返した後、ようやく抵抗が止《や》んだ。笹濁りの水中が鈍く光り、魚体が姿を現した。まるまると太った体。上半分は鉄色、下半分は眩《まばゆ》い銀色に輝くそれは、とても虹鱒の姿とは思えない野性を感じさせる代物《しろもの》で、五十センチを優に超える大物だった。

ランディングネットを用い、その魚体を取り込んだ時、高見は思わず快哉《かいさい》を叫んだ。

「やった！」

その時不意に背後から拍手が鳴った。驚いて背後を振り返ると、そこに一人の男が立っていた。ロッドを手にしているところをみると釣り人には違いないのだろう。

彼は、穏やかな微笑《ほほえ》みを浮かべながらゆっくりとした足取りで近寄ると、

「見事なサイズだ。おめでとう」

鰓《えら》を大きく上下させながら浅瀬に横たわる魚体を見て、言った。

「ありがとう」

礼を述べる言葉が弾んだ。

獲物は持てるエネルギーを使い果たしたのか、まるまるとした魚体をネットの中に横たえながら、鰓を上下させている。三本のフックのうちの二本が堅牢《けんろう》な上下の顎《あご》にがっちりと食い込んでいる。ベストのポケットから、ラジオペンチを取り出し、それを外しにかかった。

「ルアーは何を使っているのかね」

背後からのぞき込んでいた男が訊《たず》ねてきた。

「アブのスピナーです」

「この川は初めてかね」

「ええ」

「だろうね」

高見は立ち上がると、改めて男に向き直った。

歳《とし》のころは五十を過ぎたところだろうか。グレーの髪には銀色のものが混じり、知性を感じさせる緑がかった瞳《ひとみ》が、細めた目蓋《まぶた》の下から温和な光を放っている。鼻梁《びりょう》が通った鼻、薄い唇。耳の半ばほどの位置できっちりと揃《そろ》えられた揉み上げから下は、たったいま手入れを済ませたといわんばかりに、奇麗に剃《そ》り上げられている。カーキ色のチノーズのパンツに赤のチェックのワークシャツ。その上には深緑色のベストを羽織っている。身なりのみならず、かもしだす雰囲気から、この男が地元の人間でないことは容易に想像できた。

「君は本当にラッキーな男だな」

「ええ、初めてここにやってきて、最初にこんな大物がかかるとは」

「いいや、そうじゃない。この川の魚は君が使っているような高級なルアーにはまず食いつかない」

「と、いうと」

「パンサーマーチンという安物のルアー。どういうわけか飛びついてくるのはこいつだけと決まっている」

男はそう言うと、自らが手にしていたルアーをかざしてみせた。

「一つ二ドルもしない安物だ。この辺りの釣具屋では、こいつしか扱っていない」

粗雑な作りの大ぶりのルアーが男の仕草に合わせて、からからと鳴った。

「そんなことは、ガイドブックには書いてありませんでした」

「『ノーザン・カリフォルニアの釣り』かね」

「ええ」

「それもずいぶん古いものを読んだようだね」

「私がサンノゼにやって来てすぐに買った本ですから、もう八年になります」

「なるほど、それでか」

男は相変わらず穏やかな笑みを口元に浮かべながら肯《うなず》いた。

「というと」

「改訂版にもパンサーマーチンのことは書いていないが、ただ一つこのポイントは『お奨めの釣り場』からは削除されているんだ。プライベートエリアに変わったものでね」

「それじゃここは私有地ですか」

「私のね」

「失礼しました。そんなこととは知らずに、無断で立ち入ってしまいました」

高見は非礼を詫《わ》びながら、どうしたものかと釣り上げた獲物と男を交互に見た。

「いいんだ。確かにこの一帯の土地と川は私のものだが、魚は常に動き回る。誰の所有物でもない。それにしてもずいぶんと古いガイドブックを頼りにして来たものだね」

「スチールヘッドを釣るのは長年の夢でした。サンノゼにやって来た当初は、いつでも出掛けられると思っていたのですが、仕事に追われ、気がついた時には八年が経《た》っていました」

「その間一度も釣りに出掛けなかった？」

「ロッドやリールにも一度たりとも触れずじまいです」

「信じられんね」男は目を丸くして小刻みに首を振ると、「私はこの川に惚《ほ》れ込んで、ここに土地を求めた。普段はニューヨークにいるのだが、この時期はここにやって来て魚とのゲームを楽しむのを常としている」

「普段はニューヨークにお住まいですか」

「好んで住んでいるわけじゃない。正直なところを言えば、こうした自然の中で暮らす方が私の性に合ってはいる。しかし生活の糧《かて》を得るためには仕方がない。あの街で必死に働き、その金でこの土地を買い、好きな時間を過ごすのさ。ニューヨークで百ドルの金を使うのはわけもないが、ここで同じ金額を使うのはそう簡単じゃない。しかもその価値は何倍にもなる。もっともワイフは街の生活の方が気に入っていて、ここに来るのはたいてい私一人と決まっているがね」

男は軽くウインクをすると、声を出して笑った。

「夢のような話ですね。こんな手つかずの自然が残る土地と川を自分のものにできるとは」

「サンノゼはどちらにお住まいかな」

「正確にいえばパロアルトです」

「高級住宅地じゃないか。そんなところに家を買うだけの収入があれば、あなただってこの程度の土地を買うことは造作もないことだ」

確かに男の言うことはもっともだった。大都市近郊はともかく、地方都市の、それもこんな山奥にくれば、土地の取引ロットは最低エーカー単位。それもせいぜいが数千ドルといったところだろう。

「パロアルトといっても借家です」高見は苦笑を漏らしながら言った。「それに残念なことにあと一週間の後には、アメリカを去り日本に帰国することになっているのです。おそらくここを訪ねる機会は二度とないでしょう」

「君は日本人かね」

男は意外といった表情を浮かべながら訊ねてきた。

「ええ」

「日本人には何度も会ったことがあるが、あなたのように完璧《かんぺき》な英語を喋《しゃべ》る人には初めて出会った。全く気がつかなかった」

「父の仕事の関係で、中学から大学を終えるまでアメリカで生活していたもので」

「失礼だが、職場はシリコンバレーかね」

「東洋電器アメリカに勤めています。いや勤めていたと言った方がいいでしょう」

「たしかあなたの会社はサンノゼのR&Dセンターを閉鎖したのだったね」

「よくご存知ですね」

「申し遅れたが私はジョン・ノーマン。カイザー・アメリカの上席副社長をしている」

カイザー社といえば、欧州では絶対的マーケットシェアを持つ総合電器メーカーだった。同種の有力企業がひしめく日本でこそ知名度は浸透していないが、常に革新的な製品を開発し、時代の先端を行く技術は、実のところカイザー社の特許によるものが多い。ことこのアメリカにおいては、まさにライバル企業として日本の有力各社としのぎを削っている巨大企業だった。

「リュウヘイ・タカミといいます」

高見はノーマンが差し伸べてきた手を握った。

「まさかこんな山奥で同業者に会うとはね」

「というと、あなたも半導体関係の仕事を」

「いやいや」ノーマンはゆっくりと首を振った。「私の仕事は君のような最先端技術を開発するようなものじゃない。そのずっと下流で、テレビ、ビデオ、洗濯機、冷蔵庫……。そうしたコンシューマ《個人消費》製品のマーケティングを担当している」

「それは大変な仕事ですね」

日本で『白物』と呼ばれる冷蔵庫、洗濯機は、住環境やライフスタイルの違いもあってアメリカのメーカーの力が強いのだが、逆にビデオやテレビ、オーディオ機器といった分野では、日本のメーカーの人気が高く、勢い、カイザー社の販路はホテルやモーテルといった、一度に大量の購入が見込まれる、いわゆる業務市場に重点を置きながら、コンシューマ市場でのシェア拡大を狙っているのだった。

国柄、ホテルやモーテルといった宿泊施設が日本や欧州とは比較にならない数あるとはいえ、やはりコンシューマ・マーケットでシェアを取らないことには、業績の拡大は見込めない。業務市場で相手にする客は、ブランドなど二の次だ。商談の可否は、競合他社よりいかに安い価格を提示できるかにかかっている。まさに、東洋電器産業が半導体市場で負けた、その最大の要因を日々背負いながら結果を求められるのが彼の仕事なのだ。

ノーマンは一瞬、小さな笑いを浮かべたが、問い掛けには応《こた》えずに、

「ところで、もうそろそろ昼食の時間だが、よければ私の家に来ないかね」

時計にちらりと視線を向けると言った。

「そんな。プライベートエリアでこんな大物を釣り上げさせてもらった上に、食事までご馳走《ちそう》になっては……」

「食事の準備はしてきたのかね」

「いいえ。どこかのドライブインででもと考えていたので」

「こんな山の中にそんな気の利《き》いたものはありはしないよ。せっかくこうして知りあったのだ。遠慮することはない。もっとも先に言ったようにワイフはニューヨークだ。一

人暮らしなもので充分なもてなしはできないがね」

躊躇《ちゆうちよ》する高見を尻目《しりめ》に、ついてこいと言わんばかりにノーマンは上流に向かって川岸を歩き始めた。

慌《あわ》ててランディングネットに入ったままのスチールヘッドを持つと、それに続いた。

深い森の中に、大きな落ち込みを迂回《うかい》する小道がついている。せり出した小枝を手で跳ね除けながら、ノーマンは歩いて行く。急峻《きゆうしゆん》な斜面を登って行くと、やがて視界が開け、天頂に差しかかった初秋の太陽が、眩《まぶ》しく目を射た。そこは野球場ほどの広さが柵《さく》で囲まれた牧草地になっていた。鮮やかな緑のフィールドの先には、さほど大きくはないが、二階建ての山荘と一棟の納屋《なや》がある。主人の姿を見た馬が、ゆっくりとした足取りでこちらに近づいてくる。

ノーマンは、その鼻を優しく撫《な》でると、

「ここが私の家だ。入りたまえ」

ドアを開けると高見を中へ誘った。

「留守の間、馬の世話はどうなさっているのです」

「普段は近所の住人に預けてある。馬の世話をするだけで、決して高額とはいえないが、それでもこの辺りの住民にとっては貴重な現金収入になる。引き受け手にはこと欠かない」

「一年のうちどれくらいの時間をここで過ごすのですか」

「三週間といったところかな。知っての通り、クラマス・リバーはスチールヘッドを狙《ねら》う人間の間ではカナダほどではないにしろ、それなりに名の通った川だ。バケーションシーズンの間は、釣り師で賑《にぎ》わう。普段、人が溢《あふ》れ返っている街で暮らしながら、ビジネスに明け暮れていると、一人で過ごす時間がことのほか恋しくなるものだ。休暇を取るのは、いつも普通の人が夏休みを取り終えた九月に入ってからと決めている。だがそんな中でも、ふと心を許せる存在が欲しくなる」

「それであの馬を」

「おかしいかね」

ノーマンは手にしていたロッドをリビングの入り口に立て掛けると訊《たず》ねてきた。

「いいえ」

「馬はいい。たとえ年に三週間ほどしか会わなくとも、私のことを決して忘れない。こちらの感情を敏感に察知する。感情が高ぶっていれば、癒《いや》すような目で私を見る。リラックスしている時には、馬が安心して接してくるのが分かる」

ノーマンの言葉が分かるような気がした。世界的企業であるカイザー社のエグゼクティヴともなれば、収入は莫大《ばくだい》なものになる。日本の本社の役員の給与などまるで比較にもなりはしない。だが、そうした高額な収入を得続けるためには、それに見合う結果を残さなければならない。年頭に定められるAOP（アクション・オペレーション・プラン）は絶対的達成目標であり、業績は株主、社内外の取締役によって常に監視、評価される。目標が達成できない場合は即座に解任である。職務を全《まっと》うするためには、時として人間的な感情の一切を排除して冷徹な判断を下さなければならない。まさに昨日までの友人、同僚に過酷な通知をしなければならないことも日常茶飯事のことなのだ。ましてや、家電メーカーにとっては最大のマーケットであるコンシューマ市場のマーケティングを担当しているともなれば、日々、身にのしかかるプレッシャーは、日本企業の同等の役職にある者の比ではない。

「何か飲むかね」

ベストを脱ぎ捨てたノーマンが訊ねてきた。

高見は手にしていたロッドとランディングネットに入ったままのスチールヘッドをかざして見せた。

「失礼した。ロッドはそこに」ノーマンは、たった今自分のロッドを立て掛けた場所を示すと、「魚はキッチンにクーラーボックスがある。氷は冷蔵庫の中だ」と、続けた。

「昼は、こいつを調理しましょうか。魚を捌《さば》くくらいのことはできます」

「それはどうかな。こんなサイズの獲物はめったに掛かるものじゃない。立派なトロフィーサイズだ。剥製《はくせい》にでもしたらどうかね。日本に戻るとなれば、きっといい記念になると思うよ」

「しかし、これはあなたの川で取れた魚です」

ノーマンは含み笑いを浮かべると、

「実はこの川のスチールヘッドは食えた代物《しろもの》じゃないのだよ」

「虹鱒《ニジマス》は美味《うま》い魚ですよ」

「確かに。だが、どういうわけかこいつには独特の臭みがあってね。ゲームフィッシュとしては申し分ないのだが、食用には向かない」

顔の前で手を振るノーマンの言葉に嘘《うそ》はなさそうだった。それに考えてみれば、確かにノーマンが言うように、二度と手にすることはないであろう見事な獲物を剥製にしておくのは、アメリカ駐在の絶好の記念になる。

高見は勧められるままにキッチンに入ると、そこに置いてあった発泡スチロールに魚体を入れ、冷蔵庫の中から氷をぶち込んだ。

「ワインでいいかね」

ノーマンがリビングの傍らにあるキャビネットの中から、一本の瓶を引き抜いた。

「結構です」

「昼食に招待したのはいいが、サラミソーセージにバゲット。それにチーズとオリーヴ程度しかないのだが」

「こんな素晴らしい自然の中で食べるには、最高のチョイスですよ」

「そう言ってもらうと嬉《うれ》しい。その代わり、ワインは悪くない。九七年のリンメリック・レーン。ロシアン・リバー・バレー産のジンファンデールだ」

ノーマンは手慣れた手つきでコルクを開けると、三十畳は充分にあるリビングの窓際《まどぎわ》に置かれたテーブルの上にそれを置いた。眠りについていたワインが目覚める間にキッチンに立ち、手際よく昼食の準備を始めた。

先にテーブルについた高見は、昼の陽光が差し込んでくる窓から外の光景に目をやった。

すぐ傍には熟した実がたわわについた、プルーンの大木がある。その背後には深い森が広がっている。小鳥の囀《さえず》りと、微《かす》かな大気の流れに揺れる木立が、心地よい時を刻んでいくようだった。

ほどなくして薄くスライスしたサラミを挟んだサンドウイッチと、チーズ、大ぶりのオリーヴがテーブルの上に並べられた。正面の席についたノーマンがワインをグラスに注いだ。

「それでは、乾杯といこうか」

ノーマンの合図で、グラスをかざした。鼻先にグラスを持っていくと、空気に触れ覚《かく》醒《せい》したワインの濃厚な匂《にお》いが鼻孔いっぱいに広がった。

用意されたのは、料理というには質素なものだったが、大自然の中で摂《と》るにはこれほどふさわしいものはなかったろう。昼食をこんな贅沢《ぜいたく》な気分で摂ったのは、生涯で初めてのことだったかもしれない。

「ワインの味はいかがかね」

「素晴らしい」

「ニューヨークでもアップステイトでワインは造られているが、カリフォルニアに比べるとクオリティはぐっと落ちる」

「特にジンファンデールはカリフォルニア特有の種ですからね」

「ワインは詳しいのかね」

「日本から出張者が来た時には、ワイナリーに案内するのがお決まりのコースの一つですからね。週末の昼はナパ、夕食はサンフランシスコのダウンタウンで、とね。おかげでワインにはずいぶんと詳しくなりましたよ」

口の中にルビー色の液体を含むと、濃厚な香りが嗅覚《きゆうかく》をくすぐった。微かな渋味とともに気品のある甘味が舌に残った。その名残があるうちに、薄く削《そ》がれたサラミが挟まれたフランスパンを齧《かじ》ると、熟成した肉の味が染《し》み出してくる。

「最近ではずいぶんとワイナリーのエリアが広がっているようだね」

「ええ、かつてとは比較にならないほど、新しいワイナリーができています。ナパへはあまり行かれないのですか」

「もう何年も行ってはいないな。第一その必要がない。ワインを買うならば、同じものでも街の専門店で買った方がよほど安い。直販とはいえ製造元が定価を下げるわけにはいかないからね。いずこの業界も同じだよ」

「確かに……」

「それにカルトワインは、最初からまとめ買いされ現地に行っても手に入らない。オークションにでも参加しないことには入手不可能だ」

「中には二千ドルもの値がつくものもあるといいます。たとえばソノマで造られているスクリーミング・イーグル」

「ほう。あのワインを飲んだことがあるのかね」

「まさか……。空のボトルでさえも見たことがありません」

「まさに需要と供給のバランスによって価格が決まるという典型的な例だね。私もそうしたワインの名前は知ってはいても、実際に飲んだこともなければ現物を目にしたこともない。もともとオークションにかけられるようなワインは生産量が極めて少ないからね。それゆえにカルトワインと呼ばれるようになった」

「一昔前までワイナリーでの試飲は無料だったものですが、十ドル、二十ドル。場所によっては三十ドルというところもあります。たった数杯のワインを試すだけでですよ」

「しかし、ワイナリーの拡大もそろそろ限界でしょう」

高見はまた一口ワインを啜《すす》りながら言った。

「ばかげた話だ」

「というと？」

ノーマンもまた、グラスを傾けると訊ねてきた。

「かつてはシリコンバレーでベンチャーを起業して大金を摑《つか》み、それを元手にナパにワイナリーを持つのが成功者の証《あかし》のようなものでした。実際、新しいワイナリーのオーナーはそうした人間が多いことは事実です。しかし、肝心のシリコンバレーの勢いがいつまで続くのか……」

「君がいた東洋電器産業がR＆Dセンターの撤退を決めたようにね。おそらくこの市場はこれから激しい淘汰《とうた》の嵐《あらし》に晒《さら》されることになるだろう」

「八〇年代に日本で起きたバブルを思い出しますよ。あの時期、日本人の誰もが経済がそのまま繁栄していくことを疑わなかった。土地は暴騰《ぼうとう》し、狂ったように皆が不動産を買い漁《あさ》った」

「バブルね」ノーマンの目に一瞬鋭い光が宿った。「確かに現在のシリコンバレーは日本のあの時代に酷似している。コンピュータや半導体産業が久々に出現した大鉱脈であることには違いないが、パイは限りなく膨張するものではない。ゲームに参加する人間が多くなれば、取り分は少なくなる。すでにその奪い合いは始まっている。このゲームの勝者は、最後までゲームに参加し続ける体力か、飛び抜けた技術開発力を持つか、あるいは性能、品質が良い製品を他社に抜きんでて安い価格で供給できるか、そのいずれかになる」

高見は黙って肯《うなず》いた。

そもそも東洋電器産業がアメリカのR&Dを閉鎖するに至った最大の要因は、後発の韓国や台湾の製品が東南アジアの市場を席巻し、シェアを凄《すさ》まじい勢いで拡大していったからだ。おそらくその勢いはとどまることはなく、早晩アメリカ市場もその影響を受けることになるだろう。

この半年間のR&Dセンター閉鎖に伴う辛《つら》かった日々の記憶が思い出され、ワインの中に含まれるタンニンの渋味が口の中で増幅した。

最も辛かったのは、自らの口から解雇を告げることだった。もちろん中には解雇があることを事前に察し、インセンティヴ・パッケージ《優遇措置》の発表があると、これ幸いとばかりに自ら辞表を提出する人間もいたが、それでも二十名いた部下の半数は、解雇リストを作り、残務処理の進捗《しんちょく》状況に合わせながら自ら告知しなければならなかった。オフィスに部下を呼び出し、あらかじめ用意した解雇通知にサインをさせる。その瞬間から、もうその人間は東洋電器産業とは無縁の存在となるのだ。

ＩＤカードを使ってオフィスに入ることもできなくなれば、コンピュータの端末からメールを送ることもできない。企業と人の繋《つな》がりとは、かくも渇ききったものなのだ、ということを認識させられる日々の連続だった。

気の重い仕事には違いなかったが、たった一つそんな中でも救いがあったとすれば、部下の誰もが、表面上は解雇通知を当たり前のこととして受け止め、黙って会社を去っていったことだった。

これが日本ならばこうはいくものではなかったろう。まさにアメリカならではのことだった。

特に中国系の人間は逞《たくま》しかった。八年もの間仕事を共にしていれば、中には上司と部下との間を超えて、親しい人間関係を持つ者もいた。彼らの多くは、常に市場の動向を観察していて、撤退の予兆を察知するや、早々と手を打っていたらしく、台湾や中国の半導体企業に職を求める人間も少なくなかった。

まさに根無し草と言われながらも、国を問わず生活の場を見いだすやしっかりと根を張る華僑《かきょう》の血を持つ人間の力強さがそこにはあった。それ以外のアメリカ人従業員にしても同じことだった。もともと生まれた土地と、仕事をする土地、そして余生を送る土地は違うと心得ている人間たちだ。一つの仕事を失えば、新たな仕事がある土地に移動する。

小さな箱に私物をまとめると、何事もなかったように、彼らもまた会社を去っていった。まさに開拓の民を思わせる逞しさであった。

もっとも、これは解雇通知を手渡す相手が、いずれも高い技能を持った、いわば頭脳労働者たちであったからにほかならない。もしもこれが、自動車産業などの製造ラインで働く職工であったなら、いかにアメリカとはいえ、そうは簡単に突きつけられた現実を受け入れるものではなかったろう。高学歴に加え、企業の現場で実績を積み上げた人間はどこの会社でも欲しがるものだ。一つの企業の撤退は、ライバル会社にとっては、優れた人材を獲得するチャンスでもある。

むしろ、将来に不安を抱き、暗鬱《あんうつ》たる気持ちに襲われながら仕事を続けてきたのは、日本の本社から派遣されてきた自分たち駐在員の方だったかもしれない。東洋電器産業のような巨大企業は、事業部ごとの独立採算制をとっているのが常である。基本給与は会社全体の業績によって決められるが、夏冬の賞与は事業部の実績によって大きな差がつく。それに人事考課が加味されると、同じ事業部にいる同格の人間でもその差はさらに大きなものとなる。つまり、会社自体がいくつもの小さな会社の寄り合い所帯であるのだ。

新しいポストが決まらぬまま、撤退という、いわば敗戦処理を黙々とこなす日々を強いられてきた。しかも戻る事業部は、ここ数年巨額の赤字を出し、回復の兆《きざ》しは見えない。五月に入って、ようやく帰国後のポストの内示はあったが、こんな状況の中で日本に戻るのもまた地獄というものだ。

「ところで東洋電器では何を担当していたのかね」

複雑な心境が顔に出たものか、ノーマンが話題を転じてきた。

「アプリケーション・エンジニアリング部の部長をやっていました」

「それはマーケティングも含めてのものかね」

「新製品のデモポートを作る上で必要なソフトをアメリカで作るといっても、売り込み先が日本企業の場合、日本語と市場を解する人間の存在が不可欠ですからね」

「なるほど、そのためには日本語と英語を同時に解する人間の存在が必要というわけだね。確か中学から大学まで、アメリカで過ごしたと言っていたが、学校はどちらを」

「カレッジはロチェスター工科《RIT》大学でコンピュータ・サイエンスを専攻して、その後企業派遣のチャンスを摑み、シカゴ大学でMBAを取りました」

「それは奇遇だね。私もシカゴMBAだ」

ノーマンはワインの入ったグラスをテーブルの上に置くと、満面の笑みを湛《たた》えながら改めて手を差し伸べてきた。握り締めてくるぶ厚い掌《てのひら》に前にも増して力が込められるのが分かった。

「驚いたな。しかし、こう言っちゃ何だが、どうしてまたシカゴを出て日本企業なんかにいるんだ。君たちの時代、シカゴを出たとなれば、銀行や証券といったすぐに大金を稼げる企業から引く手数多《あまた》だったろうに」

「難しい質問ですね」高見は肩を竦《すく》めながら答えた。「経歴を話すとアメリカ人、日本人のいずれを問わず、必ず聞かれることですが、正直なところうまく答えられたためしがありません」

「MBAを持っているからといって、特別な条件が出されたわけでもないのだろう」

「いいえ」

「他の人間よりもいいポジションが約束されていた、というわけでも」

「日本企業ではそんなことはあり得ませんでしたね。昇進は順調といえばそうだったかもしれませんが」

「分からんな」ノーマンは真顔になると、こちらの顔をじっと見詰めながら言った。「我々が、大金を払って学位を取るのは、少しでもいい仕事にありつき、高いポジションとそれに見合った収入を得るのが目的と言ってもいい。それをあえて何のアドバンテージもない企業でじっとしているとはね。たとえ会社に学費を払ってもらったとしても、もう充分に働いただろうに」

「それは私の生い立ちから来るものなのかもしれません」高見は、少し間を置いて応《こた》えた。

「父は日本の商社に勤務していましてね、私は三歳から七歳までをロンドンで過ごしました。中学に上がる時に二度目の海外駐在があり、ニューヨークに渡ったのです。住んでいたのは郊外のキャッツキル。周囲には日本人の駐在員がたくさんいました。日本にとっては良い時代でした。中学、高校は現地校に通いましたが、週末に開かれる日本語教室には、たくさんの仲間たちが集まってきました」

ノーマンは黙って話を聞きながら、先を促すようにグラスを傾けた。

「父に帰国の辞令が出たのは、高校を卒業する間際《まぎわ》のことです。ずいぶん迷いましたよ。日本に戻って大学を受験するか、それともそのままアメリカに残るかとね」

「しかし、君はアメリカにとどまる道を選んだ」

「その時はね」高見はグラスの中のワインで口を湿らした。「大学を卒業する時になって、このままアメリカで職に就くか、それとも日本に戻るかずいぶん迷ったのは事実です」

「それで日本企業を選んだ？」

「いよいよ待ったなしという段になって、このままアメリカで職に就いたら、二度と日本に戻れなくなるのではないか。ふと、そんな思いに駆られたのです」

「ロンドンで四年、ニューヨークに十年、サンノゼで八年。日本を離れていた時期の方が長いにもかかわらず、そんな思いを抱くものかね」

いささか理解に苦しむという表情を浮かべながら、ノーマンが訊《たず》ねてきた。

「不思議に思われるのも無理はありません。そこが自分でもうまく説明できないところなのですから……」高見は頬を緩めると、軽く息を吐《つ》いた。「でも、そうした思いに駆られるのは、私に限ったことではないようです。事実、同時期をアメリカで過ごした仲間たちの多くは日本に戻り、日本の企業で働いています。アメリカをはじめとする外国企業に職を求めるのは、途中でやって来た人間の方が多いような気がします。実際、私費、企業派遣を問わず、ＭＢＡを取得した後、外国企業に転じていく日本人が後を絶たないのは事実ですからね」

「私にはむしろそちらの方が自然に思えるがね」

「逆に海外で長く暮らせば暮らすほど、自分が日本人であるということを自覚するものなのかもしれません」

「つまり日本人としてのアイデンティティを持ち続けていたいと思ったというわけか」

「たぶん……」

「そして典型的な日本企業である東洋電器産業を就職先に選んだ」

高見は答える代わりに、また一口グラスの中のワインを啜った。

「しかし、皮肉なものだ」ノーマンが空になったグラスに、またルビー色の液体を注ぎながら言った。「終身雇用、年功序列といった日本特有の企業風土はもはや過去の話だ。

事実、君の会社にしても、日本でさえ、年功序列制度を撤廃し、業績給制度を取り入れたそうじゃないか。一昔前なら決してあり得なかったことだ」

東洋電器産業に就職を決意したのは、決して終身雇用や年功序列といった日本の企業風土に魅力を感じてのことではなかった。だが、従来から日本企業を支えてきたそうしたシステムが急速に崩壊し、自分自身もまたその渦中に身を置きつつあることは紛れもない事実だった。

返す言葉が見つからないまま、高見は窓の外を見た。

ノーザン・カリフォルニアの陽光の下で、たわわに実を宿したプルーンの木が風に揺れている。周囲を取り囲んでいる森の緑が眩《まぶ》しく目を射た。不意に、帰国後に自分に用意されたポストのことが脳裏をよぎった。

「市場調査室長付」

他の駐在員たちは皆出身事業部に戻っているのに、なぜ自分だけが――。

漠とした将来への不安が頭をもたげてくるのを感じながら、高見は目を細めた。

＊

クラマス・リバーへの釣行《ちょうこう》は、ノーマンとの出会いがあったせいで、思いもかけずアメリカ生活の最後を飾るにふさわしい素晴らしいものとなった。もともと行き当たりばったりの旅だった。設備に注文をつけなければ、『VACANCY』と粗末なネオンが灯《とも》るモーテルを探せばいいだけで、特に予約などしなくとも泊まる場所にはこと欠かない。それがノーマンに勧められるまま彼の別荘で三泊し、プライベートエリアで思う存分スチールヘッド釣りに没頭することができたのだ。

さすがに最初に釣り上げたほどの大物には出会えなかったが、ノーマンが言ったとおり、ルアーをパンサーマーチンに変えてからは、面白いように獲物がかかり、野性の熱狂を充分に堪能《たんのう》したのだった。

それはまさに夢のような四日間だった。

しかし、短い旅を終えサンノゼに戻って来ると、高見は再び厳しい現実に引き戻された。

八年もの間住み慣れた家は、すでに引き払っていた。サンノゼにあるモーテルは、部屋の広さこそ充分だったが、備え付けの家具はみすぼらしく、壁のクロスは薄汚れ、ノーマンの山荘で快適な時を過ごした分だけ高見の心を寒からしめた。

『駐在するならスリーS』。かつて日本企業が海外にこぞって進出し始めた頃、企業人の間ではそうした言葉がまことしやかに囁《ささや》かれたものだった。シドニー、シンガポール、サンフランシスコ。これら三つの都市への駐在は外地に赴く者の憧《あこが》れだった。

事実、九〇年にサンフランシスコ近郊の街、サンノゼへの辞令が下りた際には、盛大な壮行会が開かれ、同僚たちの羨望《せんぼう》の視線を浴びながら、送りだされたものだ。シリコンバレーはコンピュータ、半導体という次世代の産業のメッカとして活況を呈し、限りない未来が約束されていることを誰もが疑わなかった。

しかし、それもかつての話だ。研究開発の拠点を閉鎖することになったこの土地に、もはや自分を送りだす人間などいやしない。

こんな寂しい帰国を赴任当時、誰が予測しただろう。

机の上には、チェックインする前にテイクアウトしたハンバーガーとフレンチフライが入った紙袋と、リカーショップで買ったジャックダニエルが置かれている。布貼《ぬのば》りのソファは長年の垢《あか》と汗を吸い込み、ところどころに食べこぼしの染《し》みも目立った。そのまま腰を下ろせば、汚れが染み出してきそうな気がした。

それを見ているだけでも、脂肪分をたっぷりと含んだ食べ物を口にする気力が失《う》せてくる。

高見はジャックダニエルの封を切ると、琥珀色《こはくいろ》の液体を瓶から直接胃の中に送り込んだ。強いアルコールが喉《のど》を焼きながら通過すると胃の中で弾《はじ》けた。

ベッドサイドに置かれた時計を見ると、デジタル表示の数字が午後八時を示していた。日本時間では昼の一時になる。

高見は受話器を取ると、手帳を見ながら長い番号をプッシュした。クラマス・リバーから、サンノゼまでおよそ八時間もの距離を一気に駆け抜けて来たせいで、わずか一口のバーボンに含まれたアルコールが急速に体の中を駆け巡っていくのが分かった。

呼び出し音が聞こえ始める。

「高見でございます」

受話器が上がると、一月半前に日本に帰国した妻の瑠璃子《るりこ》の声が聞こえてきた。

「私だ」

「いまどちらからです」

「サンノゼのモーテルからだ」

「久々の釣りはどうでしたか」

妻と電話で話したのはクラマス・リバーへの釣行に出た夜だから四日前のことになる。八年もの間離れていたともなれば、いかに祖国とはいえ、知らない土地で暮らすのと同然だ。新しい生活を迎えるにあたっての雑事だけでも山ほどある。本来ならば帰国前に釣りに出掛けるなどと言い出せば文句の一つも言いたくなるのが普通だろうが、アメリカで仕事に追われ、ただ一つの趣味さえも固く封印してきた身を慮《おもんぱか》ってか、帰国を前に釣行を勧めたのは瑠璃子だった。

「アメリカ生活最後にいい思いをさせてもらった。そちらはどうだ。少しは落ち着いたか」

「ええ。とりあえず最低限の生活はできるだけのものは揃《そろ》えましたけど、アメリカからの荷物も来週にはこちらに運び込めるということですし」

「マンションの方はどうだ」

「贅沢《ぜいたく》を言えば切りがないけど、やっぱりアメリカに長く住んでいると感覚が狂っているのね。狭いことは覚悟していたけど、まさかこれほどとは思わなかったわ」

「地方への転勤者の持ち家を借り上げ社宅として用意してくれたんだ。文句は言えんだろう」

「でも3LDKとはいっても、リビングは十畳ほどしかないし、ベッドルームも六畳。これじゃアメリカから送った家具は大きすぎて入らないわ。そちらから送った食器の収納スペースでさえも全然足りないと思うの」

「本当か」

「これじゃせっかく荷物が届いても、とても全部は入らないわね」

「こちらから送ったものは最低限にとどめたつもりだったが、やはり駄目か」

「とにかく家に入らないものはどんどん処分してゆかないと」

「貸し倉庫にでもぶち込むか」

「使うあてのないものはしまっておいてもしかたがないわ。引っ越しの時にリサイクルショップの人に来てもらって、オーバーサイズの家具や、入りきらないものは全部引き取ってもらおうと思うの」

「リサイクルショップだって？　そんなところに売っぱらってもいくらにもならないだろう」

「それがそうでもなさそうなのよ。最近じゃ日本でもリサイクルがちょっとしたブームになっていて、結構いい値で引き取ってくれるらしいの。何かと物入りな時ですからね。それにこの家だって三年は借り上げ社宅として会社が家賃を負担してくれるけど、それから先は家を買うか、借りるかしなければならないんですもの。お金に換わるものがあるのなら少しでも処分しておいたほうがいいわ」

本当ならば、溜息《ためいき》の一つでも吐きたいところなのだろうが、瑠璃子の声に陰りの一つもうかがえない。

高見はふくよかな顔に常に笑みを絶やすことのない妻の顔を思い浮かべた。

瑠璃子とは結婚をしてから今年で二十年になる。東洋電器産業に入社の後、三ヶ月間の新入社員研修を終えると高見は東京本社海外戦略室に配属された。そこで都内の短大を卒業した後、アシスタントとして働いていた瑠璃子と出会ったのだった。

とりわけ美人だったというわけでもない。ただ、常に笑みを絶やさず、不平不満を漏らすわけでもなく確実に仕事をこなしていく彼女に高見は好感を抱いた。中学校から大学に至るまで、長くアメリカで暮らしていれば色恋沙汰《ざた》の一つや二つがない方が不思議というものだ。事実、ＲＩＴ時代には、アメリカ人の女性と結婚を考える恋をしたこともあった。

だが、生涯を共に歩むパートナーとして考えると、これから二人が歩む人生においてそう遠くない将来難しい選択を迫られることは間違いなかった。

大学に進み学位を取る。アメリカでも日本でもそれは少しでもいい仕事に就き、高い報酬を得るためのチケットを手に入れるためであることに変わりはない。キャリアを積み重ね、やがては企業の中で高いポストを得るか、自分で起業するか、いずれにしても激烈な競争社会の中で人生の成功者となるために必死に勉強し働くのだ。特に女性の社会進出が著しいアメリカでは、その傾向は顕著に現れる。

当時付き合っていたガールフレンドもまた、そういう意味ではまさにアメリカ女性の典型だった。

ある時、高見はその女性に訊《たず》ねたことがある。

「もしも、僕たちが結婚した後、君に大きなチャンスが巡ってきて、たとえば僕はカリフォルニア、君はニューヨークと離れ離れに暮らさなければならないとしたらどうする」

「その時は二人、離れ離れに暮らすことになると思うわ」

躊躇《ちゅうちょ》なく答えた彼女の言葉を否定する気持ちなどさらさらなかった。むしろアメリカ人の女性ならばそうした選択をするのが当たり前だと思った。

しかし、その一方でそうしたライフスタイルは決して受け入れられるものではなかった。

おそらくそれは、自分の最も身近なところにいる日本人女性、つまり母の生き様を見てきたせいもあっただろう。両親は共に昭和の一桁《けた》生まれである。まだ日本人の海外渡航が制限されていた時代にロンドンに渡り、そして高度成長の真っただ中をアメリカで暮らした家族が、さしたる不自由を覚えることなく暮らせたのも母の努力があってのことである。今でこそロンドンやニューヨークをはじめとする海外の大都市には日本食料品店もレストランも数えきれないほどあるが、当時はそうではなかった。片言の英語もままならない母が、ロンドンのチャイナタウンを歩き回りながら、必死に食材を探す姿を高見は忘れない。日本語を教えてくれたのも、学校の勉強を見てくれたのも母だった。女は家庭を守るもの。そう断言するつもりは毛頭ないが、子供を育て家庭を守るのも、社会の中でキャリアを積み上げていくのと同じくらい尊いものだ。こんなことを言えば、今の日本では世迷言《よまいごと》に過ぎないことは百も承知だが、少なくとも母の姿を見てきた高見にはそう思えた。

入社二年目に社内選抜試験を受け、シカゴ大学のビジネススクールで二年を過ごした。

そして帰国と同時に結婚。瑠璃子はそれを機に家に入った。それは当時、職場結婚した場合には、女性はすみやかに退職するという不文律が存在していたからだった。大企業とはいってもメーカーの給与は金融や商社に比べて格段に安い。家計の足しにとパートを探し始めた矢先、瑠璃子は妊娠し、結婚の翌年には長男の慶一《けいいち》が生まれ、さらにその三年後には長女のみなみを授かり、子育てに専念しなければならなかった。そして、ようやく子供から手を離せると思った矢先にアメリカ駐在の辞令が下りた。

八年もの間、つつがなくアメリカでの生活を送れたのも、瑠璃子の存在があってのことだった。激務に追われる日々。そしてR&Dセンターの閉鎖と気の重い業務をこなしてこられたのも、妻の献身的なまでの愛があってのことだ。

実際あの笑顔には何度救われる思いをしたことか……。そう思うと高見の胸中には瑠璃子への感謝の念がこみ上げてくるのだった。

「ところでみなみはどうしている」

高見は妻と共に一足先に帰国し、都内の女子大付属の、インターナショナルスクールに通い始めた長女の様子を訊ねた。

「先週から学校に通い始めたわ」

「うまくやっていけそうか」

「いまのところ特に変わった様子もないけど、電車通学には辟易《へきえき》しているようよ」

「日本の学校は小学校一年間しか経験していないんだ。慣れるまでは何かと大変だろう」

「心配することはありませんよ。周りは帰国子女や外国人ばかりなんですから。先日、先生にもお会いしましたけど、とてもしっかりしていらっしゃるし。すぐに慣れるでしょう」

「何から何まで君に任せきりにしてすまない」

教育のほとんどを海外で受けた身には、日本の学校事情は皆目見当がつかない。みなみが通うことになった学校の選択も、転入手続きも全《すべ》ては瑠璃子に任せていたことに、高見はそこはかとない後ろめたさを覚えた。

「それより、慶一とはお話しになったの」

瑠璃子は長男の消息を訊ねてきた。

「いや、まだだ。そちらに連絡はないのか」

「あの子、アパートの電話番号を教えてきたきり、なしのつぶてなんですよ」

「ちょうど学校のレジストレーション《科目登録》が始まる頃だし、何かと忙しいんだろう」

「それならいいんですけど」

小学校の五年からアメリカの学校に通学していた慶一は、帰国の内示がある直前にカリフォルニア州立大学バークレー校に合格し、この九月に入学したばかりだった。子供がいずれ親元から巣立っていくのは世のならいというものだが、初めて生活を別とする、しかも遠く太平洋を隔てた異国で暮らす長男の存在はやはり気にかかるものらしく、瑠璃子の口調には微《かす》かだが不安の色が見て取れた。

「こちらからも一度電話を入れてみるが心配するな。慶一だってもう一人前の男だ」

「でも、次に会えるのはいつのことになるのか……。アメリカの大学は、夏休みは長くとも、あとの休みはほんのわずかしかないんでしょう」

「ああ。夏休みは六月から九月まであるが、あとの休みはほんの息抜き程度のものだ」

「今度のお正月も戻って来れないのね」

「まず無理だろうな」

「やっぱり、日本の大学に進ませた方が良かったんじゃないかしら」

「あいつは国籍は日本人だが、ものの考え方もアメリカ人なら、言葉も日本語より英語のほうがずっと達者だ。何も無理に日本の大学に進ませることなどなかったさ。僕はいまでもそう信じているがね」

「でも、アメリカ生活が長くとも、日本に帰ってきて日本の企業に就職した方もいらっしゃいますからね」

「それは僕のことを言っているのかい」

瑠璃子は答える代わりに、ころころと鈴の鳴るような笑い声を上げると、

「それはそうと、いまになって考えると、駐在前に家を買っていなくて本当に良かった。こちらに帰って来て改めて思い知ったんだけど、不動産の値下がりが酷《ひど》いの。あなたの言っていたことは正しかったわ。あの時家を買っていたら大変なことになるところだった」

急に真剣な口調になって言った。

「僕の言っていたこと？」

「そう、こんな時代が長く続くわけがない。いまにきっと罰が当たるって」

瑠璃子の言葉に遠い記憶が蘇《よみがえ》った。

八〇年代の後半。日本経済がバブルの絶頂期を迎えた頃、子育てに一息ついたところで、いよいよ持ち家を購入するかという話が持ち上がった。だが、一階がガレージ、その上に2フロアーの一戸建てが四千万円もするという物件を見たところで、そのばかばかしさに早々に購入を断念したのだった。

「もしも、あの時家を買っていたら、慶一に仕送りをすることもできなければ、みなみを私立の高校にやることもできなかったに違いないわ。まだまだ、あの子たちにはお金がかかりますもの」

もともとメーカーの給与水準は他業種に比べて決して高いわけではない。この時代に二人の子供に取りあえずは充分な教育を受けるチャンスを与えてやれるのも、借金を一切抱えていないからだ。

だが……。

瑠璃子の言葉が引き金になって、高見は胸中にそこはかとない不安が頭をもたげてくるのを感じた。

この状態が果たしていつまで続くだろうか。本社でのポストはあくまでも暫定《ざんてい》的なものだ。次に配属される事業部によっては、年収が下がることも充分に考えられる。それに三年間は会社が社宅を用意してくれるが、以降は全て給与の中で賄《まかな》わなければならない。果たしてそれで二人の子供に希望する道を進むことを全《まっと》うさせてやれるのだろうか。

思わず押し黙った高見の耳に、瑠璃子の声が聞こえてきた。

「お父さん、がんばりましょうね。あの子たちが一人前になるまで、がんばりましょうね」

高見は掠《かす》れる声で言った。

「そうだな。あの子たちが一人前になるまで。自分の道を歩き始めるまでは、何があってもがんばらなけりゃな」

*

「高見さま。東京行きの1便は、機体整備のために一時間ほど出発が遅れる見込みです」

サンフランシスコ空港のチェックインカウンターで搭乗券を差し出すなり、グランドホステスが申し訳なさそうな声で言った。

サンフランシスコ空港のロビーは、搭乗を待つ乗客で溢《あふ》れていた。経費削減が言われて久しいにもかかわらず、会社は帰国にあたってビジネスクラスを用意してくれていた。

高見は搭乗券を受け取ると、ボーディング・ゲートの近くにある専用待合室に向かった。階段を使ってフロアーを一つ下がりドアを開けると、広い空間に落ち着いた色調の椅子《いす》が並べられている。中庭に面した壁面はガラス張りになっており、植栽の向こうに勢いよく上がる噴水が見えた。

受付の女性に搭乗券を差し出すと、再び出発の遅れを詫《わ》びる言葉があった。

大型のスーツケースとロッドの入ったケースはチェックインの時に預けてある。手にしていたブリーフケースを空いている椅子の上に置き、数々のフリードリンクが並べられた中から、ブラッディマリーのミクスチャーを選びグラスに注いだ。傍らには、日本の新聞や週刊誌が用意されていた。

その中から日本の新聞を選び、スパイシーな液体を啜《すす》りながら1面に目を走らせ始めたところで、ふと慶一のことが思い出された。

昨夜、瑠璃子との電話を終わらせてから、すぐにアパートに電話を入れたが、慶一はまだ帰ってはいなかった。留守番電話にメッセージを残したが、ついぞ慶一からのコールバックはなかった。長い距離をドライブしてきた上に、生のままで飲んだバーボンの酔いも手伝ってか、いつの間にか眠ってしまい、気がついた時には朝を迎えていた。

待合室の入り口近くに公衆電話があるのを思い出し、高見は受話器を手に取った。

壁に掛かった時計を見ると、時間はまだ朝の九時半を回ったところだった。

手帳を見ながらボタンをプッシュする。ほどなくして呼び出し音が聞こえ始めた。

慶一の住むアパートから学校までは、自転車で十分もかからない距離と聞いていた。しかし、バークレーの丘にへばりつくように広がる広大なキャンパスへ向かうには、相応の時間がかかるはずだ。朝一番の授業を履修していれば、とうに部屋を出ていても不思議はない。

二度ばかり呼び出し音が鳴ったところで、受話器が持ち上がった。

「ハロー」

紛れもない慶一の声だった。

「おう、元気でやっているか」

「父さん。いまどこから」

「空港だ。いま待合室からかけている」

「いよいよ日本に戻るんだね」

「ああ。長かったアメリカ生活もこれで終わりだ」

「昨夜電話をもらっていたようだけど」

「お母さんと話をした時に、お前から全然連絡がないと言っていたので気になってな。図書館にでも籠《こ》もっていたのか」

「そうじゃないんだ」

慶一の言葉は心なしか歯切れが悪い。

「どこかに出掛けていたのか」

「実はバイトを始めたんだ」

「バイト？　入学早々にか」

「ああ」

「どんなバイトだ」

「ソロリティで皿洗いと、家庭教師をやることにしたんだ」

「何だってそんなことを」

「だって大学に入ればバイトの一つもするのは当たり前のことじゃないか」

「確かにそうには違いないが、家庭教師はまだしも、ソロリティでの皿洗いはないだろう」

ソロリティとは、大学組織とは別に学生が自主的に運営するいわばプライベートの女子寮である。男子寮はフラタニティと呼ばれ、これらはいずれも三つのギリシャ文字の記号がついている。こうした寮は、全米の同様の寮と姉妹関係にあり、卒業生同士の繋《つな》がりも強い。もっとも、こうした寮には誰でも入れるわけではなく、スポーツ選手、学業に優れた学生といったようにそれぞれが独自の入寮資格を定めてはいるが、いずれにしても一握りの金持ちの子弟が集う場所であることには間違いない。そうした背景もあって、学校が運営する寮とは違う独特の雰囲気がある。

アメリカで大学生活を送った高見は、そこがどんな場所であるかはよく知っていた。キャンパスにおいては富める者も貧しい者も等しく学ぶ機会を保証されてはいても、こうした場所に一歩立ち入れば、貧富の差をいやというほど味わわされることになるのだ。たとえば、食事の際には正装を義務づけるところもあれば、アメリカならではの乱痴気騒ぎを繰り広げるのもこうした寮である場合が多い。正装をしてディナーを摂《と》る学生の背後で、白い制服を着せられてじっと佇《たたず》んでいるのもまた学生。それはある意味でアメリカ社会の縮図ともいえるが、まだ高校を卒業したばかりの青年が体験するにはいささか酷というものだ。

「ソロリティでの皿洗いは無給だけど、夕食がただになるんだ。それに比較的拘束時間も限られているから、まあいいバイトといえるんじゃないかな」

「お前には、生活に困らない程度の仕送りはすると言ったじゃないか」

「でも、必要なものはまだたくさんあるよ」

「必要なもの？　どんな」

「車とか……」

「車？　そんなものはバークレーにいれば必要ないだろう」

確かにアメリカで生活するには車は必需品には違いない。しかし、いくつかの例外的な都市もある。たとえばマンハッタン、ロサンゼルス、シカゴ、サンフランシスコといった都市は、公共交通機関も発達しており、へたに車で移動するよりもずっと効率的に動き回ることができる。バークレーのキャンパスは広いとはいっても、学部ごとにまとまっており、移動にも通学にも車は必要ない。サンフランシスコの街に出るにも、バートと呼ばれる地下鉄を利用すれば三十分もかからない。

「バークレーとサンフランシスコだけで四年間を過ごせと言うならね」

「どういう意味だ」

慶一の言葉が即座に理解できず、高見は思わず訊《き》き返した。

「父さん。いまのところ僕は大学を卒業したら大学院に進むか、すぐに就職するかはまだ決めてはいない。職に就くにしてもアメリカで探すか、それとも日本に戻るのか、それも分からない」打って変わって慶一はきっぱりとした口調で話し始めた。「でもね、僕が知っているのはアメリカといっても、カリフォルニアばかり。東部はもちろん、中部も、南部だって行ったことはない。もちろん父さんが駐在している間に、ネバダやオレゴンには連れて行ってもらったことはあるけど、この国のほとんどを知らないで過ごしてきたんだ。この国は広いよ。大学に入ると、これまでとは全然違っていろんな人間が集まってくる。そんな連中と話している間に、この国は僕がまだまだ知らないところばかりだ、知らなきゃいけないところがたくさんある、そう思ったんだ」

「車が欲しいというのは、アメリカを自分の足で見て歩くためか」

「父さん」慶一の言葉に力が入った。「僕は大学を卒業するまで、たぶん日本へは帰らないと思う」

「何だって」

「休みのたびに、僕はこの国を旅して回ろうと思うんだ。幸い、小学校から今までずっと現地校に通っていたお陰で言葉には不自由しない。勉強を疎《おろそ》かにしなければ、夏休みはフルに自分の時間に費やすことができる。確かに父さんが言わんとしていることは理解できるさ。ソロリティで皿洗いをやって間もないけれど、そりゃ惨《みじ》めな気持ちになることはあるよ。だけど、それも今まで僕が知らなかったこの国の一部じゃないか。一度世の中に出れば、こんなことはたくさんあるんじゃないのかい。それを少しばかり早く経験しているだけのことじゃないのかな」

慶一の言うことはもっともだった。

アメリカで長く暮らしていると、この国の持つ長所と短所を痛切に感じることがあった。

雄大な自然。快適な住環境。豊富な物資。おおらかな国民性——。だがそれは短所と表裏一体で、苦労せずとも、それなりの生活ができるために、多くの国民の目は常に周囲のごく限られた世界にしか向かない。そうした背景があってアメリカのスタンダードが、ともするとグローバルスタンダードと思い込むという国民性を生むことになったのだ。

事実、アメリカ人の六割は自国から一歩も出ることなく一生を終えるという。仕事をしていても、アルファベット以外の言語、つまりコンピュータのソースコードでいうならば、一つの文字を表すのに2バイツを要する国があることなど、想像だにできないのだ。ビジネスの現場で日本とアメリカ双方の文化の仲介者の役割を演じる中で、日々痛切に感じてきたことを、慶一は早くも感じ始めているのだ。

それにしても、いつの間にこんなことを考えるようになったものか。

そう思うと高見は、半ズボンにTシャツといったいでたちで、サンフランシスコ空港に降り立った幼い日の慶一の姿を思い出した。

迎えの人々でごった返すロビーへ通ずるドアが開き、佇む父親の姿を見つけると、

「お父さん！」

と言って、小走りに駆けよって来た慶一。その背後にはまだ幼いみなみの手を握った瑠璃子がいた。いつものように笑みを浮かべながらも、異国での生活に不安を覚えていたのだろう、妻の笑顔にはさすがにぎこちなさが感じられたものだった。

パロアルトの新居に向かう途中の車内でも、慶一ははしゃぎっぱなしだった。片側四車線の道路を見ては、感嘆の声を上げ、

「広いね」

「大きな家ばっかりあるね」

「空が高いね」

「光が眩《まぶ》しいね。日本と全然違うなあ」

初めて見るアメリカに興奮の色を隠さず、無邪気にはしゃいでいた慶一だったが、思い返せば彼のアメリカでの生活も、必ずしも順調だったわけではなかった。

駐在員にとって、子供の教育の問題は最大の悩みの種の一つである。慶一もまた、新学期が始まると早々に、現地校に通うことになったのだ。片言の英語も喋《しゃべ》れない身にはそれがどれほど過酷な体験であったかは想像に難くない。日本で小学校五年といえば、私立中学を目指す子供はそろそろ受験の準備に入る年頃である。アメリカのような先進国、それもサンフランシスコのような環境のいい場所への赴任となれば、最低四年の任

期が課せられるのが普通である。この歳《とし》で現地校に通わせれば、帰国する頃にはネイティヴといってもいいほどの語学力は身につくだろうが、帰国した後のことを考えると、やはりそれなりのリスクがある。受験のことを考えれば、現地校での勉強に専念させればいいというわけではない。いや、当の現地校での勉強すらも、当然、英語で行なわれる授業の内容はちんぷんかんぷんときている。日本の塾の通信教育の教材を取り寄せては、瑠璃子が教え、英語での勉強は高見が毎日深夜になるまでつきっきりで面倒をみるという日々が続いた。そして週末には日本語教室がある。かように駐在員の子供というのは、勉強の面でも日本で暮らす子供以上の苦労を強いられるものなのだ。

慶一にしても、それは辛《つら》い日々であったろう。日本語で説明すると、何の苦もなく理解できる簡単な内容が全く理解できないのだ。クラスの中で一人取り残される。その孤独、疎外《そがい》感にさいなまれた慶一が教科書を放りだし、いきなり机につっぷしたかと思うと、大声で泣き出した夜もあった。

それがいつの間にか英語を覚え、地域の野球チームに入りすっかりとアメリカ社会に溶け込んだ。それも、いまでは逆に、もしも日本に戻ったら、母国の社会にうまく溶け込めるのだろうかと心配するほどに……。

高見は、日本を離れて八年という歳月が持つ時の長さを改めて思い知った気がした。

「お前の考えはよく分かった。そこまで考えてのことなら、何も言わない。だがこれだけは約束してくれ」高見は自分の口調が柔らかくなるのを感じながら続けた。「学生の本分は勉強だ。それは今も昔も変わっちゃいない。この国を知るのも大切だが、もっとプライオリティ《優先順位》が高いものがあるのを忘れないでくれ」

「約束するよ、父さん。決して失望させるようなことはしないよ」

「しかし、四年もの間、日本に帰ってこないということを母さんが聞いたらがっかりするだろうな」

「休みのたびに、日本に帰ってたんじゃ、家計も大変でしょ。みなみも私立にやったんだし。何かと物入りなんじゃないの」

「ばか言え。そのくらいの甲斐性《かいしょう》はあるさ。お前の心配することじゃない」

「飛行機代にお金を使うくらいなら、僕がもしも大学院に行くって言い始めた時や、みなみの進学のために貯金しておいてよ」

まんざら冗談ともいえぬ口調で、慶一は言った。

「ああ、そうするよ」

「父さん、もう行かなきゃ。授業に遅れてしまう」

「とにかく体には気をつけるんだ。何をやるにしても健康でなければどうにもならない」

「わかってる」

「元気でな」

「父さんも」

高見は受話器を静かにフックにかけた。まだ息子の声の余韻が耳の奥に残っているような気がした。頬の筋肉が自然と緩み、胸の奥から温かいものがこみ上げてくる。ブースから立ち上がり、最初に座っていた椅子《いす》に戻り、グラスに注いでおいた赤い液体を一口啜《すす》った。机の上に置いておいた読みかけの新聞を改めて広げた。なにげなくページを捲《めく》ると、経済面の片隅にゴシックで書かれた見出しが目に留まった。

『東洋電器産業　従業員三千人を削減　早期退職者を募集』

心臓が一つ大きな鼓動を打った。広げた紙面を持ち直す手が強《こわ》ばるのが分かった。

寝耳に水の話だった。ここ数年、会社の業績が振るわないのは充分に知っていたが、まさか早期退職者を公募するとは、一言たりとも聞いたことがなかった。

早期退職制度といえば聞こえはいいが、それが事実上の首切りであることは容易に想像がつく。全社員を対象とした公募とはいっても、組織にとって必要のない人間が対象になるのは当たり前の話だ。

帰国を前にしてもなお、暫定ポストへの辞令しかないこの身はどうなるのだろうか。まさか会社に自分が座る椅子がないなどということは――。

ふと視線を転ずると、中庭の噴水に陽光が反射し、目を射た。叩《たた》きつけるような水音に、胸中にこみ上げてくる前途への不安をかきたてられるような気がして、高見は席を立った。

第二章　暫《ざん》定《てい》人事

東洋電器産業本社ビルは、大企業の本拠がひしめく大手町にあり、その中でも二十五階建ての威容は否応《いやおう》なしに人目を引く。バブルが始まる直前に建て直された社屋は、ビル全体が青みがかった反射ガラスで覆《おお》われ、東京の空を突き破るかのようにそびえ立っていた。

日本経済が右肩上がりの成長を続け、誰もがあの繁栄が未来永劫《えいごう》にわたって続くと信じて疑わなかった時代の産物だった。

『もしも皇居を売れば、カリフォルニア州が丸ごと買える』『欧米の経営者は日本式の経営を学ぶべきだ』

いまにして思えば妄言としかとれない言葉が、大声で叫ばれた時代が確かにあったのだ。

東洋電器産業も、半導体、コンピュータ事業を次世代の主力と定め、「電子立国日本」の中核を担《にな》うべく、事業を急速に拡大していった。

だが、それももはや過去の話である。サンフランシスコ空港の待合室で読んだ新聞記事が脳裏をよぎると、完成当時は、あれほど眩《まぶ》しくみえた建物が、巨大なハンマーの一撃で崩れ落ちてしまうのではないか、と思われるような錯覚を高見は覚えた。

まだ早い時間にもかかわらず、大手町の路上は、オフィスに向かうサラリーマンやOLの群れが絶えることがない。

機中ではなるべく睡眠を取らず、昨夜は家に帰り久方ぶりに妻の手料理を味わうと早々に床につき、充分に体を休めたつもりだったが、やはり時差のせいだろうか、体が重かった。背中に早くも汗が噴き出してくるのを感じながら、高見は人々の流れに乗って本社ビルへと向かった。

朝八時。来客用の正面玄関は、まだ開いてはいなかった。従業員専用の通用口に向かうと、入り口に立っていた守衛が身分証の提示を求めてきた。

「TAM（東洋電器アメリカ）の高見です」

高見はアメリカで使用していた写真入りのIDカードを提示した。

「ああ、高見さんね。聞いています。臨時のIDカードを預かっておりますので、こちらで受け取りの書類にご記入願えますか」

守衛はそう言うと、ブースの中から一枚の紙を手渡してきた。

上着の内ポケットからボールペンを取りだすと、所定の欄に必要事項を記載した。

本社ビルにかかわらず、東洋電器産業の施設にはセキュリティシステムが設置されている。IDカードの裏面に貼《は》り付けられた磁気テープには個人認識情報が書き込まれており、あらかじめ許可されている区画以外は、たとえ社員であろうともドアのロックを解除できず、立ち入れないシステムになっている。高見が所持しているTAMのIDがそのまま使用できるのは、日本では横浜にある研究所だけだった。

「それから湯下《ゆした》人事本部長からご伝言がありまして、お見えになったらすぐにお部屋の方に来て欲しいとのことです」

紙片を受け取ったところで守衛が言った。

「本部長はもう出社しているのですか」

帰国の翌日に人事部に出向くことはアメリカを離れる前に命ぜられていたことだったが、約束の時間は九時だったはずだ。それまで、地下の社員食堂でコーヒーでも飲んで時間を過ごすつもりだったが、湯下がすでに出社しているとは少し意外な気がして高見は訊《き》いた。

「ええ、三十分ほど前にいらしています。人事本部長室はご存知ですね」

「知っています」

臨時のIDカードが手渡された。高見はそれを手にエレベーターホールへと向かった。

磨き抜かれた大理石貼りのホールには、まだ始業一時間前だというのに、早々と出社してきた社員がエレベーターの到着を待っていた。ほどなくして、八機あるエレベーターの一つに軽やかな音と共に到着のランプが灯《とも》った。

エレベーターに乗ると、高見は二十四階のボタンをタッチした。乗り合わせた社員たちの目が一斉に自分に向けられるのが分かった。

本社ビルの二十三階以上は役員室と、彼らが使う会議室、食堂といった専用施設があるだけである。ほとんどの社員にとってはめったなことでは立ち入ることのない場所だ。二十四階に着いた頃、エレベーターに乗っているのは高見一人となった。

ドアが開くと、ダウンライトに照らされた空間が広がった。一般社員が働くフロアーとは違い、ここには人のざわめきもなければ、電話の音もない。巨大な組織の中で、激烈な出世競争を勝ち抜き、さらに上のポストを息をひそめながら虎視眈々《こしたんたん》と狙《ねら》う人間たちの住処《すみか》にふさわしい静寂に包まれていた。臙脂色《えんじいろ》の毛足の長い絨毯《じゅうたん》が敷き詰められたホールを横切ると、秘書が控えるブースがあった。

すでに出社していた女性秘書が、高見の気配を察して視線を向けてきた。

「おはようございます。TAMの高見です。湯下人事本部長に、こちらに来るようにと仰《おお》せつかりまして」

「伺っております。少々お待ち下さい」

秘書は電話を取り上げると、短いボタンをプッシュし、

「高見さんがお見えになりました——かしこまりました。すぐにお通しいたします」と言い、「ご案内します」

ブースから出ると、先に立って長い廊下を歩き始めた。

役員室に続く手前にはガラスの自動扉があり、秘書は自らのIDカードをスキャナーに差し込んだ。

モーターの鈍い音と共に扉が開いた。長大な廊下の両側には重量感のあるぶ厚いドアがずらりと並んでいる。

秘書はその中の一つのドアの前で立ち止まると、二度ノックをした。

「どうぞ」

聞き覚えのある声が応《こた》えた。

秘書がドアを開け、道を開けた。

ダウンライトに慣れた目を、窓から差し込んでくる秋の早朝の光が射た。

「よう、久しぶりやな」

大きな窓を背にして重厚なデスクを前に座る湯下武郎《たけろう》が親しげな声を掛けてきた。

「昨日、帰国しました」

「公《おおやけ》の場ならともかく、二人でいるときはそんな他人行儀な言葉遣いはやめろよ。同期の仲だ」湯下は革張りの椅子《いす》から立ち上がると、

「まあ、そこへ掛けろ」

応接セットの置かれた一角を顎《あご》で指した。

上着は身につけていなかったが、若い頃から愛用しているラルフ・ローレンのシャツにパンツ、それにタッセルスリッポーンといったいでたちで固めた長身が露《あらわ》になった。

「それじゃ失礼するよ」

高見は、促されるままにソファに腰を下ろした。

湯下は机の上に置いた煙草《たばこ》を銜《くわ》え火を灯《とも》すと、煙を吐きながら歩み寄り、高見に向きあう形で座った。

「コーヒーでええか」

湯下は、クリスタルの灰皿の上に灰を落としながら訊《たず》ねてきた。

「ありがたいね。時差ボケのせいか、どうも頭がすっきりしない」

「それじゃコーヒーを二つだ」

「かしこまりました」

「どうや。ひさびさの日本は」

秘書が丁重に礼をし、ドアが閉じられたところで湯下は言った。

「九月に入って暑さもだいぶ和らいだとは聞くが、それでもカリフォルニアのような乾いた気候のところから来ると、日本の湿気はこたえる。地下鉄を降りて、ここに来るまでに早くも汗まみれだ」

「まあ、そうやろうな。日本じゃエアコンの利《き》いた家から、そのまま自動車でオフィスに直行というわけにはいかへんからな。八年もの間アメリカで暮らしてきた身には、慣れるまで大変やろう。それにしてもや——」湯下は再び煙草を深々と吸うと、ふうっと薄い煙を吐き、「TAMのセンター撤退業務はさぞや大変だったろうに、ずいぶんと血色がええな。もっと疲労困憊《こんぱい》しているか思うたが」

東京暮らしが長いにもかかわらず、いまだ抜けきらない関西弁を吐きながら、濁った目を向けてきた。

「帰国前に、四日間ばかり釣りに行っていたのだ。その間にすっかり日焼けしてしまった」

同期の気安さで言ったつもりだったが、

「さすが国際派は違うな。仕事は仕事、プライベートはプライベート。バケーションはしっかり取るというわけやな」

意に反して、湯下はいささか棘《とげ》を含んだ言葉を投げ掛けてきた。

「そういうわけじゃない。アメリカ生活の最後に、やっとまとまった時間ができたものでね。八年間封印してきた釣りに出掛けたというわけだ」

「プライベートな時間をどう使おうと、それは君の勝手や。事実、TAMのR&Dセンター閉鎖をさしたるトラブルもなしにやり終えた君の働きは会社も評価している。しかし、何ともうらやましいことやな。こっちは、TAMのR&D撤退がようやく一段落したかと思うたら、今度は希望退職者の公募や。息をつく暇もあらへん」

そう言うと、再び煙草を吸った。ニコチンの匂《にお》いに混じって、微《かす》かに酒の匂いがした。ふと視線を転ずると、部屋の片隅に置かれたロッカーの上には半分ほどなくなった一升瓶が置いてある。残業が長引いた折、居合わせた同僚と酒を酌《く》み交わすのは日本ではよくあることだったが、さすがに人事本部長の部屋にこれ見よがしに置かれた一升瓶には違和感を覚える。

改めて目の前の湯下の顔を見ると、皮膚は黒ずみ血色が悪い。昨夜は家に帰らなかったのだろうか、シャツの襟には皺《しわ》がより、全身から疲労の色が滲《にじ》み出ているような気がした。

「そのニュースは、新聞で読んだよ。サンフランシスコの空港でね」

「全く酷《ひど》い時に人事本部長になったもんや」湯下は吐き捨てるように言った。「年功序列の撤廃、成果主義の導入、そして今度は早期退職。まるで俺の就任を待っていたかのように、制度見直しが相次いで、いまじゃ社内の人間は疫病神《やくびょうがみ》のような目で見やがる」

「まさか、そんなことはないだろう」

そう言いながらも、湯下が歩んできたキャリアを考えると、あるいは、という思いを抱くのを高見は禁じ得なかった。

一流とはいえ、関西の私立大学を卒業した湯下が、二年前四十三歳という異例の早さで取締役人事本部長に就任したのにはそれなりの理由があった。

もともと東洋電器産業は、創業者である向山兵衛《むこやまひょうえ》が大阪で起業し、一代で現在の総合家電メーカーの基礎を築き上げた会社である。歴代の経営トップは向山一族の直系に連なる者が就任し、現在の社長である安西修吾《あんざいしゅうご》にしても、向山家の次女と結婚した人間である。

湯下の父はかつて大蔵省で審議官まで務めた人物で、官僚としてのキャリアを積む間、若くして大阪近郊の税務署に署長として赴任した折、兵衛に見込まれ、向山家と縁戚《えんせき》関係にある女性を妻として娶《めと》ったのだった。そうした関係もあって、湯下の企業人としてのスタートは、事務・技術職として採用された二百余名の社員とは全く異なるものだった。

通常、東洋電器産業では、新入社員は一定の研修期間を終えた後、日本中にある販売店に現場研修に出される。その後、本社に配属されるのはごく一部で、技術職を除いては地方の支店勤務を命ぜられるのが慣例となっていた。

それが湯下の場合、販売店研修が終わると、いきなり本社勤務。それも総括室という、社長直属の社内全般の業務を監視し、経営戦略に深くかかわる部署に配属されたのだった。その年、本社勤務の辞令を受けたのは、わずか十五名に過ぎなかった。高見もまた、その中の一人で、海外戦略室へ配属された。もっとも高見の場合、アメリカで教育を受け、語学に抜きんでていたという背景があればこそのことだったが、湯下が名だたる国立大学出身者とともに、会社の中枢《ちゆうすう》組織に身を置くことになったのは、向山家に連なる人間だったからに違いない。

事実、本社勤務が始まってしばらくした頃、高見は湯下に六本木の街に呼び出されたことがある。そこは、新入社員が飲むには、不釣り合いな高級クラブで、本社勤務を命ぜられた同期のうち五人が呼び出されていた。「同期会や」そう言う湯下の誘いを軽い気持ちで受けたのだったが、場末の居酒屋ならまだしも、一回の勘定だけでも月給の半分は軽く吹き飛んでしまうのは明らかだった豪華なクラブとは、思いもよらなかった。同席していた他の四人も、腰が落ち着かない様子でいるのを尻目《しりめ》に、湯下一人が悠然として杯を重ねた。そして当時総括室長の役職についていた飯山《いいやま》が突然現れた。総括室長は次期役員を約束された人間が就くポストとされ、新入社員にはまさに雲の上の存在だった。

緊張し、一斉に直立不動の姿勢を取った高見たちを前に、飯山は言ったものである。

「今日、ここに呼ばれたのは、特別に選ばれた人間たちだ。君たちは他の社員とは違う。いずれは東洋電器の中枢を担《にな》う人材と我々が判断したのだ」

「これがどれだけすごいことか分かるか。大変なことなんやで」

湯下は、身を固くしている同期の姿を見ながら、うすら笑いさえ浮かべて飯山の言葉を継いだものである。

飯山は慣例通り、次の役員改選で、取締役人事本部長に就任した。そしてあれから、二十年が経《た》って、その後に湯下がそのポストを射止めた。

湯下が言うとおりに、自分が将来を嘱望された選ばれた人間だったのかどうかは分からないが、海外戦略室勤務が二年を終えた時点で、シカゴ大学のビジネススクールへの企業派遣が決まった。帰国すると、今度は横浜のR&Dセンターへ転属となった。半導体市場が好調の極みにあった時代である。紛れもない栄転だった。

高見は、新しい仕事に没頭した。半導体市場は爆発的な勢いで拡大していた。ライバル企業に追いつき、追いこそうと寝食を忘れて仕事に没頭した。

高見に出世の欲がなかったといえば嘘《うそ》になる。同族がトップに就く、という不文律がある以上、頂点を目指すことはもとより叶《かな》わぬことだが、それでもいつかは部門を統括する地位に就きたい。その程度の志は人並みに持ってはいた。

『君たちはいずれは東洋電器産業の中枢を担う人材だ』

次期取締役から、そうした言葉を投げ掛けられて、悪い気がしなかったわけではない。夜の会合への誘いは、横浜のR&Dセンターに移ってからも続いた。だが、本社を離れ、R&Dセンターで多くの技術者や同僚と仕事を共にしているうちに、そんなことはどうでもいいように感ずるようになった。そこには派閥も政治もなく、『金の卵を生まない研究者はただのブロイラー。売れる戦略を立てられないマーケティング担当者は穀潰《ごくつぶ》しだ』

能力は成果物が証明し、マーケットが最終的判断を下す。まさにポストとは実力で勝ち取るもの。厳然たる競争原理が支配する世界だった。

さほど興味のない社内政治の話にうつつを抜かしながら、無意味な時間を過ごすのに比べ、R&Dで働く研究者たちの何と清々《すがすが》しいことか。

高見は次第に湯下と義理を欠かない程度に距離を置くようになっていた。会合への参加が一回おきから二回おきに……。そんな時にアメリカへの駐在の辞令が下りたのだった。

あれから二十年。湯下はその間、一度他部門を経験したが、総括室長の地位に就き、そして東洋電器産業の役員の地位に最年少で上り詰めていた。

ドアが密《ひそ》やかに二度ノックされると、先ほどの秘書がコーヒーを運んできた。香ばしい匂いが鼻孔をくすぐる。アメリカ駐在時代は、オフィスに入ると一杯のコーヒーを飲むのが日課だったが、高見は軽く唇を湿らせた程度でカップを置いた。アメリカのオフィスは全館禁煙である。スモーキングエリアさえない。そうした環境に慣れ親しんだ身には、煙草の匂いがどうしても気になった。

「ところで、今回の早期退職者の公募だが」

秘書が再び部屋を去ったところで、高見は切りだした。

「久しぶりに会ったというのに、さっそくその話か」

「サンフランシスコの空港で、新聞記事を読んだだけだから詳しいことは分からんが、三千人もの希望退職者を募るそうじゃないか」

「人の口に戸は立てられないとはよう言うたもんや。誰が話したのかは分からへんが、公式発表をする前に漏れてしまったらしい」

「それも東洋五万人の全従業員を対象にだ。どんな条件を出すにせよ、社員の間に動揺が走るのは容易に推測できる」

「確かに、いま社内はその話でもちきりや。さまざまな憶測が走っているようやね」

いささかうんざりした顔で、湯下はコーヒーを啜《すす》った。

「早期退職のプログラムはもう決まっているのか」

「君のような人間でも気になるものかね」

「全従業員を対象にということになれば、他人事じゃない。僕も当事者の一人だからな」

「お前は大丈夫だ」

半分ほどの長さになった煙草を灰皿に擦《こす》り付けると、湯下は首を振りながら口元を歪《ゆが》めた。

「僕は、大丈夫？　それはどういうことだ」

「いいやろう。俺とお前との仲だ」湯下は、ソファの背もたれに体を預けると、長い脚を組んだ。「ただし、この話はまだ社内でも役員以上の人間しか知らんことや。これから話すことは、実際にプログラムが発表された後も一切他言無用。それは約束してくれ」

「分かった」

「実は、今回の早期退職者は公募ということにはなっているが、事実上の指名解雇になる」

「何だって」

「そんなに驚くほどのことでもないやろう。当たり前の話やがな」

「しかし、どうやるつもりか知らんが、実際に早期退職者の募集が始まれば、会社側の意図はすぐにばれてしまうだろう」

「そこや。会社だって阿呆《あほ》やない。今回の大リストラをやるために布石を二年前から打ってきたんや」

「二年前から？」

「意外とお前も勘の鈍いやっちゃな。二年前何があったか、思い出してみいや」

「年功序列制度の撤廃。実績重視の人事考課制度の導入。賃金テーブルの廃止か」

高見は即座に答えた。

もともと東洋電器産業は、典型的な日本型経営を以《もっ》てなる企業だった。終身雇用は保証されている上に、入社後五年で主任、八年で準管理職の課長代理になるまでは、横一線のエスカレーター式に上がっていく。年功序列が社内の不文律となっていた。課長になると、管理職になり、残業手当は一切つかなくなる代わりに、役職者手当として月三万円が支給された。それ以降は部長代理、次長、部長へと昇進していくのだが、ここからは実際の役職名と、職権もそれまでの実績と能力によって大きく異なってくる。

つまりこの時点で、管理職としての能力のない人間は、閑職に追い込まれ、給与の上昇カーブは緩やかになる。一応の肩書は会社から与えられるが、世間でいう窓際《まどぎわ》ポストに就き、後は定年を迎え、会社を去るまでの間そのポストに甘んじなければならないのだ。

それでも、外目には大東洋電器の管理職である。いかに、給与の伸びが悪くなるとはいえ、世間一般の給与水準から見れば、決して悪い給与ではない。それにメーカーならではの福利厚生施設は、同業他社と比べて決して見劣りすることはなかった。

それというのも、創業者である向山兵衛の残した経営哲学が絶対不変のものとして社内に根づいていたからだった。

尋常小学校を卒業後、丁稚《でっち》で入った大阪の電器屋で経営のノウハウを学び、事業を興し、一代で会社の礎《いしずえ》を不動のものとした兵衛は、東洋電器の中にあって、まさに神と呼ぶにふさわしい存在だった。

入社当時、名誉会長の職にあった兵衛は、入社式の壇上で車椅子《くるまいす》に座った姿であったが、それでもよく通る声でこう言い放ったものである。

「東洋電器に入社した諸君は、もはや家族である。会社は死ぬまで諸君を決して見捨てない。その代わり、諸君はこれから、仕事には滅私奉公の姿勢で臨まなければならない」

それゆえに、会社が年功序列の撤廃と同時に、業績給の導入、つまり賃金テーブルの撤廃を言い出した時には大いに戸惑ったものだった。

「そうだ」湯下は、一つ肯《うなず》くと言った。「今回の早期退職を行なうにあたっては、伏線として年功序列の撤廃と業績給の導入はなくてはならないものやったんや」

「しかし、業績給の導入に際しては、イコール・オア・ベター、つまり最悪の場合でも現状維持は保証する。新人事考課が反映されるのは現状以降を前提としての話と――」

「遠いアメリカには、会社側が提示した条件の詳細が伝わっていなかったようやね」湯下は、鼻を鳴らすと、「イコール・オア・ベターを保証するのは、制度導入後二年間という条件付きや」

そう言われてみれば、確かにそんな条件が付いていたような気がする。高見は思わず押し黙った。

「来年の三月いっぱいで、その二年目がやってくる。つまり、こちらが宣告した通り、それ以降は現社員の給与についても、手をつけることができるというわけや」

「まさか、人事考課をもとに、給与を下げるというわけじゃないだろうな」

「大抵の管理職なら知っていることやが、会社が使っている人件費は、実際に社員が受け取る給与よりも遥《はる》かに多額なものや。厚生年金や健康保険の補助、労災保険……それらの額を合わせれば実際の支払い賃金の倍近くの金を支払っている。できるやつも、できへんやつにも等しくな。会社の業績が右肩上がりの時ならばともかく、知っての通りこの五年、業績は低迷を続けて、経営基盤を脅《おびや》かすところまできている。もはや、穀潰しを飼っている余裕などあらへんのや」

「それで、いったいどうするつもりだ」

「退職希望者は公募という形を取る以上、まず最初に全社員を対象に面接を行なう」

「それは、人事部が行なうのか」

「まさか。五万人の社員全員の面接を人事がやれるわけあらへん。それにそんな時間的余裕もない。面接は部門の長が行なう」湯下は新しい煙草《たばこ》に手を伸ばすと続けた。「面接にあたる部門長には、新しい給与の額が記載されたシートをこちらから渡す。評価の低い穀潰しは、おそらくいまよりも最高で三〇％近くの減額となるやろう。もっともそうはいっても、基本給には手をつけられへん。業績給を反映させるのは主にボーナスや」

「それじゃ、馘《くび》を宣告するのも同じことじゃないか」

「当たり前や。ろくな仕事もせんで、禄《ろく》を食《は》んでる連中を一掃するのがそもそもの狙《ねら》いやからな」

「つまり、この条件でいいのなら会社にいてくれてもいいが、いやならさっさと辞めろ。そういうことなのだな」

「そういうことや」

「一つだけ訊《き》くが、一般的に早期退職を行なう企業では、何かしらのインセンティヴを与えるものだが」

「その点は考えてある。通常退職金の計算基準は、基本給をベースとして、それに勤続年数を掛けたものが適用されることになっている。今度の場合は基本給に役職者手当を加算したものを適用する。部長代理以上の役職者にとっては、このまま会社に居残って定年を迎えるのと同じ退職金を、いや人によってはそれ以上の退職金を現時点で手にできるというわけや。泥棒に追い銭のような話やがな」

創業家との繋《つな》がり、それに社長直轄《ちょっかつ》の組織である総括室に長くいただけあって、誰であろうと不遜《ふそん》な態度を取るのは湯下の常である。さすがに目上の人間と話をする時には、それなりの態度を取るのだが、同期、あるいは目下の人間と相対する時にはその傾向が特に顕著になる。

「しかし、会社がやろうとしていることは事実上の指名解雇だ。面接が始まれば組合だって黙っちゃいないだろう。早期退職者公募の情報が漏れたのも、彼らが君たちの狙いを察知してのことじゃないのか」

高見はそんな湯下の態度に不快感を覚えながら言った。

「組合ねえ」湯下は口元に皮肉な笑いを浮かべながら言った。「確かに組合の執行部は、早期退職者の公募に関して、いろいろと警戒していることは事実や。しかしそれも表面上の話やがね」

「表面上?」

「君はアメリカ暮らしが長いせいで、組合の仕組みというものをよう知らんようやね」

「どういうことだ」

「組合の執行部に選出される社員は、選挙で選ばれることになっているんやが、候補者については前任者から事前に人事部の了解を取り付けることになってるんや。何しろ組合執行部には、こちらも表にできない会社の秘密といえる情報を見せることになるんやからね。特に委員長、書記長、賃金部長といった団交前の事前交渉の席に着く三役は、将来の幹部候補生と目される人間があたることになっているんや。それにウチの組合は総合家電メーカーの中では唯一《ゆいいつ》、電機労連には加盟してへんからね」

「それじゃ、組合との団交は、出来レースというわけか」

「まあ、そういうことや」湯下は平然と答えた。「団交なんてものはな、儀式や。ベースアップやボーナスの額なんてもんは、三役と人事との間の非公式の事前交渉でおおよその落とし所が決まる。あとは連中の面子《メンツ》を立ててやるよう形を整えてやればええ。なにしろ、組合も事務・技術職の組合員からは、月額五千円、一般職からは三千円の組合費を徴収しているんや。シビアな交渉の末に、少しでも要求に近い条件を勝ち取ったということにでもせんと、格好がつかへんやろう」

組合には課長代理以下の非管理職が漏れなく加入することになっていた。当然若い社員が大半を占める。東洋電器産業の賃金ベースからいえば、月額五千円という額は決して小さなものではない。

入社して二年後には、MBAを取得するためにビジネススクールに派遣され、それから八年にわたるアメリカ駐在を命ぜられるまで、横浜のR&Dセンターで十一年もの間を過ごした。当然その間の大半は自分も組合員であったにもかかわらず、その活動に興味を覚えることはなかった。年に二度、春には賃金と夏の賞与、秋が深まる頃には年末手当の交渉があり、その経過と結果が組合報として通知される。その程度の認識しかなかった。高見にとって、組合は遠い存在だった。さらにアメリカ駐在前、すでに日本の組織上、課長の資格を与えられてからは非組合員となり、完全に組合とは縁が切れていた。

高見は、初めて知る会社の労働組合のからくりを、愕然《がくぜん》とした思いで聞いた。

「組合は今回の早期退職制度の導入に関して、表向きは警戒の色を露《あらわ》にしているが、少なくとも執行部の連中の本音はむしろしょうがないとさえ考えているやろね」湯下は、そんな高見の心中を推し量る様子もなく続けた。「先ほども言ったように、執行部の連中は将来の幹部候補生として人事が認めた連中ばかりや。仕事はできる。当然人事考課もええ。そうした人間にとってみれば、無駄飯を食っている連中は、本来自分たちがもらって当然の給料を割いて養ってるようなものやからね」

「僕は入社式の時に創業者の向山翁《おう》が『社員は家族だ。会社は死ぬまで諸君を決して見捨てない』と言った言葉をいまでも覚えている」

「翁はこうも言ったんじゃなかったか。『だから諸君も仕事には滅私奉公の姿勢で臨まなければならない』と」湯下はあからさまに不快な色を顔に浮かべると、「ええか、わしらは、何も会社に有益な人間を片っ端から首を切ろうとしているんやないで。職務に忠実な社員の足を引っ張っている穀潰《ごくつぶ》しを整理しようというのや。一生懸命働き、会社に貢献している社員に、正当な報酬を支払うためにな。それにいまの会社には、もはや余剰な人間を抱えている余裕などあらへんのや。君も知っての通り、この数年業績の低迷は目を覆《おお》うばかりや。過去の蓄えを食いつぶしながら、かろうじて賃金を支払っているというのが現状や。君のいた事業部だけでも、去年一年間だけで二百億からの赤字や。ええか、二百億やで。経常利益でこれだけの利益を上げようとしたら、なんぼの商いをせなならんか、君にも分かるやろう」

「なるほど、君のいうことには一理ある。しかし、日本でそんなドラスティックな手法をいきなり取り入れるのは、いささか早計というものではないのかな」

「思慮が足りへんとでも言いたいんか」

「そうじゃない。これは僕の経験から言うんだが、人材の流動が激しいアメリカでは、早期退職制度、特にインセンティヴのあるプログラムを発表すると、真っ先に辞めていくのは優秀な人材、つまり会社にとって損失になるような人間だ。こうした人材はすぐに買い手がつくからね。我が社にも他社が喉《のど》から手が出るほど欲しがっている優秀な人材はたくさんいる。いままでこうした人材が辞めていかなかったのは、少なくとも会社は絶対に自分を裏切らない。従業員と会社との間にそうした固い信頼関係があったからじゃないのか」

「高見」湯下は、不気味なほど落ち着いた口調で言った。「余人を以て代えがたい仕事なんて、どこの会社にもあらへんよ。誰かがいなくなれば、その後を継ぐ者が出てくるもんや。それが組織というものや。優秀な人材がインセンティヴをもらって辞めるというならそれでもええ。ある程度の損失は覚悟の上や。もっとも、君が心配するように、本当に会社にとって、必要と思われる人間がどれほど辞めるかははなはだ疑問やがね」

「どうしてそんなことが言える」

「日本の企業社会でも人材の流動性が活発になって久しいが、迎える側の企業はまだまだよそ者には冷たい。日本にある外資の現地法人でもや。君はアメリカ生活が長くてまだ気がついておらへんのやろうが、そうした現実は日本企業で働く者なら誰でも知っている。多少なりとも頭の働くやつなら、まずそんな冒険などしないもんや。それでも辞めるというのは、目先の利益に目が行った人間か、よほどの自信過剰者や。もっとも、君には会社に残ってもらわなければ困るがね。何しろ会社の費用でMBAまで取らせたんだから、まだまだ働いてもらわなければ困る」湯下は二本目の煙草を灰皿に擦り付けると、「とにかく、君には当面本社で市場調査室長付をやってもらうよ。早期退職者が固まれば、早々に組織改編がある。これはそれまでの暫定《ざんてい》ポストやがね。八年ぶりの日本勤務や。リハビリも必要だろうし、せいぜい英気を養ってくれたまえ」

打って変わった事務的な口調で言った。

＊

夕方から東京は激しい雨になった。

銀座のコリドー街の歩道を高見は一人歩いていた。歩道に敷き詰められたブロックに叩《たた》きつけられた雨は、傍らの路上を通る車のヘッドライトの光を反射して銀色の飛沫《しぶき》を上げ、高見のズボンの裾《すそ》を重く濡《ぬ》らした。

高速道路下にある商店街。その一角に『寿司処《すしどころ》 東京』と書かれた看板が掛かった入り口から、地下へと続く階段を下りた。藍染《あいぞめ》の品のいい暖簾《のれん》の掛かるドアを開けると、ほのかな酢の香りと共に、

「いらっしゃい」

銀座らしく、落ち着いた声が高見を迎えた。

十五人ほどのカウンターと上がり座敷にテーブルが二つ。手入れの行き届いた白木の付け台の前には、見るからに新鮮な海の幸が整然と並んだケースがある。まだ時間が早いせいか、店内に客はいなかった。

年の頃は三十を迎えたばかりといったところだろうか、糊《のり》の利《き》いた白い司厨着《しちゅうぎ》に帽子

を被《かぶ》った職人が、カウンターの中から出てくると、

「お荷物をお預かりしましょう」

そう言うなり、高見が手にしていた鞄《かばん》を受け取った。

「どうぞ、お好きなところへ」

高見は一番奥のカウンター席に座った。

「お飲み物は何にいたしますか」

「ビールをもらおうか」

「銘柄はどういたしますか」

社用族が多い土地柄らしく、訊《たず》ねてきた。

「キリンのラガーを」

「かしこまりました」

磨き抜かれた小振りのグラスと共に、キリンラガーの中瓶が用意され、最初の一杯を注ぐと、職人はカウンターの中に入った。

「いま、突き出しをご用意します」

高見は冷えたビールを一息に飲み干し、二杯目をグラスに注いだ。

職人は、ケースの中から寿司ネタの鯵《あじ》を取りだすと、鮮やかな手つきで包丁を入れ、火を灯《とも》したコンロの上で炙《あぶ》り始めた。魚が焼ける香ばしい匂《にお》いが漂い始める。

高見は立ち上がると、

「電話をかけたいのだが」

「それでしたら、あそこにピンク電話があります」

職人は目を上げると、入り口近くの一角を手で指し示した。

「ちょっと借りるよ」

受話器を取り上げると、ボタンをプッシュした。数度の呼び出し音の後、受話器が上がった。

「高見でございます」

妻の瑠璃子の声が聞こえてきた。

「私だ」

「あなた。いまどちら」

「先ほど一度電話をしたのだが、留守だったのでメッセージを残した」

「この雨でしょう。みなみが傘を持って出なかったので、買い物ついでに駅まで迎えに出ていたの。メッセージは聞いたわ。帰りは遅くなるのね」

「急に同期の連中が帰国祝いをやってくれることになってね、なるべく早く帰るつもりだが、少し遅くなるかもしれない」

「出社早々、大変ね。あなたもお疲れでしょうに」

「湯下が同期の連中に声を掛けていてくれたらしくてね。皆忙しいところを僕のために集まってくれるというのだ。むげに断るわけにもいかんだろう」

「それじゃ今夜はお食事の用意をしなくてよろしいのね」

「いま、銀座の寿司屋にいる。『東京』だ」

「『東京』に？」

意外な店の名前を聞いたというように、瑠璃子は訊ね返してきた。

「皆、まだ会社を出られなくてね、銀座のクラブに八時に集合だそうだ。それまでに何か腹に入れておかなくてはと思ってね。一人で軽く食事をしてから出掛けるよ」

「そうでしたの。久しぶりに皆さんとお会いになるのですから、野暮は言いたくありませんけど、あまり飲みすぎないようにね。帰国したばかりなんですから」

「分かっている。なるべく早く帰るようにするよ」

湯下が急に「今夜同期の連中が帰国祝いのために集まるから」と言い出したのは、人事本部長室を辞する直前のことだった。帰国の翌日、それもこちらの都合を聞くこともなく、一方的に設けられた席である。思わず返答に詰まった高見の心中を見透かしたように、湯下は言った。

「君の都合を聞かずに、日にちを決めてしまったのは悪かったかな。もし、抜き差しならぬ用事があるのならまたの機会にするが、集まる面子は皆忙しい連中ばかりや。今日を逃すと今度はいつ集まれるか分からんからな」

「誰が来るんだい」

湯下は四人の名前を挙げた。いずれもよく知った面々だった。かつて六本木のクラブで、『特別に選ばれた人間』『いずれは東洋電器の中枢《ちゅうすう》を担《にな》う人間』と言われた人間たちだった。

「特に、南井《みない》は大阪本社の西部営業統括部の次長、宮下《みやした》も名古屋支店の営業統括部次長で、たまたま会議で東京本社に来ている。これだけの面子が集まることはまずないだろう」

突然の申し出も不愉快だったが、かつて若かりし頃、何度か出席した会合の光景を思い浮かべるとなおさら気乗りのしない話だった。その一方で、たとえ湯下を含めて五人とはいえ、同期の人間と酒席を共にするのは、久方ぶりのことである。この歳《とし》になると、同期の多くは各地の支店や事業所に散らばり、顔を合わせることはほとんどない。

湯下が全くの善意でこの席を設けてくれたのか、あるいは何か目的があってのことかは分からない。だが、むげに断るのも何やら大人げないような気がして、高見は申し出を受けることにした。

電話を切ると席に戻った。タイミングを見計らったように、小皿に載せられた鰺の焼き物が付け台の上に置かれた。

改めてビールで喉を湿らし、ほのかに脂《あぶら》が滲《にじ》み出る締まった身を口に入れた。アメリカでも日本と遜色《そんしょく》ない寿司を口にすることはできるが、やはり母国で味わうそれは一味も二味も違った。改めて、日本に帰って来たのだという実感が湧《わ》いてくるようだった。

「高見さん？」

その時、奥の調理場から初老の男が姿を現すと、言った。

「おじさん」

懐《なつ》かしい顔に、高見は立ち上がり、頭を下げた。

「日本にお帰りですか」

「ええ、昨日、本社に戻ってきました」

「それはそれは、長くのお勤めご苦労様です」

「何だか、犯罪者の出所祝いの言葉みたいですね」

若い職人が二人のやり取りに怪訝《けげん》な表情を浮かべているのを尻目《しりめ》に、二人は声を出して笑った。

「それにしても、何年になりますか」

「八年です」

「そんなになりますかねえ。私も歳を取るわけですな」

「そんなことはありませんよ。まだまだ、若くていらっしゃる」

「いやあ、いまでは表の方は息子に任せて、私は裏方です」

「こちらは息子さん？」

「洋介《ようすけ》です」

若者らしい機敏な動作で、洋介は帽子を取ると頭を下げた。

「こちらは、東洋電器の高見さんだ」

父親が、すかさず高見を紹介した。

「お父さんには、ニューヨーク時代からずいぶん世話になりましてね。高校時代からですから、もう三十年近くになります」

「そうでしたか」

洋介は、爽《さわ》やかな笑みを浮かべると、二度、三度と軽く肯《うなず》いた。

『東京』の主人を務める大林洋《おおばやしひろし》と知りあったのは、一般の日本人にとってまだ海外渡航など夢であった七〇年のことである。マンハッタンにある『レストラン東京』は、当時、数少ない本格的な寿司を提供する場所として、祖国の味覚に飢えた駐在員の間で人気の店だった。そこで腕のいい職人として働いていたのが大林だった。

アメリカ人の間でも徐々に寿司人気が高まりつつあった時代ではあった。しかし、生食にたえられる魚を調達するための流通網は、現在のように確立されてはおらず、価格もそれに比して高額だった。

大手商社の駐在員としてニューヨークに駐在していた父は、日本からの出張者や取引先の接待で、よく『東京』を使っていたせいもあって、年に何度かは家族でこの店に出掛けたものだった。

そうした経緯もあって、大林が日本に帰国し、銀座のこの地に店を構えてからも、当時駐在をしていた企業人や、その子弟、そして大林がニューヨークを離れた後に、彼《か》の地で暮らした経験を持つ人間が異国での生活時代を懐かしみ、ここを訪れるのだった。高見にとっても、この店は若き日の思い出に浸れる場所であり、いわば隠れ家的存在で、一人ひっそりと、誰に気がねすることなく美味《うま》い寿司と共に杯を傾ける場所だった。

「しかし、立派におなりになりましたね」

大林は、眼鏡の下からかつての高見の姿を見るかのように目を細めた。

「よして下さい。私ももう四十五ですよ」

「そうですか、そんなになりますかね。とてもそんな歳には見えませんがねえ」

「日に焼けているからでしょう。帰国直前にオレゴンとの州境にあるクラマス・リバーにスチールヘッドを釣りに出掛けたもので」

「ご家族もご一緒にお帰りになったのですか」

「上の息子は今年大学に入ったもので、アメリカに残してきました。下の娘は高校に入ったばかりでしたので、一足早く家内と一緒に戻りましたがね」

「お子様もそんなに大きくおなりになったのですか」

「早いものです。気がつけば大学生と高校生ですからね」

「ところでお父様はお元気ですか」

「ええ、父も母もいまのところ元気でやっています。すっかり隠居生活が身について、杉並の自宅周辺をうろつくばかりのようですが、たまには二人で都心に買い物に出掛けたりはしているようです。こちらには顔を出しませんか」

「最近はあまりお見かけしませんねえ。前にいらしたのは確か一年ほど前だと思いますよ。何しろうちはランチをやりませんから」

「銀座の一等地で、周辺にはオフィスもたくさんあるのに？　昼でも結構商売になるんじゃないですか」

「人通りと客通りは違うんですよ。これも商売の難しいところです。でも、昼前から毎日仕込みをやっていますから、お訪ね下さればお料理はお出ししますよ。お父様にもそうお伝え下さい」

「ええ。伝えます」

そう答えながら、高見は父親の英介《えいすけ》がこのところめっきり老いが目立つようになったという母親の言葉を思い出していた。

父は今年、七十二歳になる。大手総合商社の一つである大和物産の鉄鋼部門の営業職として英国、アメリカと二度にわたる駐在を経て、本社に帰任した後は昇進を続け、七年前の六十五になるまで常務取締役を務めた。『鉄は国家なり』という言葉に象徴されるように、父の商社マンとしての人生は鉄鋼産業が日本経済の中心を成した時代と共に始まった。誰もが繁栄は未来永劫《えいごう》にわたって続くことを疑わなかった。だが、気がつけば鉄鋼産業は一転して奈落《ならく》の底へと転落した。まさに父は産業の栄枯盛衰を身を以《もっ》て体験してきたのである。同じ仕事に忙殺されるにしても、勝ち戦は人に活力を与え、さらなる意欲と野心をかき立てるものだが、敗戦処理はあらゆる気力を奪っていく。米櫃《こめびつ》といわれた部門が、荷物と言われるようになり、ついに大和は栄光にあやどられた鉄鋼部門を本体から切り離し、分社化することになったのだった。

担当役員として父は、リストラ、従業員の移籍と、苦難に満ちた仕事の先陣に立ち、指揮を執った。

切り離しにあった赤字部門に所属する従業員が辿《たど》る運命が過酷なものであることに何の説明もいらない。ましてや回復の見込みのない斜陽産業ともなれば、なおさらのことである。対象となる社員は、決して自ら望んでその部門に配属になったのではない。入社時の配属。部門間異動のない、事業別採算制を取る会社では、それが全《すべ》てを決してしまうのだ。まさに運命の悪戯《いたずら》のなせる業である。

父にしても、過酷な仕事であったろう。だが、担当役員として、会社の経営の一翼を担う人間の一人として、それが自分の理念と反するものであろうとも、やり遂げなければならぬのは義務というものである。そして分社に伴う全ての業務が終わった時点で、父は役員としての任期を残して会社を去った。

高見は一時帰国の折、退社直後に会った父の姿を思い出した。

「営業マンがオフィスにいたんじゃ商売にならん」

アメリカ駐在時代の父はその言葉の通り、商売を求めて全米を駆け回った。顔はいつも赤銅色《しゃくどういろ》に日焼けし、たまさかの休日を家で過ごす際にも、『ウォールストリート・ジャーナル』や経済誌に目を走らせる眼光は鋭く、近寄りがたい雰囲気があった。愛用のブルックスブラザーズのスーツに身を固め、アタッシェケースを片手に颯爽《さつそう》と家を出て行く姿を、眩《まぶ》しい思いで見たものだったが、組織を離れてわずかも経《た》っていないというのに、皮膚は脂気が抜けたように乾き、体も一回りもしぼんでしまったように思えた。黒々としていた頭髪は、歳を経るにつれて白いものが目立つようにはなっていたが、もはや黒いものを探すほうが難しいほどに変わり果てていた。張りのあった声も、体が小さくなったのに比例して、めっきり力がなくなっていた。

当時は、それが現役から引退したことからの寂寥《せきりよう》感からくるものと考えていたが、実際にアメリカで部門撤退の職務を遂行したいまになってみると、父の心情が理解できるような気がした。

会社から放逐される――。従業員にとってその重みはアメリカと日本では格段の違いがある。いかに社会情勢が変わろうと、会社の経営事情が悪化し、余剰となった人員を抱えておく余裕がなくなろうと、会社を去ることになった人間にしてみれば頭では理解できても、とうてい割り切れるものではないだろう。だが、役員とはいえ所詮《しょせん》はサラリーマン、組織の人間である。社命に抗《あらが》うことなどできはしない。転籍を命じられた人間の嘆き、怨念《おんねん》、そうした負の感情を一身に受けながら、最後の仕事を全《まっと》うするために、それまでのサラリーマン生活でつちかった全てのエネルギーを使い果たしたのに違いなかった。

思いがそこに至った時、高見の脳裏に今朝ほど会った湯下の顔が浮かんだ。三千人もの人間を切る。それがどれほどの重みを持つものか、あの男は本当に分かっているのだろうか。創業一族に連なるが故《ゆえ》に、エリートコースを辿り、若くして役員の地位に就いたあの男に――。

そう考えると、これから酒席を共にすることが、いままでにも増して高見の心を重くさせた。

＊

雨脚は衰える気配がなかった。

『東京』で供された寿司《すし》は素晴らしいものだった。高見はひさびさに味わった日本の味の余韻に浸りながら、会合の場所に向かって夜の銀座を歩き始めた。

指定されたクラブは、並木通りに面した雑居ビルの四階にあった。時計を見ると、約束の八時を三十分近く回っていた。日本にいるときはもちろん、アメリカでの生活でも、約束の時間に遅れたことなど、ただの一度もない。それが三十分も時間をオーバーしたのは、やはり気乗りのしないメンバーと酒席を共にしなければならない、という思いがあってのことに違いなかった。

ビルの入り口に掲げられた看板で店名を確認すると、高見はエレベーターに乗り込んだ。湿気が澱《よど》む狭い箱が静かに上がっていく。ドアが開くと、そこに黒服のボーイが立っていた。背後の壁面には『クイーン』の看板が掲げられている。

「いらっしゃいませ」

丁重にボーイが頭を下げてきた。

「待ちあわせなのだが。東洋電器の湯下さんだ」

「お見えになっております。どうぞこちらへ」

ボーイは先に立って高見を案内した。

柔らかいダウンライトが照らし出す店内は、銀座にしてはまだ早い時間なのだろうか、空いたボックスが目立ち、客の姿はそれほど多くはないようだった。入るとすぐのところに大きな花瓶いっぱいに生花が盛られてある。その傍らにはグランドピアノが置かれ、左手の一角はカウンター式のバーになっていた。壁面は大理石を模した素材が貼《は》られ、ところどころにポップアートの絵画が掛けてある。肩が大きく開いたドレスや和服を着たホステスたちが一斉にこちらを見るのが分かった。店の雰囲気からしても、飲み代は決して安くはないことは容易に想像がつく。

一番奥のボックスに湯下を囲むようにして座る五人の同期、それにホステスたちの姿が見えた。

「よう、高見、遅いやないか」

「すまない。昔馴染《なじ》みの寿司屋に顔を出しているうちに時間が経ってしまった」

「俺たちは、先に始めているぜ。まあそこに座れよ」

湯下は隣に座ったホステスを挟んだ隣の席を指した。

「いや、おれはここでいい」

一番手前の席に座りかけたところで、

「今日はお前が主役や。そう言わんでここに座り」

「それじゃ……」

高見が勧められるままに腰を下ろすと、

「無事のご帰還おめでとう」

大阪本社で西部営業統括部次長を務める南井が、相変わらず如才のない口調で声をかけてきた。

「本来なら晩飯から付き合ってやりたいところだったんだが、営業会議は終わりの時間が読めんからな。悪く思うな」

「分かっているさ。サードクオーター《第3四半期》の数字も出る頃だ。営業は大変だろう」

「さすがにアメリカ帰りだな、サードクオーターときたか」

戯《ふざ》けた口調で言ったのは、吉川《よしかわ》だった。メーカーの社員には珍しく、薄いピンクのシャツに、黄色のタイを締めている。その出《い》で立《た》ちを見て、彼が一年前の人事で東京本社の広告宣伝部の次長に昇進したことを高見は思い出した。

「まあ、こちらはアメリカからお帰りでいらっしゃるの」

湯下との間に座るホステスが視線を向けてきた。

「高見、紹介するよ。ここのママだ」

「西沢雪乃《にしざわゆきの》でございます。いつも常務さんにはお世話になっております」

慣れた手つきで一枚の名刺を差し出してきた。

「申し訳ない。昨日帰国したばかりでね。まだ名刺がないんだ」

「あら、残念。それじゃ今度いらした時に下さいね」ママは如才なく言いながら、「お飲み物は皆さんとご一緒でよろしいかしら」と、訊《たず》ねてきた。伽羅《きゃら》だろうか、和服に炷《た》き込められた香の匂《にお》いがゆらいだ空気の中に漂った。

テーブルの上を見ると、半ばほど空いたボトルが置かれている。マッカランの十八年だった。金のチェーンのついたネームタグには湯下の名前がプリントされている。

「ママ。それはないだろう。今日は高見の帰国と本社帰任の祝いだぜ」

「最初は景気づけにシャンパンといこうじゃないか。同期とはいえこれだけの面子《メンツ》が揃《そろ》うことはめったにないんだ。いいでしょう湯下常務」

湯下の言葉を継いだのは、労務部次長の鶴岡《つるおか》だった。組織上は湯下の直属の部下になる彼もまた、一年前の人事で次長に昇格したのだった。人事畑を長く歩んできたせいもあってか、銀縁眼鏡の下からのぞく目は、一見穏やかで慇懃《いんぎん》な印象さえ覚えるが、人を値踏みするようなしたたかな光が宿っている。

「そんなシャンペンなんて……僕も皆と同じもので結構だよ」

慌《あわ》てて言った高見に、

「そんなことおっしゃらずに。湯下常務の同期の方々が高見さんのご帰国をお祝いして下さるというんですもの。いいわ、シャンペンは私にプレゼントさせて下さいな」ママはそう言うなり、困惑する高見の様子に気を留めるふうでもなく、しなやかな腕を上げ優雅な仕草でボーイを呼ぶと、「モエ・エ・シャンドンをお持ちして、私から皆さんへのプレゼント」と、命じた。

一同の間から歓声が上がった。

「常務さんにはいつもお世話になっているんですもの。このくらいのことはさせていただくわ」

「そうは言いながら、まさかシャンペン代も込みで、請求を回したりするんじゃないだろうね」

鶴岡が冗談とも本気ともつかぬ様子で、ママを見た。

「まあ、鶴岡さん。雇われママでも、私は銀座の女よ。そんなせこいまねはしませんから、ご安心下さいな。それに湯下常務は日頃からご贔屓《ひいき》に与《あずか》っている大切なお客さん。このくらいはさせていただくわ」

「おいおい、本気にとるなよ。冗談だよ、冗談」

座がにわかに華やいだものになってきた。しかしそれとは逆に、高見は胸中に重く冷え冷えとした感情がこみ上げてくるのを禁じ得なかった。

雰囲気からいって、この店の勘定は決してサラリーマンのポケットマネーで支払い切れるものではないだろう。テーブルの上に置かれた湯下のボトルにしても、街の酒屋で買ってもかなり値段の張るものだ。銀座のクラブともなればその数倍の値段を取るはずだ。ましてやママが身銭を切ってシャンペンをプレゼントするところをみると、湯下は頻繁にこの店を訪れているに違いない。彼の実家が裕福なことは知ってはいるが、接待交際費をはじめとする経費が、本当にビジネス上必要なものとして厳格な規程の下で処理されているかどうかといえば、極めて曖昧《あいまい》なのはどこの会社も同じである。事実、自分が長くいたTAMでもそうだった。会社からは接待交際費として、決して高額とはいえないまでも毎年ある程度の予算が与えられていたが、その多くは本来の目的である社外の人間との会合よりも、日本からの出張者、つまり社内接待の経費として使われる方が遥《はる》かに多かった。

しかし、それも常識の範疇《はんちゅう》でのことだ。もちろんサンノゼやサンフランシスコにも、日本でいうところのクラブに近い店はあったが、現地の感覚からいえば暴利としかいえない料金を取るのが常で、重役クラスのたってのリクエストとなれば話は別としても、大抵はサンノゼやサンフランシスコのチャイナタウンで夕食を供する、その程度のものだった。

もちろん、日本には日本の慣習というものがあることは百も承知だ。しかし、会社の業績が好調を極めているのならともかく、急速に悪化し、早期退職者を募り従業員を減らそうという時に、かような場所で宴《うたげ》の席を持つ、その神経が理解できなかった。

ほどなくして、氷で満たされた銀のアイスペールに、モスグリーンのボトルに入れられたシャンペンが運ばれてきた。磨き抜かれたグラスが、テーブルの上に並べられる。

ボーイが慣れた手つきで金の封印を破り、白いナプキンで口を覆《おお》うとコルクの栓を開けた。瓶の中のわずかな空間を満たしていた炭酸が弾《はじ》ける鈍い音がした。

他のボックスにいた客やホステスが、こちらに視線を向けてくるのが分かった。

グラスの中にわき上がった泡は、たちまちのうちに黄金色の液体へと変わっていく。

全てのグラスが満たされたところで、その様子を無言のまま見詰めていた湯下が、

「それじゃ、高見の帰国と本社帰任を祝って乾杯といこうじゃないか」嗄《しゃが》れ声を上げると、「乾杯！」自ら音頭を取った。

「乾杯！」

同期の仲間が、ホステスが、一斉に杯を上げ、唱和した。

「ありがとう……」

高見は静かにグラスを手にとると、黄金色の液体に口をつけた。

「なんや。その気のない返事は」

営業マンらしく、威勢のいい声で南井が言った。

「まあ、そう言いなや。高見は昨日帰国したばかりや。まだ時差だって抜けちゃいないだろうさ」

悠然と煙草《たばこ》をふかしながら、湯下は目を細めた。

「それにいきなり銀座じゃな。アメリカにはこんな奇麗なねえちゃんがいるクラブなん

てありゃしねえだろうからな。慣れるまでにはリハビリが必要だろう」

吉川が合の手を入れた。

「いや、アメリカにもクラブはあることはあるが、とても我々が行けるところじゃない。いまさら言うまでもないが、一回の接待交際費、会議費にしても上限が決まっているからね」

「上限？　そんなもんは、請求の仕方一つで何とでもなるがな」南井があからさまに呆《あき》れた口調で言った。「会社の規程を守ってたんじゃ、俺たち営業なんか商売がとれへんがな」

会社の規程の上限を超えた接待費を落とす方法があることなど、いまさら聞くまでもない。日付抜きの領収書、何度かに分けた請求……手はいくらでもある。ただ、日本では当たり前でも、アメリカではそんなリクエストをしても受ける店がないだけの話だ。アメリカの飲食店ではツケや一括請求などというシステムはありはしない。その都度、クレジットカードの一括払い。それがルールだ。

しかし、いまここでそんな講釈をたれても、場が白けるだけだ。

高見は曖昧な笑いを浮かべながら、シャンペンをまた一口啜《すす》った。

「それに、今日の勘定は人事部が持ってくれる。湯下のおごりや」

「しかし――」高見は一瞬口籠《くちご》もり、隣に座っているママに視線をやると、「とても会社の経費で落とせる額じゃないだろう」

「お前なあ、湯下はいまや常務取締役人事本部長やで。重役が回した伝票を誰が却下するんや」

「無粋な話はせんでええ」湯下は煙草を灰皿に擦《こす》り付けた。すかさずママが新しい灰皿を用意した。「別に役員でなくとも、派手に経費を使っている人間もおるやないか。なあ南井。お前、キタの新地じゃけっこういわしとるそうやないか」

矛先を向けられた南井はシャンペンを一息に飲み干すと、

「商売をとるためや。このご時世、正面からぶつかっていたんじゃ、でかい商売はとれやせんのや。飲ませ食わせ——」

「抱かせか」

吉川の言葉に、一同が笑い声を上げた。

「まあ、いろいろとあるがな。のう、宮下。お前やって長期債権を片づけるにはずいぶん苦労したそうやないか」

南井は名古屋支店で営業統括部次長を務める宮下を見た。

「全くその通りだね。特に名古屋の商売は厳しい。独特のルールというか、商習慣があるからね。何しろ、売掛金額の端数《はすう》は切り捨てで支払ってくるんだ」

「端数を切り捨てる？　どういうことだ」

高見は初めて耳にするまともな話に、思わず訊ねた。

「たとえば、五百五十五円でうちの製品を売ったとしようか。当然こちらの売掛金としてはその金額が記録される。だが、相手は五百五十円しか支払ってこない――」

「そんなばかな」

「それが名古屋のルールというんだな。こいつがなかなか面倒でね。こちらの管理データには、五円は長期債権として残る。だが相手の帳簿では支払ったことになっているんだからね。端数とはいえ、塵《ちり》も積もれば何とやら。気がついた時には、これが結構ばかにならない額になっている。当然交渉も難航する――」

「まあ、本来なら販社の担当がかたをつける問題なんやが、もめるとやはり最後はメーカーセールスが出ていかなくてはならなくなるわけや。それこそ、相手をなだめすかし、時には飴《あめ》もやらにゃいかん。会社の規程も分かるが、現実はそう杓子《しゃくし》定規にはいかんのや」

営業の経験のない高見は、実際の商売の難しさを改めて知る思いで耳を傾けた。

「しかし、飴をやるにしても、タイミングが難しい。予算は限られている上に、四半期ごとの業績によって使える経費は変わってくる」

「SADAか」

高見は言った。

ＳＡＤＡとはセールス・アドミニストレーション・ディストリビューション・アドバタイズメントのそれぞれの頭の一文字を取った言葉で、売上額によって、業務、物流、広告の経費比率を決定することを意味する。つまり当初の売上目標が達成されない場合、当初目標額の利益を確保するために、未達成額に応じて経費は自動的に削減されるのだ。「今日の会議でも、第3四半期の業績は、当初目標の八〇％までしかいかないという報告があった。この分だと第4四半期は相当な経費削減があることは覚悟しなければならんだろう」

宮下は、真顔になって短い吐息を漏らした。

「広告宣伝部にしても、経費削減は深刻だよ。特にＳＡＤＡの概念が取り入れられてからというもの、決まって第4四半期には、テレビ、雑誌、新聞と、あらゆる媒体からの広告を減らさなければならなくなる。特に家電製品の露出低下は、そのまま売上実績に影響を及ぼす。つまり市場での認知度が低いとやはり駄目なのだ。営業からはもっと広告を打てと言われるし、こちらとしては販売実績が上がらないと、広告経費は出ない。営業と会議をすると必ずこの繰り返しだ。まるで卵が先なのか、鶏が先なのか、永遠に結論の出ない論議で終始する。事実この数年、我が社の広告は第1四半期に比べて第4四半期は、出稿量が半分ほどに落ちている」先ほどまで軽口を叩《たた》いていた吉川の顔には一変して、深刻な表情が浮かんでいる。「社内で経費削減と無縁なのは、いまじゃ組合の執行部ぐらいのものだろうさ」

「組合の執行部？」

高見はその言葉の意味が理解できずに、思わず問い返した。

「そうか、君は組合とはあまり深くかかわったことがなかったね」宮下は、意味あり気に口の端を歪《ゆが》めると、「R＆Dに行かずにあのまま本社にいれば、きっと君も支部委員を経て執行部の役員をやらされて、役得に与ったところなのだろうが、惜しいことをしたな」

「役得？　組合の執行部にそんなものがあるのか」

高見は訊ねた。

「まあ、アメリカに限らず海外の事業所にいる連中は、組合との接点とはいっても、教宣ビラが送られてくるのがせいぜいだ。君が知らんのも無理はない。もっとも、日本にいたところで、内情を知るものは執行部経験者だけだがね」

組合の執行部に選ばれる者は、事前に人事部の了解を得た者が候補者として就任するということは湯下から今朝聞いたばかりだった。人事考課が高く、将来会社の基幹幹部に就くとみなされた者が選ばれるのだ、と湯下は言った。それだけでも激烈な出世競争に晒《さら》されている身には、将来への約束手形をもらったのと同義語だろうが、それよりももっと大きなインセンティヴがあるとでもいうのだろうか。

南井がちらりと湯下の方を見るのが分かった。早くもシャンペンを空にした湯下は、平然として、オンザロックのスコッチが入ったグラスに口をつけている。

「つまり、こういうことや」その様子を確認したところで南井は話し始めた。「組合には課長代理以下の非管理職が全員加盟することになっているのはお前も知ってるやろ。その総数は東洋電器五万の従業員のうち、八割を占める。その全員から事務・技術職は月額五千円、一般職は三千円の組合費が給与から控除され、自動的に組合に振り込まれる。その額は年間、三十億以上にもなる。もちろんこの多くは、闘争資金、つまり会社側との労使交渉が決裂してストをした時に、職場放棄をした時間によって、会社側が時給換算して組合員の給与からさっぴく分への補塡《ほてん》としてプールされる」

「しかし、僕たちが入社して以来、ストなんてやったことはないじゃないか」

「そうや。だから組合に闘争資金としてプールされている額は莫大《ばくだい》なものや。いまや半月程度ならぶち抜きでストをやったところで組合はびくともせんやろう」

「言っていることの意味が分からないな。組合には潤沢な闘争資金がある。それと執行部の人間の役得がどう関係するんだ」

「組合員から徴収した組合費は全額闘争資金に回るわけやない。組合には数は少ないが専従の女子社員もおる。その人件費に回さなならん分もあるし、執行部の人間には年間二十万円からの手当も支払われる。それに教宣ビラや組合室の家賃、地方の支部委員が会議で東京に集まる時には、その交通費、宿泊費、弁当代、まあいろいろと経費がかかるわけや」

「つまり役得というのは、本来の給与にオンして支払われる手当のことを言うのかい」

湯下から聞いた組合と会社の関係からすれば、組合の役員とはいっても、さほど面倒な仕事とは思えない。いわば御用組合の役員として馴《な》れ合いの交渉をするだけで年間二十万円からの手当を得ることができるともなれば、確かに役得とはいえるだろう。

「勘の鈍いやっちゃなあ。ほんま、お前アメリカボケしてもうたんちゃうか」南井は心底呆れた口調で言うと、ぐいと身を乗りだし、声を低くした。「ええか、組合ちゅうても、経費項目は普通の会社と同じじゃ。お前、組合の決算資料なんか、まともに目を通したことないやろう」

確かに日本のR&Dセンターにいた当時は、年に一度、バランスシートが送られてきたことは記憶にある。しかし、南井が指摘するように、そんなものはすぐにゴミ箱に投げ捨て、まともに目を通したことなどなかった。

思わず押し黙った高見に、

「組合の執行部の役職にある者には、それぞれに自由裁量で使える予算枠ちゅうもんが認められているんや」

「それも半端な額じゃない。書記長ともなれば二千万。賃金部長なら五百万。教宣部長あたりでも四百万からの枠がある」

吉川が続けた。南井は一つ肯《うなず》くと、

「書記長が図抜けて高いのは、会議が業務終了後、つまり夜に行われることもあって、執行部員や雑務を手伝ってくれる支部委員の弁当代、それに地方の委員が東京にやって来る際の旅費、宿泊費、まあもろもろの経費をそこから支払うことになっているからなんやが、会議は何も組合室でだけやるとは限らへんがな」

そう言い放つと、下卑た笑いを浮かべた。

「経費をどう使うかは、各自の裁量の一つだ。予算をオーバーしない限り、自分が担当する部の支部委員をねぎらってやることに使うこともできれば、執行部員のみの会議に使うこともできる」

「その会議というのは、こういう場所でかね」

「そういうこともあるわな」

皮肉を込めて言ったつもりだったが、南井は悪びれる様子ひとつなく平然としている。

「しかし、会計処理はどうするんだ」

「会計部長だって執行部の一人や。当然余得に与《あずか》っている。もっとも、実際に伝票処理するのは、専従の女子社員やが、それだってちょろいもんや。とうてい自費じゃ行けへんような、高い店で時々晩飯を食わせてやれば、文句は言わへんよ。賃金部や教宣の支部委員やて、同じようにちゃんと役得に与っとるがな」

「そういえば、今年の執行部の引き継ぎは台湾でやったそうだね」

鶴岡が言った。

「どうして、執行部の引き継ぎが台湾なんだ」

「次期執行部には会社側との継続交渉事案も含めて引き継ぐことはたくさんある。それに前執行部と新執行部とは、その後も何かと密に連絡を取りあわなければならんしねえ。週末を利用して二泊程度の合宿をするのが、慣例となっているのだよ。泊まりがけとなれば、旅費を含めても、へたな日本の旅館やホテルの方が、遥《はる》かに高い。その点、ツアーを組めば外地の方が安くつく」

組合費は社歴の長短にかかわらず、一律の金額が給与から天引きされる。決して高額とはいえない給与から、毎月強制的に徴収されるのだ。それに誰も異議を唱えないのは、東洋電器の従業員として、正当な報酬と身分を護《まも》ってくれる組織であると、信じているからにほかならない。

従業員が労働の対価として受け取った報酬が、一部の役員のいわば遊興費に等しいことに使われている。この現実を知ったなら、一体どう思うだろうか。

組合貴族という言葉が頭をよぎった。そう思うと、かつて入社間もない時代に、職場集会で『団結』『東洋電器産業労働組合』と白抜きされた赤旗が掲げられた大会議室で、やはり『団結』の文字が白抜きされた赤鉢巻を締め労働歌を歌った当時のことを高見は思い出した。

長くアメリカで生活した身には、なにやら労働組合が共産主義や社会主義のイデオロギーに満ちあふれたもののような気がして、いいようのない違和感を感じたものだった。共産主義や社会主義が労働者のためにあり、真に平等な社会を形成するなどということは世迷言《よまいごと》だ。それはこの世に存在してきた社会主義国家、共産主義国家のことごとくが、指導者とそれに連なるごく一部の特権階級によって支配され、結局のところ人民を搾取《さくしゅ》する体制になった歴史が証明している。

従業員の血と汗の結晶である給与の一部をかすめ取りながら、会社側と談合を行ない、特権階級然として振る舞う組合執行部の行状を聞くにつけ、高見は胸中に怒りがこみ上げてくるのを抑えきれなかった。

「それも全《すべ》て組合の経費で処理するのかね」

「おいおい、そう批判的な物腰で言いなや」さすがに、高見の気配を察したのか、南井がいささか慌《あわ》てた口調で言った。「執行部やて、なにも経費を使って遊び呆《ほう》けているわけやあらへんがな。やることはちゃんとやっとる。春闘や年末手当の交渉にしたかて、要求額を決めるにあたっては、組合員全員からアンケートを取る。全東洋四万人からやで。それに実際に支払われた給与やボーナスがなんぼやったか、それもとことこまかに分析し、会社と交渉をするんや。そりゃ楽な仕事やあらへんで。もちろん君のような、外地に赴任した駐在員の待遇についても、交渉の重大な課題や。君が外地で快適な暮らしをしてこれたのも、組合の執行部が会社と交渉して、しかるべき条件を勝ち取ったお陰やで」

「快適な暮らし？」

「そうや。だいたい、アメリカのような先進国の、しかもサンノゼのようなええところに住みながらやな、日本での基本給に加えて、TAMからも給料をもらう。八年も駐在すれば、日本に帰ってきてもマンションなんかキャッシュで買えるほど金が貯まったやろう。船で海を渡った時代ならいざ知らず、いまじゃアメリカと日本なんて、飛行機でひとっ飛びや。ものの十時間もあれば着いてまうやないか。それもビジネスクラスで酒は飲み放題。そんな待遇が保証されているのも、組合あってのものやで」

「確かに、僕の赴任地は恵まれた環境だったとは思うよ。駐在員事務所は何もアメリカやヨーロッパのような先進国だけじゃないからね。アフリカや中東、南米と日常生活を送るのに、ずいぶんと不自由を強いられる国に赴任している社員もたくさんいる。だがね、日本の給与とTAMからの給与がダブルインカムという点については誤解があるようだから、ここではっきりさせておく」南井の顔色が変わるのが分かったが、高見は構わず続けた。

「駐在員規程をよく読めば分かるが、TAMをはじめとする海外事業所の駐在員には本社、現法の両方から給与が支払われる代わりに、住宅手当、子供の学費、カンパニーカーといった、インセンティヴは一切ないのだ。つまり社命によって、駐在するにもかかわらず、給与の範囲で全てを賄《まかな》わなければならない」

「それでも事実上、倍の給与をもらっとることになるやないか。広い家を借りて贅沢《ぜいたく》をするか、それとも切り詰めて金を残すかは、それこそ個人の才覚の問題やがな」

「サンノゼ近辺は、シリコンバレーが急速に発達したこともあって、付近の就労人口に比して、住居が極端に不足している。勢い、家賃も日本並み、いやそれ以上に高い。事実ホームレスがあふれかえっているという笑えない現状がある」

「ホームレス？」

「それも本来の意味とは全く違うね」

「どんな意味や」

「職があり、それなりの給与をもらっていて、家賃を支払う能力があっても、通勤圏内に肝心の住居の絶対数が不足しているのだ」

「何とも、景気のいい話やな」

水割りのグラスを傾けながら、南井は視線を逸《そ》らした。

「それに子供の教育は、いずれ日本に帰ってきたことを考えれば、現地校の他に補習校に通わせたり、家庭教師をつけたりもしなければならない。そういう意味では生活は決して楽ではないのだ。むしろ持ち出しが多いくらいだ。君はいま、マンションが買えるほど金が貯まったろうと言ったが、帰国するにあたっては、借り上げ社宅にお世話になることにしたよ。とてもそれほどの金など残せはしなかった。嘘《うそ》だと思うなら、湯下に聞いてみるんだな」

南井はちらりと、湯下の方に視線をやったが、

「それでも、アメリカ駐在をしたお陰で、君の長男はアメリカの大学に進み、娘さんは帰国子女枠で聖花女子大付属のインターナショナルスクールに入ったそうやないか。聖花といえば一流のお嬢様学校や。受験の心配もすることなく、そのままエスカレーターで誰もがうらやむ大学への切符を手にすることができただけでもうらやましいこっちゃ」

「まあまあ、そんなにお二人とも熱くならずに。せっかくの高見さんのご帰国お祝いなんですから」

場の雰囲気が険悪になりかけた気配を察したママが明るい声を上げた。

傍らで、グラスの中で氷が触れ合う微《かす》かな音がした。湯下がグラスの中のスコッチを一気に空け、テーブルの上に置いたのだった。

ヘルプのホステスが、すかさず氷を足し、新たにスコッチを注ぎ入れた。湯下はそれ

を手に取ると、ぐいとまた一口、琥珀色《こはくいろ》の液体を喉《のど》に流し込んだ。いつの間にか、ボトルは三分の一ほどに減っている。

もともと酒は群を抜いて強い男だったが、以前よりも、勢いが増しているようだった。

高見は、人事本部長室のロッカーの上に置いてあった一升瓶と、酒臭い息を吐きながら話をする湯下の姿を思い出した。黒ずんだ顔色は、疲れのせいばかりではないようだった。どうやら過度の飲酒が彼の体を痛めつけているようだ。

「湯下。大丈夫か。あまり顔色がすぐれないようだが、むちゃ飲みは体に毒だ」

「大丈夫や。心配することあらへん」

表情ひとつ変えることなくまた一口呷《あお》り、グラスを置くと、煙草《たばこ》を銜《くわ》えた。ホステスがすかさず火をかざす。

「高見の言う通りや。少しペースを落とさんと……」

南井が高見に同調して、たしなめるような口調で言った。他の仲間たちも無言のまま湯下を見詰めている。

それは必ずしも湯下の身を案じてからのものではない。会社のエリートコースを歩み、最年少で取締役人事本部長の地位に就いた湯下には、酒癖の悪さという最大の欠点があった。ある程度のところまでは平静を保っているのだが、一定の量を超えたところで豹《ひょう》変《へん》する。もっともそうした悪癖は、本人も充分認識しているところがあって、自分より上の地位の人間がいる時には、決して飲酒のペースを速めない、だが同期や目下の人間ばかりという時は違う。目が据わり、呂律《ろれつ》が怪しくなってきたかと思うと、誰にともなく絡《から》み、暴言を吐く。時には頭を平手で叩《たた》くといった暴挙に出ることも珍しくなかった。今夜はいったい誰がその餌食《えじき》になるのか。テーブルを囲む一同がじっとその動向に探りを入れているのだった。

本来ならば、そんな男と酒席を共にするのは誰しもが御免被《こうむ》りたいところだが、それでも誘われれば断り切れないのは、やはり湯下が創業一族と強いコネクションを持ち、その威光の下、人事本部長の地位に上り詰めたという事実があってのことだった。

「ところで湯下。首切りリストの作成は進んでいるんか」

宮下が営業マンらしい絶妙のタイミングで話題を転じた。

「社員の格付け作業はすでに終わっている」

「格付け？」

思わず問い返した高見に、

「最近、日本でもリストラが当たり前のことになったせいで、一昔前までは考えられなかった商売が成り立つようになった。その一つが従業員の格付け会社や」

湯下はまた一つ、今回の早期退職制度のからくりを話し始めた。

＊

終電間際《まぎわ》の地下鉄は混みあっていた。朝の通勤ラッシュに比べればまだマシには違いないが、自動車通勤に慣れた身にはやはりこたえるものがあった。加えて、乗り合わせた乗客のいずれもが、同じ髪の色、肌の色をしている。アメリカでは考えられない光景に、電車が駅に着くたび、黒い波が押し寄せて来るような錯覚を覚える。体は酷《ひど》く疲れているのに、頭は冴《さ》えているのは時差のせいだろう。目を閉じて、電車の揺れに身を任せたいところだが、先ほど湯下から聞いた、従業員の格付けの話が頭にこびりついて離れなかった。

「企業の格付けは聞いたことがあるが、従業員の格付けはどうやってやるんだい」

興味津々《しんしん》といった態《てい》で身を乗りだしたのは宮下だった。

「おおまかに言えば、学歴、社内でのキャリア、それに人事考課を項目ごとにポイント化し、その総合点の低い順に早期退職を勧告する」

「学歴？　そんなものをどうポイント化するんだ」

思わず問い返した高見に、

「そういうビジネスを生業《なりわい》にする会社があるんや。大学といっても、ピンからキリや。

会社が大きくなってから、名の通った一流校出身者ばかりが集まってくるようになったが、昔は高卒や、二流、三流校出身者を本社の事務・技術職として採用してきた経緯がある」

湯下は平然とした口調で答えた。

「しかし、そうした人たちの能力が必ずしも低いとはいえないだろう。それに二年前に人事部が成果主義の方針を取り入れたのは、むしろ学歴などという入社時の経緯にとらわれず、本当に会社に貢献した社員に報いてやるためではなかったのか」

「あのな、高見。もう少し頭を働かせや。一流校を卒業してやね、配属されてみたら上司は遥か格落ちの学校出身者、ましてや高卒やったら、それだけでもその人間のモチベーションが下がるやろう」

「たしか新入社員の採用にあたっては、学校名の記載は不要、つまりブラインドで面談を行なうという方針を人事が打ち出した記憶があるが」

「今はもうそんな面倒なことはしてへんよ。あの方式には欠点があったからな」

「欠点？」

「手間がかかり過ぎるのや。志望者全員と面談せんことには、どんな人間かなんてことは分からへん」

「しかし、そのお陰で、たとえ名もない学校の出身者でも、有能な人材を採用できたんじゃないのかね」

「結果から言えば、二流、三流校からの採用者も確かにあった。だがね、圧倒的多数は、やはりそれなりに名の通った学校に集中する。特に、技術部門は採用実績のある学校の研究室との繋《つな》がりもあるしな。今じゃ、入社希望者は、ネットを通じて民間の就職情報サイトにエントリーせんことには、我が社とコンタクトできないことになっている。そこには事実上の学校指定がしてあるんや」

「それじゃ、指定校から漏れた学生はいかに優秀であろうとも、落とされてしまうじゃないか」

「統計上の結果と効率の問題やな。砂の中からダイヤモンドを探すのか、それとも宝石店の店頭に並んだ商品から買い得な石を選ぶのか」

「君の言葉をストレートに解釈すると、いかに人事考課が良くとも、二流、三流の学校出身者は、それだけでハンデキャップを負ってしまう。そうじゃないのか」

「あのなあ、高見。高卒者や二流、三流の大学出身者が、会社に貢献していないとは言わへんよ。そやけどな、会社が大きくなるにつれて、新入社員のほとんどが一流校出身者ばかりになると、そうした人間は、自然と主流から外れてしもうたんや。いま会社で高卒で会社のメインのラインについとる人間などおりゃせん。皆、閑職に就くことを余儀なくされとる。二流、三流の大学出身者も同じじゃ」

「それは、会社の中に学閥に似たものが出来上がってしまったからじゃないのかい」

「学閥？　妙なことを言うじゃないか。そんなものがあるなら、何でお前がビジネススクールに派遣され、順調に昇進を重ねてこれたんや。ＲＩＴ出身者なんて社内のどこを探してもおらへんぞ。そうちゃうか」

「揚げ足を取るつもりはないが」高見は怯《ひる》まなかった。「先の君の言葉からすると、仮に今、翁《おう》のような人材がいたら、我が社にあっては真っ先にリストラの対象になってしまうんじゃないのか」

突然、湯下は大声を上げて笑いだした。

「翁のような人間なら、最初からサラリーマンになんかならへんよ。もしいたとしても、会社にしがみつくことなく、とっくの昔に辞めて自分で事業を興しているがな」

「まあ、高見。君はまだ帰ってきたばかりで、会社の状況がまだよく分かっていないのだ。本社に復帰すれば、今回の早期退職が理に叶《かな》ったものだということは、理解できるはずだ。何も湯下だって好んで首を切ろうとしているんじゃない。会社が生き残るためには、しょうがないことなんだ。もうよそう、こんな生臭い話は。今日は高見の帰国祝いの席だ。もっと違う話をしよう」

吉川の言葉を機に早期退職に関する話題は中断した。

高卒や名もない大学の出身者、それに人事考課の低い人間を対象とするとなれば、早期退職を勧告するにあたって会社がいかにインセンティヴを与えようとも、全《すべ》ての退職者がその後の人生を送るのに充分な報酬を受け取れるとは思えない。おそらく退社を余儀なくされた社員の多くは、第二の職場を求めて奔走することになる。しかし、学歴に特に見るべきものがない、ましてや早期退職と言えば聞こえはいいが、事実上のリストラにあったとなれば、転職だってそう簡単にはいくまい。

それはアメリカのR＆Dセンターを閉鎖した時の経緯を考えれば明らかだ。部下の多くは、高学歴な上に、特別な技術を身に着けていた。それに現時点においては、いまだ好調の極みにあるシリコンバレーという受け皿があって初めてうまくいったのだ。湯下がやろうとしていることは、弱者を切り捨て、荒波が逆巻く世間に放逐することにほかならない。

そうした社員の行く末に思いをはせると、高見は暗鬱《あんうつ》たる気持ちに襲われるのだった。

渋谷に到着すると、高見はそのまま田園都市線に乗り換えた。こちらもまた終電間際とあって、ホームは人でごった返していた。立錐《りっすい》の余地もない車内で、周囲の人々が持つ傘についた水滴が衣服にしみ込んでくるのが分かった。

用賀の駅に着き、階段を上がって外に出ると、相変わらず雨が降り注いでいる。マンションまでは徒歩で十分ほどの距離がある。一瞬タクシーを使うことを考えたが、乗り場には長い列ができている。

どうせ、濡《ぬ》れついでだ。高見は歩くことに決め、水銀灯が灯《とも》る住宅街の道へと足を進めた。少しも行かないうちに、革底の靴から路上に溜《た》まった雨がしみ込んでくる不快な感触があった。

さすがにこの時間になると、人通りはない。周囲に降り注ぐ雨音がやけに耳につく。砂漠気候のカリフォルニアには大雨はめったに降らない。考えてみれば、これほどまとまった雨に出くわすのは、久しぶりのことだった。

ズボンの裾《すそ》が重く感じてきたころ、白いタイル貼《ば》りの瀟洒《しょうしゃ》なマンションが暗がりの中に立っているのが見え始める。会社が用意してくれていた借り上げ社宅である。

入り口に立ったところで、部屋の番号を押した。軽やかなベルの音。しばらくすると、インターフォンを通して、

「はい」

妻の瑠璃子の声が聞こえた。

「私だ」

「お帰りなさい」

その声がやまないうちに、オートロックが解除されるモーター音がした。ロビーを横切り、突き当たりにあるエレベーターに乗ると、部屋のある五階へと向かった。テラス状の長い廊下をいくらも歩かないうちに、ずらりと並んだドアの一つが開いた。

「お疲れさま。結構早かったのね」

すでに入浴を済ませたのだろう、化粧を落とし、Tシャツにスカートといった寛《くつろ》いだ格好をした瑠璃子が明るい声で言った。

「帰国の翌日だ。さすがに連中も気を使ってくれたのだろう」

「まあ、すっかり濡れて」玄関に立った高見の姿を見た瑠璃子は、「お風呂《ふろ》を入れますから、すぐに着替えて」

慌《あわ》ただしく、新しい衣類の準備を始めた。

湯を沸かすために浴室に消えた瑠璃子が戻ってくる間に、すっかり雨に濡れそぼったスーツを脱ぎ捨てると、下着姿のままでリビングへと向かった。オープンキッチンを入れれば十三畳ほどの広さがあるはずだったが、アメリカから送った家具を持ち込んだせいで、さほどの広さは感じられない。それに加えて天井の低さがさらに空間を狭く感じさせた。

革張りのソファに腰を下ろした瞬間、高見は体の底から疲れが湧《わ》き出てくるのを感じて、一つ大きな溜息《ためいき》を吐《つ》いた。

「まあ、そんな格好で。年頃の娘がいるんですから、早くこれを着てくださいよ」

瑠璃子がショートパンツと、ポロシャツを差し出してきた。それを身につけながら、

「立地条件や、日本の住環境からすれば、これでも上等な部類なのだろうが、やはり狭

いな」

高見は天井を見上げながら言った。

「贅沢《ぜいたく》は言えませんよ。これでも、まともに借りれば二十五万はする物件なのだそうよ。借り上げ社宅にしていただいたお陰で、自己負担は八万円で済むんですから、文句を言ったら罰が当たるわ」

キッチンから夫の言葉を諫《いさ》めるような声が聞こえた。

「それもそうだな。ところで、みなみはどうしている」

「先に休んだわ。あなた、何か召し上がる？　お食事はお済みでしょうから、お茶でも淹《い》れましょうか」

「ああ、頼む」

「それにしても、このお部屋、お買いになった方、お気の毒だわ」

「気の毒？」

「新築のマイホームをお買いになったばかりだというのに、大阪に転勤だなんて」瑠璃子はこちらに背を向け、茶を淹れながら続けた。

「今日、隣の奥様から伺ったんだけど、一年も住んでいらっしゃらなかったんですって。転勤になった今岡《いまおか》さんておっしゃる方、あなたご存知」

「いや、知らないな」

東洋電器産業本体だけでも五万人もの従業員がいるのだ。事業部はおろか、部が違うだけでも名前を知らない社員はごまんといる。

「お歳《とし》は三十五、六で、まだ小さいお子様もいらしたんですって。会社も残酷なことをするものね。家を買うなんて、サラリーマンにとっては、一世一代のことですもの。きっと長いローンを組まれたんでしょうけど、これじゃ誰のために毎月ローンを支払っているのか分かりゃしないわ」

瑠璃子は、トレーに載せた茶をテーブルの上に置くと、傍らのソファに座った。

「会社には妙な話があってね」

「なあに、その妙な話って」

瑠璃子は興味を覚えたらしく、目を向けてきた。

「我が社に限ったことじゃないのだが、会社から借金をして家を買うと、なぜか転勤がある――」

「本当の話なの、それ」

「さあ、ことの真偽は分からないが、うがった見方をすれば、頷《うなず》けないこともない。何しろ会社から借金をするということは、それが払い終わるまで辞めやしないということと同義語だからね。よほど酷《ひど》い仕打ちをしても、会社にすがりつくしかないわけだ」

「それじゃまるで、借金をしてようやく手に入れた宝物を奪われるようなものじゃないの」

「もっとも、人事というものは、引き取り手があって初めて決まるものだ。一方的に押し付けられるものでもなければ、奪うこともできない。いわば結婚と同じだ。たまたま、家を買う頃の年齢に差しかかるのが、会社の中で新しい経験を積ませる時期と一致する。そうも考えられるがね」

「そうなら、いいのですけど……」一瞬、瑠璃子は押し黙ると、「新しい家に住めるのはありがたいのだけど、そんな話を聞くと、なんだか住むのが申し訳なくなるわ」

サラリーマン社会ではよく囁《ささや》かれる邪推とも取れる話を持ち出したことを、高見は後悔した。公《おおやけ》になった事実は漏れなく妻には話すのが常だったが、根拠のない噂《うわさ》や推測に過ぎない話はしたことがない。

それを今夜に限って、思わず口にしてしまったのは、やはり湯下からこれまで思ってもみなかった組合の実態、それに悪辣《あくらつ》ともいえる早期退職のからくりを聞いたせいもあるに違いない。

「ところで、湯下さんはお元気でらしたの」

そんなことを考えていた刹那《せつな》、妻の口から湯下の名前を持ち出されて、高見は一瞬ぎくりとした。

「同期のトップを切って、役員になってますます張りきっているよ。もっとも、早期退職者公募という難問を抱えて、大変そうだがね」

「少し落ち着いたら、晴枝《はるえ》さんのところに電話でもしてみようかしら。もうずいぶんお会いしていないし」

晴枝とは湯下の妻である。瑠璃子とは短大時代の同級生で、時を同じくして東洋電器産業に入社し、総括室に配属され、そこで入社したばかりの湯下と出会い、二年の勤務の後結婚したのだった。

「うん、そうだな」

気のない返事をした高見をよそに、

「一度お食事にでも誘ってみようかしら。湯下さん、晴枝さんやお子さんのこと、何もお話しにならなかったの」

瑠璃子は無邪気な声で訊《たず》ねてきた。

「いや、そんな話は出なかったよ。会社では仕事の話。それに帰国祝いの席では、他の連中もいたしね」

今日あった一連の出来事が脳裏に蘇《よみがえ》り、苦いものを飲み下すかのように高見は茶を啜《すす》った。

「それだから男の人は駄目なのよ。いくら湯下さんが取締役におなりになったとはいっても、お友達でしょう。家族の話の一つや二つ出たところで、不思議はないのに」

「まあ、そう言うな。出社初日とあって、そこまで頭が回らなかったのだ」

「そうね、ご挨拶《あいさつ》回りだけでも大変だったでしょう」

瑠璃子は労《ねぎら》うような口調で言った。

「ああ、一応TAM時代に世話になった人たちには、挨拶は済んだのだが、肝心の市場調査室長は今日まで中国に出張していてね。会うのは来週になってしまった」

「とにかく、無理はしないでね。本社勤務となれば、何かと気苦労が絶えないでしょうけど、家のことは私がしっかりやります。どんなことがあっても私はあなたについていきますから」

職場結婚であるがゆえに、新しく与えられたポストがあくまでも暫定《ざんてい》的なもので、それがどんな意味を持つかは充分に承知しているはずである。内心は不安を覚えているであろうに、凛《りん》とした声を上げる瑠璃子に感謝の念を覚えながら、高見は大きく肯《うなず》いた。

＊

「高見君、長い駐在ご苦労さんだったね」

上司となる市場調査室長の梶山《かじやま》が、銀縁眼鏡の下から穏やかな視線を向けながら言った。

週末の二日間、ゆっくりと家で休養を取ったお陰で、体が日本時間に馴《な》れたのだろう。ひさびさに爽《さわ》やかな気持ちで高見は新しい週を迎えた。

「本社勤務は入社してすぐに海外戦略室で二年を過ごしただけです。何かと不慣れなこともありますので、よろしくご指導をお願いいたします」

丁重に頭を下げた高見に、梶山は、穏やかな笑みを浮かべると、うんうんと頷き、

「まあ、そこに掛けたまえ」

テーブルを挟んで置かれた椅子《いす》を勧めた。

窓の外には、雲一つなく晴れ上がった初秋の空が、隣接する高いビルの向こうに広がっている。その先には豊かな木々が密生する皇居の森が見えた。

そこは本社ビルの二十階にある市場調査室の片隅に設けられた小さなミーティング・ルームで、部屋の中には他の誰もいない。

「君の経歴書は見せてもらったよ。入社二年目に社内選抜試験を通って、シカゴ大学でMBAを取り帰国。その後十一年は横浜のR&Dで半導体事業部、その後八年はTAMにいたのだったね」

「その通りです」

「市場調査室としてはまさに願ってもない人材を得たと思っているよ」

「お言葉はありがたいのですが、市場調査室という部署は初めてです。そういう意味か

らいえば業務には全くの素人《しろうと》です。果たしてご期待に沿えるだけの仕事ができるかどうか」

「確かにその歳で、と言っては失礼だが、新しい部署で働くことに不安を覚える気持ちは分からないでもない」梶山は穏やかな口調で言うと、「しかし、豊富な海外経験と卓越した語学力は、それだけでもいま市場調査室に課されている任務にはなくてはならない存在になりうるのだ」

「と、いいますと」

「中国だ」梶山は一転、鋭い視線を向けてきた。「知っての通り、いまあの国は急速な発展の途上にある。まるで、奇跡と言われた戦後の我が国の経済成長期を見るような勢いで、あらゆる産業が動き始めている」

「私がいた半導体の世界でも、確かに中国、台湾、それに韓国といったメーカーの台頭には目覚ましいものがあります。TAMのR&Dを閉鎖しなければならなかった最大の要因は、まさにそこにあるのですから」

「半導体だけじゃない。安い労働力を求めて、世界中の企業が中国へ本格参入を始めている」

「しかし、中国でのビジネスは、よほど慎重にかからないと痛い目に遭うと聞いていますが」

「そういう時代があったことは事実だ。いや、現在でも慎重を期してかからないと、思わぬ結果を見ることになる可能性は捨てきれない。特に、八〇年代の後半から九〇年代の前半にかけて、中国に進出した企業はことごとく失敗している」

「契約などあってなきがごとくのもの。技術や経営のノウハウを吸収すると、その時点でパートナーシップを破棄され、成功例はほとんどないと」

「あの時代に中国に打って出た企業は、いわば上辺だけのマーケットしか見ていなかったのだ」

「中国には十三億の国民がいる。単純計算でも、日本の十倍以上の人間がいるわけですからね。それもほとんど手つかずのまま眠っている。そこに惑わされたということなんでしょうか」

「そういう面があったことは否《いな》めない。しかし、当時進出した日本企業の最大の敗因は中国の市場性を見誤ったことだ。十三億の人間がいるといっても、国民に先進国と同じ購買力などありはしなかったのだ。勢い、中国への進出は安い労働力を求めた製造業が主だった。そこで作った安い製品を日本をはじめとする海外先進国へ輸出しようとね」

「状況は今でも変わっていないと思いますが」

「人件費を考えれば、現在でも中国は労働者の質に比して格段に安いのは事実だ」梶山は一つ肯くと続けた。「しかし、かつての日本がそうだったように、経済が急速に上向くにつれて、労働者の仕事への取り組み方も違えば、購買能力も飛躍的に上がっている」

「そこに、我が社が参入するチャンスがあると、そうおっしゃるのですね」

「十三億の人間がいるといっても、目覚ましい発展を遂げているのは、主に沿岸部の地域、それに北京《ペキン》や上海《シャンハイ》のような大都市近辺だけだ。それでも日本の人口を優に超える人間が暮らしている。そして一斉に消費に目覚めようとしている」

戦後の日本を考えてみれば分かることだが、収入が上がれば、人々が真っ先に欲しがるものは、相場が決まっている。

「まずは三種の神器というわけですね」

高見はそう言いながら、幼き日のことを思い出していた。昭和三十年。三歳の時に父の転勤に伴って、ロンドンに渡ったせいで、当時の日本の家庭がいかなるものであったのか、その記憶はない。おぼろげに覚えているのは、ロンドン郊外にある瀟洒《しょうしゃ》な一戸建ての家。もちろん、冷蔵庫もあれば洗濯機もあった。車も会社が用意してくれていた。昭和三十四年に、日本に帰り、社宅に住むようになって、初めて、冷蔵庫や洗濯機が、日本の家庭にはまだそれほど普及していないものだ、ということを知った。白黒のテレビが入ったのは、小学校三年の時のことで、今まで静寂に包まれ、長かった夜が一変したことは、はっきりと覚えている。

「実際、家電製品の需要は凄《すさ》まじいものがある。君が言った三種の神器なんて言葉は、いまの時代、死語に等しい。テレビ、冷蔵庫、洗濯機、オーディオ、炊飯器……。人々が欲しがるものは限りなくある。そしてそれらはいずれも、我が社の主力製品だ。それを渇望している市場が開けつつある。それが今の中国だ」

「それでは、私が市場調査室でやる仕事は、中国の、それも家電製品の市場調査ということになるのですか」

「そのつもりではいるが、すぐにというわけではない」

「と、いいますと」

「中国市場のリサーチ、分析に関しては、ずいぶん前から陣容が固まっている。いわばスペシャリストの集団と言ってもいい」梶山は短い間を置くと、「これは誤解しないで聞いて欲しいのだが、おそらくそんなところに、現地の事情も知らなければ製品についても畑違いの君が急に飛び込んでも戸惑うばかりだろう」

確かに梶山の言う通りだった。家電製品については全くの門外漢な上に、中国に関してさしたる知識もなければ言葉も解《わか》らない。この歳で、全《すべ》て一から学べというのはさすがに辛《つら》いものがある。

「君にやって欲しいのは、欧米市場の分析、情報収集だ。君には長い海外経験と、卓越した英語力がある。それを生かしながら、この部署の仕事を覚えて欲しいのだ」

梶山は静かに続けた。

「分かりました」

確かに、英語には不自由しないが、欧米市場の分析、情報収集といったところで、仕事のノウハウを学ぶのは、一から始めなければならないことに変わりはない。そう思うと漠とした不安が頭をもたげてくるが、高見は頷きながら答えた。

「君がいた半導体部門同様、家電製品の世界も日進月歩。次々に新製品が開発、投入される。それに家電製品の形態はこれから急激に変化する。ここから先はむしろ君の得意分野の話になるが、これからの家庭内に入り込む製品は、従来のように単にテレビ、冷蔵庫、洗濯機といったような自己完結型のもので終わらない。通信機能は目覚ましい勢いで発達している。おそらく、家庭内の電化製品は、通信回線の容量がアップするにしたがって、外部からのコントロールが利《き》くようになり、一つのネットワークで結ばれるようになるだろう。その先陣を切って、そうしたビジネスモデルを形成していくのが欧米先進国であることは間違いない。そんな仕事ならば、君の経験や能力が生かされると思う」

つまり潜在的マーケットの規模は大きいが、戦後日本の経済成長というモデルケースがある中国市場よりも、最先端を行く市場の分析、調査をせよと、梶山は言っているのだ、と解釈して、

「お心遣い、感謝します」

高見は素直に頭を下げた。

「それから、もう一つ。君に事前に知っておいてもらわなければならないことがある」

「何でしょう」

「君の役職のことだ」

誰がいるわけでもないのに、梶山は声を潜めた。

その様子からも、他の部員には内密の話であることがうかがえた。

「本来ならば、君には欧米担当のセクションを任せたいのだが、これもすぐにというわけにはいかない」

「それは、市場調査については私は全くの素人ですから、当然でしょう」

「謙遜《けんそん》しなくともいい。君がシカゴでＭＢＡを取っていることは知っている。当然、その課程である程度の市場調査の手法は学んでいるはずだ」

「そうした講義は受けましたが、実践を経験していません。それにビジネススクールを卒業して、もう二十年も経《た》っています。手法もずいぶん変わっていると思います」

「実際の調査や分析など、部下に任せておけばいい。管理職は上がってきたレポートを基に、それをどう判断し、実際の事業に反映させ、結果に繋《つな》げるかだ。君は職制上のポジションは次長だ。人事考課もほぼ最高評価に近い。そんな人材を室長付というポストにいつまでも置いておくわけにはいかない。管理職として一セクションを任せても充分にやっていける能力があると私は思っている」

湯下が言った、暫定人事という言葉が脳裏をよぎったが、高見は黙って梶山の次の言葉を待った。

「君は近々、早期退職者が公募されることは知っているね」

果たして梶山は切りだしてきた。

「帰国間際《まぎわ》の空港で読んだ新聞で知りました」

「実は、まだここだけの話にしておいて欲しいのだが、今回の早期退職制度は公募の形をとるといっても、事実上は退職勧告ということになる」

その話は帰国してすぐに、湯下からも聞き、そして酒の席で同期の連中からさんざん聞かされたことだが、まさかそんなことは百も承知だとは言えるはずもない。

高見は、無言のままその言葉を聞いた。

「市場調査室には、百二十名からの人間がいるのだが、私が出張中に勧告対象者のリストが人事部から回されてきている」

「どんな方々が対象になっているのですか」

「リストを見る限りにおいてだが、どうやら会社は昇進から外れた四十五歳以上を対象にしているようだね」

「リストアップされた人たちには、早期退職を勧告されてもしかたがないような評価がついているのですか」

「確かに、そう言われてもしかたがないという面はあるかもしれない」梶山は沈鬱《ちんうつ》な表情を浮かべると、「君がいた研究開発セクションは、仕事の成果というものがはっきりと数字で表れる。つまり、どれだけ市場性のある製品を開発したか。何件の特許を申請したか。それがどれだけ売上に直結するものになり、会社に貢献したかというようにね。営業も同様だ。一人ひとりの営業マンの成績は、数字がはっきり出る。勢い、管理職にとっても、極めて人事考課がつけやすい」

「おっしゃる通りです。R&Dで働く研究員は、鶏と同じです。金の卵を産んでいる限りは優遇されますが、成果を上げられない研究員はブロイラー以下と言われますからね」

「ところが、スタッフ部門の人事考課というのは、そう単純なものではないのだ」

「と、いいますと」

「スタッフ部門で働く人間の仕事は、R&Dや営業職のように、成果を単純に数字で表し難《にく》い面がある。問われるのは仕事のクオリティだ。市場調査室の仕事は膨大なデータを整理し分析をする、いわば力仕事を強いられる面も多々ある。当然そうした仕事をした者は、労働をしたという実感を覚える。時間と労力を使うからね。だが、仕事のクオリティや難易度と、労力は別物なのだ。あくまでも会社が評価するのは、成果物、ひいては結果に対してであって、労働の長短ではない。えてして自己評価と上司の評価に大きな乖離《かいり》を見るケースではそうした要因が大きい。加えて平均以上の考課をつけられる人間の枠に、最初から縛りがあるのだよ」

「縛り？」

「最高評価を付けられるのは、全部員のトップ三％以内というようにね」

「そんなルールがあるのですか」

東洋電器では、人事考課は平均を『A』としてそれよりも高い評価をA^{+}、E、E^{+}、低くなるにつれて、A^{-}、B、Fという七段評価になっていた。梶山の言からすれば最高評価を受けられる人間は、全室員のうち三、ないしは四名しかいないということになる。

「これは評価規程に定められたものではない。スタッフ部門全体のいわば不文律というやつなのだが、正直言って、スタッフ部門で働く人間に、E^{+}の評価を与えるということはあり得ないといっていい。何しろ成果が数字に表れ難い仕事だからね。限られた原資をどこに真っ先に回すかということになれば、最前線で働く営業か、金の卵を産んでくれた研究者ということになる。勢い、スタッフ部門で働く人間の人事考課は、最高評価でもE、もしくはA^{+}がいいところだ。大方の評価はAに集中する」

「すると、今回早期退職勧告にリストアップされた人間というのは……」

「データの解析といった力仕事ならば、人件費の安い若い人間を使った方がいいに決まっている。何も社歴が長いというだけで、高い給料を払う必要はない。会社がそう考えるのも当然だろう」

「先ほど室長は、大方の評価がAに集中するとおっしゃいましたが、ならば退職勧告をされる方の中にはA、つまり標準評価の人間も含まれるのですか」

「私の部署でリストアップされたのは、十人。そのうち七人がA評価、三人がA^{-}評価だ」

「しかし、市場には好不調の波があることは避けられません。こればかりは自己努力ではどうすることもできません。担当している製品の市場が低迷すれば、その人間の仕事の評価も当然低くならざるを得ないのではないのですか」

「そうした面があるのは否めない。事実、評価を受けた三人は、半導体市場の担当だった」

　いままで自分が研究開発の一部を担《にな》っていた事業を担当していた人間が、早期退職の勧告を受けようとしているのに、この俺は——。そう思うと、高見は身の置き場もないような気持ちに襲われた。

「いずれにしても、リストアップされた十人には、これから事実上の退職勧告を行なわなければならない。いまのところ決まっている補充は、君一人だ。当然部署の陣容も根本から見直さなければならない。それを機に、君にはしかるべきポストを任せるつもりだ。それまでは、申し訳ないが、雑務に等しい仕事しか与えられないと思うが、我慢してくれ」

長きにわたって同じ会社に勤めてきた人間に退職勧告を行なう。それがどんなに辛いことであるかは、TAMの撤退業務を経験した身には、痛いほどよく分かった。

高見は、

「よろしくお願いいたします」

深々と頭を下げた。

第三章　摩擦

地下鉄の階段を上り、地上に出ると、初秋の夜風が酒に火照《ほて》った顔を心地よく撫《な》でた。

丸ノ内線の新高円寺の駅から、青梅街道に沿って新宿方向に少しばかり歩くと、五日市街道にぶつかる。そこを右折して、狭い路地に入ると、一戸建ての民家や低層のアパートが混在する住宅地になる。静まり返った道路を水銀灯の白い光が照らし出す中を、湯下はジャケットを肩からかけて、歩いた。ふと見上げると、天頂に差しかかった満月が夜空をおぼろな猫目色に染め上げていた。しばらく行くと、小さなアパートがあった。白いタイル貼《ば》りの三階建てのアパートである。

深夜に近い時間にもかかわらず、そのいくつかの窓に明かりが灯《とも》っているのは、若い独身者が入居者のほとんどを占めるせいだ。その中の一つ、最上階の部屋に目が行った。ベージュのカーテンの向こうで、一瞬黒い人影がシルエットとなって横切るのが見えた。

アパートを囲うように設けられている門を入ると、階段がある。

湯下は階段を上る前に、壁面に備え付けられた郵便箱を見た。『堀越《ほりこし》』と書かれたプレートが貼り付けてある。中にはその日の夕刊と、数通の郵便、それに投げ込みのチラシが入っていた。湯下はチラシをその場に投げ捨てると、新聞と手紙を持って階段を上がった。

目的の部屋は三階の一番奥にあった。インターフォンを押すと、こちらを誰何《すいか》することもなくドアが開けられた。

「おかえりなさい」

「あかんやないか。相手を確かめることなくドアを開けたら」

「こんな時間にやって来るのはあなたしかいないわ」

「そうはいっても何かと物騒な世の中やからな。注意せなあかんぞ」

たしなめる湯下が、ドアを後ろ手に閉め、鍵《かぎ》をかけるとすぐに祥子《しょうこ》が、軽い吐息と共に華奢《きゃしゃ》な腕を回してきた。湯下は軽いキスをして、それに応《こた》えると、

「ただいま……」

改めて言いながら、優しくその手を振りほどいた。すでに入浴を済ませたのだろう、微《かす》かに石鹸《せっけん》の匂《にお》いがした。

部屋は四畳半のキッチンと八畳の洋室という間取りになっており、二つの部屋を仕切るガラス戸が開け放たれているせいで、全体が見渡せた。キッチンには簡素な食器棚と冷蔵庫があるだけである。洋室は、ダブルベッドがスペースの多くを占領しており、小

さなテーブル、クローゼットとテレビ、それにオーディオセットがあった。

湯下はネクタイを取り、Yシャツのボタンを緩めながら洋室に入ると、ベッドの上にどさりと腰を下ろした。

「今日もずいぶん飲んだの」

「なんぼも飲んどらへんがな。会社を出る前に、部屋で少し引っかけただけや」

「あなたの少しは、普通の人なら結構な量よ。毎晩、そんなに飲んだら体に毒だわ」

祥子はそう言うと、湯下の顔をのぞき込んできた。一点の曇りもない真摯《しんし》な眼差《まなざ》しが、本心から湯下の身を案じていることをうかがわせた。

このところ酒量がめっきり増えてきていることは自分でも分かっていた。今日も人事本部長室で、帰りがけに一人冷や酒を引っかけてきたところだった。二日で一升。外で飲む時はともかく、独酌をする時にはその程度の酒を呷《あお》るのが習慣になっていた。毎日それだけの酒量を体に入れていれば、いずれはアルコール依存症、やがてはアル中になることぐらいのことは知っていた。それでも場所が変わると、身体《からだ》がアルコールを欲してくるのは押さえようがない。

「ビールをくれへんか」

「充分飲んでいるでしょう。もうよした方がいいわ」

「だから、そないに飲んどらへんと言うとるやろう。ええから、出してくれ」

思わず湯下は声を荒らげた。

「分かったわ」祥子は悲しげな視線を向けると、「すぐ用意をするから、その前にせめてシャワーを浴びて。深酒をしてからだと、体に毒よ」

「分かった。そうするよ」

あまりうるさく酒を所望するのは、すでに自分が依存症の域に入っているような気がして、湯下は素直に祥子の言葉に従い、衣類を脱ぐと、バスルームに入った。狭い空間には、地方都市のビジネスホテルを思わせる小さな浴槽と、便器、それにシンクが備え付けられている。

温《ぬる》めの湯を出し、それを頭から被《かぶ》った。滴《したた》り落ちる湯が血流を促し、体内に充満していたアルコールが全身に回っていくのが分かった。髪を洗い、石鹸を使って体を洗った。狭い浴槽を出る際に、少し足元がよろけた。

シャワーの音が止《や》んだのを察したのだろう、扉を引き開けると祥子が乾いたバスタオルを持って佇《たたず》んでいた。それを受け取った湯下は、乱暴に体を拭《ぬぐ》うと、部屋に戻った。テーブルの上には、ロング缶のビールとグラスが用意されていた。ツマミがないのは、湯下が普段から酒を飲む時には他の物を一切口にしないからだ。

「これ一本にしておいてね」

ロング缶の一本など、ほんの二息で飲みきってしまう。湯下は無言のまま、最初の一杯をグラスに注ぎ、一息に喉《のど》に送り込んだ。冷えたビールの炭酸が喉を刺激する感触が、心地よかった。

すかさず二杯目をグラスに注ぎ切ったところで、傍らに座り、こちらを見詰めている祥子と視線が合った。

「なんや」

そう問い掛けた湯下に、

「ううん」祥子は慌《あわ》てて首を振ると、「今日もまた帰ってきてくれたんだなあって思うと、それだけでも嬉《うれ》しくて」

そっと身を預けてきた。

堀越祥子と出会ってから、すでに六年の歳月が流れようとしていた。そもそもの出会いは、短大を卒業したばかりの祥子が東洋電器産業に、一般職として入社し、総括室に配属されてきたのがきっかけだった。五万人もの従業員を抱える大企業の中にあって、社長直属の組織である総括室は、男が四名、女性が五名という極めて小さな所帯だった。そこに全社の情報が集まり、社長の意向を反映させるべく、まさに手足となって働くのだ。業務のほとんどは、秘匿《ひとく》性の高いものばかりで、配属されて来る人間は、事務・技術職ならば社内でも将来を嘱望された者、一般職の女子社員もまた、能力、身元ともに人事部が折り紙をつけた者たちである。それゆえにそこで働く人間たちはいわば一つのファミリーともいえる固い結束で結ばれていた。

当然、会社が引けた後、夜の巷《ちまた》で酒を酌《く》み交わすのも、総括室のメンバーのみでということが多くなる。

祥子が総括室に配属されたのは、彼女の父が、防衛庁アタッシェの高官という家庭環境に加え、短大とはいえ、都内でも有数の学校の出身だったからだ。

祥子が履歴に違《たが》わず厳格な家庭に育ったということは、すぐに分かった。どうやら、入社するまで、夜の巷にまともに出掛けたことなどなかったらしい。六本木、銀座、そして渋谷――。繁華街の夜の店に連れて行くたびに、祥子は初めて見る世界に驚きの色を露《あらわ》にした。

「私、学生時代は、門限が八時だったんです。少しでも遅れると、父がすごい剣幕で叱《しか》るもので……」

祥子はそう言って笑った。

「そんなんじゃ、デートなんかできへんやないか。合コンかて、八時が門限じゃどないにもならへんやろう」

そう言った湯下に、

「男の人から電話なんか掛かってきて、父が出ようものなら大変なことになります」

「こんな時代に時代錯誤もええとこや。第一、携帯やメールがあるやろう」

「携帯なんか持たせてもらえませんでしたよ。メールだってコンピュータは父と兼用だし……」

「なんぼ親子かて、親書の秘匿ちゅうもんがあるやろう」

「親に見せられないもんが、あるのかって言われるんです」

「アホやなあ。そんなら、誰か友達に仲介役を頼めばええやないか。それに会社のメールを使うという手やってあるやろう」

「もしばれた時のことを考えると、そんな恐ろしいことはできませんよ」祥子は、顔をこわばらせ、首を振ると、「だから、会社に入ってからは、毎日が楽しくてしょうがないんです。門限だって会社の人と一緒だといえば、大目にみてくれるようになったし、何よりも、いままで自分が知らなかった世界をこうして見せていただけるんですもの」

眩《まぶ》しいものを見るように湯下を見詰めるのだった。

長い総括室勤務の間には、女性社員も幾度となく世代交代があった。しかし、夜の巷に付き合わせることをこれだけ素直に喜ぶ娘は初めてだった。何よりも祥子は決して湯下の誘いを断らなかった。いやむしろ誘われることを待っているようでもあった。

最初は、同僚と酒席を共にしていたのが、やがて湯下と二人きりで会うようになった。

そんな二人が肉体関係を結んだのは、祥子が入社して一年を過ぎた頃のことである。

渋谷のバーで飲んだ二人は、無言のまま、道玄坂を上っていた。いつかこの娘とは関係を結ぶことになる、そんな予感があった。おそらくそれは祥子にしても同じだったのだろう。道玄坂を上りきり、ラブホテルが軒を連ねる一角に差しかかると、さすがに祥子は身を固くしたが、それでも躊躇《ちゅうちょ》することはなかった。

初めて関係を持った夜のことは、鮮明に覚えている。シャワーを浴びてバスルームから出てきた祥子は、バスタオルをしっかり巻き付けた体をベッドの上に横たえると、身を固くして目を閉じた。湯下が祥子の体を覆《おお》っていたものをはぎ取ると、普段の外見からでは想像もつかなかった、豊満な乳房が露になった。ゆっくりと波打つ胸の頂点には、薄紅色の突起が息づいている。優雅にくびれたウエスト、張った腰。そして閉じられた太股《ふともも》の合わせ目には、薄い茂みが息づいていた。

湯下は入念な愛撫《あいぶ》を重ね、やがて、祥子の中にゆっくりと進入した。祥子の体が、上へ上へとせり上がる。やがて、逃げ場がなくなったところで、彼女の呼吸を計りながら腰にぐいと力を入れると、祥子は切なくも一際《ひときわ》高い苦痛の声を上げ、湯下の怒張したものを根元までのみ込んだ。

祥子が二十一歳にして、女になった瞬間だった。そしてそれは同時に、二人の関係が、同僚の域を超え、男女の仲となった瞬間でもあった。

当然のことながら、湯下には家庭があった。妻の晴枝と結婚したのは入社二年目のことである。新入社員研修を終えるとすぐに配属された総括室で、一年前から働いていたのが晴枝だった。もともと、室長を含めても九人という小所帯である。ましてや独身の男は湯下一人。年齢が近い二人が、親しく言葉を交わすようになり、会社の引けた後、逢瀬《おうせ》を重ねることになるのに、さほどの時間はかからなかった。若い男女が頻繁に二人の時間を持つ。それが肉体関係へと発展するのは、むしろ自然の成り行きといえた。湯下には、関西の大学に在学していた当時に付き合っていた女性がいたが、東京本社勤務となったのを機に、縁を切った。

創業家たる向山一族の血を引く者は、いずれ会社でも経営の一翼を担《にな》うことを約束されたも同然である。閨閥《けいばつ》を築くことは会社の経営にプラスになるだけではなく、これからの自分の将来にも大きな影響を及ぼす。つまり、自分の妻となる女性は、それにふさわしい家柄を持たなければならない、と考えていた。

しかし、学生時代に付き合っていた女性と縁が切れて以来、たちまち湯下は若い肉体が持つ性欲を持て余すようになった。玄人《くろうと》を相手にしたことも何度かあったが、満たされるのは一時のことで、金で女を買ったという空《むな》しさが、そのたびに胸中にこみ上げてくる。晴枝と関係を結んだのは、満たされぬ性のはけ口を単に彼女に求めたに過ぎなかった。もちろん結婚などということは端《はな》から考えたこともなかった。

状況が一変したのは、二人が男女の仲となって、一年が過ぎた頃のことだった。

「私、妊娠したの」

放出の余韻を感じながらベッドの中で煙草《たばこ》を燻《くゆ》らせていた湯下に、晴枝は背を向けたまま言った。

「いま、何て言った」

「妊娠したと言ったの。あなたの子供よ。もう三ヶ月ですって」

そう言われてみれば、確かに思い当たる節がなかったわけではない。行為の際には、避妊具をつけるようにはしていたが、時には高ぶる感情の赴くままに、そのまま晴枝の中で放出してしまうことが何度かあったからである。

「堕《おろ》せ」

即座に返した言葉に、くるりと向き直った晴枝の目を見た瞬間、湯下は背筋に冷たいものが走るのを覚えた。不敵、いや獲物をついに手にした、とでもいうような笑みが浮かんでいたからである。

「いやよ、私、産むわ」

「あかん」

「それなら、あなたどうするの？　私の同意なしではどうすることもできないでしょう。それともこのお腹《なか》を殴りつける？　そんなことすればあなたの将来は台なしよ」

欲望のはけ口としか考えていなかった女が、実はしたたかな計算を持って自分と関係を続けていたのだ、ということに湯下は初めて気がついた。

それから先のことは思い出したくもない。

晴枝の父は、都内で貿易会社を営んではいたが、所詮《しょせん》それも中小企業の域を出ない。とても大東洋に君臨する向山家に連なる者が閨閥を作り上げるのにふさわしい相手とは言い難かった。しかし、子供という絶対的な武器を与えてしまった以上、どうすることもできなかった。

彼女が安定期を迎えるまでに、あの腹の中の子供が流産してくれればいいと、何度思ったかしれない。だが、晴枝はそれにも増してしたたかだった。早々に辞表を出すと、会社を辞めてしまったのである。そして、時を同じくして、晴枝が妊娠したらしいという噂《うわさ》が女子社員の間で広がっていることを湯下は知った。こうなると、もはやどうすることもできない。

準備に奔走し、どうにか形を整えた華燭《かしょく》の宴が持たれたのはそれから三ヶ月後のことである。仲人《なこうど》には次期社長の椅子《いす》を約束されていた安西が立ってくれたが、当時存命していた翁《おう》は体調不良を理由に披露宴への出席を断ってきた。それが、約束されていたはずの道が全《すべ》て無に帰したことを物語っていた。

女子社員を孕《はら》ませた――。そんな話は世間には掃いて捨てるほどあるには違いない。しかし社内の目はともかく、これが向山家に連なる人間となると、話は別である。約束された将来に、取り返しのつかない汚点を残してしまったかもしれない。それを挽回《ばんかい》する手だては仕事で結果を出すしかない。

それからわずか四ヶ月を経ずして長男が、そして二年後には次男が生まれ、親子四人の生活が始まった。しかし、そこは湯下にとって決して心の安らぎを覚える場所ではなかった。家は服を着替え、寝に帰る場所――。湯下は、全力を傾けて仕事に没頭した。常に脳裏に浮かんで止《や》まないプレッシャーを紛らわすために、酒に溺《おぼ》れた。そんな殺伐とした生活を、十五年近く過ごしてきたところに現れたのが祥子だった。

晴枝との結婚は経緯が経緯である。神戸にある湯下の実家と、晴枝の折り合いがうまくいくはずもない。二十年以上になる結婚生活の間で、晴枝が実家の敷居を跨《また》いだのは、ただの一度しかない。

当然、離婚は何度も考えた。しかし、湯下は実際にそれを口にしたことはなかった。向山一族の系譜に身を連ね、いずれは経営の中枢《ちゅうすう》に名を連ねることを約束された人間にとって、一介の使用人に過ぎない晴枝を伴侶《はんりょ》にせざるを得なかった。それだけでも、大きなマイナス要因なのに、その上、離婚までしたとあっては、いかに仕事で実績を残そうとも、致命的な傷となると思ったからである。

もともと、晴枝にしても、結婚を強く望んだのは深い愛情があって、何があっても湯下と苦楽を共にしていこうという気持ちがあってのことでないことは分かっていた。向山の系譜に名を連ねる自分と一緒になれば、安定した生活と輝かしい地位が約束されているのも同然、という打算があってのことだ。それは、家族を顧みることなく、ただ会社と家を往復する、そんな生活を日々繰り返していても、愚痴の一つ、身を案ずる言葉一つ言うこともない日頃の行状を見ていてもよく分かる。深酒を繰り返すようになって、夫婦生活などまともに持ったこともないが、それを咎《とが》めだてすることもなければ、女盛りの体を持て余し、自ら湯下の体を求めてくることもなかった。

もちろん、湯下とてたまに突如としてこみ上げてくる性欲を処理すべく、晴枝の体を求めることもあった。しかし、晴枝は義務的にそれに応じるだけで、砂を嚙《か》むような空しさだけが残った。

揚げ句は、「外であなたが何をしようと構わないのよ。ただ、後腐れのない相手にしておいて下さいね」といった言葉が返ってくるだけであった。

そこには正妻という立場を手にした以上、色恋沙汰《ざた》の一つや二つがあっても、絶対的有利は自分にある、という自信の色が見て取れた。

その点、祥子は違った。

全てを捧《ささ》げたというのに、どうしてここまで平然として振る舞うことができるのかと思うほど、それまでと何ら変わる様子もなく接してきた。しかし、その分だけ会社を出て二人きりとなると、会社での秘めた想《おも》いの丈を一気に解き放つかのように、別人のように甘え、体を求めてきた。

そんな祥子に接するたびに、祥子が愛《いと》おしくなってくるのだった。

しかし、秘め事がいずれ露見することになるのは、世の習いである。やがて二人の関係は、社内で密《ひそ》かに囁《ささや》かれるようになった。東洋電器産業が一般職として採用する女子社員は自宅通勤が前提となっていた。つまり家庭のある湯下と祥子が二人だけの時間を持つためには、もっぱらホテルで、ということになる。従業員五万を数える巨大企業とはいえ、総括室という中枢で働く湯下の顔は、広く知られた存在だった。二人がホテルに入る現場を、社員に目撃されたらしいのだ。今から五年ほど前のことである。

上司と部下の不倫。しかも、組織の中でも最も重要なセクションで働く人間の、である。本来ならば、女子社員は配置転換、湯下は地方に飛ばされるのが、相場というものだ。

事実、二人の関係はこの間に社長の座についた安西の耳に入り、湯下は大阪本社の営業統括本部へと飛ばされた。

それにあたって、安西は苦々しげな表情をあからさまに浮かべ、言ったものである。

「事の真偽はあえて問わない。こうした噂が上がること自体が問題なのだ。少し大阪の営業の現場で頭を冷やしてこい。君には、これからもっと働いてもらわなければならないことがある。大阪にいる間にしっかりと身辺を整理しておくんだ」

本来ならば、そこから地方のどさ回りが始まるところなのだろうが、そうならなかったのには理由があった。それより二年前から密かに検討されていた、新人事考課制度の導入である。会社の業績は、バブルが弾《はじ》けて以来というもの、かろうじてマイナスは免れてはいたものの、頭打ちにあることは否《いな》めなかった。そこで問題になってきたのが、そう遠くない将来にやってくる、団塊世代の退職である。東洋電器産業も、日本が高度成長を続けていた時代、他社の例に違わず、従業員を大量に採用していた。事務・技術職の年齢別従業員構成は、年を経るに連れトップ・ヘビーとなり、これが順を追って会社を去っていくとなると、退職金の原資をどこに求めるか、という問題が会社の中枢では深刻に論議されていたのである。

この問題を解決するにあたっての答えは一つしかなかった。

年功序列制度の撤廃。実績重視の人事考課制度の導入。賃金テーブルの廃止。そして早期退職。手っ取り早く言えば、リストラを前提とした人事、賃金制度の改革である。

これは、創業者である向山翁の経営理念に反するものであったが、会社の生き残りを考えれば、もはやそんなことを言っている場合ではなかった。

総括室は、社長直属のセクションとして、経営トップの意向を反映すべく、全ての部署に対して絶大な権力を発するところである。当時、総括室長の地位にあった湯下は、人事部と人員整理を前提とした改革案を練り、組合に新人事考課制度の導入を呑《の》ませることに成功していたのであった。

安西が、「これからもっと働いてもらわなければならないことがある」と言ったのは、リストラを断行するにあたって、その指揮を執るのは、誰でもない、この自分だ。つまり人事本部長のポストを用意している、ということを暗に語っているに違いなかった。

長男は、高校生。次男は中学生であったことに加え、大阪勤務となれば、神戸の実家とは目と鼻の先である。ただでさえも歓迎されざる嫁として扱われてきた晴枝が、ついてくるはずもなかった。

湯下は単身、大阪へと赴くことになった。

一方の祥子は、湯下の転勤を機に会社を辞めた。同時に人材派遣会社に登録し、派遣社員として都内の企業で働き始め、家を出て今のアパートを借りた。

祥子は多くを語らなかったが、家族の猛反対があったことは想像に難くない。おそらくは初めての親への反抗であったろう。そうした行動に彼女を駆り立てたのは、ただ一つ、自分との関係をこのまま続けたいという意志の現れであることに間違いなかった。

祥子を捨てることはできない。

愛《いと》おしいと思った。親子といってもおかしくないほど歳《とし》の離れた祥子に、ついぞ妻に抱いたことのない感情が芽生えていることを湯下ははっきりと悟った。

それから祥子の大阪通いが始まった。金曜日の遅い新幹線でやってくると、週末の二日間を二人で過ごす。湯下が東京に帰らなければならない時には、金曜の夜に大阪にやってくると、土曜の朝一番の飛行機で、東京へとんぼ返りをするという日々が続いた。

皮肉なことに、安西の思惑とは異なり、二人の関係は湯下の転勤に伴って、縁が切れるどころか、ますますその絆《きずな》を強くしていったのだった。

大阪での勤務は、ちょうど二年を迎えたところで終わった。この年齢で、営業という企業の最前線で働くのは初めてのことで、与えられたポジションにふさわしい実績を残せたかといえば、お寒い限りだが、もとより業績を上げることを期待されていたわけではない。果たして東京本社に戻るに際しては人事部長というポストが用意された。そしてそれから一年。いよいよ、会社が新人事制度を導入するという時が来て、湯下は取締役人事本部長の座を射止め、絶大な権力を手にしたのだった。

もはや、誰にはばかることもなく、祥子に会える。このアパートで祥子と会っている分には、誰に知られることもない。

湯下は会社を出ると、深夜までこの小さな愛の巣で時間を過ごすことが多くなっていた。晴枝がいる家に帰るのは、着替えをするために夜明け間際《まぎわ》に顔を出すか、週末を過ごすだけだ。

「会社がリストラを断行するにあたって、仕事が大変なのだ」

もとより、向山一族の系譜にある人間からは、隔絶された存在である。それに加えて、同じ会社、それも総括室にいたせいで、仕事の内容は一々説明する必要もないほどよく知っている。

晴枝は、祥子の存在に気付く様子もなければ、夫の仕事にさしたる関心もないとばかりに、身支度を整えては、湯下を送りだした――。

グラスに注いだ二杯目のビールが空になった。

傍らに座り、その様子をうかがっていた祥子がすかさず三杯目を注いだ。

「ところで、会社の方はどうなの。早期退職者の公募の正式発表がないうちに新聞で報じられたんじゃ、きっと大変な騒ぎになっているんでしょうね」

「表面上は皆冷静を装《よそお》ってはいるが、内心は気が気じゃないやろうな。特に人事考課の悪い連中はな」

「でも、公募という形はとっていても、事実上は、指名解雇になるんでしょう。あなたの話を聞いていると、退職勧告をされる人は、人事考課がおもわしくない人が中心のようだし、もともと昇給はもちろん、ボーナスだって標準より低いんでしょう。退職勧告なんか受けたら生活に困るんじゃないの」

湯下は、グラスに口をつけると、

「今回の早期退職は、条件から言えば、決して悪いものやない。本来ならば退職金は本給をベースにするもんやが、役職手当もそれに含まれるんや。それに、再就職を支援するために、専門の業者と契約もした。その他にもいろいろとインセンティヴはある」

祥子の顔を見ながら言った。

「そうはいっても、当然勧告されるのは、中高年の方が狙《ねら》い撃ちされるんでしょう。このご時世に、そんないい仕事が簡単に見つかるものかしら」

視線をすっと下ろすと、祥子はまるで自分の夫が対象になっているかのように、声を落とした。

「揺り籠《かご》から墓場まで。これが今までの会社やったんやが、もうそんなことを言うとらへん。このまま団塊の世代が一斉に退職年齢を迎えれば、大変なことになる。そんだけの原資があらへんのや」

「きっと、家のローンやまだ子供さんが学校を終えていない人だって大勢いるでしょうに」

「あのなあ、何も会社かて役に立つ人間をむげに馘《くび》にしようというんやないのやで。給料に見合った働きをせん人間に、いわば熨斗《のし》をつけてお引き取り願おう、言うとるんや。こんなええ話は今回限りのことやで」

「今回限り？」祥子は顔を上げると怪訝《けげん》な視線を露《あらわ》にした。「それじゃ、リストラはこの一回じゃないの？」

「経営環境は、年を追うごとに悪くなってきとるからな。これはほんの手始めや」

相手が祥子という気安さもあって、まだ会社の上層部、それもごく一部しか知らない秘密を湯下は話し始めた。

「アメリカにあった半導体部門のR&Dを閉鎖したことは前に話したな」

「TAMのことね」

「そうや。半導体事業の業績が急速に悪化しているのは、ウチの会社だけやあらへん」

「私は新聞や、あなたが置いていく経済誌でしか知らないけれど、日の丸半導体と言われていた時代は終わった、どこの会社も巨額の赤字を出して大変だって書いてあったわ」

「パシフィック電気、銀嶺《ぎんれい》電産、鷹羽《たかば》電器……。どこも惨憺《さんたん》たるありさまだ」

「それじゃ、今度は半導体事業がリストラの対象になるの」

「いや、半導体事業に関しては、そう単純な手法はとれへんやろう」

「というと」

「一社単独では事業の継続は無理だが、企業を横断して組織を再編すれば、まだ事業継続の可能性はあるからや」湯下は、グラス半分ほどのビールを喉《のど》に流し込んだ。「つまり、半導体事業を東洋本体から切り離し、他社の事業部と合併させ、新たな新会社を作る……」

「そんな計画があるの」

「実は、鷹羽電器との間で、そうした話が持ち上がっているんや」

「そうなると、半導体事業部の人たちはどうなるの」

「計画が合意に達すれば、半導体事業部の人間は、最初は出向、そして移籍という形になるやろう」

「移籍といったら、そこから先は独立採算の別会社になるわけよね。そうなれば、当然業績によって給与も違ってくる。それで半導体事業が復活するの？」

「それは分からへんな。半導体事業が生き残れるかどうかは、そこで働く人間たち、それに市場環境がどう変化するかや。東洋にいて冷や飯を食うよりは、よくなるということだってありうる」

「もしも移籍を拒否する方がいたら」

「それは早期退職者として、扱うことになるやろな。もっとも今回のようにいい条件が出せるかどうかの保証はあらへんけどな。そのプランが持ち上がったせいで、こっちは新しい仕事が増えてしもうた」

湯下は残ったビールを一気に飲み干し大きく息を吸った。刹那《せつな》、隣にいる祥子の髪から香《かぐわ》しいシャンプーの匂《にお》いが嗅覚《きゅうかく》をくすぐり、それが引き金になって、急に欲望を催し、くびれたウエストに手を伸ばした。

「あっ……」

微《かす》かな声を漏らした唇を、湯下は同じ部分で塞《ふさ》いだ。舌を差し込むと、甘い唾液《だえき》と共に、祥子の舌がまとわりついてくる。その感触を楽しみながら、早くも窮屈になったズボンのベルトを緩めた。祥子は鼻で荒い息を吐きながら、頭を股間《こかん》へとゆっくりと移動させた。

湯下は手を伸ばし、上半身を曲げた祥子の背後から、股間への愛撫《あいぶ》を試みようとした。

「待って……」

突然、祥子は掠《かす》れる声でその行為を制した。

「何でや。もう小難しい会社の話は終わりや」

「今日は、口で済ませて……」

「あれか」

祥子の動きが止まった。その頭が左右に揺れた。

「来ないんです……」

「来ない？」

「この三ヶ月ばかり、生理が来ないんです」

「何やて」

思わず祥子の頭を両手で持ち上げ、湯下はその顔を正面から見据えた。涙がいっぱいに溜《た》まった目が見詰め返してきた。

「あなたが、堕《おろ》せというなら……堕します。だけど、今日は……」

祥子の目に溜まっていた涙が頬を伝って流れ出した。湯下は、それを舌でなぞってすくい上げると、

「産んでええぞ」

「えっ」

「産んでええと言うとるのや」

「本当に?」

「本当や。産んでええ。いや産んでくれ」

突然、こらえていた感情が一気に噴き出したかのように、祥子は嗚咽《おえつ》を漏らすと、抱きついてきた。

「……あなたに迷惑はかけませんから……私一人でも育てますから……」

これほど俺に尽くしてくれる女を捨てるわけにはいかない。いま祥子の体内に宿った子供は、晴枝との間にできた子供とは違う。飢えた欲望の果てにできた子供ではない、まさに生まれて初めて手にする愛の結晶なのだ。

湯下は祥子の体をしっかりと抱き締めながら、ついに晴枝との不毛な結婚生活に決着をつける時がきたのだ、と決意した。

＊

高見が市場調査室に配属されて二週間が過ぎようとしていた。

早期退職者が決定するまで雑務に等しい仕事しか与えられないということは、梶山から聞いていたが、与えられた業務は、海外の経済誌から目ぼしい記事を拾い、それを邦訳する、あるいは、海外支店に送付する英文書の添削、といった退屈極まりないものだった。

日がな一日、パソコンと向かい合い、文字を打ち込む。回ってきたペーパーに目を通し、赤を入れる。

果たしてこれが給与に見合う仕事かと問われれば、答えは否であることは明白だった。早期退職者が決まり、組織改編があれば直ちにしかるべきポストを用意する。梶山からはそう伝えられてはいたが、同僚が上げてくるペーパーは、全くの新参者にはどれも高度な内容なもののように感じてしまう。この状態が長くは続かないと知ってはいても、やはり肩身が狭かった。それに拍車をかけるのが、オフィスの配置だった。

八年間を過ごしたアメリカのオフィスでは、一人ひとりにパーティションで仕切られた独立スペースが与えられていたが、本社ではいくつものセクションが、広いフロアーに一つ十人からの『島』となって整然と並んでいた。それが日本企業ならば、たいていの会社で用いられるレイアウトであることはもちろん承知していたが、高見にはまるでそれがお互いの仕事ぶりを監視しあうもののように思えるのだった。

しかも、すでに人事は公《おおやけ》のものとなっており、自分が室長付という、極めて曖昧《あいまい》なポジションにあることは室員の誰もが知っていた。早期退職者の公募も、一週間前に正式に発表され、すでに室長との面談は始まっている。

TAMのR&Dが閉鎖され、全くの畑違いのセクション、それも極めて曖昧なポストに就くことを命ぜられ、しかもまともな仕事は与えられず、翻訳業のような仕事を日がな一日行なっているとなれば、誰の目にも早期退職者候補と映ったとしても不思議はない。

事実、昼食時になっても、食事に誘う同僚の一人もいない。まるで腫《は》れ物《もの》に触るかのように、室員の誰もが自分を避けているのを高見は感じていた。

「高見さん。昼飯をご一緒しませんか」

パソコンのモニターに並んだ文字の羅列に集中していた目を上げると、すでに部屋の中は閑散としていた。どうやらすでに昼休みに入ったらしく、フロアーには弁当を持参してきた女子社員が、あちらこちらで固まって箸《はし》を動かしている。

振り返ると、五十がらみの男が立っていた。半導体セクションを担当している野上《のがみ》という男だった。

「もうそんな時間ですか。チャイムが鳴ったのに気がつかなかった」

「集中していたようなので、声を掛けるのもどうかと思ったのですが、どうです」

「ちょうど、一区切りついたところです。ご一緒しましょう」

高見は、ファイルを閉じると立ち上がった。その時、室長の梶山がぶ厚い書類の束を抱えて席に戻ると、こちらにちらりと視線を向けるのが目に入った。

「いつも昼食は」

「社食で摂《と》っています。なにしろ本社勤務の経験は入社して二年だけ。それから横浜のR&D、TAMと渡り歩いたもので、この界隈《かいわい》にどんな店があるのか、全く知らないもので」

「それでは、一つ、良い店をご紹介しましょう。定食屋ですが、美味《うま》い焼き魚を食わせてくれるところがあります。今日は天気もいいことですし」

「結構です」

時折心地よい風が吹き抜けてゆく大手町の歩道を、とりとめのない会話を交わしながら二人は肩を並べて歩いた。

案内されたのは歩いて五分ほどのところにある小さな店だった。

席に着き、オーダーを終えたところで、

「ここは、あまり我が社の社員は来ないところだ。どんな話をしても、誰に聞かれる心配もない」

一転してせっぱ詰まったような目を向けると、野上は切りだした。

「何か聞かれてまずいような話ですか」

野上の様子から、話の内容はすぐに見当がついたが、高見はあえて訊《たず》ねた。

「高見さん。あなた、今回の早期退職者公募について、室長面接を受けましたか」

果たして野上は言った。

「いいえ、まだです。野上さんは」

「先ほど梶山室長と面談を済ませたばかりです」野上は据わった目を向けると、「いや、酷《ひど》い。会社は今回の早期退職者はあくまでも公募、つまり本人の自由意思に任せると言っていたが、これじゃ辞めろと言っているのと同じだ」

憤懣《ふんまん》やる方ないといった態《てい》で吐き捨てるようにまくし立てた。

「野上さん。落ち着いて下さい。いったい何があったのです」

からくりのあらましは、湯下から聞いていたが、実際に面談を行なった社員から話を聞くのは初めてだった。

「どうもこうもないよ。室長と面談するとすぐに目の前に差しだされたのが、来年三月からの賃金だ。それを見て仰天したよ。何しろ年収ベースで二〇％も下げるというのだ」

たしか湯下は、早期退職勧告該当者は、年収ベースにして最大三〇%の賃金カットがあると言った。その点からいえば野上の場合は、まだマシと言わねばなるまい。

「基本給、役職手当は据置ということだったから、減らされるのはボーナスということになる。我々サラリーマンにとって、給料は生活給、ボーナスで月々の不足分を補い、家のローンや子供の学費といったものを捻出《ねんしゅつ》するのがいわば常識だ。それを、ボーナスから年収の二〇%分を減額されたのでは、いまの生活などとても維持できやしない」

「それで、野上さんはその条件を呑《の》んだのですか」

「呑めるわけがないじゃないか。当然抗議したよ。何で、私がこんな低い評価を受けなければならないのかとね」

「それで室長は何とおっしゃったのです」

「次に梶山さんが持ち出したのが、人事考課表だ。この際だからはっきり言うが、私の評価は決して良いものではなかった。昨年の評価は総合でA^-だった。つまり標準よりやや劣るというランクだ」野上は、そこで茶を一口啜《すす》ると、「しかし、そうした評価を受けざるを得なかったのには、それなりの理由がある。私が担当していた市場の環境変化だ」

「確か、野上さんは、半導体市場を担当なさっていたのでしたね」

「そうだ。君はアメリカで半導体の研究開発を行なっていたからよく知っているだろうが、そもそも我が社が半導体事業から撤退せざるを得なかった最大の原因は日米半導体摩擦の際に、通産省がＤＲＡＭの生産調整を命じ、その隙《すき》を突く形で、韓国、台湾、それに中国といった人件費が安い国のメーカーが、先発企業の技術を基に国際市場で力をつけてきたからだ」

「その通りです。そうした後発メーカーの進出による打撃を被《こうむ》ったのは、何も我が社だけではありません。他の日本企業は、軒並み打撃を受けています。特に一時期活況を呈していたＤＲＡＭの分野では壊滅的打撃を被ったと言っていいでしょう」

「しかし、我々市場調査室員が人事考課をされる場合、仕事の成果物の出来不出来もさることながら、担当している事業部の製品の業績が評価に反映される部分も大きいのだ」

「つまり社命によって、どんな事業部の市場調査を任されるか、いわば不可抗力的部分が、かなり影響するわけですね」

野上は大きく肯《うなず》くと、

「確かに半導体事業が右肩上がりを続けている間は、私もそれなりの評価を得てきた。だから、業績が低迷して以来、評価が以前より低くなったことを甘んじて受けてきたんだ。それがいきなり二〇％もの年収ダウンとは、とうてい納得できない」

「おっしゃることはよく分かります。担当している製品の業績によって、評価に差がつくのは、スタッフ部門にかかわらず、営業、研究開発、どの仕事でも同じですが、黙っていても売れる製品を担当するのと、業績を上げるのに難しい製品にはおのずと差が出るものです。その難易度を推し量って、評価を下すのが本来の人事考課だと思います。それに半導体市場はまだ全く見込みのない市場ではありませんよ。野上さんには釈迦《しゃか》に説法かもしれませんが、デジタル関係の半導体の設計は、EDAツールを使用させてセンスのいい大卒社員を二、三年鍛えれば一人前の仕事はできます。しかしアナログ関係の半導体設計は、経験、技術がものをいう世界です。日本でもこれから携帯電話をはじめとする、高周波回路が必要となる製品のマーケットは急速に拡大していくことは間違いありません。まだまだ挽回《ばんかい》のチャンスはあります」

「君の言うことはおそらく正しいだろう。しかし、突きつけられた現実は厳しい。二〇%もの年収カットには耐えられない。私にはそれまで持ちこたえるだけの余力がない」

一転、野上は肩を落とすと、「梶山さんは、こう言ったよ。会社に残るのは構わない。しかし、その場合、年収は提示したものになる。おそらく定昇も期待できないと考えて欲しい。ただし、今回の早期退職に応じるのなら、会社は本来の規程額にそれなりのインセンティヴを加えて支払う用意がある。再就職を望むのなら、転職支援のためのコンサルティング会社と契約し、全面的にバックアップするとね」

「インセンティヴについての説明はあったのですか」

「会社の規程では、退職金はその時点の基本給に勤続年数を掛けたものが支払われる。だがこれは全《すべ》ての社員にあてはまることではない。入社十五年以内で辞めれば、六〇%。二十年以内ならば八〇%。それ以上になると一〇〇%というように、算定基準が異なってくる」

「野上さんは勤続何年になるのです」

「私は今年で二十八年になる」

「それでは一応、満額支払われるわけですね」

「今回は役職手当の分が基本給に加算されたものが算定の基準となる。加えていま言った、再就職支援プログラムが無料で受けられるというのがインセンティヴだ」

「それで退職金はどれほどになるのです」

「それも手際《てぎわ》よく計算書が出てきたよ」苦いものを嚙《か》みしめるように野上が言った。

「ざっと三千万といったところだ」

三千万円という退職金は、次長という野上のポジション、それにもともと賃金ベースが他業種に比べて決して高いとはいえないメーカーの標準からすれば、高額な部類に入る。

「しかしねえ、いま三千万という金をもらっても、どうしようもないのだ」野上は重い溜息《ためいき》をつくと続けた。「私が家を買ったのはバブルが真っ盛りの頃だ。当時は多少無理をしてでもとりあえず、家を買えば土地の値段が上がり、それを転売すればさらに大きな家を買えると思っていた。退職を迎える頃には、さらにその土地が値上がりし、その時点で、家を売り、同額の物件に買い替えれば、借金はチャラ。退職金はそのまま老後の蓄えとして残すことができる。そう考えていたのだ」

「しかし、このご時世では……」

きっと、地価は野上の思惑とは裏腹に、惨憺《さんたん》たるありさまになっているだろう。高見は言葉を呑《の》んだ。

「おっしゃる通り、いま家を処分しても、購入時の半値にもなるかどうかだろう。銀行のローン、それに会社からも金を借りている。それを支払ってしまえば、手元にはいくらの金も残らない。それに私は結婚するのが遅かったせいもあって、二人いる子供はまだ大学一年と高校二年だ。二人の学費を考えると、三千万の金をいまもらってもどうにもならない」

二人の前に焼き立ての魚と味噌汁《みそしる》、それに炊《た》き立てのご飯が盛られたトレーが差し出された。しかし、野上はそれに箸をつける様子もなかった。

香ばしい匂《にお》いを立てる食事を見ながら、高見は複雑な思いに駆られていた。

そもそもこの世に、絶対などという言葉は存在しないのだ。あの熱病に浮かされたようなバブルの時代に、未来永劫《えいごう》にわたって土地が値上がりし続けることに何の疑念も抱かずに、家を購入する判断を下したのは誰でもない、自分自身ではないか。とうてい会社からの給与では支払い切れないほどのローンを組んだのはいったい誰なのか。銀行から金を借りるにあたって、会社が保証人になってくれたとでもいうのか。全ては、自分の目算が狂ってしまった。それをいまさら嘆いたところで何になるというのだ。

しかしその一方で、野上をここまで追いつめることになった、会社のやり方に怒りがこみ上げてくるのもまた事実だった。

もともと東洋電器産業は、創立者である向山翁《おう》の『入社した諸君は、もはや家族である。会社は死ぬまで諸君を決して見捨てない』という言葉にあるように、終身雇用を約束した会社である。翁が存命であった頃、その存在は社員にとって神ともいえるもので、誰一人としてその言葉を疑う人間などいやしなかった。事実この自分にしても、あの言葉があったからこそ、身を粉にして働き、会社のために歯を食い縛って激務に耐えてきたのだ。おそらく、この野上にしても同じことだろう。それが――。

高見は湯下から知らされた今回の早期退職者公募にあたっての、数々のからくりを思い出すにつれ、やるせない気持ちになった。

『この世に余人を以《もっ》て代えがたい仕事などありはしない』

確かに、それは一面の真理をついてはいるだろう。しかしこの世の中に、無駄な人間などいやしないのだ。それはこの会社にとっても同じではないのか。いらなくなった人間を放逐することで、帳尻《ちょうじり》を合わせる。そんなことは、誰にでもできる。労に報いてこその経営者である。体力が弱る、あるいは、効率の落ちた人間を見捨てるという姿勢を会社が見せれば、誰が会社に忠誠を誓うというのだ。社員のモラル《士気》は低下し、それこそ会社の経営は危機的状況に陥ってしまうだろう。

重い空気が二人の間に流れた。

「高見君」

沈黙を破ったのは、野上だった。

「何でしょう」

「すまない。つまらぬ愚痴を漏らしてしまった。あまりに突然のことだったし、全く予期していなかった事態にすっかり動転してしまって……」

野上は視線を落としたまま、頭を下げた。

「いいんです。お気になさらないで下さい」

そう言いながら、高見は何ゆえに野上が自らの身に突きつけられた退職勧告を、自分に話すつもりになったのか、その理由が分かったような気がした。

おそらく、野上は自分を同類と思っているのだ。撤退を余儀なくされたＴＡＭから全くの畑違いの部署に配属されて来た高見に、同じ勧告があると、そう信じて疑っていないのだ。

もしも、自分が野上が去った後、再編される組織の中で、しかるべきポストに就くことが決まっていると知ったら、どんな気持ちに襲われるのだろう。

高見は、複雑な思いで箸《はし》を取ると、冷めかけた味噌汁を静かに啜った。

*

入浴を済ませてリビングに入ると、食卓の上には夕餉《ゆうげ》の料理が並べられていた。

「何かお飲みになる」

気配を察した瑠璃子が訊《たず》ねてきた。

「そうだな、ビールでももらおうか」

火照《ほて》った体から噴きだす汗を、タオルで拭《ぬぐ》いながら高見は言った。

「私がやるわ」

一足早く、食卓についていたみなみが立ち上がると冷蔵庫を開け、中からロング缶を一本と、グラスを用意した。

「気が利《き》くな」

「どういたしまして」

みなみは明るい声で答えながら蓋《ふた》を開けると、金色の液体をグラスに注いだ。一息にそれを喉《のど》に流し込んだところで、高見は大きな息を吐いた。

十三畳のリビングはダイニングと兼用となっており、帰国した当初はずいぶん狭く感じたものだが、三週間も過ごすと、それもさほど気にはならなくなっていた。最初はどことなく浮いていたように感じていた家具も、すっかりと部屋に馴染《なじ》んでしまったように感じる。

「ひさびさの本社勤務は何かと気を使うことが多くて大変なのでしょう」

最後の一品を調理し終えた瑠璃子が、席に着きながら訊ねてきた。

「まあ、アメリカ時代は所帯も小さかったせいもあって、ずいぶん自由がきいたからね。それに比べて本社は市場調査室だけでも百二十名からの人間がいる。それが広いフロアーにひしめくように机を並べて働いているのだ。正直言って、これだけはどうしても馴染めない」高見は、二杯目のビールを自らの手で注ぎながら、「しかしそんなことを言ったんじゃ罰が当たる。室長も私が本社勤務は、入社直後の二年間だけということを知っていて、環境に馴れるまではと、楽な仕事に就かせてくれたのだからね」

「本当ね。ウイークデイのこんな時間に、毎日揃《そろ》って夕食を摂《と》れるなんて、駐在時代だってそうはありませんでしたもの」

瑠璃子は明るい声で言いながら、メインディッシュのチキンの照焼きが載った皿をテーブルの上に置いた。

「ところで、みなみ。学校の方はどうだい。だいぶ慣れたかい」

「友達もできたし、学校の様子も分かってきたわ」

「うまくやっていけそうかい」

「そうね」みなみは、ちょっと考える素振りをすると、「だけどインターといっても、想像していたのとはちょっと違ったかなあ」

「どんなところが」

「聖花のインターっていっても、十年生になると、外国人の子供の多くは本国に帰って全寮制の学校に入るみたいなの」

インターナショナルスクールではアメリカの学年の数え方をそのまま適用する。十年生は日本でいえば高校一年ということになる。

「それはなぜだい」

「母国の有名校を目指すなら、やっぱり高校は現地校に行った方がいいみたいなの。だから中学までは、外国人の子がすごく多いんだけれど、高校になると、周りは帰国子女ばっかり。これじゃ、日本語教室にいたのと、そう変わらないわ」

みなみは、食事に箸をつけながら言った。

「しかし、みなみは卒業したら、そのまま聖花の大学に進むつもりなんだろう」

「それが、すごく迷うところなのよねえ」

「迷う？」

意外なみなみの言葉に高見は口にやった手を止め、問い返した。

「周りは帰国子女ばかりになっても、日本語より英語の方が達者な人たちばかりだから、それほど違和感は覚えないんだけど、問題は大学よ」

「聖花では不満なのかい」

「だって、聖花女子大には英文科と家政科しかないのよ。当然このまま上に進むとすれば、英文科ということになるんだけれど、将来進む道を考えると、少し戸惑いを覚えるの」

「いったいみなみは、学校を終えたらどんな道に進みたいと考えているんだ」

「それはまだ、分からないけれど、このまま上に進めば、海外経験のない日本人がほとんどという環境に身を置かなければならなくなるでしょう。先輩の話だと、そんなところにいたんじゃ、あっという間に英語なんか忘れてしまうって」

「まさか」

高見は笑った。小学校二年から、八年もの間アメリカの現地校で過ごしたみなみが、そう簡単に英語を忘れるとは考えられない。

「お父さんは笑うけれど、授業だって周りのレベルに合わせて行なわれるわ。そりゃあ、私たちのような帰国子女にとっては楽かもしれないけれど、考え方を変えれば、これって時間の無駄ってもんじゃない」

「それじゃ、みなみは、高校を終えたら他の大学を受験するつもりかい」

「まだ分からないけれど、それも考えていることは事実」

「あなた、少し贅沢《ぜいたく》よ」傍らで二人の会話を聞いていた瑠璃子がたしなめるように言った。

「日本に帰ってきてお母さんも改めて知ったのだけれど、最近では子供をインターに入れたいと思っている親がすごく多いのよ」

「帰国子女でもないのに、インターに入れたいと願っている人がそんなにいるのか」

高見は、少し意外な気がして訊ねた。瑠璃子は肯《うなず》くと、

「なにしろ、一流大学を出ても、一生安泰という時代ではないでしょう。子供に一つでも多く、抜きんでた技能を持たせておきたいと考える親が出てきても不思議はないわ。せめて最低限英語は不自由なく使えるようにと」

「それで、インターに子供を入れたいというのかね」

「でも、入学資格が厳しいでしょう。みなさんご苦労なさっているようなのね」

ほとんどのインターナショナルスクールが受験資格を厳密に定めていることは知っていた。入学に際しては、三年以上の、それも親と一緒の海外生活経験を持つことが最低

限の条件になる。

「この間も、すぐ下の階の奥さんに言われたわ」瑠璃子は続けた。「お嬢さん、聖花のインターに通ってらっしゃるんですねって」

「どうしてみなみが聖花のインターに通っているって分かったんだ」

「制服を見れば一目瞭然《りょうぜん》ですよ。チェックのスカートに白のブラウス。それにバックパック。お嬢さんを持つ世のお母さん方から見れば、うらやましい限りよ。それに大学の難易度からいっても、聖花なんてそう簡単に入れるところじゃないんですもの。その付属のインターに通っているなんていったら、それはもう……」

瑠璃子の言葉に、帰国祝いの席で、南井が言った言葉が重なった。

『娘さんは帰国子女枠で聖花女子大付属のインターナショナルスクールに入ったそうやないか。聖花といえば一流のお嬢様学校や。受験の心配もすることなく、そのままエスカレーターで誰もがうらやむ大学への切符を手にすることができただけでもうらやましいこっちゃ』

傍《はた》から見れば、さぞうらやむような環境にみなみがいるのは紛れもない事実だろう。しかし、それと本人の意向とは別物だ。

高校の三年間、それなりの成績を残し、つつがなく暮らしていれば、そのままエスカレーターに乗って大学に進めるというのに、自らの人生の目的を模索し、あえて困難な

道を選ぼうとしているみなみが、ほほ笑ましく思えてくるような気がして、

「みなみ。お父さんは、お前がどんな道を選ぼうと反対しないよ。一生懸命考えて、後悔しない道を選んだらいい」

目の前に座る娘を見ながら、優しく言った。

ビールを空け、食事を始めたころになると、一足早く夕食を済ませたみなみは自室に引き揚げ、食卓を囲むのは瑠璃子と二人だけになった。

「あなた、お代わりは」

「いや、もういい。お茶を淹《い》れてくれ」

高見は箸を置いた。早々に瑠璃子は立ち上がり、茶を淹れにかかった。

「そういえば、今日、晴枝さんと電話でお話ししたわ」

「晴枝さんて、湯下の奥さんの」

「ええ。晴枝さんとは短大、会社と同期だったし、帰国のご挨拶《あいさつ》のつもりで電話をしたのだけれど……」

瑠璃子は緑茶が注がれた湯飲みを差し出しながら肯いた。再び席に着いた瑠璃子の目に、困惑したような表情が浮かんでいるような気がして、

「何かあったのか」

と、訊ねた。

「それが、晴枝さん、私の声を聞くなり、いきなり電話口で泣き出してしまって……」

「どうして」

「湯下さん、晴枝さんに離婚を切りだしたそうなの」

高見は眉《まゆ》をひそめた。

「湯下が離婚を？」

考えもしなかった言葉に、声が裏返った。

「どうも、湯下さん、ずっと浮気をしていたようなの。それも相手は、前に会社にいた方だそうよ」

湯下が晴枝と結婚することになった経緯は、よく知っていた。

同期、それも早くから彼の言う『選ばれた人間。会社の将来を担《にな》う人間』として目されれ、夜の巷《ちまた》で何度か酒席を共にした高見も、披露宴に出席していた。それから、ほどなくして第一子が生まれた。当然、彼が結婚に踏み切るにあたって、何があったかは容易に想像がついた。

しかし、彼はいま、仮にも取締役、ましてや人事本部長という重責にある人間だ。そんな人間が離婚、それも原因が社内にいた女子社員との間での不倫となれば、とうてい無傷で済むわけがない。第一、人事本部長としてこれほどふさわしくない行為はないだろう。

「そんなことは聞いたこともなかった……」

「当たり前よ、私たちアメリカにいたんですもの。それに、晴枝さん、湯下さんに女がいるかもしれないということは、薄々気がついていたとは言うのだけど、帰りは毎晩お酒を飲んで午前さま。きっとその手の女の人だと思って、見て見ぬ振りをしていたそうなの」

「それが、社内の女性だったというわけか」

「湯下さん、かなり前からその方と関係を続けていたらしいの。もう六年も続いていたんですって」

「湯下には、二人の子供がいたはずだが」

「ええ、ご長男は成人したばかり、次男は来年受験を控えているそうよ」

「そんな大事な時に、何でまた急に湯下は離婚なんて言い出したのだろう」

「実は……」瑠璃子は声をひそめると、「どうも相手の方に子供ができたらしいの」

「子供が？」

「もう、三ヶ月になるのだそうよ」

「何てことだ――」

高見は思わず呻《うめ》いた。

創業家一族に連なる、湯下の子供のことだ。大学を卒業すれば、東洋電器に入社し、親と同様、約束された道を歩み、いずれは経営を担う存在になるのだろう。しかし、それも湯下が父親であればこそのことだ。結婚の経緯のせいもあって、湯下の実家と晴枝の間がうまくいっていないどころか、事実上の絶縁状態にあることは瑠璃子から聞いて知っていた。当の父親と戸籍の上とはいえ、縁が切れてしまえば、それも叶《かな》わぬこととなる。

二人の子供の前途を閉ざしてまで、新たな女性に走る。その湯下の心情が理解できなかった。

「晴枝さん、せめて二人のお子さんが大学を卒業するまでは、待って欲しいと言ったそうなのだけれど、それも湯下さんは頑として受け付けないそうなの」

「しかし、離婚は一方的にできるものではない。たとえ不本意であろうと、両者の合意がなければ成立しない。ましてや、湯下が不倫を続けていた六年間、晴枝さんとは別居をしていたわけでもないのだろう」

「ええ。一応、家には戻って来ていたみたいなのだけど」

「それならば、調停に持ち込んだとしても、とうてい認められるものではない。事実上夫婦関係が破綻《はたん》していたとも捉《とら》えられまい。少なくとも裁判所はそう判断するだろうね」

「でも、湯下さん。すでに、離婚届を突きつけたんですって」

「ずいぶんと強引な手に出たものだな」

高見が知っている湯下は、確かに傲慢《ごうまん》な部分があったが、少なくとも世の中をどう渡っていくかといった、身の処し方には抜け目のない男だった。それが不倫相手に子供を作り、一方的に離婚届をつきつける——。晴枝が騒ぎ出すのは目に見えていることだ。いかに向山一族に名を連ねる人間といえども、いずれは会社の知るところとなる。そんなことになれば一般社員でも無傷では済まない。ましてや役員に名を連ねる者である。会社が問題視しないわけがない。その程度の計算はできる男のはずだった。

いったい、あの男をそこまで駆り立てて止《や》まない理由は何なのだろう。俺はあの男を見誤っていたのだろうか。

「それでね、あなた」瑠璃子がこちらの様子をうかがうように切りだした。「晴枝さん、あなたから湯下さんを何とか説得してくれないかって、そう言うの」

「僕に？」

「ええ。晴枝さんが言うには、あなたは同期の中でも、湯下さんが買っている数少ない人だから、あなたの言うことならばきっと聞いてくれる、冷静に話し合えるだろうと……」

意外な気がした。確かに湯下が入社以来、自分に対して何かにつけ他の同期とは違う接し方をしてきたのは事実ではある。

限られた人間が集う酒席に招いたのも湯下なら、今回本社に戻るに際しても、暫定人《ざんていじん》事としか取れない辞令をもらい不安に駆られていたところに、早々に電話を掛けてきてくれたのも湯下だった。だが、湯下との入社以来の経緯を考えると、二人の間に同期のよしみとか、ましてや友情という言葉で表されるような個人的な感情はついぞ覚えたことがない。

いや、むしろ酒席を共にし、その都度に特別な間柄を強調されると、そこに将来につながる『閥』作りへのしたたかな計算が見て取れるような気がしてならなかった。

もちろん、サラリーマンとしてある程度の地位を目指すなら、派閥と無縁ではいられないのは現実というものだ。しかし、自分の信念を曲げてまで、媚《こび》を売り、従順さを装《よそお》うことはできなかった。だからこそ、たびたびの酒席への誘いを断り、湯下とは距離を置くようにし、研究開発という全くの実力のみが問われる仕事に没頭してきたつもりだった。

そんな自分を湯下が買っている?

高見には晴枝の言葉をにわかに信じることができなかった。いや仮にそうだとしても、少なくとも二人の問題に、赤の他人が口を差し挟むべきではない。

「瑠璃子。それは断るよ」高見は、妻を正面から見据えると返事をした。「晴枝さんの境遇には同情の念を禁じ得ない。君が心配する気持ちもよく分かる。なにしろ晴枝さんと君は同期であるだけでなく、短大時代からの友人だからね。しかし僕にしてみれば湯下は同期の中でも親しくしている一人には違いないが、それは会社でのことだ。それにこれはあくまでも湯下と晴枝さんの家庭の問題だ」

「でも、それじゃ晴枝さんが……」

「冷たいことを言うように思えるかもしれないが、仕事のことならともかく、プライベートな問題に他人である僕が口を差し挟む気持ちはない。僕はそう考える。今日の話は聞かなかったことにするよ」

瑠璃子の視線が落ちた。気まずい沈黙が二人の間を流れた。

その時、甲高い音を立てて、電話が鳴った。

瑠璃子が立ち上がると、「高見でございます」打って変わって、いつもの口調で名乗る。「あら、お母様……ええ帰宅しておりますが、少しお待ち下さい」

高見は差しだされた受話器を手に取った。

「やあ、お母さん、どうしたんですこんな時間に」

湯下の不倫を諫《いさ》めて欲しいという申し出を即座に断った直後だけに、救われる思いがした。

「もしもし、龍平……実はね、大変なことになったのよ」

声をひそめて、いつになく早口で話す様子から何かただならざることが起きたことがうかがい知れた。

「どうしたの。大変なことって、何があったんだい」

「お父さんが癌《がん》に罹《かか》っているらしいの」

「癌？」

高見は問い返した。食卓の上を片づけにかかっていた瑠璃子が、瞬間手を止め、こちらを振り向くのが分かった。

杉並の両親とは、帰国した週末に、実家近くの寿司《すし》屋で家族水入らずの夕食の席を持ったばかりだった。すでに第一線を退いて久しい父に、かつての面影はなく、しばらく会わないうちにめっきり体の肉が落ちていた。現役時代には、総合商社の営業職ということもあって、母が口やかましく注意をするほどの酒量を誇っていたものだったが、それもたった三杯の焼酎《しょうちゅう》のお湯割りで終わりとなった。

歳《とし》を取れば、それなりに肉も落ち、酒量も減るものだ。それに現役を退くにあたって、自分が担当していた部門閉鎖という激務や心労が祟《たた》ってか、三年前に軽い心筋梗塞《こうそく》をやったこともあって、痩《や》せたのもそのせいならば、酒量が減ったのも、自らの体を慮《おもんぱか》ってのことと考えていたのだが、まさか癌に罹っていたとは想像だにしなかった。

「実はね、あなたたちと会った二日後あたりから、激しい咳《せき》が出るようになってね、それが一週間ほど続いたかと思っていたら、急に声が出なくなったの。それで、お医者様に行ったのだけど」

「それで、今日検査の結果が出たというわけなのか」

「そうじゃないの。最初、先生のお見立てでは風邪だろうということで、薬を処方されたの。でも、いくら飲んでも良くなるどころか、ますます症状は酷《ひど》くなるばかり。それで今日もお医者様のところへ行った時に、何だか右首の付け根にシコリが触れるようだと申し出たそうなの」

「首のところにシコリ？」

嫌な予感がした。首の付け根といえばリンパ節があるところだ。医学に関しては、それほど知識があるわけではなかったが、もしもリンパ節にシコリを感ずるというのであれば、転移の疑いがある。つまり相当に進んだ癌だということになる。

「それを申し出るまで、先生は声が出なくなっているのは、やはり風邪のせいだろうとおっしゃったそうなのだけど、シコリに触れた途端に、すぐにレントゲンとＣＴの検査をなさったそうなの」

「それで」

高見は、息を呑《の》みながら次の言葉を待った。

「肺に癌が発見されたそうなの」

「それじゃお父さんは肺癌なのか」

「ええ……。肺と胸部リンパ節に腫瘍《しゅよう》があって、首のシコリもたぶん肺から転移した癌で、早急に治療を開始する必要があるって、そう言われたんですって」

「どうして今まで気がつかなかったんだ。首にシコリを感じていたなら、ただごとじゃないということぐらい、素人《しろうと》にだって分かるだろう。それに医者も医者だ。いくら咳が酷《ひど》いといっても、触診の際に気がつくだろうに」

「それが、心臓を病んで以来、ずっとその先生に定期的に診ていただいていたのだけれど、注意を払うのはもっぱら心臓の方で、肺や他の部分は満足に診ていなかったというの。実際、心筋梗塞の軽い発作があって以来三年の間、心臓には特に目立った変化はなかったし……」

「お父さんはそのことを知っているのかい」

「知っているも何も、本人がお医者様から聞いてきたんですもの」

「そんな大事なことを、すぐに医者が話すものなのか」

「あの性格でしょう。何の異常なのか、正確に説明するよう、先生に迫ったらしいのね。先生だって、お父さんの性格は、よくご存知だし……」母はそこで少し沈黙すると、

「ちょっと待ってね、いまお父さんに代わるから」

これ以上、自分の口から父の病状を話すのは、耐えられないといった様子で言った。

「もしもし……」

その声を聞いた瞬間、高見は我が耳を疑った。普段の張りのある父の声とは違い、全神経を耳に集中しなければ聞き取れぬほどに、ノイズ混じりの掠《かす》れた声が聞こえてきた。

「お父さん……」

思わず、何と言っていいものかと言葉を失った高見に、

「厄介な病気に罹っちまったものだ。まさか俺が肺癌に罹るとはね」

荒い息を吐きながらも、どこか他人事のような口ぶりで父は言う。

「それで体の方はどうなのです」

「声が出ないことを除けば、何一つとして変わりはしない。今日も晩酌にお湯割りを三杯飲んだし、飯も美味《うま》い」

「酒を飲んだりして、大丈夫なのですか」

アルコールが入れば血行が良くなる。それが肺の癌細胞の増殖を助長し、転移を加速させたりはしまいか。

素人考えに過ぎないことは分かっていても、やはり気になるのは否《いな》めない。

「医者にも、特に酒を止められたわけではないからね」父は掠れる声を上げながらも、平然としている。「それに、明日からは飲めなくなるからな」

「どういう意味です」

まさか病状が、すでに手遅れの域に達しているとでも言うのだろうか、と高見は不安

になった。

「明後日、採血をはじめとするいろいろな検査をするそうだ。胸部、腹部のエコー。心電図、それに右首のリンパ節の腫瘍を採取して細胞検査。それに頭部のCTも撮るそうだ。それで、癌の種類と進行度合いが分かれば、入院して治療ということになる」

「そんな他人事みたいに言わないで下さい。心配しているのは、お母さんだけではありませんよ。僕だってどれほど、癌の告知にショックを受け、お父さんの身を案じているか」

「だからこそ俺が自ら告知を受けることを望んだのだ」父は静かな声で言った。「お母さんはあの通りの性格だ。もしも俺に代わって告知を受けたら、その重圧を一人で抱えていかねばならない。考えてみれば、お母さんにはずいぶん苦労をかけた。二度の海外駐在。確かに赴任したのはロンドン、ニューヨークと先進国ばかりだったが、幼かったお前たちを抱え、英語もろくに喋《しゃべ》れなかった身には、大変な苦労だったと思うよ。ましてや、仕事は忙しく、満足に家庭を顧みてやることもできなかった。俺が本社に戻り、まがりなりにも取締役の地位まで上り詰められたのは、お母さんの内助の功があってのものだよ。それにお前たち二人の子供が、立派に育ってくれたのもね。人生の大半を、いわばお母さんに甘えるように過ごしてきたんだ。最後まで辛《つら》い思いをさせて、さようならするのは忍びない」

「そんな、最後までなんて言わないで下さいよ。癌といっても、最近では不治の病ではないのですから」

「だから、私が告知を受けることにしたんじゃないか。心配するな、俺はこれしきのことではくたばりはしない。仮にも、日本経済の先兵として、ビジネスの第一線で切った張ったの勝負をしてきたんだ」

「それほど、気を確かに持っていることを聞いて、安心しましたよ。ただこれだけは、約束して下さい」

「何だ」

「検査結果、病状の進行度合いは、医者から告げられた通りのことを、全部正確に報告して下さると」

「分かった、約束する」

「癌という病は、罹った本人だけの闘いではありませんよ。家族全員で闘う病なのですから」

「ありがとう」父は、素直に礼を述べると、「しかし、偶然にもお前が駐在を終えて本社勤務になっていて本当に良かった。お母さんも、心強く思っていることだろう」

「それは私にしても同じです。いかに、かつてより近くなったとはいっても、アメリカでお父さんの身を案ずるのと、いつでも会えるのとではずいぶんな違いがありますからね」

「それから一つお前に言っておかねばならないことがある」

「何でしょう」

「佳世子《かよこ》には、当分の間、このことは内緒にしておいて欲しい」

父は高見の二つ違いの妹の名を口にした。自分と同様、外地で教育を受けた佳世子は、日本の大学を出ると、外資系の証券会社に就職し、そこで出会った相手と結婚し、いまはニューヨークで暮らしている。

「あいつはお前とは違って、日本人よりもアメリカ人に近い考え方をするやつだと思っていたが、最近じゃ、どうもお母さんに似てきてな。私が癌だと知ったら、それこそ大騒ぎをして素っ飛んできかねない。あれにも、家庭もあれば子供もいる」

確かに父の言うことはもっともなところがあった。佳世子にしても、高校生の息子が二人いる。日本では、アメリカの大学は、入学は簡単でも卒業は難しいとまことしやかに言われるが、それは大きな間違いだ。特に名の知れた私立の一流校を目指そうとすれば、日本の受験など及びもつかないほど難易度も高ければ、競争も激烈である。

そんな大事な時期に差しかかっている子供を抱えている上に、父親が癌に罹っているという知らせを受けたら、肉親への情と、現実の生活との狭間《はざま》で佳世子は苦しむことになる。

「分かりました。佳世子には当分の間、このことは話さないでおきます」

「この通り、私は元気だ。心配するな」

父は掠れた声を張り上げると、受話器を置いた。

「お父様、癌なの」

傍らで息をひそめて会話を聞いていた瑠璃子が、心配と戸惑いの色を露《あらわ》にして訊《たず》ねてきた。

「ああ。肺癌らしい」

「なんてこと……それで、病状はいかがなの」

「どうもリンパに転移しているらしい」

「転移があるの」

瑠璃子の顔から、みるみる間に血の気が引いていくのが見て取れた。

「詳しい検査は明後日だそうだ。いまのところ、声が出なくなっていることを除けば、いつもと変わらぬ生活をしているようだが……」

「最近では、癌は恐るるに足らない病気になりつつあるとはいうけれど……手遅れでなければいいのだけれど」

その思いは、自分とて同じだった。

「とにかく、検査の結果を待とう。それが分からないことには、どうにもならない」

高見はそう言うと、瑠璃子を残して一人書斎に入った。

パソコンの電源を入れ、インターネットの検索サイトに接続した。

一口に癌といっても、それができる部位によって、深刻さの度合いも違えば、治療法や予後の状態も違ってくる。いま父の体の中に巣くった肺癌という病について、少しでも知識を得たいと思ったからだった。

検索サイトに『肺癌』と入れてみる。ほどなくして膨大な数のヒットがあった。表示されたアドレスからして信頼に足りると思われるサイトを開いた。そこから、一口に肺癌といっても大きく分けて四つの組織型があることが分かった。
●腺癌——肺野の気管支粘膜に発生することが多く、日本人の肺癌の中で最も頻度が高い。発育が遅い代わりに転移を起こしやすく、治療成績はあまりよくない。しかし早期発見であれば、治療成績は良好。
●扁平上皮癌——肺門に近い気管支粘膜から発生する癌で、日本での発生は腺癌についで頻度が高い。発育の速度が比較的早い代わりに、転移が少なく、治療成績は良好。
●小細胞癌——気管支の粘膜下に発生する未分化癌で、肺門に発生することが多い。発育は極めて速く、転移を起こしやすいので治療成績は良くない。
●大細胞癌——肺門と肺野の中間の気管支の粘膜に発生する未分化癌で、小細胞癌についで発育が速く、転移も起こしやすいので治療成績も良くない。

ついで、目についたのが、進行度だった。肺癌の進行度は四段階に分かれると記載されていた。それを読むと、父の肺癌は少なくともリンパ節に転移を起こしているところから察するに、進行度ⅢないしはⅣに入るものと思われた。それを読み終えたところで、治療法、そして予後、と書かれた欄に目を走らせた。

肺癌の治療後、五年の生存が期待できるのは、外科療法によるもので、特に八〇%の五年生存率が期待できるのは、早期癌の段階、つまり進行度がⅠの場合。Ⅱになると五年生存率は五〇%に落ち、Ⅲになると、二〇%を切るという。しかも外科療法で癌が取りきれなかった場合は、治療成績は特に悪くなると書かれており、Ⅳになると、予後については何も書かれていなかった。つまり、外科療法がなされるか否かで、父が癌から生還できるかどうかが決まることになる。

総合商社というところで働く人間にとって、仕事の成否を決するのはどれだけ精度の高い情報を、いかに多く摑《つか》むかにかかっている。

そんな環境に長く身を置いてきた父にしてみれば、この程度の知識、情報を手に入れることなど造作もないことだろう。

父は、いま自分の身に降りかかろうとしている運命を知っている——。

高見はそう思うと、胸の中で鼓動を刻む心臓が見えない手で握り潰《つぶ》されるかのような、息苦しさを覚えた。やがて、画面に浮かび上がった文字が、滲《にじ》んで見えなくなった。こみ上げてくる感情を抑えることができない。締め付けられ、行き場を失った心臓の血液が、目頭から噴きだすように、涙が頬を伝って落ちると、高見は声を殺して嗚咽《おえつ》した。絶望的な状況にあって、なおかつ、母を思い、子供を思う父の姿が、気高いものに感じられた。その姿に、ついさっき瑠璃子から聞いた湯下の姿が重なり、同じ子を持つ親として、家庭を持つ人間としての余りの違いに、いまさらながらに父の愛の深さと偉大さを思い知るのだった。

＊

「高見君、君には会社に残ってもらうよ」

『小部屋』と呼ばれる小さなミーティング・ルームで梶山は言った。机の上にはぶ厚いファイルが閉じたまま置かれている。

早期退職者の募集は、一応公募という形を取っているために、全社員に対して行なわれることになっていた。しかし、それも建前上のことに過ぎない。会社は最初から退職に追い込む人間をリストアップしていて、狙《ねら》い撃ちにしてくるのだ。それも業績給の導入の名の下に、基本給与には手をつけず、ボーナスの大幅なカットを提示することにより、事実上の年収ダウンを強いるという手を使ってだ。

「はい」

かろうじて言ったものの、この部屋で、少なくとも十人の同僚が、梶山から全く違った言葉を切りだされ、絶望の淵《ふち》へと追い込まれたことを思うと、素直に喜ぶことはできなかった。

「何だ、その気のない返事は」梶山は、口元を歪《ゆが》めると、「今後の処遇が気になるか」と、こちらの心中など察する様子もなく訊ねてきた。

「いいえ、そういうわけでは……」

言葉が終わる間もなく、梶山はファイルを広げると、その中の一枚を提示した。

「これが、会社から提示された来年の待遇だ」

それを受け取った高見は、書面に目を走らせた。

待遇は今までと変わらず次長。毎月の給与ベースはわずかだが上がっている。賞与は夏が二・三ヶ月、冬が二・五ヶ月。今の会社の状況を考えれば、決して悪くはない数字だった。いやむしろ現在の仕事からすれば、いささかもらい過ぎの感すらある。

ふと、一週間前に真っ先にこの面接を受けた野上の言葉が脳裏をよぎった。

彼は、この場で年俸ベースで二〇%ものダウンを提示されたのだ。野上の場合、人事考課はA^{-}と『やや劣る』の総合評価であったという。しかし、彼の言を信じるならば、それも不可抗力的部分がないとは言えない。何しろ担当していた市場は半導体である。

この数年、業績が急激に悪化し、莫大《ばくだい》な赤字を垂れ流さざるを得なかったことは、TAMで研究開発の第一線にいた自分が誰よりもよく知っている。

そうした点から言えば、この自分は真っ先に切り捨てられても申し開きができぬ、いわばA級戦犯の一人に挙げられたとしても仕方がない。それが野上は退職を迫られ、自分は会社に残る。その格差が、高見の心に重くのしかかった。

「会社が君に下した評価は決して悪いものじゃない。これからは畑違いにはなるが、私の下で引き続き働いて欲しい。条件に関して特に不満はないとは思うが、どうだね」

「そんな不満なんて……」

目を上げたすぐ前に、梶山の顔があった。

「ならば、この条件で会社に残ってくれる、人事部にはそう返答していいのだね」

念を押すように梶山は言った。

「はい」

半導体部門の業績不振の責任は、何も市場調査室で働く人間だけにあるのではない。いや、誰のせいでもない。市場戦略について総合的判断を下したのは、会社の経営トップである。もちろん、R&Dセンターで一部門を預かっていた自分にもその一端があることは否定しきれない。

いっそこの場で、責任の一端をとって会社を辞すると言えたら、どれだけ気が楽になるか知れない。しかし、アメリカの大学に進んだばかりの慶一、それに東京でインターナショナルスクールに通い始めたばかりのみなみ。そして癌《がん》に侵された父のこれからのことを考えると、とてもそんな決断を下すことはできなかった。

もちろん、この場で辞意を告げ、新たな職を探そうとすれば、提示された条件以上の待遇を示す会社を見つけだすことはそう難しいことではないだろう。それは思い上がりというものではなく、シカゴ大学のMBAを持ち、海外経験も豊富だとなれば、客観的な事実というものだ。もしかすると、この倍程度の年俸で自分を迎える外資系企業もあるかもしれない。早期退職者に与えられるインセンティヴを加味して考えれば、むしろそうした道を選択するのが当然かもしれない。しかし、高額な給与は期待された成果を上げられるかどうかと表裏一体である。うまく転職を果たしたからといっても、最初の三ヶ月間は試用期間である。会社の実情も知らず、上司がどんな人間なのか、部下の能力はどうなのか。実際に働いてみないと分からないことが多々あることは事実というものだ。三顧の礼を以《もっ》て迎えられた人間が、試用期間内に馘《くび》を言い渡された例は枚挙にいとまがない。確かに、年収が上がることは魅力には違いないが、現在の自分が抱える状況を考えると、とてもそんなリスクを冒す気にはなれなかった。加えて、半導体事業部に戻ったかつての同僚たちを待ち受けている境遇は、いま自分に提示されたほど、優遇されたものではないだろう。いや、これからは、まさに苦難とも呼べる道が待っていることは間違いない。本社に戻り、新たな道が開かれた。それがいかなることで決まったのか、正確な理由は分からないが、かつての仲間が苦境を強いられるのを尻目《しりめ》に、自分だけが逃げ出すわけにはいかない。

高見はそう思った。

「ところで、高見君。君のポストのことなんだがね」安堵《あんど》の表情を浮かべながら、梶山が切りだした。「この一週間で、部下との面接は終了する。早期退職者も確定するだろう」

「早期退職なさる方は、いつ会社を去るのです」

「意思表示は、十一月末ということになっている。退職は十二月二十五日までの間だ」

年内いっぱいと言わず、十二月二十五日という、半端《はんぱ》なところで退職の日を区切ったところに、会社のしたたかな計算を見た思いがした。通常、年末のボーナスは、その年の六月一日まで勤務し、退職した人間にも支払われるのと同様、夏のボーナスもまた年内いっぱい在籍した人間には翌年の夏に支払われるのが決まりだったからだ。要するにびた一文、無駄な金は支払うつもりはない、という会社の意思表示だった。

「組織改編には年明け早々に取りかかる。そこで、君には北米市場の調査部門を担当して欲しいのだ。待遇は次長だが仕事上のポジションは部長だ。直属上司は私だ」

北米市場担当の部長は、市場調査室の中でも、最も重要なポジションの一つだ。

「そんな重要なポストが、市場調査の素人《しろうと》の私に務まるでしょうか」

「そう難しく考えるなよ。前にも言ったが、私が期待しているのは、何も一介のスタッフとして素晴らしいレポートを上げてくれることじゃない。豊富な米国経験を基に、部下が充分な働きをする、いわば、管理職としての力だ。君だって、TAMにいた頃は二十人からの、それもアメリカ人スタッフを使って仕事をしてきたんだ。その経験を今度は私の下で発揮して欲しいのだ」

「分かりました。ご期待を裏切らぬよう、仕事に邁進《まいしん》いたします」

高見は改めて頭を下げた。

＊

『小部屋』を出てオフィスに戻ると、すでに昼休みに入ったフロアーは閑散としていた。席に戻り、机の上に広げた書類を整理していると、誰かが背後から肩に手を載せた。振り返ると、そこには野上が立っていた。

「高見さん。どうですか、昼をご一緒しませんか」

その様子から野上が自分の帰りを待っていたことを高見は悟った。おそらく、梶山との面接の結果を知りたがっているのだろう。そう思うと、気が進まなかったが、ここでむげに断るのも気が引けた。

「構いませんが」

「それじゃ、この間の定食屋にでも……」

果たして野上は言った。社内の人間はあまり行かない店。誰に話を聞かれることもない場所――。

前に野上が言った言葉が脳裏をよぎった。

無言のままエレベーターで一階に降り、秋の気配が濃くなった大手町の歩道を肩を並べて歩いた。

「それで、いかがでした。面接は」

店に入って、オーダーを終えたところで、野上は切りだしてきた。退職勧告を受けてから一週間。その間の苦しみのせいだろう。相対して座る野上の顔にはやつれた表情がありありと見て取れた。

「条件の提示はありましたが……私は会社に残ることにしました」

差し障《さわ》りのない言葉で、高見は答えを濁した。

「会社に残ることにした？」

「ええ。置かれた環境が厳しいことは百も承知していますが、家庭の状況を考えると、いま会社を去ることはできないのです」

「あんな……と言っては失礼だが、閑職に置かれても会社にいることにしたのかね」

「まだ野上さんにはお話ししていませんでしたが、私にも子供が二人おります。長男はアメリカの大学にこの九月から入ったばかり、長女は帰国子女ということもあって、インターナショナルスクールに入れました。いま会社を去るわけにはいかないのです」

「家のローンは抱えていないのかい」

「幸か不幸か、八年もの間日本を離れていたこともあって、借家住まいをしておりますのでローンはありません」

「そうか……それに、海外法人に出向する社員は、本社と現地法人の二つから給与が支払われるのだったね。きっと蓄えもあるのだろうしね」

野上は上目遣いの瞳《ひとみ》に、嫉《ねた》みとも、羨望《せんぼう》ともうかがえる光を湛《たた》えた視線を向けてきた。

「確かに駐在員には、本社と現法の二つから給与が支払われますが、その分家賃、車、教育費、全《すべ》てをその中から賄《まかな》わなければなりません。傍《はた》で考えるより、生活は楽ではないのです」

よくある誤解とは分かっていても、どうやら不愉快な表情が顔に出たらしい。

「すまない。そんなつもりで言ったのではないのだ」野上は、とりなすように言うと、

「しかし、あなたが会社に残るという選択をしたのは意外だったな」

「どうしてです」

「いや、聞けば君はアメリカ駐在が長いだけじゃなく、会社派遣でシカゴ大学でMBAを取ったそうじゃないか。そんな経歴を持っていれば、再就職にも苦労はしないだろうに」

「MBAを持っているといっても、新卒ならともかく、卒業してから二十年も経《た》っていれば、問われるのはキャリアと実績です。私の場合、キャリアでいえばR＆D勤務がほとんどです。それも半導体部門。いま日本では同業他社も例外なく半導体事業では苦しんでいます。そんなところに私なんかが入り込む余地はありませんよ」

「韓国や台湾、中国の企業という手だってあるじゃないか」

「どうですかね」そんなことは考えてもみなかった高見は、一瞬押し黙ったが、「家族もやっと日本に戻ってこれから新しい生活を始めたばかりです。アメリカの生活が、家族にとって快適ではなかったといえば嘘《うそ》になりますが、全く異なった文化圏で再び一からやりなおすことは、とても考えられるものではありません」きっぱりと否定した。

「しかし、その気になれば、まだ君は選択肢がある分だけいい。あれから女房に今回の件を話したのだが、もう半狂乱だ」

野上は大きな溜息《ためいき》をつくと、すっかり薄くなった頭髪に手をやった。

「それで、野上さんはどうなさるのです。会社を辞めて、新しい職場をお探しになるのか、それとも……」

「現実問題を考えれば、会社に残る選択肢はないのは分かっているんだが……。何しろ年収の二〇％をカットするというのだ。それに、残ったとしても基本給は現状維持ということは見えている。おそらくろくな仕事は与えられまいから、業績が反映されるボーナスはどんどん減らされる可能性が高い」

確かに野上の読みは外れてはいまい。退職勧告に従わない人間は、真綿で首を絞めるように、痛めつけ、やがて追いだす。それが会社の狙いであることは間違いなかった。

「やはり、お辞めになるのですか」

「そう簡単に結論は出せないよ。なにしろウチの子供は二人とも女だからな」

「女のお子さんと野上さんの退職が何か関係があるのですか」

「ほんとうに分からないのか」野上は一瞬呆《あき》れた表情を浮かべると、「結婚式の時に、親の経歴を披露するだろう。その時に、たとえ閑職であっても、一流会社に勤めているか、そうじゃないか――」

「そんなばかな。子供の結婚式に、どうして親がどこの会社に勤めているかなんてことが問題になるんですか」

全てを聞き終わらぬうちに、高見は訊《き》いた。

「見栄《みえ》だよ、見栄。女ってのはな、そんなつまらねえところにもこだわるものなんだ。『お父さん、お願いですから、娘が嫁に行くまでは、東洋を辞めないで下さい』ってな。

少なくともウチの会社は、世間では一流で通っているからな。それにもしも転職するなら、いまの会社と同じくらい名のある会社にして下さいって、そう言うんだ」

「しかし、これはそれ以前の問題ですよ。いわば名を取るか、実を取るかの問題だ」

「そんなことは分かっている。だが、このご時世だ。そんなに都合よく、大会社が俺なんかを拾ってくれるわけがない。第一、希望退職者公募のニュースは、新聞で広く知られちまった後だしな。そんな時に職を探しに来るなんて、リストラに遭いましたと自ら公言しているようなもんだ」

「実際に職探しを始められたのですか」

「ああ、大学の先輩を頼ってね。これでも、私は帝都大学の出身だ。その伝手《つて》を頼って、いくつかの会社に打診をしてみたのだが、どこも、けんもほろろ。第一、日本企業じゃ、いまの時代にしてもそうあるもんじゃない。ましてや、五十歳のロートルの採用なんてありはしないと言われたよ」

確かに、五十を過ぎた人間の就職は厳しいのは事実というものだろう。ましてや、いまいる会社に見劣りしないだけの大企業への転職など、日本社会では考えられないことだ。

それにしても、と高見は思った。今回の早期退職勧告者は、学歴やキャリア、それに人事考課をポイント制にして、総合点の低い順に事実上の首切りを行なうのだ、と湯下は言った。帝都大学は、国立の超一流校で、事実、高見の父も同窓である。もちろん人事考課で野上がA^{-}の評価を下されていたことは事実だったとしても、それはたまたま担当していたマーケットの業績が急激に悪化しその煽《あお》りを食ったというのが主な要因であったはずだ。それが、こうまでドラスティックな断を会社が下すとは……。その一方で自らの身に下された処置を考えると、今回の早期退職の裏には、もっと深い何か別の考えがあるような思いがこみ上げてくるのだった。

「高見君」

突然、野上が身を正すと言った。

「君のことだ。どこか、外資のいいところから、ヘッドハントの話があるんじゃないのか」

「いいえ、私のところにはそんな話は一つもありません」

「いや、これからでもいい。もし、君にそうした話があって、転職を決断するというのなら、私も一緒に連れていってくれないか。いや紹介してくれるだけでもいい。この通りだ」

深々と頭を下げる野上を前にして、たとえそんな話が自分のもとに持ち込まれたとしても、評価は個人個人に下されるものだ、そんな当たり前のことすら、判断がつかないところにまで追い込まれた野上に、言葉をなくして、高見は沈黙した。

＊

薄暗い部屋で目が覚めた。

熱の籠《こ》もった布団《ふとん》の中で、寝返りを打ちながら意識がはっきりしない目で時計を見ると、時刻は午前十時を指そうとしている。すでに会社が始まっている時間だった。

家に戻って来たのは、午前四時少し前だった記憶がある。いつものように、六本木のバーでしたたか酒を呷《あお》り、その後祥子の部屋で数時間を過ごした。体内に残っていた酒はまだ抜けきってはいない。全身に気怠《けだる》さが残り、酷《ひど》く喉《のど》が渇くのを感じた。

湯下は、気力を振り絞り、どうにか体を起こすと、ベッドサイドに置いた電話を取った。

番号をプッシュする間に、隣に置かれたツインベッドのかたわれを見た。すでにそこに晴枝の姿はなかった。舌打ちが漏れた。やがて回線がつながり、聞き覚えのある秘書の女性の声が聞こえてきた。

「東洋電器産業でございます」

「湯下や」

「本部長……おはようございます」

「たしか今日は午後一番から会議があるだけで、午前中は何の予定も入っていなかったな」

「はい」

「昨夜、急にヒューマン・リサーチの高木《たかぎ》さんから電話があってね。出社前に外で会うことになった。午後の会議までには出社する」

湯下は嘘を言った。

「承りました」

役員になると、会社がハイヤーの送迎車を出すことが決まりとなっていたが、湯下は会社の業績不振の折、若輩者には過分の待遇と言って、体よく断っていた。

夜の巷《ちまた》で酒を呷っては、祥子のもとを訪ねる。それが日課である。連夜の深酒のせいで、起床時刻がどうしても遅れがちになる日もある。そんな時は、午前中に何のスケジュールも入っていない日を狙《ねら》って、偽りの会合を作り、惰眠を貪《むさぼ》るのが常であった。

いかに役員とはいえ、そんな勤務をしていれば、誰かが気付きそうなものだが、人事部は大量リストラを前に、機密を要する業務が山ほどある。それが絶好の隠れ蓑《みの》となった。事実、今日の言い訳に使った『ヒューマン・リサーチ』は、社員の格付けと再就職支援を生業《なりわい》とし、今回の早期退職勧告者のリストアップとその後のケアを委託した会社だった。

湯下はベッドから抜け出すと、パジャマを脱ぎ捨て、下着だけの姿で浴室に向かった。途中リビングに入ると、キッチンの方からパンが焼ける香ばしい匂《にお》いが漂ってきた。

「起きたの」

気配を察した晴枝が姿を現すと、声を掛けてきた。

「ああ……」

素っ気ない言葉を返すと、そのまま浴室に向かおうとした湯下に、

「朝食は？」

重々しい口調で晴枝が訊ねてきた。

「いらん。コーヒーだけでええわ」

晴枝が何か言いかけるのが分かったが、湯下はそれを無視して浴室に入った。

熱いシャワーを浴び、体が温まってくると、体内に残っていたアルコールが汗とともに噴きだしてくる。髪を洗い、体を石鹸《せっけん》で洗い流すと、気分が大分楽になった。浴室を出ると、脱衣籃《かご》の中にパッケージに入ったままの下着が用意されていた。離婚を切り出してからというもの、他の女が触れたとおぼしき下着は、全て捨て去ってしまうらしく、晴枝はこれ見よがしに新品の物を置くのだった。

濡《ぬ》れた髪をドライヤーで乾かし、体にアラミスのオードトワレを吹き付けた。髭《ひげ》を剃《そ》る際に、鏡に映った顔色が、このところ以前にも増して土気色になっているのに気がつ

いた。長年の飲酒のせいで、肝機能を示す数値が異常に高いことは分かっていた。会社の健康診断を最後に受けたのは、もう二年も前になる。それ以前から医師から何度となく飲酒を直ちに止めるよう、注意はされていたが、無視を決め込んできた。

もとより、酒を止《や》めることができるなら苦労はしない。ましてや入院などということになれば、せっかく手に入れた人事本部長のポストを手放すことになる。こうなれば、体が壊れるのが先か、それとも企業人としての生涯を全《まっと》うできるかどうかだ。

そもそも、俺の飲酒が習慣化した最大の原因はあの晴枝のせいだ。祥子との新しい生活が始まり、子供が産まれれば、酒を断つことだってできるかもしれない。

そう、祥子とともに、新しい人生を歩むのだ。

バスルームを出てリビングに戻ると、晴枝がダイニングテーブルに一人腰を下ろしていた。

「子供たちは学校か」

「二人ともとっくに家を出ました」

晴枝は、ゆっくりと視線を向けながら言った。窓から差し込んで来る陽光に照らされた顔の下で、陰りを帯びた目が、しっかと湯下をとらえて離さない。その様子から晴枝が重大な思いを胸中に秘めているのがうかがい知れた。

「あなた。先日のお話ですけど」

果たして晴枝は切り出してきた。

「離婚のことか」湯下は、テーブルの上でほのかな湯気を上げるコーヒーを持ちながら、

「決心してくれたか」と、訊ねた。

「決心？　ご冗談でしょう。私は離婚なんかに同意しませんからね」

「同意しないなら、それでもええ」

「どういうことかしら」

「お前がどうしても、離婚に同意しないというのなら、俺がこの家を出て行けばいいだけの話やろう。別居して五年も経てば、事実上夫婦関係は破綻《はたん》していると解釈される。後は調停に持ち込むだけの話や」

「あなた、よくそんなことが言えるわね」

湯下をとらえて離さない晴枝の視線に憎しみの色が宿った。

「俺とお前の結婚生活なんてもんは、最初から破綻していたんやないか。勝手に子供なんかを産みくさって、無理やり俺と結婚に持ち込んだくせに」

「それなら、今回の女はどうなの。それこそ、勝手に子供を妊娠したんじゃありませんか。しかも、あなたに妻子があると知りながら」

「それは俺が望んだからや」

「それなら、二人の子供はどうなの。あなたはあの子たちに愛情を覚えないと言うの」

「愛情ねえ」湯下は口元に皮肉を込めた笑いを浮かべると、「それなら訊くが、そもそも、お前は結婚するに際して、俺に愛情を抱いていたんか」

「少なくとも、当時はそう思っていたわ。嫌いな男の子供を産むなんてことができるものですか」

「嘘を言うな。お前が結婚を望んだのは、俺に愛情を覚えてのことやない。俺の将来に、魅力を感じたのやろう」

「確かに、それは結婚を決意するにあたって、一つの要素だったことは否定しないわ。だけどそれだけで、二十年もの間、生活を共にしていけると思うの」

「思うね。そら、お前が結婚当初は俺に愛情を覚えていたかもしれん。しかしな、そんなもんはいつまでも続くもんやあらへん。二十年もの間、お前が暮らしてこれたのは、俺の将来がある程度約束されたものがあったからや。だから俺が家庭を顧みることがなくとも、お前は文句の一つも垂れずにいたんやないか」

「そんなに、私が憎いの。二人の子供も、私と同じように憎いと言うの」

「二言目には子供と言うがな、半分はお前の血が流れているんやからな」

「本気で言っているの？」

信じられないというように晴枝は首を小刻みに振ると続けた。

「考えてみれば、あなたは子供たちが泣き叫んでも煩《わずら》わしがるだけで、抱き上げてあやすこと一つしなかった。それどころか、寝室を別にしたあげく、毎日午前様。深酒をして帰るとすぐに寝てしまう。休日も、子供の面倒を見るなんてこともしなかった。私はそれも仕事が忙しいせいだと思って、必死にあなたの分まで子育てに没頭してきたのだけど、そうではなかったのね」

「そんな思いを抱いているのは、何も俺だけやあらへんぞ。親父《おやじ》やお袋だって同じじゃ。孫ができれば嬉《うれ》しいもんやけど、湯下の家が何かしてくれたか。温かく二人の子供を迎えてくれたか。第一お前が何か嫁らしいことをしてくれたことがあったか」

「それは、お父様、お母様が、私を拒絶してきたからじゃありませんか」

「それが、湯下家の答えや。二人の子供にしても、未《いま》だに家の跡取りとは認めへんと言うとるんや」

「確かに湯下の家からみれば、私の実家なんて、取るに足らない存在でしかないでしょう。でも、少しでもあなたの負担にならないように、湯下の家にご迷惑をお掛けしないようにと、両親がどれだけの援助を私たちにしてくれたか、それはあなたも充分にご存知でしょう。このマンションだって、父が買ってくれたものよ。それだけじゃない。月々の生活費だってずいぶん出してもらっていたのよ」

「誰がマンション買《こ》うてくれと頼んだ。生活費を援助してくれと頼んだ。勝手にお前の実家が気を回したんやないか。何しろ向山一族に連なる家と縁戚《えんせき》関係を結ぶことができたんや。いわば俺は、お前の家にとって勲章や。それの代償とちゃうんか」

晴枝が握り締めているコーヒーカップが皿の上で小刻みに硬い音を立てて鳴った。湯下は、ぐいとコーヒーを飲み下すと続けた。

「援助、援助と言うがな、お父さんかて、湯下の家と縁戚関係を結んだお陰で、ずいぶん得をしたんじゃないのか」

「それ、どういう意味なの」

「銀行の融資、取引先の拡大……。俺が口を利《き》いてやったことだって、一度や二度のことやないで」

「あなたにそうした面でお世話になったことがあるのは事実ですけど、でもそれは……」

「それにや、わしらが離婚するとなれば、むしろお父さんやお母さんだって喜ぶんやないのか」

「娘が離婚して喜ぶ親がどこにいるの」

「いや案外喜ぶんとちゃうか、お前は一人娘やないか。跡取りはどないするつもりや」

湯下は傲慢《ごうまん》に言い放った。「お前とこやて、中小企業とはいえ、五十人からの従業員を抱えているんや。俺たちが離婚して、籍が抜ければ、お前の家には二人も跡取りができることになる」

「会社の行く末については、あなたに心配はかけない。父は常々そう言っていたではありませんか」

「現実を考えや。どちらにしても二人の子供のうち、どちらかがお前の家を継がなければ、会社も家系も絶えてしまうんやぞ」

「それと私たちの離婚は別問題でしょう」

「幸い、お前が子育てをうまくやってくれたお陰で、二人の子供はぐれることなくここまできた。成績もええ。跡取りとしては、申し分ないやろう。もちろん、俺かて、何もせんで離婚してくれと言うつもりはない。それなりのことはする」

「離婚になど同意しないと言っているのに、条件なんて聞いてもしかたがないわ」

晴枝はそう言うと、顔を背けた。

「マンションの名義は、俺のものになっているが、もともとお父さんが買うてくれたもんや。名義はお前のものにする。二人が学校を終えるまでの学費、養育費、それに慰謝料も払う」

「あなた、慰謝料と簡単におっしゃるけど、どれだけのものを支払うつもり」

再び棘《とげ》のような視線を向けながら、晴枝は訊《たず》ねてきた。

「そんなもん、今後の話し合いの中で決めることやないか」

「それなら、言わせていただきますけど。あなた、その女とはずいぶん前から関係があったそうね」

「それがどないした」

不意をつかれて、歯切れの悪い言葉が口を衝《つ》いて出た。

「あなた、私が何も知らなかったとでも思っているの」

「何をや」

「五年前の大阪本社への転勤は、社内で二人の関係が噂《うわさ》になって、それを断つために安西社長が直々に命じたものだそうじゃないの」

「いったい誰からそんな話を聞いたんや」

大阪本社への転勤の背景に、そうした事情があったことは紛れもない事実だった。社内でも噂になった。しかし、もしもあの時点で転勤の経緯を耳にしていたならば、晴枝は決して単身赴任を許しはしなかっただろう。つまり、その事実を知ったのはつい最近、それも離婚を切り出した後のことだ。

「あなた、ほんとうにおめでたい人ね。会社には私の同期と結婚した方だってたくさんいるわ。不倫の時期が長ければ、慰謝料だってそれに応じたものになるのはご存知でしょう。いかに東洋の役員とはいっても、所詮《しょせん》はサラリーマン。とうてい払いきれるものではないわ。それとも今度は実家のご両親に泣きつくつもり」

晴枝はあざけるような笑いを浮かべながら言った。

「このことを誰かに喋《しゃべ》ったんか」

「そりゃあ、私にとっては大問題ですからね。かねてから親しくしている友達の何人かに相談はしたわ」

「誰に喋った」

口調が詰問《きつもん》調になった。晴枝と離婚ということになれば、いずれは会社にその事実が知れてしまうことは間違いない。家族構成の変更や保険の手続き。公式に提出しなければならない書類はいくらでもある。もちろん、これは主に人事部が掌握する、つまり自分の統括する部署で行なわれるものだが、一連の書類は、一般社員の目にも触れる。しかし、それ以前に祥子との間に子供ができ、晴枝との間で離婚の話がもめているということが知れ渡ってしまうのは具合が悪い。

「そんなこと、あなたに話す必要はないわ。ただ、これだけは言っておきます」

晴枝は断固とした口調で言い放った。

「私は、決してこんな形での離婚には応じません。あなたがその女との関係を続けるというなら、私もそれなりの覚悟を持って立ち向かいます」

「立ち向かう」

何かに取り憑《つ》かれたような視線を目にして、湯下は背筋に汗が浮き上がるのを感じた。

「あなたの不実。いいえ、仮にも人事本部長という役職に、あなたがどれだけふさわしくない人間か、それを訴えます」

「訴えるってどこへ」

「その時になってみれば分かるわ」

今度は不敵な笑みを口元に浮かべると、晴枝はぷいと窓の外に視線をやった。その様子から、晴枝が頑として離婚には応じない決意の様が見て取れた。

もはや、これ以上話をしても意味がない。

そう悟ると、不思議と度胸が据わってくるのを湯下は感じた。

「ええやろう。せいぜいお前の気の済むようにしたらええ。ついでに言うておくが、俺は離婚を取り下げる気はないで。それに、たとえ会社で今回のことが噂になったとしても、だれ一人として俺の首を取れる人間などおらへん。恥をかくのはお前や」

そう言い放つと、湯下は寝室に入り、手当たり次第に、身の回りのものをバッグに詰め込み始めた。

＊

その日、いつもにもまして夜の闇《やみ》が濃く感じたのは、夕刻より降りだした雨のせいだろう。

京都ホテルを出た安西修吾は、タクシーの後部座席で、闇の中に佇《たたず》む古都の街並みを見やった。

フロントガラスに吹き付ける雨は、微細な玉の集合体となり、街路灯の光を反射して銀色の膜を作る。間欠ワイパーが鈍い音を立て、視界が開けるたびに、辺りの光景が刻々と変化していく。

タクシーはやがて、込み入った路地に入ると、ぐっと速度を落とした。

道の両側には、まるで映画のセットを思わせる佇まいの家並みがひっそりと並んでいる。軒先に掲げられた控え目な看板が、降りしきる小雨の中でおぼろに浮かび上がる。

「お客さん。どこにつけまひょ。店の前でよろしゅうおますか」

前の席から、運転手が訊ねてきた。

「その角を右に曲がったところで停めてくれ」

運転手には店の名前しか告げていなかったが、この街のタクシードライバーにはそれで充分だった。

タクシーが停まり、わずかな心付けを加えた料金を支払うと、安西は一人、祇園《ぎおん》の街に降り立った。

すぐ前には、控え目ながらも見るからに腕のいい職人の手によって作られたことが分かる、格子戸《こうしど》がある。一見したところ、普通の民家の玄関としか思えない引き戸を開けると、外見からは想像もできない、広い上がりがまちになっていた。下駄箱の上には、見事な花が生けられ、ほのかに香の匂《にお》いがした。

「まあ、これは社長はん。雨の中を遠いところから、ようお越しやした。おおきに」

すでに自分が来ることを伝えてあった、女将《おかみ》のまさ江が、磨き抜かれた玄関に膝《ひざ》を折ると、深々と礼をした。

「邪魔するよ」

そう言いながら安西は靴を脱ぐと、玄関脇《わき》にある個室へと入った。

「お越しやす」

まさ江は、改めて畳の上で居住まいを正すと言った。さすがに祇園で生まれ、舞子、芸子を経て自分の名を冠したお茶屋を構えるだけのことはある。もう七十を超えているにもかかわらず、しゃんと伸びた背筋。畳についた指先にまで、一分の隙《すき》もない。

「お連れはん、一人と伺うておりますけど、それでよろしおますか」

「ああ」

まさ江は、一つ肯《うなず》くと立ち上がり、安西の背後に回り、上着を預かろうとした。

「いや、今日は先方さんが来るまで、このままでいい。それより、女将、準備に抜かりはないだろうね」

「へえ、お言いつけのもんを、いつでもお出しできるように、用意しておます」

奥の引き戸が開き和服を着た中年の女性が姿を現し、型通りの挨拶《あいさつ》をすると、一杯の茶を差しだしてすぐに退《さ》がった。

『まさ江』は祇園の茶屋の慣例に違《たが》わず、一見《いちげん》の客を相手にしない。店の作りは、小さな看板が掛けられた『表』にカウンターとボックス席が二つ。そしてこの八畳ほどの和室は、ちょうどカウンターの裏にあり、入り口も全く違うせいで、人目につくこともない。馴染《なじ》みの中でも特に選ばれた客が利用することを許される場所だった。

安西は、机の上に置かれた茶を軽く啜《すす》ると、

「今日の客とはちょっと込み入った話がある。お見えになったら、料理と酒を用意して、しばらく二人きりにしてくれ」

「へえ、かしこまりました」

念を押した安西に向かって、まさ江は全《すべ》て心得たとばかりに肯いた。

腕時計に目をやると、午後八時に差しかかろうとしている。間もなく約束の時間だった。

まるで、時を見計らったように、襖《ふすま》の向こうから玄関の引き戸が開けられる音がした。

「お連れ様が、お見えにならはったようで」

まさ江は、立ち上がると、正座した膝を軸にくるりと位置を変えて、そのままの姿勢で襖を開け、玄関へ姿を消した。

「お越しやす」

「安西さんと待ちあわせの者だが」

「へえ、伺っております。先ほどからお待ちでございます。どうぞ、こちらへ」

ひとしきりの会話が聞こえ、再び襖が開くと、そこに鷹羽電器社長の豊原《とよはら》が姿を現した。

グレーのスーツの上下。小紋柄の濃い茶色のネクタイ。頭髪の生え際《はえぎわ》が後退し、額は大分広くなっている。いかにもビジネスマン然とした姿ではあったが、血色のいい肌の艶《つや》。大柄の体から発せられるオーラは、大企業の経営者なればこそのものである。

「やあ、これは豊原さん。わざわざこんな場所にお出かけいただいて恐縮です。ささ、こちらへ」

安西は、居住まいを正して一礼すると、空けておいた上座へ豊原を誘った。

「いや、安西さん。高い席は困ります。どうぞ、そちらへ」

「いえいえ、そうおっしゃらずに」

「そうはまいりません。歳《とし》からいっても、会社の格からいっても、その席だけはご勘弁を」

困惑の態《てい》を隠せないでいる豊原だったが、

「本日は、私の方からお招きしたのです。いわばあなたはお客さんだ。どうぞ、ご遠慮なさらずそちらの席に……」

安西の再度の勧めに、

「そうですか。それでは失礼します」

ようやく、上座へ腰を下ろした。

「それじゃ、女将、頼むよ」

「はい」

ほどなくすると、京料理が詰め込まれた、仕出しの弁当と酒が用意され、まさ江が退がると、部屋は二人だけの密室となった。

「さすがに安西さんですな。恥ずかしながら、私のような東京者には、祇園と聞くだけで気圧《けお》されてしまうものがあります」

「何をおっしゃいます。鷹羽電器の社長ともあろうお方が」

そう言いながらも、内心では豊原の経歴を思い出して、無理のない話だと思った。

関東工業大学を卒業して、鷹羽電器に入社し、激烈な出世競争を勝ち抜き、豊原が鷹羽電器の社長の座に就いたのは、今から三年前のことだ。年商、会社の規模こそ、東洋電器産業とそう変わらないが、所詮はサラリーマン社長である。育ちも違えば、当然遊びも違って当たり前だ。社長の座に上り詰めるまでには、営業の経験もあったはずだが、接待とはいっても、銀座のクラブあたりで、予算を気にしつつ客の機嫌を取るのがせいぜいだっただろう。

そんな思いを抱きながらも、安西は銚子《ちょうし》を取ると、

「ささ、お一つ」

豊原の盃《さかずき》を満たしてやった。

「恐縮です」

「確かに、祇園というところは敷居が高い。このご時世でも一見さんお断りを頑《かたく》なに守っているのは、日本広しといえどもここぐらいのものでしょう」今度は豊原が銚子を取り、盃を満たしてくるのを受けながら安西はさり気なく言った。「ですがね、一度入り込んでしまえば、これほど居心地のいいところはありませんよ。どこの馬の骨とも分からぬ輩《やから》は、誰も入ってこない。馴染みになれば、このような場所を用意してもらうことだってできる」

「確かに人目につかずに、静かに話のできるところというのは、東京や大阪にはありませんからね。料亭といっても、どこに人の目があるか分かったものではない」

「ですから、わざわざ京都までお越しいただいたのです。それに豊原さん、あなたはもう一見の客ではありませんよ。先ほどの女将はまさ江といいましてね。今では数少ない生粋の祇園の女です。彼女の面識を得たとなれば、いろいろと便宜を図ってくれることでしょうしね」

安西は盃を目の高さにかざして、一気に酒を飲み干すと、

「ところで、豊原さん。例の件ですが、御社のご意向はいかがですか」

早々に本題を切り出した。

「半導体部門の業績が急速に悪化し、本体の経営に大きな負担となっているのは、どこの会社も同じです。先にご提案いただいた、半導体部門を東洋、鷹羽から切り離し、両者を合併、新会社を設立する。今の窮地を回復するにはその方法がベストのものであることは基本的には間違っていないと思います」

豊原もまた、盃を干すと経営者らしい冷静な声で応《こた》えた。

「そうおっしゃっていただくと、私も東洋電器の経営を担《にな》う人間として、心強い限りです」

しかし、豊原はしばらく考え込むような素振りを見せると、

「ですがね、安西さん。ことはそうは簡単にはいきませんよ」

「といいますと」

「ご承知のように、半導体事業の業績は、下降線を辿《たど》る一方です。ピークだった八八年には、世界の半導体シェアの中で日本製品が五〇%もあったのが、今年はおそらく三〇%近く、あるいはそれを下回る可能性もあります。まさに地すべり的な現象が起きているわけです。もちろん、事業部で働く社員たちも、何とか新しい道を見いだすべく日夜

必死で新技術、新製品の開発に血の滲《にじ》むような努力を重ねています」

「それは我が社でも同じです。しかし、かつてＤＲＡＭの市場が、莫大《ばくだい》な利益を会社にもたらしたような状況が再び来るかといえば、大きな疑問がありますね。おそらくこの傾向に歯止めをかけることは難しいでしょう」

「おっしゃる通りです。八七年に通産省の命令による生産調整。あそこで設備投資を手控えたのが今となっては、大失敗でした。その間に韓国のメーカーに追いつく隙を与えてしまった。まるで兎《うさぎ》と亀《かめ》の物語そのものです。少なくともＤＲＡＭの市場で、シェアを奪回するのはこのままでは不可能。これからの日本の半導体産業は、付加価値の高い製品、お客さんが喜んでくれるいいソリューションを持ったもの、つまり、ＳＯＣ、特定顧客に向けて開発したカスタム品を開発、製造していかざるを得なくなるでしょう」

「ですがね豊原さん。ＳＯＣというのは、開発に莫大な金がかかる。もしも試作品が実際に採用にならない、あるいは開発に失敗すれば、その分はまるまる会社の持ち出しとなってしまう。いや、それだけじゃありません。たとえ開発に成功したとしても、今度は納入先の購買が納入価格を徹底的に叩《たた》いてくる。御社にも経験があるでしょう」

「もちろん、そういう事例はこれまでにも何度も経験しています」

もともと鷹羽電器とはこれまで納入先を争って、激烈な競争を繰り広げてきた間柄である。その典型的な例の一つが、毎年巨額の利益を上げ、世界に名を馳《は》せる自動車会社だった。

昨今の自動車には多くの半導体が使用される。その多くは、設計部門から出された仕様書を基に、各社が試作品を作り、売り込みを行なうことになるのだが、当然のことながら、複数の会社の競合となる。それも試作品の性能に、明らかな差があれば問題はない。しかし、試作品を持ち込む時には、当然のことながらどの会社の製品もスペックを満たしており、後は納入単価をどこまで安くできるか、その一点にかかってくるのが常であった。

購買担当者の価格叩きは容赦がない。性能がスペックを満たしてさえいれば、一円でも安く調達することが、会社に利益をもたらし、ひいてはその人間の業績評価に繋《つな》がるからだ。

商談をものにできなければ、カスタム・メイドである半導体は他に転用がきかない。それまでに費やした莫大な研究開発費は全て水の泡と化し、一銭の利益も上げられないのだ。それはそれで地獄には違いないが、よしんば受注に成功したとしても、納入価格は原価すれすれで、とてもまともな利益を上げられるところまではいかない。つまりは、生かさず殺さずの憂《う》き目《め》を強いられるのが現実であった。

こうなってくると、半導体事業は、メーカーにとって、まさにハイリスク・ローリターン以外の何ものでもない。かといって、ただちに事業から撤退するわけにもいかない。

かつて、半導体市場が好況だった頃、多くの技術者をはじめとする従業員を採用し、莫大な設備投資を行なってきたこともあって、たとえ部門全体を閉鎖したとしても、余剰となった人員を社内で吸収する目処《めど》はとても立つものではない。状況を打開する手だてはただ一つ、東洋電器と同様の環境にある他社の半導体部門同士を合併させ、新会社として独立させること以外にない。

ここ数年、半導体事業部だけでも、二百億円近くの赤字を出し続けている東洋電器にとって、鷹羽との事業部の合併、新会社の設立は、まさに企業の存続をかけたプランだった。

「しかし、事業部同士を合併、新会社を設立するとなると、少なくとも当社には一から解決しなければならない問題があります」

豊原は盃を置くと、重い口調で言った。

「何ですか、その一から解決しなければならない問題とは」

「言うまでもないことですが、その第一は、従業員の問題です。確かに御社との合併を実現するのは、経営的見地から言えば理に叶《かな》ってはいますが、単純に二つが一つになったというだけでは、根本的な問題解決にはなりません」

「おっしゃる通りです」

安西は大きく肯くと、空になった豊原の盃に新しい酒を満たしてやった。

「当然、余剰人員が出て、その整理を行なわなくてはならなくなる」

「立て直しを図るためには血を流す覚悟も必要でしょう」

「確かに……」豊原は、盃を口に運ぶと唇を湿らし、「しかし、東洋と我が社との合併とはいっても、従業員の目からすれば、新会社とて、市場環境を考えれば決して明るい将来が待ち受けているわけではない。むしろ、苦戦を強いられるのは、誰の目にも明らかです。もちろん、新会社に行く社員は、最初の何年かは出向、その後移籍ということになるのでしょうが、そこから先は全くの独立採算、給与一つとっても、いま以上に良くなることは考えられない」

「御社はすでに事業部ごとの独立採算制を取っているのではありませんでしたか」

「ええ。ですが、給与に関していえば、いかに事業部ごとの独立採算制を取っているとはいっても、反映されるのは主に賞与の話で、基本給、役職手当の部分については、ほとんど差をつけていないのが実情です。それが移籍後、何年かの後には、基本給や役職手当さえも、かつていた会社よりも低いベースになってしまうかもしれない。そんな状況が分かっていて、新会社に移ることを社員が納得するとは思えないのです」

豊原は、苦い顔をしながら、一気に盃を干した。

いかにもサラリーマン社長らしい言葉だ、と安西は思った。

「しかしねえ、豊原さん。新会社の将来が決して悪くなるとばかりは言えないでしょう」

「もちろん、二つの事業部が一緒になることによって、新会社の戦力がアップすることは事実でしょう。技術力が向上すれば、生産効率も上がる」

「それにこのまま鷹羽にいたとしても、劇的に業績が向上することはあまり期待できないのは、従業員の誰もが感じていることではないのですか」

「それはおっしゃる通りです」

「ならば、この際に、思い切った合理化を行ない、現在抱えている負の遺産を整理した新会社に移る方が、よほどいい。そういう考え方もできるのではないでしょうか」

「もちろん、ドラスティックに割り切る社員もいるでしょうね」

「もっとも中には、新会社に移ることをあくまでも拒否し、会社にしがみつこうとする人間が出てくることは避けられませんがね」

「今回、御社が行なった人員整理は順調にいっているのですか」

「そのように報告を受けています」安西は、湯下の顔を思い浮かべながら断言した。

「実は我が社が行なっている今回の早期退職者は、公募という形をとってはいても、事実上の指名解雇です。二年前から、この日のために布石を打ってきたのです。年功序列制度の撤廃。実績重視の人事考課制度の導入。賃金テーブルの廃止とね」

安西は、そう説明しながら、部門合併、新会社の設立へのプロセスを切り出すきっかけを探っていた。

「なるほど、周到な準備を密《ひそ》かに進めていたわけですね」

「その点でいえば、我が社は今回の早期退職勧告を通じてのノウハウがあります」

ノウハウという語感に力を込めると、

「仮に、この話を進めるとして、どういう方法を取るというのです」

果たして豊原は、一歩進んだ話に興味を示してきた。

「一つは、従業員の一人ひとりに会社がどういう評価をしているか、それをいま以上に徹底して示してやることとです。先ほど、豊原さんは、御社が事業部ごとの独立採算制を取っていて、業績は賞与に反映させるとおっしゃいましたが、このままの状態が続けば、どんな年俸になるか、それを具体的な数字で示してやるのです」

「これから先の年俸シミュレーションを突きつけるわけですね」

「そうです」安西は、大きく肯《うなず》くと言った。「我が社や鷹羽のような大企業に身を置いていると、自分たちが枝葉の一つに過ぎないと分かっていても、幹の部分は枯れることはない。そういう思いを抱くものです。しかし、剪定《せんてい》される枝もあれば、養分が行き渡らず枯れ落ちる葉もある。そのことを目の前にはっきりとした数字で示してやるのです。もちろん優秀な社員には手厚く、余剰となっている社員には厳しくすることは、言うまでもありません。そこから先は、評価を知った社員の判断に任せます」

「限られた原資の分配をこれまで以上にシビアに突きつけるわけですね」

「その通りです。給与の上がる社員のモラルは確実に上昇します。逆に、評価が低い社員は、残るのが得策か、早期退職に伴うインセンティヴを手に会社を去るか、悩むことになりますが、四十歳以上の社員で評価が低い社員は、正直言って、自分に将来がないことはすでに感づいているものです。この時点で、退職勧告リストに載った社員のほとんどは退職の道を選択します」

「つまり、半導体事業部の合併、新会社の設立の発表と同時に、それを行なうというわけですね」

「ええ。御社の場合も、すでに事業部別の独立採算制を取っているわけですし、ましてや賞与の部分で差をつけているという既成事実があるのなら、その差を今まで以上に大きくして、というより、本来給与がどうあるべきかを突きつけてやれば、余剰と思われる人員の多くはその時点で会社を去るでしょう」

豊原は、ゆっくりと盃を口にやると、上目遣いに安西を見た。

「しかし、安西さん。仮にですよ、我が社が新会社設立前に、そうした手法をとって、余剰人員の削減に成功したとなれば、今度はそれが合併後の給与ベースとなるわけですよね」

「当然、そうなります」

まるで豊原は、そんな手があることは充分に承知していると言わんばかりの口ぶりで、

「問題は、そこです」

「もしも新会社の設立を前に、給与、と言うよりは事実上の年俸と言った方がいいかもしれませんが、そうしたものを提示するとなれば、東洋、鷹羽の間で、事前に新会社の給与ベースの綿密な打ちあわせをしなければならないことになりますよね」

「もちろん、新会社設立後の従業員の給与の整合性を取るためには、それは必要不可欠です」

「ですが、新会社に移る社員はそれで納得しますかね」

「と、いいますと」

「両社の賃金格差です。失礼ながら、東洋と我が社の間では、年収ベースにして、およそ五%ほどの開きがある。我が社の方が、御社よりも少しばかり高いわけです。それは社員の誰もが知っている事実です。たとえ事前に、人事考課を基に事実上の年俸制度を取り入れたとしても、同じオフィスで机を並べることになる人間には、そうは映らないでしょう。我が社出身の人間にしてみれば、限られた原資の中で、本来自分たちに振り分けられる給与を東洋の社員に持っていかれたという感情を抱くでしょうし、御社出身の社員にしてみれば、同じ仕事をしているにもかかわらず、なぜ鷹羽の社員が高いのだ……と、いうようにね」

「なるほど、それが人間の感情というものでしょうな」安西は不意をつかれて内心おおいに慌《あわ》てたが、それを顔には出さずに、「しかし、合併というものには、いずれの場合にもそうした問題はつきものです。新会社の設立に際しては、最初の三年間は出向、その後は移籍。そこから先の給与は、新会社の業績次第。当然、新人事考課制度によって、改めて給与体系を見直すしかないでしょう。こうした例は、統合、合併を繰り返す銀行などではよく見られることですよ。そのあたりのことは、両社の人事部に充分に研究させるということでいかがでしょう」

「分かりました」意外にも豊原は、あっさりと引き下がったが、「実は新会社を設立するとなると、問題はそればかりではないのです。いやこちらの問題の方が遙《はる》かに大きいと言っていいでしょう」

「何でしょう。大きな問題というのは」

「工場。それに伴う、人員の整理です」

満を持していたように話題を転じてきた。

「工場？」

「はい。東洋と鷹羽の半導体事業部が合併し、新会社を設立するとなれば、本社の事業部が抱える人員の整理もさることながら、国内にある工場、それにそこで働く現地採用者の人員整理が必要になってきます。その点を安西社長は、どうお考えですか」

「それは、生産効率のいい工場、設備が優れた方を選択して残せばいいのではありませんか」

と、応《こた》えながら、安西は一つ、また一つと新たな問題を繰りだしてくるこのサラリーマン社長が、自分とは違い、激烈な出世レースを勝ち抜いてきただけあって、決して侮《あなど》ることはできないしたたかな面があることを感じた。

「当面の問題はＤＲＡＭの製造拠点をどうするかでしょうな。御社のＤＲＡＭ工場は、国内では岩手と佐賀の二ヶ所。我が社もまた、秋田と岐阜に二ヶ所あるわけです。これもまた、担当者レベルで入念な調査を行なわなければ分からないことですが、少なくとも現在の市場環境、それに合併後の効率を考えれば、とても全《すべ》てを存続させることができないことは明白です。一ヶ所、あるいは二ヶ所の工場は少なくとも他の製品の製造拠点として転用するか、閉鎖、あるいは売却しなければならなくなるでしょう」

「それはおっしゃる通りです」

「実は、これが我が社にとっては大変頭の痛い問題なのです」それが演技かどうかは分からないが、豊原は心底困り果てたという顔をすると、「仮に、新会社設立ということになったとしても、当社はこの二つの工場を転用するわけにもいかなければ、閉鎖・処分するわけにもいかないのです」

「どういうことでしょう」

「率直に申し上げて、当社の業績は、半導体のみならず、他の製品でも伸び悩んでいます。いやむしろ、第3四半期までの業績を見る限りにおいては、前年実績をクリアすることはかなり厳しい数字が出ています」

「それは御社に限ったことではなく、我が社の経営環境も相当に厳しい。おそらくパシフィック、銀嶺にしても同様でしょう」

「もしも、このまま、御社と新会社を設立することになり、秋田、岐阜のいずれかの工場をいじらざるを得ないということになれば、閉鎖・施設売却という選択肢しかないのですが……」豊原は、ことさら自らの経営手腕を羞《は》じるかのように言うと、「全くお恥ずかしい話ですが、それは当社の場合、事実上不可能なのです」

「不可能とおっしゃいますと」

「秋田、岐阜の工場用地はいずれも地方自治体から分譲されたものなのです」

「それは、我が社の工場も同じです」

「半導体事業に乗りだしてからの歴史は、御社の方が長いことは申し上げるまでもありませんが、我が社が秋田、岐阜に相次いで新工場を建設したのは、八八年のことです。ちょうど、日本はバブルの真っただ中にあり、我々のような装置産業は、少しでも安い土地を手に入れるべく、必死に日本中を探し回ったものでした。そんな中で、ようやく見つけだし、手に入れたのがあの二つの工場用地だったのです」

確かに、豊原の言う通りだった。あの土地神話に日本中が狂乱した時代、工場用地を探し求めるのは容易なことではなかった。その中にあって、家電メーカーに限らず、あらゆるメーカーが血眼になって探し求めたのが、地方自治体が地域住民の雇用を確保すべく造成した工業団地だった。今となってはとうてい比較にはならないのだが、こうした用地は、当時の土地相場に比べて格段に安価であったばかりでなく、人件費が右肩上がりを続ける中にあって、勤勉かつ優秀な労働力を極めて安い賃金で確保できるのも大きな魅力だった。

「もちろん、我が社の半導体工場が、彼《か》の地に建設されたことは、地元にとっても福音であったことは事実です。なにしろ、地域住民の雇用が確保されるわけですからね。いや我が社の工場が進出すると決まってからは、都市部の大学に出ていた若者がUターンして来るという現象も起きました」

「我が社の工場が進出した時も同じ経験をしましたよ」

「そうでしょう」豊原は相槌《あいづち》を打つと続けた。「問題は、土地を購入するにあたっての転売禁止条項です。秋田工場では操業開始後十二年。岐阜では十五年。どこにも転売できないことが契約書に謳《うた》われているのです」

「と、いうことは、もしもいま工場を閉鎖すれば、御社はその二つの工場の土地を

――」

「秋田では二年間、岐阜では五年間、遊ばせておかねばならなくなります。しかも、二つの工場ではそれぞれ八百人からの従業員が働いています。もしも閉鎖ということになれば、当然、補償問題も生じます。先ほども申し上げましたが、確かに我が社では部門別採算制を取り、業績を賞与に反映する給与体系を取っているとはいっても、いまだ大規模なリストラは行なっておりません。もちろん、それを行なわなければならないところに会社の経営状態があることは事実ですが、本社のリストラを行ない、半導体事業部を御社の事業部と合併させ、さらには工場も閉鎖、現地従業員を解雇するなどということを一度にやるのは、とても無理です」

豊原の表情、口調から、その言葉に嘘《うそ》はなさそうだった。

実際のところを言えば、安西は新工場を建設するにあたって、用地買収に伴う契約書など見たこともなかった。なにしろ、入社以来、東洋電器産業の主力である、家電製品事業部統括本部の企画畑を歩き、総括室長、取締役、そして専務を経て五年前に社長の座に就いたのだ。

しかし、地方自治体が、工場用地分譲に伴って、そうした転売条項を契約書の中で謳っていても何の不思議もないことは容易に推測がついた。

ただでさえも、土地が暴騰《ぼうとう》を続けていた時代である。あの中にあって地方自治体が、土地代に造成費を上乗せした、いわば原価に等しい土地を大企業に分譲したのは、地域住民の雇用確保という、公共性を鑑みてのことだ。もちろん今からすれば、高い買い物には違いなかった。しかし、当時は土地は決して値下がりするものではなく、工場として使用している間にも値上がりを続け、会社の資産という観点から見ても、決して損な買い物ではないという判断が働いたのは想像に難くない。

中にはある一定期間寝かせた後、実勢価格で転売し、一儲《もう》けしようと企む企業があったとしても何の不思議もない。分譲する自治体が、転売禁止条項を、しかも操業開始後十二年、あるいは、十五年という長い期間設けたのも充分に納得のいく話だった。

しばしの沈黙の時間が二人の間に流れた。

「豊原さん」安西は、机の上に置かれた盃《さかずき》をぐいと呷《あお》ると、「私も、ここで即座にお返事するわけにはまいりませんが、もしも、検討の結果、我が社の工場が閉鎖可能だとした場合、両社の半導体事業部を合併させ別会社にするというこの話、実現に向けて動き出すと考えてもよろしいのですか」

「そんなことが可能なのですか」

銀縁眼鏡の下の豊原の目に、一瞬だがぎらりと光るものがあった。その様子から、この男は間違いなく鷹羽の半導体事業部を本体から切り離したがっている、一つでも有利な条件を得ることにいま全力を注いでいるのだ、安西は、そう確信した。

「どうやら、それが豊原さんの本当の狙《ねら》いのようですな」

「といいますと」

「半導体事業部の合併、別会社設立は異議はなし。しかし、面倒だけは避けたい――といったところですかな」

「そんなことはありません。ただ私は――」

「あなたは、外見に似合わず、なかなかの役者でいらっしゃる。いやまことに結構。経営者たる者、そうでなくてはなりません。私も一つ勉強させていただきました」

一瞬、豊原はその言葉を肯定するような笑いを浮かべた。安西は、銚子《ちょうし》を手にすると、豊原の盃に酒を満たしながら、

「ちょうど岩手工場はいまだにＤＲＡＭの製造を続けていて、国内の工場のお荷物となっていたところです。今後どうするかの検討がなされている最中でもあります。あの工場用地も自治体からの分譲ですが、早速に契約条項を調べてみましょう」

「安西さん。岩手工場の転売禁止条項は操業開始後十年。御社があの工場でＤＲＡＭの製造を始めてからすでに十五年。転売禁止期間は、とうに過ぎていますよ。あの土地は私共も狙っておりましたからね」

「食えないお人だ、あなたは」

そう言うと、二人は目を合わせてどちらともなく笑いだした。

＊

晩秋の潮風が頬を撫《な》でていく。

高見は、東京湾をクルーズする遊覧船のデッキに一人立ち、ゆっくりとうつろってい
く湾岸の景色を眺めていた。横浜の大桟橋近くを出航した船が、大黒埠頭《ふとう》に差しかかる
と、巨大なコンテナ船の向こうに、オレンジ色に塗られた巨大なガントリークレーンの
群れが見え始める。

十一月に入った東京湾の空気は冷たく、体を芯《しん》から寒からしめる。高見は、厚手のジ
ャケットの襟元を固く閉じてもなお、その場を動かないでいた。

無機的な人工建造物に格別な思いを抱く人間などそうはいないのだろうが、埠頭に林
立するクレーンの群れを見ていると、かつてのアメリカの生活が脳裏に浮かんでくる。

太平洋岸の物流の要衝であるサンフランシスコには、大小さまざまな船が出入りする。
日本からの出張者を週末に観光地に案内するのは、駐在員の仕事の一つである。ナパへ
向かう途中、名所であるゴールデンゲートブリッジを一望に見渡せる小高い丘の上に案
内し、狭い湾口を通って行く船を眺めた。時折、コンテナを満載した日本船の姿を目に
することもあった。かつて、日本人の海外進出が今ほど当たり前のことではなかった時

代に、空港に駐機する『鶴丸』のマークを見て涙を流す駐在員がいたという話を聞いたことがあるが、いまに至ってもその思いは同じである。船腹やコンテナにペイントされた船会社のロゴ。それを目にするだけで、遠く海を隔てた日本へ、そして祖国を離れて働く同胞への思いがこみ上げ、胸が熱くなるのを禁じ得なかったものだった。殺伐としたコンテナヤードの光景にしても、慶一が学ぶバークレーに向かう途中にあるオークランドの港の光景が瞼《まぶた》の裏に浮かんでくる。忙しい仕事の合間を縫って、アパートを探す息子を乗せ、ベイブリッジを渡るたびにいま目にしているのと同じ光景を何度見たことだろう。

そう思うと、たった一人で異国の地で暮らす息子への思いがよぎるのと同時に、かつて自分をアメリカに残し日本へ帰国していった両親の心情の一片をうかがい知るような気がした。

父の病状は、当初予想した通り、深刻なものだった。

細胞診の結果、もっともたちの悪い小細胞癌《がん》と判明した。

診断の結果が出ると、すぐに医師は家族を呼び、父、母、そして高見を前にして今後の治療方針を説明した。

「率直に申し上げて、高見さんの肺癌は外科的治療をすることはできません。したがって、抗癌剤による化学治療を取ることになります」

瞬間、ネットで検索した小細胞癌についての記述が脳裏をよぎった。

『発育は極めて速く、転移を起こしやすいので治療成績は良くない』

癌に特効薬などありはしない。抗癌剤は対症療法に過ぎず、根本的な解決にはならない。体内に送り込まれる薬品は、癌細胞を殺しもするが、同時に正常な細胞にも同様なダメージを与えるものだ。医学には全くの素人《しろうと》だが、その程度の知識はあった。しかし、もはや父に残された治療方法は、毒薬ともいえる薬品を体内に送り込むしかないのだ。

治療が始まったのはそれから二週間の後のことである。抗癌剤を投与されると、激しい吐き気や脱毛などの症状に見舞われると言われているが、案に反して父に副作用と思われる兆《きざ》しは、少なくとも目に見える形では現れなかった。投与の最中も、毎日の晩酌を欠かさず、いつもと同じ生活を送っていた。

抗癌剤の投与は、それぞれ効能の異なる複数の薬品をしかるべき組み合わせで、三日間続けるのをワンクールとし、三週間のインターバルをおき六クール行なう。組織改編に伴う新人事が発表されるまで、閑職の身である高見は、治療が始まってからというもの、世田谷の自宅に帰る前に、杉並の実家に顔を出すのが日課となった。

だが、体調にさほどの変化がないことに意を強くしたのか、高見の毎日の来訪を父は煩《うるさ》がるようになった。

「お前が毎日顔を出してくれるのはありがたいが、この通り、俺の体調に変化はない。

薬が効くか効かないかは天のみぞ知るというやつだ。周りがじたばたしたところでどうなるものではない」

嗄《しゃが》れ声は相変わらずだったが、父の気持ちにもっともなところがあるような気がした。

癌患者にしてみれば、体内に宿った細胞が刻一刻と進行しているのか、あるいは縮小しているのかを観察されているような気持ちになるものなのかもしれない。病と闘っているのは誰でもない。父である。高見は父の心中を慮《おもんぱか》って、その言葉を機に、杉並の実家への立ち寄りを止《や》めた。

横浜港のクルージングへの誘いがあったのは、そんなある日のことだった。

東洋電器産業には、社員全員がもれなく加盟する『東洋倶楽部《クラブ》』という組織があった。倶楽部はレクリエーションのための運動サークルや文化サークルを金銭面から支援するとともに、社員の親睦《しんぼく》を図るために設立されたものだ。倶楽部の運営費用は、毎月社員全員から五百円が給与から天引きされ、それに充《あ》てられることになっている。もっとも、野球、サッカー、花道、茶道といったクラブに参加するのは、主に独身の若い年齢の者が多く、全体の数からいえばさほど多くはない。にもかかわらず、一律に倶楽部費を徴収するのでは不公平があるというので、年に一度、会費を還元すべく、各事業所単位でなにかしらの行事が行なわれることが慣《なら》わしとなっていた。その催しとして今年は横浜中華街での会食と東京湾クルージングが企画されたのだった。

そうはいっても本社だけでも四千名からの従業員がいる。十一月の第一週と二週の週末、都合四回に分けての集いとなった。

船はもちろん貸し切りである。参加費用は催しの趣旨から従業員は無料だが、家族は一人三千円の追加で済むということもあって、妻子を連れて参加する同僚も少なくなかった。高見もまた、瑠璃子とみなみを誘ったのだったが、翌日に学校のバザーがあり、その準備に追われ、同伴は叶《かな》わなかった。

本社に復帰して早二ヶ月が過ぎようとしていたが、新しいセクションではまだ親しく言葉を交わす同僚はほとんどいない。せめて瑠璃子がいれば、クルージングの間も時間を持て余すことはなかったに違いない。

舷側《げんそく》を白く泡立つ波が静かに流れていく。晩秋の東京湾の海の色は、猫目色に近い碧《あお》みを帯びており、どこかサンフランシスコの海を彷彿《ほうふつ》させる。

高見は、潮の香りを含んだ空気を胸いっぱいに吸い込んだ。一際《ひときわ》きつい冷気に、体がぶるりと震えた。

「どうかなさいましたか。ご気分でも悪いのですか」

背後から声をかけられ振り返ると、そこに初めて見る男の姿があった。歳《とし》の頃はまだ、三十代にさしかかったばかりといったところだろうか、ほとんどの社員がカジュアルな服装をしているというのに、スーツにネクタイといったいでたちをしている。上着の胸ポケットには、ネームプレートがつけられているところをみると、幹事を務める倶楽部の役員でもあるのだろう。

「いや、そうではないんだ」

高見は笑みを宿しながら答えた。

「そうですか。皆さん、外は寒いとおっしゃって、キャビンに籠《こ》もりきりになっているのに、お一人でデッキに佇《たたず》んでいらっしゃるので、てっきり船酔いでもなさったかと……」

「心配をかけて済まなかったね。ちょうどいまキャビンに戻ろうと思っていたところだ」

「ずいぶん前からそうしていらっしゃったので気になっていたのです」

遮《さえぎ》るものの何もない東京湾を渡ってくる風が、整えられていた男の髪をたちまちのうちにかき乱した。

「ずいぶん前から？」

「ええ。参加者の皆さんは、一般キャビンを使っていただいておりますが、私たちはあの船室を連絡本部として割り当てられているもので」

男の視線の方を見やると、高見が佇んでいた先に、一際大きなガラス窓がしつらえられた船室がある。どうやらそこから高見の様子をこの男はうかがっていたらしい。

「申し遅れましたが、私は倶楽部の役員をしている邦武真也《くにたけしんや》といいます」

男はそう言いながら、一枚の名刺を差しだしてきた。五万人もの従業員がいるせいもあって、初対面の人間同士では、名刺の交換は社外の人間と行なうのと同様に半ば常識と化していた。

慌《あわ》てて、名刺を取りだそうとした高見だったが、

「確かTAMにいらした高見さんでしたね」

意外にも、邦武と名乗った男は、親しげな笑いを宿しながら言った。

「どうして私の名前を」

「社内選抜試験を通ってシカゴ大学でMBAをお取りになってTAMに駐在なさった。ビジネススクールへの留学は入社以来の私の目標です。お名前はかねがね存じておりましたし、帰国後は本社に戻られたこともあって、お顔だけは時々お見かけしていましたから」

アメリカのビジネススクールへの派遣は、今でも社内制度として存在してはいた。しかし、現在の派遣資格は、かつて高見が留学した頃に比べ遥《はる》かにハードルが高くなっている。その理由の一つには、あまり早くにアメリカのビジネススクールでMBAを取得させると、主に外資系企業へ転ずる者が後を絶たず、会社にとって何のメリットもない

という現象が多発したことによる。もちろん、取得後四年間は会社に勤務する、その条件は昔から変わってはいない。もしもその間に会社を辞めることがあれば、留学の経費は全《すべ》て会社に返却しなければならないのだが、それを支払ってでもありあまる高額な給与やポジションを前にしては何の歯止めにもなりはしなかった。さらに、高見が留学した時代は、MBA取得を目指す日本人の絶対数が少なかったこともあり、比較的入学は楽だったのだが、その後学位の価値が上がるにつれ、留学生を受け入れる側のハードルが遥かに厳しくなっていた。

職歴はもちろん、かつて七〇年代後半には、TOEFLの成績だけを以《もっ》てしても六〇〇点もあれば大抵のビジネススクールに入学できたのが、いまでは一流校ともなれば最低でも六五〇点をクリアしなければ話にならない。

そんな種々の事情もあって、東洋電器産業から派遣される留学生は、三十前後の中堅というのが不文律となっていたのである。

「そうか、君はMBAを目指しているのか」

「はい。そのために大学在学中にアメリカの大学に一年間留学したのです」

「ほう、どちらに」

「ペンシルバニア大学です」

「Uペンかね」

ペンシルバニア大学といえば、東部の名門私立八大学で構成されるアイビーリーグ校の一つである。とても生半可な学力では入学は許可されはしない。

「はい……といっても、付属の語学学校に通っただけですが」

「そうか、君はペンシルバニアにいたのか」

世界中に販売網を持つ東洋電器産業とはいえ、学生時代に留学経験を持つ人間は極めて稀《まれ》である。特に私費の学生としてアメリカの大学で学生生活を送るのと、企業派遣で学位取得を目指すのでは雲泥の差がある。彼《か》の地の大学の授業料は高額な上に、親からの仕送りに生活費のほとんどを頼らざるを得ない私費留学生の生活は、想像を絶するほどの困難が伴う。それに比べて、企業派遣の場合は授業料は会社持ちである上に、毎月の給料、それにボーナスまでもが支給されるのだ。もちろんアパートの家賃も会社持ちである。少なくとも財政面だけを取れば、まさに雲泥の差があるのだ。

若い時代に、あの生活を味わった。それだけでも高見は急速に邦武に対して、親近感を抱くのを感じた。

「ペンシルバニアに行ったことは？」

「学生時代に一度だけ行ったことがある。なにしろ、アメリカの独立宣言が行なわれ、憲法の草案が練られた場所だからね。いわばアメリカの原点ともいえる土地だ。リバティ・ベル、それにあのロッキーの映画に出てきたフィラデルフィア美術館にも行った。

もちろんUペンにもね」

「嬉《うれ》しいなあ。こうしてアメリカの話、それも学生時代の話をできる人なんて、社内にはそういませんからね。高見さんとお話ししていると、あの頃のことが思い出されます」

「生活は楽ではなかっただろう」

「ええ……ご承知の通り、何しろ学生ビザで入学した外国人は、一年間はバイトも禁じられていますからね。結局滞在中は親の仕送りに頼りっぱなしでした」

「私は父親の駐在についてアメリカに渡ったという経緯もあってね、その点バイトは自由にできたのだが、なにしろロチェスターというところはペンシルバニアとは違って、酷《ひど》い田舎だからね。バイトといってもろくなものはなかったな。勉強も忙しかったしねえ」

「私がいた時代は、ちょうど円高が進んでいたこともあって、たぶん高見さんに比べればずいぶんと楽をした口なのでしょうが、それでも限られたお金の中で生活費を賄《まかな》わなければならないとなると、精神的にはずいぶん苦しい思いをしたものです。なにしろ、うちの父は、宮城県の田舎の地方公務員、てっとり早く言ってしまえば役場の職員ですから」

「そうか……それは貴重な体験をしたね。しかし、念願叶って企業派遣のチャンスを摑《つか》むことができたら、少なくとも生活費の心配をすることはないだろう。もっと違うアメリカが見えてくるはずだ。もっとも、ＭＢＡを無事取得するのは決して楽なものではないがね」

「Ｕペンにいた頃にも、ＭＢＡ取得を目指す多くの日本人留学生の方にお会いしました」

「ウォートンか。あそこは一流だよ」

「ええ、その分だけ要求される成績は厳しいものがあります。Ａを二つ取るとＦ一つに換算される。Ｆを二つ取ると、その時点でエリミネート《退学》。試験が近づくと皆さんがピリピリするのを間近に見てきましたから」

「そういう環境にあえて身を投じようとする君の志には素直に敬意を表するよ。ところで、社内選抜の方はどうなんだい。目処《めど》がつきそうかい」

「直近のＴＯＥＦＬは六三〇点でした。もう一息といったところなのですが、なかなかそこから先が伸びなくて……。それに派遣を目指している人間は他にもたくさんいますから、果たして自分にそのチャンスが巡ってくるかどうか」

「チャンスはやってくるものじゃないよ。こちらから摑みにいくものだ」

「しかし、私にはもうあまり時間がないのです。もう三十四歳ですから……」

邦武の視線がすっと落ちた。間隙《かんげき》をついて高見は邦武から受け取った名刺に素早く視線を走らせた。そこには彼の肩書として『地方業務統括本部業務管理課・課長代理』と記載されていた。

意外な気がした。業務の内容は皆目見当はつかないが、少なくとも邦武の留学のキャリアを考えれば、海外経験や語学能力が生かされるセクションがふさわしいように思われた。それが、国内の業務管理とは、いったいどういうことなのだろうか。

「邦武君」

高見の呼びかけに邦武が再び視線を向けてきた。

「君はMBAの取得がそう簡単なものではないことを充分に知っている。もしも君の歳であの環境に身を投じろと言われたら、正直言って私なら躊躇《ちゅうちょ》するところがあるだろう。それでも君はあえて困難な道に身を投じようとしている。それはなぜなんだい」

邦武は押し黙り、ゆったりと流れていく海面に視線を向けた。しばしの沈黙の後、彼は言った。

「武器を身につけたいのです。自分の真の能力を証明する武器を……」

*

邦武の言葉の意味を知ることになったのは、それから二週間後のことだった。

その間に父の抗癌《こうがん》剤の投与は二クール目を終え、二度目のインターバルに入っていた。CTやレントゲンによる検査は三クール目を終えた時点で行なうことになっていたが、早くも抗癌剤の効果が現れたものか、首の付け根に触れていたリンパへの転移巣《そう》は、触診の範囲でも明らかに縮小し、すっかり掠《かす》れていた声も完全にとは言えないまでも回復の兆《きざ》しが顕著に現れていた。

そうはいっても油断ならないのが癌である。もともと小細胞癌は、細胞が未分化のまま発達することもあって、癌細胞の動きは活発で急速に広がるという特性を持つのだが、逆にその分だけ、抗癌剤の成分をよく吸収し、薬効が現れやすいのだ。このまま、現在確認できている原発病巣、胸部、及び首の付け根への転移巣が完全に消滅したとしても、決して油断はできない。肺癌、それも小細胞癌の場合、脳への転移のあるなしが最終的には勝負を決する。原発巣からリンパへ、そして脳へと、進行の方程式はあらかじめ決まっているからだ。

現在のところ、父の脳にはCTやMRIによる検査でも癌細胞は認められていないが、顕微鏡的レベルでの転移の有無を確認することは現時点においては不可能である。

事実、二クール目の抗癌剤の投与が終わった直後、一人病院に赴いた高見に向かって、治療にあたっている医師は言ったものである。

「お父様の癌の場合、薬の効き目はすぐに現れると思います。しかし、問題は脳に転移があるかないかです。抗癌剤は現在確認できている部分に対しては有効ですが、もしも脳に転移していた場合は効果は期待できません」

「すると、もしも脳に転移があった場合、有効な治療の手だてはないと、そうおっしゃるのですか」

「そうではありません。しかし、行なえる治療は限られています。放射線治療しかありません」

「それは根本的な治療法なのですか。それとも対症療法ということになるのでしょうか」

「はっきり申し上げて、後者です」医師はシャウカステンに浮かび上がったCTの画像に目を転ずると、冷静な口調で続けた。「転移巣が限定的な場合は、γ《ガンマ》ナイフという機材を使って、患部に放射線を照射します。これは半球状に配置された二百一個のコバルト60の微小線源からγ線を脳に照射し、ビームを収束させて患部を焼き切るというものです。ですが、これによる治療が行なえるのは、転移病巣の大きさが四センチ以下、かつ三ヶ所ないしは四ヶ所に限定されている場合です。患部への照射はコンピュータによって制御され、正確に行なわれますが、脳への転移が確認された場合、CTやMRIには写らない。つまり細胞レベルではもっと広い範囲に転移があると考えなければなりません」

「すると、γナイフによる治療は最終手段、それ以降の治療法はないとおっしゃるのですね」

胸が締めつけられそうな思いがこみ上げてくる。高見は、とつとつとした口調で話す医師の顔を見詰めながら、すがるように訊《き》いた。

「最終的な方法ということになれば、全脳照射という手段があります」医師は続けた。

「放射線を脳全体にあてるのです。しかし、この方法は、癌細胞だけではなく、正常細胞にも等しく放射線を照射することになりますからこれにも限度があります。仮に許容範囲で全脳照射を行なったとしても、意識の混濁、最悪の場合、痴呆《ちほう》といった症状を引き起こす危険性があることは否定できません」

「それで、どの程度の延命効果が期待できるのですか」

医師は、一瞬押し黙ると、重い口を開いた。

「高見さん……。肺癌という病は、実のところそれが直接的な死因となるものではないのです」

「それはどういう意味ですか」

「もしも転移巣が再び増殖を始めれば、胸部リンパに転移した癌が大動脈を浸潤し破裂させるか、脳に転移が見られたとすれば、脳幹にダメージを与え呼吸中枢《ちゅうすう》を止める、ということになるのが一般的ケースです。もちろん、これが直ちにお父様にあてはまるというわけではありませんが、最悪の事態は覚悟していただかないとなりません」

まさに死の宣告であった。いずれにしても脳への転移、あるいはいったんは治まったと見られる病巣が再び息を吹き返せば、それから先は時間の問題だと医師が言っていることは間違いなかった。

さしたる副作用も現れず、『首のシコリが小さくなったような気がする』『声が出るようになった』と、順調に回復をとげている様子に嬉々《きき》とする父の姿を見ていると、医師の言葉が脳裏に浮かび、高見は逆に漠とした不安が胸中にこみ上げてくるのを抑えきれなかった。

座して死を待つ。もはや父に残された道はそれしかないのだろうか。

高見は父の体内に宿った癌という病を呪《のろ》った。日本経済の先兵として過酷な日常を過ごしながら二人の子供を育て上げ、ようやく母と二人……。いや自分たち家族が帰国してからは、今までにまして穏やかな日々が過ごせるようになったというのに、なぜこのような病に見舞われなければならないというのだ。

父のこれまでの生涯を思うにつけ、高見はやるせない気持ちに襲われるのだった。

目前に突きつけられた現実を忘れる手だては、一つしかなかった。組織改編に伴う新組織の発令はまだない。海外の経済誌から目ぼしい記事を拾い、それを邦訳する、あるいは、海外支店に送付する英文書の添削、といった退屈極まりない仕事でも、没頭していれば心の底に澱《おり》のように垂れ籠《こ》めて拭《ぬぐ》い去ることのできない現実が、いくぶん和らぐ。

デスクの片隅に置かれた電話が鳴ったのは、昼食を終え午後の仕事が始まって間もなくのことだった。

「高見です」

受話器を取り上げ、答えた高見の耳に、

「業務管理課の邦武です。先日の横浜のクルージングではお世話になりました」

潑剌《はつらつ》とした邦武の声が聞こえてきた。

「ご苦労さまだったね。あれだけ大掛かりな行事の幹事はさぞや大変だったろう」

「正直言って、旅行会社の添乗員の苦労が少しばかり分かったような気がします。クルージングは、時間に遅れる方も出ずに済んだのですが、中華街での夕食は飲み物の追加やテーブルの配置と、何かと手間のかかることが多くて往生しました」

「君たちのお陰で、あの企画は好評だったようだよ。社員の家族も一人三千円の追加で楽しい一日を過ごすことができたのだからね」

「そう言っていただくと、少しは労が報われた思いがします」邦武はそう言うと、「ところで高見さん。今晩、お時間ございますか」と訊《たず》ねてきた。

「別にこれといった用事はないが」

「それならば、お時間を拝借できないでしょうか」

「構わないが、何か私に」

「高見さんとお話をしていたら、アメリカのことがとても懐《なつ》かしくなりましてね。もしご迷惑でなければお酒でもご一緒できたらと思いまして」

その思いは高見にも理解できた。日本でも同窓会組織が確立されている大学は珍しくないが、外地で学んだ人間、特に若い頃に留学経験をした人間には、たとえ同門ではなくともある種共通の思いを抱いているものだ。

それに家に戻れば、会話は決まって父の病状の話になり、再び厳しい現実を目の前に突きつけられる。父が癌と闘っている最中に、酒席に時間を費やすのはいささか気が引けるところもあったが、高見は邦武の申し出を受けることにした。

約束の七時に仕事を終わらせた高見は、身支度を済ませると地下一階に降りた。

社員食堂は、終業時間を迎えると酒と料理を供する場所になる。料理はお世辞にも美《う》味《ま》いといえるものではなかったが、その分だけ料金が安いのが魅力だった。

食堂に入ると、一足早く邦武は席に着いており、高見の姿を見ると立ち上がり丁重な礼をしてきた。

「お忙しいところ申し訳ありません」

「いや、今のところ私の仕事は翻訳業のようなものだからね。時間は充分にある。気にしないでくれ」

司厨着《しちゅうぎ》に身を包んだ若い女性がオーダーを取りに来た。二人はビールと目ぼしい料理を三品ばかり注文すると、改めて向き直った。

「高見さん」最初に口を開いたのは、邦武だった。電話の声とは一変して、なにやら口調にせっぱ詰まったような気配が感じられた。

「実は、今日お誘いしたのはお訊ねしたいことがあったのです」

「私に？　何かな」

「気になる噂《うわさ》を耳にしたもので」

「噂？　どんな」

「人事部がビジネススクールへの派遣について、見直しをするという話があるというのです。何かご存知ですか」

「いいや。私は何も聞いていないな」

「本当ですか」

「本当も何も、今のところ私は市場調査室にいるとはいっても、海外の経済誌の邦訳や海外支店に送付する英文書の添削といった閑職に甘んじている身だからね。それに日本に戻ってからまだ日が浅い。本社の様子さえもまだ完全に把握できていないのだ。人材育成については、君の上司の方がよく知っているんじゃないのかな」

「私のいるセクションは、海外業務とは無縁のところです。派遣制度に関する話などに興味を示す上司はいません。その点、市場調査室は違います。海外との接点も多い。高見さんならそうした話をご存知かと思ったのですが……」

邦武はいささか落胆した様子で、語尾を濁した。

「もっとも今の会社の状況を考えれば、そうした噂がでるのも不思議ではないがね」

「早期退職者の募集のことですか」

「ああ、私のセクションでも、十人の同僚が来月会社を去ることになっている」

「高見さんはお残りになるのですか」

「そのつもりだ」

「シカゴ大学のMBAを持っていらっしゃれば、引く手数多《あまた》でしょうに」

「正直な話、TAMを閉鎖するにあたって、いくつかそうした誘いがあったことは事実だ。しかしね、邦武君。君は派遣を目指しているというので一つアドヴァイスをしておくが、MBAが転職に際して有利な条件を引きだす道具だと考えているなら、その考えは改めるべきだと私は思うよ」

先ほどの若い女性がビールを運んできた。高見は邦武の前に置かれた空のグラスを満たしてやると、

「確かにMBAを持っているとなると、さまざまな誘いがあるのは事実だ。しかしそれはその人間の尺度を測る一つの要素でしかない。結局のところ、新たなチャンスをもの

にできるかどうかは実績だ。つまり本当にその人間が使い物になるか否《いな》かは、学歴で決するものではない。能力は実戦が証明するものだ」

「それは、その通りかもしれませんが、少なくとも学位というものもその人間の能力を証明する一つの尺度ではありませんか。事実、外資系の求人広告では、しかるべき仕事に就こうと思えばMBAの所持を必要と謳《うた》っているところが多々あります」

「君は、MBAを転職の道具として考えているのか」

邦武は、手にしていたグラスをテーブルの上に置くと押し黙った。

「人事部が企業派遣を取りやめるつもりなのか否か、真偽のほどは私にも分からない。ただ一つだけ言えるのは、この制度が始まって以来、派遣した社員が帰国後数年の間に次々と辞めていき、これではまるで社費を投じて他社のために人材育成をしているようなものだ、との批判の声が上がっているのは事実だ。確かに人間の意志というものは尊重されなければならないし、誰も縛ることができない。しかしね、道義的な面から考えれば大いに問題がある。少なくとも私はそう思うよ」

「誤解なさらないで下さい。私は何も会社から派遣されてMBAを取得して転職を目論《もくろ》んでいるわけではないのです。しかし、一方ではMBAを取得した後、外資系をはじめとする企業に転じていった方々を批判する気にもなれないのです。もちろん道義的部分で疑問を感じることは同感ですが」

「それはどういうことだ。道義的な部分では私に共感しながら、他社に転じていった人間を批判できないとは」

「会社というものが、必ずしも社員に誠実ではないからです」邦武は真摯《しんし》な目を向けると言った。「今回の早期退職がいかに酷《ひど》いものであるか、高見さんもご存知でしょう。表向きは公募と言っておきながら、やっていることは事実上の指名解雇じゃありませんか。先日の倶楽部《クラブ》のイベントの幹事をやっていて、私は涙が出てくるのを禁じ得ませんでした」

高見は、黙ってビールを一口飲み、邦武の言葉に聞き入った。

「お気づきになりませんでしたか。クルージングの後の中華街での夕食の様子を……。今回のイベントはこれまで余剰となった倶楽部の会費を社員に還元するという目的で行ないました。そうはいっても予算に限りがあります。レストランはそこそこ名の通ったところを押さえましたが、準備した料理はコースの中でも最も安いものです。それでも倶楽部からの補助がある分だけ、個人で行くよりはずいぶん割安で本格的な中華料理が味わえた。一人三千円の追加料金を支払えば家族も同伴できました。あの場に、妻子を連れて来た社員がどれほど多く、あの夕食を喜んで召し上がったか……。ご承知の通り、我が社に限らず、メーカーの給与水準は決して高くはありません。家のローンを払い、教育費を払えば外食などそう簡単にできるものではないでしょう。ましてや、本格的な中華料理を家族で囲むなどということは、一年、いや数年に一度のことかもしれません。そんなささやかな生活を送る権利すら、いかに会社が生き残るためとはいえ、冷酷に奪いにかかる。それも最も弱い人間をターゲットにしてです。そんな会社に忠誠を誓えという方が無理というものでしょう」

確かに邦武の言うことはもっともだった。高見にしても、倶楽部が用意した料理が、決して高額なものではないことは一目見て気がついていた。なにしろ駐在していたサンノゼの近くには、世界最大のチャイナタウンを抱えるサンフランシスコがある。そこで食べ慣れた料理とは、食材の質も、料理人の腕にも雲泥の差があることは明らかだった。

「誓って言いますが、仮にＭＢＡを取得する機会に恵まれたとしても、私はこの会社を去る気持ちはありません。企業派遣を目指す最大の理由はただ一つ。武器を身につけたいのです。会社の一方的都合で切られないための武器を――」

一気呵成《かせい》に話す邦武の口が止まった。彼の視線が高見の肩越しに転じられるのが分かった。

その気配に振り返ると、そこにいつの間にか湯下が立っていた。

「よう、高見君。久しぶりやね」

湯下は、煙草《たばこ》を銜《くわ》えた口をわずかに動かしながら、ほのかに立ち上る紫煙に目を細めた。

彼は五人の男を引き連れていた。中に見知った顔がいたわけではなかったが、人事部のスタッフであることは容易に推測がついた。

東洋電器産業のような大企業にいると、同じ会社に勤務していても、不思議と所属する部署によってかもしだすカラーというものが現れる。営業に所属する人間は、豪胆かつ精悍《せいかん》、財務部の人間はどことなく小役人然としている印象を受けるといった具合にだ。人事部の場合、態度も身なりも慇懃《いんぎん》かつ控え目だが、業務の関係上、会社の業績や個人の人事考課、はたまたプライベートな部分までの多くを知ることもあって、どことなく銀行員を思わせる雰囲気がある。

「それにしても珍しい取り合わせやね。確か君は地方業務統括本部の邦武君やったな」

少し意外な気がした。邦武は一介の課長代理に過ぎない人間である。社内の情報が集中する総括室から人事部というキャリアを積み重ねてきたとはいえ、全《すべ》ての従業員の名前と顔を覚えているはずがない。それを邦武の顔を一瞥《いちべつ》しただけで湯下は所属部署と名前を間違うことなく言い当てたのだ。

「倶楽部のイベントがあったことは君も知っているだろう。そこで偶然知りあってね」

「あのイベントはずいぶん盛況だったようやね。横浜港のクルーズに中華街での食事。社員の福利厚生は人事部の仕事の一つやが、とてもレクリエーションまでは手が回らへん。それに人事部があいうイベントを企画すると、自由参加を謳っても、意に反して無理に出掛けてくる社員が出てこないとも限らへんしねえ。その点、倶楽部が企画したものなら、社員も気軽に参加できる。人事部としても倶楽部の活動には感謝しているよ」

「湯下本部長からそのようなお言葉を頂戴《ちょうだい》できるとは、恐縮です……」

邦武は、緊張した面持ちで椅子《いす》の上で姿勢を正すと頭を下げた。

「どうや、今夜は人事部が君の労をねぎらわしてもらおうやないか」

「そんな……ねぎらいだなんて――」

ふと視線を転じると邦武の表情が微妙にゆらぐのが分かった。しかし、湯下はこちらの返答を聞くまでもなく、空いた椅子にどっかと腰を下ろすと、

「君たちもそこに掛けたらええ」

五人の部下たちに席を勧めた。

「今夜は身内の集まりじゃないのかい。私たちが同席しても構わないのか」

一瞬だが、邦武の顔に宿った微妙な表情の変化が気になって、高見は訊ねた。

「気にすることはあらへん。このところ例の早期退職者の公募やなんやかやで、部下も忙しくしていたこともあってな。今日はその慰労をかねて、ささやかながら酒席を設けさせてもらったというわけや」

「早期退職者は確定したのかい」

「ああ、おかげさんでな、当初の目標やった三千人は何とか集まった。幾人かの例外はあるが、ほぼ全員来月には会社を去る。早い者は、すでに年休消化に入っている」

ほとほと疲れたといった態《てい》で湯下は上着を脱ぐと、肩の凝りをほぐすかのように首をぐるぐると回した。例のごとく、体に擦り込んだアラミスの匂《にお》いが漂ってきた。

「それはご苦労だったね。三千人もの退職目標を達成するのは、さぞや大変だっただろう」

皮肉を込めて言ったつもりだったが、

「まあ、これも給料のうちや。それに早期退職を実施するのと同時に、いくつか社内制度を見直すことになってな。人事部も何かと大変なんや」

湯下はテーブルの上に置かれていたビールを自らのグラスに注ぐと、高見の意図など知るよしもないといった態で一気に飲み干した。

「社内制度といえば、ちょうどいま派遣留学制度の話をしていたところだったんだ」

「ほう、社内留学制度の話をね」

空になったグラスに再びビールを注ぐと、湯下は視線をそこに向けたまま言った。

「人事部があの制度の廃止を考えているという噂が飛んでいるそうだが、それは本当か」

「そんなことはどうでもええやんか。第一もう君には関係のない話やろうが」

「僕はあの制度によって派遣された第一期生だからね。確かに君の言うとおり、すでに関係のない話には違いないが、後に続く社員のことを考えればやはり気になるよ」

「後に続く人間ねえ」湯下は口元を歪《ゆが》めると、「確かに毎年三名ほどの人間を選抜試験で選んでアメリカのビジネススクールに派遣してきたことは事実や。しかしねえ、あの制度が始まって以来、社内では何かと批判があることもまた事実なんや。何しろ、学位を取得した後の定着率が極端に悪いのだ。派遣される社員には、帰国後四年間は会社にとどまることを誓約させていることは君も知っているだろうが、その間ですらペナルティー、つまり会社が支払った留学費用を支払ってでも辞めていく連中が後を絶たんのだ。帰国後四年目での在籍率は七〇%。十年目では実に三〇%や。これじゃ何のために会社が高い金を投じて社員をビジネススクールに派遣しているのか、分からへんやんか」

「確かに企業派遣でMBAを取得した人間に、そうした傾向が見られることは事実だろう。しかし、彼《か》の地で学んだことを実際の業務に役立て、会社に貢献している社員もいることは事実なんじゃないのかね」

「中には、そうした社員もいる。君もその一人と言えるやろうね。そやけど、一方では全く別の見地からあの制度を必ずしも快く思っていない人間もおるんやで」

「全く別の見地からというと」

「つまり、妙にアメリカナイズされて帰ってくる人間がいるというんやな。俺はビジネスクールというところがどんなことを教えるところなのかは知らへんよ。何しろ、ウルトラ・ドメスティックな畑を歩んできたからな。だが、MBAを取得して戻ってきた人間を部下に持った上司の中には、口の悪いやつだと『バナナ』と陰口を叩《たた》く人間もおる」

「バナナ?」

「つまり、外見は日本人でも中身は白人だとでもいうんやろう」

「酷い差別用語だな。一体誰がそんなことを言うのだ。もしも本当に、そんな言葉を使って、派遣から帰国した人間を呼ぶ管理職がいるのなら、僕はその人間の良識を疑うね」

いとも簡単にそんな差別用語を吐いて恥じ入ることもない湯下に、高見は怒りがこみ上げてくるのを抑えきれなかった。

「まあ、そう熱うなりなや。俺はそうした陰口を叩く人間もおる、その事実を言うたまでやないか。それになあ、高見。我が社には五万人もの従業員がいる。そのほとんどは海外留学はおろか、海外出張もせずに日本国内の支社や事業所を転々として過ごすんや。派遣制度の恩恵に与《あずか》る社員は、ほんのわずか。大きなチャンスを摑《つか》んで学位をものにした人間をやっかむやつが出てきてもおかしくはないがな」

「まさか、君もその一人というわけではないだろうね」

「俺がそんな気持ちを抱いていたとしたら、お前とこうして酒を酌《く》み交わすわけあらへんやろう」

「それを聞いて安心したよ」高見はこみ上げてくる怒りを静めようと、冷えたビールを一口喉《のど》に流し込んだ。「君の立場から言えば、たとえ派遣制度の廃止が検討されていたとしても、それが決定事項として公《おおやけ》のものになっていない以上、この場で明確な答えを出せないことは分かっている。しかしね、個人的な意見を言わせてもらえば、もしも派遣制度を廃止するということになればそれは明らかに会社にとって損失となるよ」

「ほう、それはどういう意味や。ご意見拝聴といこうやないか」

「派遣制度にパスしようと日々研鑽《けんさん》を積んでいる社員も少なくないということだ。いうまでもなく、年を経るに従って、ビジネススクールへの入学のハードルは高くなっている。私が派遣された当時は、TOEFL一つとっても、六〇〇点もあれば名のあるビジネススクールへの入学は可能だったが、いまでは六五〇点以上を要求される。日々の業務をこなしながら、TOEFL、GMATという入学に必要な勉強をこなしていくのは大変なことだ。強固な意志と、勉学への情熱がなければとてもクリアできるものではない。会社から派遣される人間は年に三人。しかしたとえパスできなくとも、語学力は確実に上がる。我が社の海外事業展開一つをとってみても、僕たちが入社した当時とは比較にならないほど大規模なものとなっている。海外に赴く人間たちに必要なのは語学だ。

つまり派遣という制度は、存在するだけで海外要員を育成する貴重な機会となりうる。僕はそう思うよ」

「なるほど、いかにも君らしい考えかたやね。ご高説のほどは承っておくよ」

湯下は気のない返事をすると、煙草を銜えながら先ほどから二人の会話を黙って聞いている邦武に視線を転じ、

「そういえば邦武君は派遣制度の選抜試験に何度かトライしていたのだったね」

突然に話しかけられた邦武の表情が、前にもまして強《こわ》ばった。

「はい。これまでに三度、応募しました」

「どの辺までいったんやったかなあ」

「書類選考の時点で落ちました」

「確か応募するにしても、TOEFLとGMATの最低基準を満たしていなければならないことになっていたが、君はその点数をクリアしていたんやな」

「はい。ぎりぎりのところですが、なんとか……」

邦武の視線が小刻みに動く。まるで痛みを覚える部分を衝《つ》かれたように落ち着きがない。

「それで、どうして書類選考の段階で落とされたのかな」

問い掛けられた邦武は、テーブルの上に置かれたグラスを見たまま一言も発しない。

無理もない。最終的な人選を行なうのは人事部である。いかなる経緯で応募者を篩《ふるい》にかけ、合否が判定されたのか、その本当の理由を彼が知るわけがない。

しかし、湯下はそんなことなど念頭にないかのように、

「君、学校はどこやったっけ」

ねぶるような目つきで邦武を見ると訊《たず》ねた。

「……関東国際大学です……」

消え入りそうな邦武の声と共に、視線が落ちた。能面のように表情が消えた彼の目は、膝《ひざ》の上で握り締められた拳《こぶし》をじっと見詰めて動かない。

「関東国際大学？　そうそう、そうやったな。我が社には珍しい学校からの採用だったということは記憶していたんやが、後にも先にも君の母校からの採用は君一人だったので失念していたよ」

湯下は一転して、あざけるような笑いに口元を歪めると、皮肉の籠《こ》もった口調で言った。

その時、高見の胸中にこみ上げてきたのは、湯下に対する嫌悪《けんお》以外の何ものでもなかった。

帰国直後に銀座のクラブで交わした会話が脳裏に浮かんだ。従業員の格付けの件だ。あの時湯下は、学歴、社内でのキャリア、それに人事考課を項目ごとにポイント化し、

その総合点の低い順に早期退職を勧告すると言った。

派遣制度への応募は必ずしも社員の自由意思によって決まるものではない。TOEFL、GMATといった、アメリカのビジネススクールが漏れなく要求してくる試験の成績に加え、直属上司と本部長の推薦状が必要不可欠となる。そうした書類を基に、人事部が数度の面接を行ない候補者を決めるのだ。さらに面接に至る前には、応募者各自の人事考課やキャリアが精査され、それにパスしなければ門前払いを食う。

邦武が卒業した関東国際大学という学校名は高見にしても初めて聞く名前だった。東洋電器産業のような会社ともなれば、地方の有力量販店をはじめとする取引先の子弟を、いわば預かり社員として採用することは珍しいことではない。もっともそうした社員は、入社後数年を経た後、自主退社するのが常である。彼らにしてみれば、仕入れ先の会社で働きながら、大企業の持つノウハウを学ぶ絶好の機会ともなるし、会社にしてみても、販売店とより強い絆《きずな》を築くことができる。つまりことこの点に関していえば、両者の利害はぴたりと一致するのである。

だが、そうした経緯で入社した人間は、まかり間違っても派遣制度の選抜試験に応募したりはしない。おそらく、邦武の場合は、名もない大学の出身でありながら、実力で東洋電器産業の入社試験を突破した、数少ない人間の一人なのだろう。

そんな人間が日々の仕事の合間に受験勉強に励み、少なくとも応募資格に値するだけのスコアをものにした。にもかかわらず、一度の面接も行なわれないまま門前払いを食う。その理由が何に起因するものであるかは、湯下の言動を考えれば容易に推測がついた。

この男は、名もない大学から入社した邦武を快く思っていない。企業派遣生として新たな飛躍のチャンスを与えることなど、端《はな》から考えてはいないに違いないのだ。

「湯下、彼が採用実績のない学校の出身であることと、派遣留学生の選抜と何か関係があるのか」

「いいや、そんなことはあらへんよ」

一転、湯下はしらっとした顔で煙草《たばこ》を口元に持っていきながら言った。

「だったら、今のような言葉は慎んだ方がいい」

「何か悪いことを言ったかな」

「出身大学がどこかなんてことは、いったん入社してしまえば何の関係もないことだ。営業、業務、研究職のいずれを問わず、履歴書を首からぶらさげて仕事をしているわけじゃない。問われるのは仕事の結果だ。企業に身を置く人間の評価は、全《すべ》てそれで決まる。そうじゃないのかね」

「もちろんその通りや」湯下は紫煙が立ち昇る煙草を置くと、グラスを呷《あお》った。「だから人事考課は公正を期すために直属上司、部長、部門長と三人の評価を経ることになっているんやないか。派遣制度に関しても同じや。この場で選考の基準を喋《しゃべ》るわけにはいかへんが、人選にあたってはしかるべき基準の下に公正な人選をしているつもりや」

湯下の言葉が欺瞞《ぎまん》に満ち溢《あふ》れたものであることは間違いなかった。ビジネススクールへ派遣され帰任した人間をバナナと呼び、名もない大学の出身者を、部下の前でいたぶる。それも人事本部長という要職にある者がだ。

その傲岸不遜《ごうがんふそん》な態度を目《ま》の当たりにしていると、こうして湯下と酒席を共にしていることが、我慢ならなくなった。いや、それ以上にじっと下を向いて耐えている邦武の心情を思うと、やるせない気持ちに襲われるのだった。

「湯下、済まないが今日は私たちはここで失礼するよ」

「なんや、愛想のないやっちゃなあ。お前と飲むのは久しぶりのことや。もう少しつきおうてくれてもええやないか。それとも何か気に障《さわ》ることとでも言うたか」

「いや、そうじゃない。実は父の具合が悪くてね。そのせいで家内は実家に行っていて、夕食をここで済ませてすぐに帰るつもりだったのだ。そこにたまたま邦武君が現れたので、少し長居をしてしまったのだよ」

「お父さんはご病気なんか」

「大したことはない。風邪を少々こじらせてしまっただけだ。この埋め合わせは今度改めてまた……」

そう言うと、上着と鞄《かばん》を手に高見は立ち上がった。救われたような表情と共に、邦武がそれに続いた。テーブルの上に置かれた伝票に高見が手を伸ばしかけると、

「これはええ。人事部が払ろとくわ」

「いや、これはプライベートなことだから、僕が払うよ」

高見はピシャリと言い放つと、伝票を手に席を立った。

*

有楽町のガード下の焼鳥屋は、九時を過ぎてもなお、客が途切れることはなく人の出入りは賑《にぎ》やかだった。

「思わぬ展開になって、済まなかったね」

カウンターの席に並んで腰を下ろしている邦武に向かって高見は言った。

「いいえ、そんな……。私がお誘いしたばかりにこんなことになってしまって」

邦武は消え入りそうな声で応《こた》えると、悄然《しょうぜん》として肩を落とした。

「気にするな。もともと湯下とは同期で、お互い好き勝手なことを言ってきた仲だ。これまでにも意見の衝突は何度もあった。彼だって僕の性格はよく知っている。あの程度のことはどうとも思っていないさ」

「しかし、そうはおっしゃっても、湯下さんは今や取締役人事本部長ですよ」

「人事部といっても何も恐れることはないさ。彼らが力を持つのは新入社員の採用時くらいのものだ。いったん入社してしまえば、それ以降の人事は人材を出す側と受け入れる側の交渉で決まる。人事は辞令を出すにあたっての事務的な手続きをするだけに過ぎない。ましてや人事考課を恣意《しい》的に上げたり下げたりできるわけでもない」

「ですが湯下さんがあの歳《とし》で人事本部長になった経緯を考えると、やはり……」

邦武は語尾を濁した。

「湯下が一族に連なる人間だということを言っているのかね」

「そうです」邦武は、初めて目の前に置かれた日本酒で口を湿らした。「高見さんもご存知の通り、我が社は総合家電メーカーの中でも、日本、いや世界有数の企業です。しかし、経営の実権はいまだに一族に握られている同族企業です。湯下さんにしたところで、人事本部長で終わりというわけではないでしょう。やがては専務、副社長、もしかするとと社長になるかもしれない。今は直接人事に影響を及ぼすほどの力はないにしても、いずれは絶大な権力を手にする可能性は充分に考えられます」

「そんなことを気にしていたら、まっとうな仕事なんてできやしない。経営の一翼を担《にな》う者に課せられる任務というのは、単に会社の業績を向上させることだけではない。優秀な人材を育成し、厳正かつ公平な判断の下、働きがいのある会社に育て上げるのも重要な仕事だ」

「湯下人事本部長がその職務にふさわしい人材だと高見さんは思っていらっしゃるのですか」

邦武は粗末なグラスを握り締めると、視線をそこに据えたまま訊ねてきた。

「どうして、そんなことを訊《き》く」

ぎくりとした。高見にしても、日頃の湯下の言動やプライベートな面で抱える問題を瑠璃子から聞かされるにつけ、湯下が必ずしもその地位にふさわしいとは言えない面が多々あるとは思っていた。

しかし、人の噂話《うわさばなし》、ましてや酒席でのそうした話題は高見が最も嫌うことの一つだった。後ろめたさを感じながらも高見は、

「君はどう思うんだね」

逆に邦武に向かって問い返した。

「正直言って、湯下さんは人事本部長の地位にふさわしくない人間だと思っています。もしもあの人が一族に連なる人間でなければ、今の地位はおろか、馘《くび》にならないまでも閑職に甘んじていてもおかしくない人間だと思っています」

きっぱりと言い放つ邦武の言葉に、高見は背筋に電流が走るような衝撃を覚えた。

「なぜそう思う」

「理由はいくつかあります。その第一は、湯下さんが必ずしも社員の人事考課を公正に判断する人間ではない。独断と偏見に満ちた人間だと分かったからです」

邦武は、そこで意を決したかのような鋭い視線を向けると、

「私がなぜ派遣制度にこれほどまでに執着するか、本当の理由をお話ししましょう」

高見は、その迫力に気圧《けお》されるような思いを抱きながら、日本酒を一口啜《すす》った。

「ご存知のように、私は関東国際大学という世間では二流、いや三流の部類に入る大学の出身です。そんな私がなぜ東洋電器のような世間では一流と呼ばれる会社に入社できたか。それはある時期会社が新卒の採用に際して、以前とは違った方法を取ったことにあるのです」

「指定校制度を廃止し、履歴書にも学校名を書かせない。全くのブラインドによる採用方式を用いたことを言っているのだね」

「その通りです。私はあの方式によって採用された第一期生だったのです。普通ならば、私が出た学校の出身者など、東洋のような大企業では体よく門前払いを食わされるのがおちです。なにしろ会社訪問の際には同窓の先輩がリクルーターとして事実上の面接を行ない、これといった学生を人事部に引き合わせる。それが志望する会社への入社の第一のステップでした。同窓の先輩がただの一人もいない。そんな人間にとって、あの知らせは、またとないチャンスの到来だったのです」

「東洋にアプライしてみようという気になったのは、それが最大の理由だったのかね」

「はっきり申し上げて、私の第一志望は総合商社でした。高見さんとは比べものになりませんが、たった一年間の語学留学とはいえ、アメリカで学んだ身です。日本を離れ、海外で働くことを夢見ていたのです」

「語学留学をしたのは、その夢の実現のためだったのだね」

「はい。しかし、現実は厳しいものでした。海外に多くの拠点を持つ総合商社は、表向き指定校や学校名は問わないとはいっても、やはり裏では同窓生のリクルーターによる面談があり、採用実績のない学校からの志願者は広報室といった採用とは全く関係のない部署の人間に引き合わされ、体よく追い払われるのがおちだったのです」

「そこに舞い込んだのが、我が社がブラインドによる採用を行なうというニュースだったのだね」

「正直言って、家電メーカーへの就職は考えたこともありませんでした。しかし、会社概要を見ると、総合商社に負けないほどの海外拠点がある。またとないチャンスだと思いました。夢の実現は、この機を逃せば永遠に訪れはしない。そうとさえ思いました」

「君が、それほどまでに海外勤務を望むその理由は何なのだ」

　確かに、海外渡航が制限されていた時代、外地で働くことを夢見る若者はたくさんいた。しかし、それも海外渡航が自由化され、旅行、留学もさほど珍しくない時代になると、むしろ企業に就職した後の海外勤務を敬遠するような風潮が顕著に見られるようになった。にもかかわらず、邦武はあえてその道を熱望している。確かにアメリカで学生生活を送った彼の経歴を考えれば、理解できないではないが、もっと他の理由があるような気がした。

「自分の能力を証明するためです」

「能力の証明？」

意外な答えに高見は訊《たず》ね返した。

「この世の中には不条理なことがたくさんあります。差別や偏見……口では奇麗事を言ってはいてもそうしたものが世の中に蔓延《まんえん》し、人の尺度を測る手段として用いられていることは厳然たる事実です。しかし、差別や偏見を受ける立場の人間からしてみれば、それが持って生まれてきた、環境が決めるものであって、自分ではどうすることもできないことである場合が多いのです」

「言っていることの意味が分からないな」

「たとえば受験です。私は宮城県にある小さな過疎《かそ》の町に生まれ、高校を卒業するまでそこで育ちました。もちろん塾もなければ、私立の中高一貫教育を施す学校もありません。その一方で、都会に生まれた人間は、それだけで幼い頃から塾に通い受験のテクニックを身につけることができる環境が整っている。家庭の経済状況が許せば、そのまま一流と言われる大学にエスカレーター式に進学できる付属の小学校や、中学に進むこともできる。人間の能力にさほどの違いが現れないうちに、たまたま都会に生まれ、経済的に恵まれたというだけでです。もちろんそうした教育を施す私立の学校は、平等に門戸を開いていると言うでしょう。しかし、年端《としは》もいかない七歳の子供が、どうして宮城の田舎からそんな学校に進学できるというのです。私たちのような人間は、塾に通うことも不可能ならば、受験のテクニックなど身につけることなどできません。大学受験ともなれば、端《はな》からハンデキャップを背負って都市部の学生と闘わなければならないのです。そんな環境に育った人間が、世間で一流と言われる大学の試験を突破できると思いますか」

「確かに君の言うことは分からんでもない。確かに一流と言われる大学への合格者が、年々都会の、しかも中高一貫教育を売り物としている学校の出身者によって占められているのは、統計が証明している事実だ。しかし、君は実力で入社試験を突破したじゃないか」

「一次の筆記、三度にわたる面接。その間会社が言っていたことに嘘《うそ》はありませんでした。出身大学など一度も訊ねられたことはありませんでしたからね。しかし、いったん内定が出ると、成績証明書や履歴書の提出をしなければなりません。成績証明書が入れられた封筒には学校名が書いてあります。その封筒を目にした時の人事部の人間の驚いた顔を私は今でもはっきりと覚えています」

「君はずっと、本社勤務を続けてきたのかね」

「ええ、入社以来現在の部署に……」一気に思いの丈を吐露した邦武は、また一口日本酒で唇を湿らせると、「高見さんはご存知ないかもしれませんが、地方業務統括本部は正直言って、閑職以外の何ものでもありません。国内の支社や事業所で処理される業務や消耗財の管理。ほとんどが雑用に等しいと言ってもいいでしょう。新人でこの部署に配属されたのは、会社始まって以来私が最初だったそうです。おそらく引き取り手がなく、最も力の弱い部署に押し付けられたのでしょう」

「しかし、そこで君は一定以上の評価を得ているんじゃないのか。派遣社員の選抜試験にアプライするにあたっては、直属上司、それに本部長の推薦状が必要なはずだ」

「それは人事考課とTOEFL、GMATの成績が、基準をクリアしていて拒絶する理由がないからでしょうね。直属上司にしても本部長にしても、積極的に選抜試験にチャレンジすることを勧めたりはしません」

「そして今日の湯下のあの発言か……」

「私は、これまで新入社員研修中に行なわれた最初の一回を除いて、同期会にも参加したことはありません。私が名もない大学の出身であるということが、研修最初の自己紹介の時に知れてしまってからというもの、同期の人間たちはあからさまに私を避けるようになりましたからね。しかし、それも無理のないことだと思いこそすれ、恨んだことなど一度もありません。彼らにしてみれば、一流の会社に入るために幼い頃から塾に通い、激烈な競争を勝ち抜き有名校に入った。そこに私のような人間が紛れ込んだ。それだけでも面白く思うはずはありませんからね。しかし、今日のあの時まで、努力すれば人事部はきっと私の能力を評価してくれる。そう思っていました。それが……あんな形で……」

言葉が途切れた。ふと視線を転じると、邦武の頰に一筋の涙が伝い落ちるのが見えた。

「ここだけの話だが、湯下はね、酒が入ると心にもないことを言う悪癖があるのだ。それに加えて、例の早期退職のことではいろいろと大変な思いをしている。きっと君が考えているような悪意があってのことではないと思うよ」

おそらく邦武の推測は外れてはいまい。しかし、入社以来、派遣試験突破を目指し、こつこつと勉学に励んできた熱意を、あの不用意な一言で無に帰するようなことはあってはならない。そういう思いを込めて高見は言った。

「高見さん」邦武はそっと袖口《そでぐち》で涙を拭《ぬぐ》うと、押し殺した声を漏らした。「あの人が人事本部長として失格だと思っているのは、何も私だけではないのです」

「他にも彼に問題があるというのかね」

「湯下さんが、人事本部長になる前から、社内の女性と不倫関係にあったことをご存知ですか」

高見は思わず口籠《くちご》もったが、

「いや、初めて聞く話だ」

とっさに嘘を言った。

「社内では知らない者はいませんよ。相手も分かっています。五年前に辞めてはいますが、それまで総括室にいた堀越祥子という女性です」

「単なる噂話だろう」

「いいえ、確たる根拠のある話です」邦武は少し赤くなった目を向けると断言した。

「関係がいつ始まったのかは定かではありませんが、高見さんがＴＡＭに駐在していた頃、一時社内ではその話でもちきりになったことがありました。渋谷のホテルに二人で入っていく決定的瞬間が目撃されたのです。高見さんは湯下さんが五年前に大阪本社の営業統括本部へ飛ばされたことを覚えていますか」

「確か二年間ほどのことだったと思うが」

「どうも、二人の関係が安西社長の耳に入り、二人の関係を絶つために湯下さんは飛ばされ、それを機に彼女も会社を辞めたらしいのです」

「それはどうかな。あの人事は湯下が本部長になるにあたって、短い間でも営業の第一線を学ぶためのものだったと私は聞いているが」

「それは違います。湯下さんと彼女はその間も逢瀬《おうせ》を頻繁に重ねていましたよ」

「なぜそう断言できる」

「彼女は頻繁に大阪にいる湯下さんのもとを訪ねていたようなのです。東京と大阪といえば、社員の動きも頻繁ですからね。週末に移動する社員も多い。週末の東京便の飛行機から仲むつまじく降りてくる二人の姿を目撃した社員が何人もいるのです」

口中に苦いものがこみ上げてきた。高見はそれを洗い流すように酒を喉《のど》に送り込んだ。

「それだけではありません。最近では、毎日湯下さんのところに、電話が掛かってきて、秘書たちも辟易《へきえき》しているそうですよ」

「電話？」

「明らかに別人と分かる二人の女性が、それぞれ『湯下の家内』と名乗るのだそうです。どう思います。人事本部長といえば、身を以《もっ》て社員に規範を示す存在ではないですか。それが、社内の女性を愛人にし、二人の女性のそれぞれが『妻』と名乗って毎日電話を掛けてくる。そんなことを一般社員が引き起こせば大問題です。へたをすれば懲戒ものです」

「邦武君。それは本当のことかね」

「本社にいてこの話を知らない人間は皆無に等しいといっても過言ではありません。私が聞いたのは、同じセクションにいる女子社員からですが、彼女たちは当の秘書連中から聞いたと言っていたのですから」

「あまり愉快な話ではないね。噂の真偽は私の与《あずか》り知らないところだが、仮に本当の話だとしても、これは湯下のプライベートの問題だ。他人がとやかく言う話じゃない」

「しかし、人事本部長は少なくとも会社の中では公人と呼べる存在ではないですか。もしもこれが本当の話だとすれば、湯下さんは人事本部長失格だ。そんな人間に社員の命運を左右する資格なんてありませんよ」

湯下が妻の晴枝に対して、離婚を切り出したという話からすれば、噂はまず間違いなく本当のことだろう。身から出た錆《さび》と言えばそれまでのことだ。高見にしても湯下には快く思わない点は多々あったが、少なくともこの自分に対しては、これまで何かと気を使ってくれてきたことは事実である。それにもともと仕事はできる男だ。このまま事態を放置すれば、いかに湯下とはいえ、無傷では済むまい。

燻《くすぶ》りかけた狼煙《のろし》がやがて大きな火となって燃え盛るような予感がしてならなかった。せめて大事に至らないうちに、忠告をしておくべきかもしれない。

高見は、目の前に置かれたグラスの中の酒を一息に飲み干すと、音を立ててそれをカウンターに置いた。

＊

長い会議を終えて本部長室に戻ってきた時には、五時半の終業時刻に差しかかろうとしていた。

湯下は抱えていたぶ厚いファイルを机の上に放り投げるようにして置くと、上着を脱ぎ、革張りの椅子《いす》にどさりと腰を下ろした。

机の上には、部屋を空けていた間に掛かってきた電話のメモが時系列に整然と並べられている。その数は軽く十枚を超しているだろう。それをすぐに読む気にはなれなかった。脱ぎ捨てたばかりのスーツのポケットを探り、煙草《たばこ》を取りだすと、体を背もたれに預けたまま、深く煙を吸い込んだ。

午後一番から始まり、たったいま終えたばかりの会議の様子を思い返し、かねてより社長の安西から内々に伝えられていた半導体事業の分社・合併案が役員レベルとはいえ、ついに公《おおやけ》のものとなり、また一つ大きな仕事に取り掛からなければならなくなったことを思うと、少しばかり憂鬱《ゆううつ》な気分になった。

本社ビルの最上階にある役員会議室で行なわれた会議は重苦しい空気で終始した。

絨毯《じゅうたん》を敷き詰めた広大な部屋には、中央に楕円形《だえんけい》のテーブルが置かれ、上席に座る安西を囲む形で全役員が顔を揃《そろ》えていた。

これだけの大きさの部屋では、発言者の肉声は全員の耳に届かない。役員各自の前には、マイクロフォンが備え付けられ、天井につるされたスピーカーから発言者の声が室内にあまねく伝わる仕組みになっていたが、会議が始まって一時間ほどが経《た》つというのに、主に発言するのは社長の安西で、他の役員は目の前に置かれた書類に深刻な目を向けたまま、じっと社長の話に聞き入っていた。

「私の考えは、全《すべ》て述べたつもりだ。半導体、特にＤＲＡＭについては低調の一途を辿《たど》り、会社の経営に大きな足かせとなっていることは、周知の事実である。諸君の中にはこれまでライバルであった鷹羽電器と半導体事業を統合し、新会社を設立することを頭では理解できていても、心情的に抵抗を感ずる人もおられるだろうが、今回の新会社の設立は、半導体事業が生き残れるただ一つの道であると私は考える。ここは全社的見地に立って、諸君の意見を伺いたい」

厳しい口調で言った。その言葉をきっかけに、居並ぶ役員たちが一斉に顔を上げ、安西を見たが、事前に話を聞かされていた半導体事業部担当役員の伊達《だて》、塚田《つかだ》の二人は、さすがに顔を強《こわ》ばらせながら、凍りついたようにじっと動かないでいた。

「よろしいでしょうか」

咳《せき》一つ聞こえない、緊張感が溢《あふ》れる中で、最初に口を開いたのは、半導体営業本部長を務める楢橋《ならはし》だった。

「現在の両社の世界シェアは、我が社が一〇％、鷹羽が五％。両社のシェアを合計すると、一五％ということになりますが、相乗効果ではどの程度の数字が見込めるとお考えですか」

「目標数値ということでは二〇％以上のシェアを目指したいと考えている」

「すると、世界でも三強に入るシェアを持つことになるわけで、上位二社のシェアを加えると、実に七〇％ものシェアを独占することになります。実は先ほど来の社長の意向を伺っていて、私が最も懸念《けねん》するのはその点なのです。合併によって開発コストが下がり、生産効率が上がるのは事実だとは思いますが、それも一時的なものでしかないのではないでしょうか。つまり、そこから先は再び激烈な価格競争に晒《さら》される。考えてみれば、それが半導体事業の歴史であり、宿命でもある。私にはそう思えるのです」

「しかしね、君。たとえそうだとしてもだ、何の手も打たずにこのまま、単独で半導体事業を継続しても、結果は同じだよ。いやむしろもっと大変なことになる。なにしろ現在半導体事業部が年間費やしている研究開発費は四百五十億円からの規模になっている。売上ベースの実に一〇から一五％に匹敵する金額だよ。これを我が社単独で負担するのか、鷹羽と新会社を作り、折半するのかでは話が全く違う。幸い、我が社と鷹羽の生産プロセスは酷似している。さらに人件費の点でも、両社が合併すればかなりの削減効果が期待できる。コストが削減できれば、市場においても競争力を持つ製品を供給できるというものじゃないのかね」

「社長のおっしゃることはもっともだと私は考えます」

かすかに緊張の色を浮かべながら、当事者の一人である伊達が淡々とした口調で言った。

「合併による効果は、コストの削減はもちろんですが、開発のスピードという点でも、大きなメリットが生じます。周知のように半導体の開発サイクルはかつては一・五年と言われていたのが、いまや一年ほどと急速に短くなっています。鷹羽と合弁で新会社を設立するとなれば、優秀な技術者、それも少数のプレーヤーによる、短期間での新製品の開発が可能になることは間違いありません。つまり二つの会社が一緒になるといっても、事実上必要な人間は倍にはならない。おそらく一・五、いやもっと少ない規模でいま以上に効率のいい開発を行なうことができるでしょう。それによって生産コストも格段に下がる。社長がおっしゃる、世界シェア二〇%も達成不可能な数字ではないと思われます」

「すると、今回の合併は再び大規模なリストラが前提となるわけですか」

楢橋の言葉に、一同の視線が湯下に向けられた。

鷹羽との合併の話は、居並ぶ役員の中でも最も早くに聞かされていたことだった。

湯下は身を乗りだし、マイクの前に顔を近づけると、

「現在両社が抱える人員は、研究開発部門で約千人。これに間接部門、国内外の生産拠点、関連子会社の従業員数を加えると一万人を超します。当然全員が新会社に移籍したのでは、期待通りのコスト削減は不可能になると考えます。従って組織の根本的な見直し、適正人員に向けての従業員の削減は必要不可欠です」

湯下が、すでに岩手工場の閉鎖、さらには不要となる人員数を試算するようにという任を命じられていながら、わざと深刻な声を上げて言うと、安西は、

「今回の場合は先の早期退職者公募のように簡単にはいかんだろうね。なにしろ事業部全体が、本社から切り離され、全くの別会社への転出ということになるのだからね。生産拠点、関連子会社、人員の整理だけでも大変だが、転出していく社員には、これまで籍を置いていた会社への思い入れや愛着というものがある」

「事業部合併というと、存続会社はどちらになるのですか」

樒橋がすかさず訊《き》いた。

「出資比率は、会社、事業部の規模からいって、東洋が五五％、鷹羽が四五％ということになる。しかし、今回の場合、存続会社という形はとらない。社名はもちろん、組織も現時点で考えられる最も合理的なものにして新たな出発を図るつもりだ」

「しかし、社員感情を考えれば、合併と同時に転籍というのは抵抗を示すでしょうね。事業の業績、給与体系、諸々《もろもろ》の条件が微妙に違いますからねえ。これを同待遇ということにしてしまえば、転出していく社員はとても納得しないでしょう」

研究開発本部本部長の笹岡《ささおか》が、椙橋の言葉のあとを取った。

「確かに笹岡さんのおっしゃることはごもっともです」湯下は一応、最年少の取締役らしく、慇懃《いんぎん》な言葉遣いをしながらも、「我々の総合家電メーカーにおいては、企業同士はもちろん、事業部レベルでの合併という前例はほとんどありません。しかし、他業種ということになれば、事例はたくさんあります。特に商社、銀行などは業界の再編により、吸収、対等のいずれを問わず遥《はる》かに大規模な合併を行なってきました」

ことさら淡々とした口調で言った。

「その全てが合併後、うまくいっているとは限らんだろう。特に対等合併をした企業では、その後何年にもわたってたすき掛け人事が行なわれ、従業員の間でも出身母体による派閥抗争が起こるのが常じゃないか」

さすがに合併の当事者ともなると、内心の不安は隠しきれないものがあるようで、笹岡は色白の尖《とが》った顎《あご》を突き出したが、

「私はあくまで合併に至るまでのプロセスについて申し上げているのです。その後移籍した社員が、つまらぬ派閥抗争に明け暮れるのか、それとも事業の発展に向け全精力を

傾注するのか、それは社員はもちろん、新会社の経営を担《にな》う方々たちのモチベーションの問題だと思います」

「しかしね、君。そうは言っても、給与一つとっても両社の間には厳然たる格差がある」

「おっしゃる通りです。給与面ということでは、鷹羽の方が我が社よりも基本給ベースでざっと五％ほど高い。その代わり、社宅、住宅費の補助といった福利厚生面では、我が社の方が恵まれています」

「福利厚生面といっても、東洋にいればこそのことじゃないか。分社・合併となれば、事実上縁が切れることになる。そんなことは何の説得材料にもならんと思うよ。同じ職場で同じ仕事をするんだ。給与を違えるというわけにもいかんだろう。鷹羽の給与ベースに合わせれば、我が社から転出する社員は納得するとしても、鷹羽の社員にしてみれば貴重な原資を東洋の社員に取られるような気持ちになるだろうからね」

「たしかにご指摘の点は、最大の問題です。もし合併が実現したとしても、新会社がただちに軌道に乗り、黒字に転ずるとは考えにくいでしょう。組織が安定し、事業が軌道に乗るまでは、現在の給与、福利厚生施設の利用は継続して行なうべきだと私も思います」湯下は、笹岡の言に同調の色をみせながらも、「しかし、それもいつまでもというわけにはいきません。あくまでも時限的なものです」

「時限的というと、どれくらいの時間を考えているのかね」

「三年といったところでしょうか」

湯下がそこまで言ったところで、安西が口を挟んだ。

「笹岡君、我々も君たちを丸腰で放り出そうというのではない。分社に伴う譲渡資産は我が社だけでも三千億を超すだろうし、鷹羽も千五百億からある。もちろん負債も新会社に引き継がれるわけだが、その額は両社合わせて二千六百億。先ほど出資比率については我が社が五五％、鷹羽四五％といったが、当面の資本金は二十億を想定している。これだけの原資、資産を使って、どう会社を発展させるかは移籍した社員たち次第だ」

「それに感情面はともかく、半導体部門が会社の一部門として存在しようが、独立しようが、移籍社員にとっては、置かれる環境にそう変化はないと思います。事実、我が社では部門別採算制を取っており、本給はともかく、今でも賞与では業績によって部門間で大きな差がついているのですからね」

再び湯下が言うと、

「付け加えるならば……」安西は一つ咳払いをし、「半導体部門のみならず、各部門の業績は下降線を辿っている。これもまた我が社に限ったことではない。その要因はただ一つ、構造的に現在の企業のありかたが限界に差しかかりつつあるのだ。たとえば家電製品一つを取ってみても、いずこの会社も新製品を次々に市場に導入しはするが、消費者の側から見れば、正直なところどれをとっても性能に差などありはしない。たとえばテレビだ。やれ画像解像度が上がった、消費電力が小さくなった、といっても消費者には分からないだろう。液晶テレビはあくまでも液晶テレビ。大画面は大画面。どの会社の製品を選んだとしても、機能、技術力ともに大差はない。全く新しい分野での製品を独占的に販売しないことには、大きな利益を上げられない。しかし、そうした可能性を秘めた製品には、必ずや規格統一という問題がある。最近ではビデオやDVDがそうだった。各社の足並みが揃《そろ》わないことには、ソフトは出ない。そして規格が決まりハードを供給し始める頃には、各社の製品も一斉に発売になる。それも性能にさほどの差がないとなれば、最終的に購買を決定づけるのは価格だ。もちろん、ブランドに対する思い入れというものもあるだろうがね」

「そうおっしゃられては、日夜身を削って開発に励む我々研究開発者たちの労は報われません」

笹岡は聞きとがめるように言ったが、

「私はそういう意味で言っているのではない。開発、製造、営業の現場から見る市場と、消費者の購買動機という点にはそれほどの乖離《かいり》があると言っているのだよ」眼鏡の下から光る目で笹岡を見ると、「価格競争は今後ますます激しさを増すだろう。その中で開発費を回収し、企業として存続するための利益を確保するためには、これまで考えられなかったようなドラスティックな手法も取り入れる必要があるということだ。たとえば、事業部の再編、独立、カンパニー制度の導入ということも念頭において今後を考えなければならないかもしれない」

カンパニー制度という言葉が安西の口から発せられると、それまでどこか他人事のような顔をして話の成り行きに聞き入っていた、他部門を担当する役員たちの顔に緊張の色が宿った。

「ところで、半導体事業部を分社・合併させるとなると、どれほどのコスト削減効果が期待できると社長はお考えですか」

静寂を破ったのはまたしても楢橋であった。

「コスト低減の試算は、現在担当役員の伊達、塚田両君と人事本部長の湯下君が中心になって行なっている。鷹羽との合併が実現すれば、本社、事業部、関連会社、それに販売会社でもかなりの余剰人員が生ずる。これを整理再編しただけでも、かなりのコストが削減できるだろう。加えて、鷹羽と我が社の半導体生産拠点は国内だけでもそれぞれ二ヶ所ずつ、都合四ヶ所を持っている。世界で競争力を持とうとすれば、月産三千万から四千万個の供給能力が必要になるが、四ヶ所はいらない」

「すると、鷹羽、我が社が持つ製造拠点のいずれかの製造ラインを変更すると」

「いや、現在の業績を考えれば、とても他の事業で吸収することは不可能だ。この際、一ヶ所は閉鎖しなければならないだろうと私は考えている」

「閉鎖ですか」

座がざわめいた。

「閉鎖工場の候補はすでに決まっている。我が社の岩手工場だ」

「岩手工場を閉鎖するのですか」

笹岡が口を半開きにして身を乗りだした。

「岩手工場は、四ヶ所の製造拠点の中でも、もっとも設備が古い。どこか一ヶ所を選ばなければならないとすると、あそこしかないだろう。辛《つら》い選択だが、二つの会社が合弁で新しい会社を立ち上げるのだ。最も効率のいい手段を客観的見地から選ばないとねえ」

「伊達さん、塚田さん。お二人はこの件について承知していたのですか」

問いかけられた二人の役員は、口をへの字に結んだまま黙って肯《うなず》いた。

笹岡が気色《けしき》ばむのも無理はなかった。岩手工場は、東洋電器のＤＲＡＭ工場の中でも、最も歴史が古く、その設立にプロジェクトリーダーとして陣頭に立ったのがほかならぬ笹岡であったからだ。

「とにかく、諸君にこの方針に異存がなければ、早急に細部を詰め、来年の二月には臨時株主総会を開き、半導体事業部の分割についての承認を受けるつもりだが、いかがかな」

日本有数の規模を誇る東洋電器産業とはいえ、実態は同族企業である。その意向に逆らう者などいやしない。

「では、これで今日の役員会議は終了することにし、早々に我が社と鷹羽の半導体事業合併に向けて、公式な準備に入ることにする」

安西は、ファイルを閉じながら言葉を結んだのだった。

湯下は、机の上に整然と並べられたメモに目をやった。

昼一番の電話には、

『奥様より電話。折り返し電話をいただきたいとのこと』

と、記してあった。それが祥子からのものであることは容易に推測がついた。九月に家を出て以来晴枝のもとには一度も帰ってはいない。あれから三ヶ月。祥子の体内に宿った新しい生命は順調に育っており、傍目《はため》にも腹部がせりだしてきているのがはっきりと分かるほどになっていた。しかしその一方で、晴枝と別れる決心を告げて以来、祥子は毎日『妻』と名乗って会社に電話を掛けてくるのが日課のようになっていた。妊娠の事実を告げた際には、結婚はできなくとも子供を産みたい、と言っていたにもかかわらず、湯下が祥子との結婚への決意を告げた、その事実が逆に離婚の話が一向に進む様子がないことへのある種、あせりのような感情を彼女に抱かせることになったらしい。

一方の晴枝も、湯下が家に寄りつかなくなって以来、毎日始業時刻を見計らって電話を掛けてくる。

両者の話の内容はいつも同じだった。

祥子は、今日は何時に帰ってくるの。お食事はどうしたらいいの。病院へ定期検診に行けば、胎児が順調に育っている、といった他愛もないもので、一方の晴枝は決まって電話口で湯下の不義をヒステリックになじる。

いささかうんざりした気分で、メモに目を通していると、そこに珍しい名前があった。

『市場調査室、高見さんよりTEL。折り返し電話をいただきたいとのこと』

考えてみればこちらから高見に電話をすることはあっても、彼から電話をもらった記憶はとんとない。

いったい何事だろう――。

湯下は怪訝《けげん》な思いにとらわれながらも、受話器を取り上げると、メモに書き記してあった内線番号を押した。

「高見です」

「湯下やけど。電話をもろうていたみたいやね。会議が長引いて遅くなってしもうた」

「忙しいところすまないね。実は少しばかり時間をもらいたいのだ。話したいことがあるんだ」

「急な用事かね」

湯下はぞんざいな口調で言った。

「早く耳に入れておいた方がいいと思う」

「なんや、その話というのは」

「ここではちょっと……」

いつになく歯切れが悪い口調に、ただならぬ気配が感じられた。

あの高見がそうまで言うのなら、よほどのことに違いあるまい。

「分かった。ちょっと待ってくれ」

机の上に広げられたスケジュール表には、アポイントメントや会議が入るたびに、秘書が空欄を埋めていくことになっている。早期退職については山を越え、該当者が会社を去るのを待つばかりとなっていたが、先ほど終わった会議の席で公《おおやけ》になった、半導体事業部の合併という大きな仕事を控え、終業時刻以降も空いている日はほとんどない。

「何なら今日でもいいのだが」

高見の言葉に、改めてスケジュール表を見ると、午後からは役員会議ということもあって、これからの予定は入れられていなかった。

「今日なら大丈夫や。実はつい今し方まで役員会議があったもんでね。幸い以降の予定は入っとらへん。正直言って、今日ばかりは早々に家に帰りたいのやが、君の誘いとあっちゃむげに断るわけにもいかへんやろう」

恩着せがましく言うと、

「ありがとう。時間と場所は君に任せる」

高見の声が返ってきた。

「どうやら、君の口調からすると、よほどのことのようやね。それに人に聞かれてはまずい話なのだろう」

「できれば、社内の人間が行かないところがいい」

「分かった。それじゃ銀座に『紀州屋』というおでん屋がある。君の帰国祝いをやった『クイーン』を新橋方向に少し行ったところや。看板が並木通りに出ているからすぐに分かるはずや」

「分かった」

「そこで七時に会おうやないか」

湯下は、そう言うと受話器を置いた。

＊

『紀州屋』に着いた時には、約束の時間を十五分ほど過ぎていた。あれから、役員会議に出席するため部屋を空けていた間に掛かってきた電話に返事をし、メールに目を通した。それだけでもたっぷりと二時間を費やさなければならなかったのだ。

短い距離を走ったタクシーの運転手に千円札を渡し、

「釣りはいらない」

と言って、路上に降り立った。不況が叫ばれて久しいとはいえ、この時期になると、さすがに忘年会に向かうとおぼしきサラリーマンたちで銀座の街は人の波が途切れることがない。

湯下は『紀州屋』と毛筆で書かれた提灯《ちょうちん》がぶら下げられた店の引き戸を開けた。出し汁と具が煮える匂《にお》いが漂ってくる。白木のカウンターの中にいる初老の店主が、

「いらっしゃいませ」

と、落ち着いた声を掛けてきた。

湯下は、軽く頷《うなず》きながら店内を見渡した。二十ほどのカウンター席に四人掛けのテーブル席が五つ。高見はカウンターの一番奥の席に一人座っていた。

「待たせたな。会議の間に掛かってきた電話を処理していたら、遅くなってしもうた」

ふと見ると、高見の前には大きな湯飲みに入ったお茶が置かれている。

「なんや、先に始めてくれていればよかったのに」

「いや、誘ったのはこちらだからね」

「何を水臭いことを言うとるんや。同期の間やないか。そんな辛気臭いもん飲まんでもええがな。何にする」

「僕はビールにする」

「それじゃ俺は酒だ」そう言うと、和服を着た女将《おかみ》に向かって、「ビール一本とな、温燗《かん》を二合徳利で一本。おちょこはいらんで。グラスにしてや」

と、命じた。

「いきなり酒かね。僕がこんなことを言うのは差し出がましいかもしれないが、少し飲みすぎじゃないか。顔色も優れないようだが」

「何や、今日の話というのはそのことか。心配せんでええ。第一、酒でも飲まんと、人事本部長なんて仕事はやってられへんがな。早期退職者の公募では、全社員に疫病神《やくびょうがみ》のような目で見られ、それが済んだと思えば……」

勢いに任せ、半導体事業部の分社・合併の話を危うく口を滑らせそうになるのを、湯下はぐっとこらえた。

「それも一つだが、今日呼び出したのは、違う話があってのことだ」

先ほどの女将が、ビールと日本酒を盆の上に載せて運んできた。

「今夜は手酌でいこうや」

湯下は、なみなみと日本酒をグラスに注ぎ終えると、最初の一口をぐびりと胃の中に送り込んだ。

「それで、違う話というのは何や。お前らしくもない。いやに持って回った言い方をするやないか。はっきりと言ったらどうや」

高見が先ほどから視線を合わせないのが気になっていた。湯下は、胸の内ポケットから煙草《たばこ》を出すと、火を灯《とも》しながら言った。

「君と晴枝さんのことだ」

「晴枝のこと？」予期せぬ話の展開に、湯下は内心大いに慌《あわ》てたが、「晴枝がどうかしたのか」しらばっくれるように、白い煙を吐いた。

「瑠璃子から聞いたよ。湯下、君は晴枝さんに離婚を切り出したそうだね」

「そうか、晴枝と瑠璃子さんは、会社の同期やったね。友人に相談したとは言っていたが、あれは瑠璃子さんのことやったんか」

「本来なら、僕は他人のプライベートなことに関心もなければ、口を挟むつもりもない。特に夫婦の間には他人ではうかがい知ることのない、さまざまな事情というものがあるからね」

「だったら、その君の主義を曲げてまで、何で俺にそんな話をするんや」

「離婚の直接の原因を耳にしたからだ」

「ほう、どんな話や」

湯下は、ふうっと煙を高見の方に吐きかけながら言った。

「君には愛人がいるそうだね。それも五年前まで総括室にいた女性で、すでに妊娠までしていると」

「だったら、何だというんや」

「やはりその話は本当なのか」

「それが仮にほんまやったら、お前とどういう関係がある。お前がいま言ったように、これは夫婦の間の問題や。晴枝に何を頼まれたかは知らへんが、他人が関与する話やない」

「そうかな。僕にはそうは思えないがね」

高見はそこで初めて真正面から視線を向けてくると続けた。

「女子社員との不倫。確かに世間ではよくある話かもしれない。しかしね、仮にも君は取締役人事本部長だろう。会社という組織の中では紛れもない公人だ。そんな重要なポストにある人間が、社内の女子社員に手をつけ、妊娠させたあげくに、長年連れ添った妻を捨てる。そんなことをして、しめしがつくと思うのかい」

「公私のけじめはこれでもつけているつもりや。お前がそこまで知っているなら、いまさら隠し立てしてもしょうがない。確かに晴枝との間で離婚の話が持ち上がっているのは事実や。しかしな、それが俺の仕事に影響しているわけでもなければ、会社に迷惑をかけてもおらんで」

「公私のけじめはつけている？　だったら聞くが、君のところには毎日違った女性の声で『妻』と名乗る電話が掛かってくるそうじゃないか。あれは単なる噂話《うわさばなし》だというのかね」

「そんな話、どこで聞いた」

「社内の人間なら、誰でも知っているよ。耳にするのも忌《い》まわしい話だがね」

「そんな噂話を種に誘い出したのはお前やないか」

「湯下、僕はね、何も君を責めるつもりで、今夜ここに呼び出したのではないのだ。君は同期の中でもトップを切って取締役人事本部長という地位に就いた男だ。社内ではやっかみ半分で、君が向山一族に連なるがゆえの出世だったと言う人間もいる。確かにそうした一面もあるのかもしれない。だけど僕はそれだけだとは思わない。君が総括室という、社内の中枢《ちゅうすう》組織で辣腕《らつわん》を振るい、その実績が評価された結果だと思っている。いずれは、東洋電器の社長の座に就く可能性も充分に秘めているとさえ思っている。そんな人間が、自ら将来を台なしにしようとしている。それが惜しいから言っているのだ」

「役員は聖人君子でなければならないとでも言いたいのかね。冗談やないで。役員の中には愛人を囲っているのもいれば、会社の接待交際費を私用で使う人間、社用車を全くのプライベートで使うのもいる。一般社員が知らんだけでな」

ことなげに言うと、高見は、

「君は人事本部長じゃないか。たとえ、他の役員の中にそんな人間がいたとしても、人事本部長という職責は、社員を育成し、率先して皆の手本となるべく振る舞う、つまり厳しいモラルが要求される立場にあるんじゃないのか」

舌鋒《ぜっぽう》鋭く、心を抉《えぐ》るような言葉を投げ掛けてきた。湯下は、また一つぐびりと酒を飲むと、

「君が心配してくれる気持ちはありがたく思うよ。そやけどな、そもそも、俺は何も自ら好んで人事本部長という役職についたわけやあらへんで。社命や。決めたのは会社や」

「そんな言い方はないだろう。第一――」

高見が言いかけるのを、湯下は遮《さえぎ》った。

「俺が人事本部長としてふさわしくないというのなら、会社は俺を切るだろう。こんなポストが与えられるとなれば、涙を流して喜ぶやつはごまんといる。だがな、それを決めるのは誰でもない。会社や。組織や」

会社。組織――という二つの言葉を口にしながら、湯下は脳裏に安西の顔を浮かべていた。事実上の指名解雇という汚れ仕事をし、今度は半導体事業部の分社・合併という

難題を目前にして、この俺の首を取れるものか。分社・合併に伴う、余剰人員の整理は先の早期退職など比較にならない難題だ。この大仕事をやれる人間は、俺をおいて他にいない。

「湯下。これから言うことは同期の一人として、いや社員の一人としての言葉として聞いて欲しい」高見が静かに口を開いた。「君は謙虚な気持ちで、自分という人間と、その立場を考えるべきだ」

「あのなあ、高見、人事本部長というものはな——」

「いいから黙って聞いて欲しい」

湯下が言いかけたのを、今度は高見が遮った。一点の曇りもない瞳《ひとみ》が見詰めてくるのを前にして湯下は、思わず押し黙った。

「あと数日のうちに三千人もの同僚がこの会社を去っていく。今回の早期退職は公募という形を取っていても、事実上の指名解雇であったことは君から聞いた。それがいかなる基準で行なわれたか、そのからくりを作り上げた君という人間の本当の姿を知ったら、どういう気持ちになるか、それを考えるべきだ」

「俺は、会社の視点に立って職務を全《まっと》うしただけや」

「そうかな。極端な学歴偏重、所属する部門の市場環境や仕事の難易度を考慮しない人事考課——」

「極端な学歴偏重主義？　妙なことを言うやないか。一体何を根拠に……ああ、そうか、早期退職者を選定するにあたっての格付けの件か、それなら——」

「外部のコンサルタント会社がやったことだと、言いたいのだろう。この間までは僕もそう思っていたよ。いや、そう思いたかった。だがね、この間の君の言動を見て確信したよ」

「いったい何をや」

「邦武君に取った態度だ」

「邦武？　ああ、この間お前と酒を飲んどったやつやな」湯下は、鼻で笑うと、「ええか、会社もな、ビジネススクールに派遣する人間には高い金を使うてるんや。それだけの効果が見込める人間でなけりゃ送りだす意味がないやろう。派遣したはええが、途中で放り出されでもしたら、迷惑するのは会社だけやない。次に行くやつやって、取ってもらえへんようになるがな」

「邦武君がそうだと言うのか。それであんな態度を取ったのか」

「もうええわ。お前とこんな話をしていてもしょうもないわ。お前がそんなお節介だとは、今日この時まで知らんかった」

湯下は、残った酒を一気に呷《あお》ると、憤然として席を立った。

「とにかく、晴枝との件に関しては、口出し無用にしてくれへんか。二人だけの問題やからな。すまんが今日は、君とこれ以上話をするつもりはないわ。失礼するよ」

「湯下！」

背後から、高見が呼び止める声がしたが、湯下は振り返らなかった。

外に出ると、初冬の風が頬に微《かす》かな痛みを残しながら、駆け抜けていく。湯下は、コートの襟を立てると、一人思いを巡らせた。

人を黙らせるのは恐怖の力だ。そう恐怖――。今の俺には社員の誰だろうと黙らせるだけの力がある。生《い》け贄《にえ》になるのは、誰でもない。あの高見だ。

＊

一九九九年――。一月も半ばを過ぎると、新年気分に満たされていた社内も落ち着きを取り戻し、業務に追われる日々が始まった。

湯下は本社ビルの二十四階にある自室の窓から、ようやく昇り始めた朝の太陽に照らし出された皇居の森を見ていた。透明な光が堀の水面に、眩《まばゆ》く反射している。うっそうと茂る常緑樹と、葉を落とした裸木とが見事なコントラストを描きながら目の前に広がっている。七時半。この時刻に出社してくる社員はそう多くはない。眼下に見える丸の内の路上にも歩く人影はほとんど見えない。

こんな早い時刻に出社するようになったのは、年末に高見と会って以来のことである。君のところには毎日違った女性の声で『妻』と名乗る電話が掛かってくるそうじゃないか――。

人の口に戸は立てられないとはよく言ったものだ。人事本部長室に掛かってくる電話は、全《すべ》て秘書が取り次ぐことになってはいたが、仕事の話ならともかく、やはり不倫、それもかつては同じ会社にいた女性とのそれは、まだ若い秘書にとっては、誰かに話さずにはいられない格好の話題であったに違いない。

さすがに取締役人事本部長という役職にある者に、面と向かって事の真偽を訊《たず》ねてくる人間などいやしなかったが、あの高見の耳に入るほどだ。おそらくは、この本社でその話を知らぬ者など皆無に違いない。それゆえに、普段、噂話の類には無関心を決め込む高見の言葉は、湯下の胸中に澱《おり》のようにこびりつき、暗い熱量を放ちながら、ある種憎しみにも似た感情を日を追うごとに高めていくのだった。

実際、晴枝との離婚話は完全に暗礁《あんしょう》に乗り上げていた。祥子の体内に宿った新しい生命は、すでに七ヶ月を迎え、春にはこの世に産声《うぶごえ》を上げる。それまでには何とか離婚を成立させ、戸籍の上でも祥子を正式な妻としておきたいとは思うのだったが、逆にすでに不倫相手が湯下の子供を孕《はら》んでいるという事実が、晴枝の態度を頑《かたくな》なものにさせていた。

二人の間が完全に破綻《はたん》し、もはや修復不可能なことは誰の目にも明らかだった。毎朝、決まって電話をよこし、罵声《ばせい》を浴びせては電話を切る。何の発展性もない行為の繰り返しにうんざりするものを感じながらも、これ以上離婚の話がこじれていることを、他人に知られてはならない、そんな気持ちが、湯下の出社を早くさせていた。

じりじりするような時間が過ぎていく。晴枝からの電話は、大抵が朝の八時。湯下が仕事を始めようとするあたりを狙《ねら》って掛けてくる。毎朝一番に罵《のの》りの言葉を投げ掛ければそれで俺が一日不愉快な思いで過ごし、音を上げるとでも思っているのだろうが、むしろ晴枝がそうした行動を取れば取るほど嫌悪《けんお》感がこみ上げてくるばかりだった。

やがて時計は八時を指した。しかし机の上に置かれた電話は、一向に鳴る気配もない。そういえば晴枝からの電話は、この三日ばかり鳴りを潜めている。

ついに諦《あきら》めたのか、それとも何か新たな手に打って出ようとでもしているのだろうか。忌々《いまいま》しい電話以外の何ものでもなかったが、なければないで、湯下の胸に、晴枝に対するいいしれぬ不信感と不吉な思いが、暗い淵《ふち》のように拡《ひろ》がっていく。

電話が鳴ったのは、湯下が窓際《まどぎわ》を離れ、その日何本目かになる煙草に火を灯した瞬間だった。

「はい」

不機嫌な声が口をついて出た。

「安西だがね」

「社長……これは失礼いたしました」

　てっきり晴枝からだとばかり思っていた湯下は、慌てて煙草を口から離すと、受話器に向かって軽く礼をした。

「すまんが、少し話したいことがあるのだ。すぐに私の部屋に来てくれるかね」

「わかりました。すぐに伺います」

　受話器を置くと、湯下は上着を手に持ち、部屋を出た。

　社長室は、同じフロアーの一番奥にあった。扉をノックすると、

「入りたまえ」

　すぐに重々しい返事があり、安西は、背もたれの高い革張りの椅子《いす》に座ったまま湯下を迎えた。

「まあ、そこに掛けろよ」

　安西は一族の気軽さからか親しげな口調で言いながら立ち上がり、広い社長室の中央に置かれた豪華なソファに腰を下ろすと、机の上に置かれたシガーケースの中から煙草を取り出した。

「例の鷹羽との半導体事業部の合併の話だが、進捗《しんちょく》状況はどうなっているかね」

「現在、鷹羽の人事部とプロジェクトチームを組んで、部門合併についての検討を行な

っております」

「鷹羽と我が社では社風も違えば、人事考課の仕組みも違う。何かとぶつかることも多いのだろうね」

「おっしゃる通りです。何しろ鷹羽にとって合併が初めてなのはもちろん、従業員の削減も初めてのことです。もっとも今回の話に合意したほどですから、いずれ機を見てリストラを行なう計画はあったようで、それなりの準備は行なっていたようなのですが、やはり実際にやってみないと分からないことも多々ありましてね。その点では我が社が行なった削減のノウハウを参考にしているようです」

さり気ない口調で、湯下は自分の実績を誇るように言った。

「研究開発部門で約千人。これに間接部門、国内外の生産拠点、関連子会社の従業員数を加えると一万人か……。これだけの人間の中から、不要人員を削減するとなると大変な作業だね」

「まあ、私自身は、これを解決するのはそう困難ではないと考えています」

「ほう、大した自信だね」

「まず研究開発部門ですが、これは退職勧告者のリストアップは、間接部門に比べれば遥《はる》かに対象者を絞りやすいと思われます」湯下は「失礼……」と断りを入れると、シガーケースの中から煙草を取り出し、火を灯《とも》すと続けた。「研究者は鶏と同じです。金の卵を産む鶏は貴重な財産ですが、卵を産まない鶏はブロイラー以下です。研究者の個々が何件の特許を出願したか、どんな製品を開発し、それがどれだけの利益を会社にもたらしたかによって人事考課がなされてきました。研究開発費にしても費用対効果が完全に管理されています。一つの製品が市場に送り出される際の価格構成は、研究開発費、生産コスト、間接経費、営業経費……そうした比率があらかじめ決められており、特に研究開発部門には売上から比率に応じた金額が次の製品の研究開発費としてバックされることになっております。例えばここにAという商品があったとして、百億の売上を上げ、三%が研究開発部門の取り分だとすれば三億円の金が次の製品の研究開発費として担当部署に与えられるわけです」

　もちろん全く新しい製品開発に関しては莫大《ばくだい》な初期投資が必要となる。しかし、いったん市場に送り出された製品が思ったように売上が伸びない場合は、当然その製品を開発した部門へのバックは少なくなり、次の新製品を開発する経費を確保することが難しくなる。つまり事実上の予算カットが行なわれるのだった。

「なるほど、君の言う通り、研究者の実績は個人はもちろん、チームベースでも厳しく監視、管理されている。真っ先に俎上《そじょう》にのせるのは、もはや卵を産まなくなったいわば廃鶏というわけだね」

「その通りです。廃鶏をリストアップするのは、それほど難しい作業ではありませんよ。

すでに蓄積されたデータがありますから」

湯下は事もなげに言い放つと、薄い煙を吐いた。

「間接部門や関連会社、それに販売会社の方はどうなのだ」

「それについては、やはり昨年当社が行なった早期退職制度と同様の方法を取るのがいいでしょう」

「人事考課をもとに不要な人材を狙《ねら》い撃ちにするというわけだね」

「関連会社の人事部だって、本社に準じた形で考課を行なっているわけですからね。基礎資料は整っています。販売部門は実績が数字となって把握されていますから、成績不振者を対象にすればいいでしょう。ただし、間接部門の場合は退職者の対象年齢を四十歳以上に絞ろうと思っています」

「四十歳以上となると、主に課長職以上ということになるね」

「もともと、間接部門で働く人間の考課は、業務の特性上それほど大きな差がつくものではありません。昇格もある一定年齢に達すれば、過去によほどのへまをしていない限り、かっての年功序列の恩恵の下、権限は別としても課長、あるいは部長代理の肩書はもらえたものでした」湯下は手にしていた煙草《たばこ》を灰皿の上に擦《こす》りつけると、「しかし社長、間接部門の仕事など、入社して五年も経《た》てば一通りのことは覚えてしまいます。十年選手、ましてや二十年選手と仕事をこなす基本的能力という点においては、大差はありません。ただ社歴が長いというだけで、高い給料を会社は支払っている。それが現状なのです」

「それをこの機会に一気に是正しようというのだね」

「実は、間接部門に関してはもう一つ。女子社員の大幅な削減を行なおうと考えているのです」

「女子社員を？」

意外な言葉を聞いたとばかりに安西は身を乗りだしてきた。

「この二十年の間に女子社員の勤続年数が、かつてとは比較にならないほどに伸びているのです。一昔前なら、入社四年から五年もすれば結婚して退職するのが当たり前でしたが、今では違います。出産休暇、育児休暇の導入。それに伴って、結婚、出産を経てもなお、継続して働く社員が大勢いるのです。もちろん一般職として入社してきた女子社員の給与上昇カーブは、事務・技術職とは比べものにならないほど緩やかです。しかし、年金や福利厚生費は事務・技術職と同様にかかる。これがばかにならないのです」

「しかし、一般職とはいっても現場にとっては貴重な戦力だからねえ。そこまで範囲を広げて日常業務に支障は出ないのかね」

「もちろん代案があって申し上げております」

「ほう、どうするつもりかね」

「派遣社員を積極的に使おうと考えています」

「なるほど派遣か」

「ご説明するまでもなく、派遣社員には年金や福利厚生費の負担は一切ありません。それぱかりか業務量によって契約を解除するのも自由です。つまり常に適正人員を保持できる……」

「すると、君は一般職の採用は今後全て派遣によって賄《まかな》おうと考えているのかね」

「大部分と申し上げておきましょう。有力取引先からの縁故入社はいわば人質です。業務の上で戦力にはならなくとも、別の点で会社の業績に貢献することは事実でしょうからね」

「よく分かったよ、湯下君。そこまで心積もりができているのを聞いて安心したよ」

安西は、銀縁眼鏡の下の目を細めた。

「いや、社長、まだ大きな問題があります」

「何だね。その大きな問題というのは」

「岩手工場の閉鎖です」

「その件があったね」

たちまち安西の口が苦いものを呑《の》み込んだようにへの字になった。

「これがなかなか頭の痛い問題なのです。鷹羽との合併にあたって、岩手工場を閉鎖せざるを得ないのはかねてよりの決定事項なのですが、なにしろあそこには八百人もの現地雇用の従業員がおります。これを一気に解雇するとなると、容易なことではありません。やり方を間違えると、かなり厄介なことになりかねませんからね」

「もちろん、現地雇用の従業員を解雇するにあたっては、十分な補償はしなければならんだろうね」

「社長がおっしゃる十分な補償というのは、割増退職金といったインセンティヴのことをおっしゃっているのですか」

「まあ、本社の基準に従ってというのが、こちらが見せる誠意の限界だろう。まさか、それ以上のものを出すわけにはいかんよ」

「お言葉を返すようですが、果たしてそれで彼らが納得するかどうか……」

「それはどういう意味かね」

「実は閉鎖が決まってから、岩手工場で働く従業員の履歴書を取り寄せて見たのですが
――」

湯下は、さり気なく自分の抜け目ない仕事ぶりを誇示するかのように言った。

「君は、そんなところにまで目を配っていたのかね」

果たして安西は、感心した様子で言ったが、湯下はそれには答えずに、

「やはり地域特性と言いますか、あの工場で働く従業員は、農家の長男、あるいは中央

資本が地方に進出したのを機に、Uターンしてきた者で構成されているのです。周辺の産業基盤は脆弱《ぜいじゃく》で、いったん解雇されたとなれば、新たな職を見つけることは非常に難しいというのが現実です。そんなところで工場閉鎖というようなことになれば、彼らにとってはまさに死活問題以外の何ものでもありません。割増退職金よりも職場そのものを失う。それが問題なのです。当然、自治体も黙ってはいないでしょう。へたをすると、とんでもない争議に発展する可能性があります」

「しかし、もはや岩手工場を存続させる手だてはないよ」安西は気色ばみながら断言した。「それに、自治体が我が社の工場を誘致した際に交わした契約には、用地転売の禁止条項こそ謳《うた》われてはいたが、撤退に関することは何の記述もない。第一だねえ、会社というものは永遠に存在するものではない。たゆまぬ経営努力と、時代に即した迅速かつ高度な経営判断がなければ生き残れるものではないのだ。当然、そうした過程の中では工場の閉鎖という手段を取らざるを得ないことだって起こりうる」

「それはおっしゃる通りでしょう。しかし、理論と人間の感情というものは別物です。確かに岩手工場の閉鎖は半導体部門を立て直すためには避けられないものには違いありません。しかし、彼らにしてみれば、本体が生き残るために自分たちが切り捨てられた。そうした感情を抱くことは避けられないでしょう」

「ならば、いったいどうすればいいと言うのだ。工場の閉鎖を円滑に進める何かいい手だてがあると言うのかね」

安西は苛立《いらだ》ちを露《あらわ》に訊《たず》ねてきたが、湯下はその一言を待っていた。

「岩手工場の閉鎖が決まった以上は、とにかく従業員の感情を損なわないよう、かつ、閉鎖が必然のものであるということを納得させるしかありません」

「君。そんなありきたりの言葉は答えになっていないよ」

「おそらく、閉鎖の方針が明らかになった時点で、従業員はもちろん自治体も乗りだしてくるでしょう。それをうまくまとめ、円滑に閉鎖を進めるためには、工場長に任せきりというわけにもいかないでしょう」

「確か、工場長の城戸口《きどぐち》君は技術畑の出身だったね」

「ええ、それに労務担当として東北支社から町田《まちだ》君が兼務してはいますが、彼にはこれほどの難しい任をこなすだけの力はないでしょう。ここは、閉鎖の任務を実際に経験した人間にフルタイムであたらせるのがいいと思います」

「社内にそんな人間がいたかね」

「います」湯下は即座に断言した。「高見龍平。TAMのR&D閉鎖業務にあたった人間で、現在は市場調査室におります。彼をおいてこの任務にふさわしい人間はおりません」

＊

室長付の頃はフロアーに整然と並ぶ『島』の中の一つが高見の居場所だったが、今は違う。二十人の部下を見渡せる窓際《まどぎわ》に置かれた一際大きな机、そこが高見に与えられた席だった。

コンピュータ画面の中の、ニューヨーク支店から送られてきたメールに添付された長大な報告書に入念に目を通し終え、プリントアウトのコマンドを実行したところで目を転ずると、部下のほとんどはまだ黙々と仕事を続けている。北米市場担当のセクションは、時差の関係もあって、早朝から昼にかけての電話会議が多くなる。勢い、その間に溜《た》まった仕事は、午後から夜にかけてこなさなければならず、どうしても勤務時間が長くなるのだった。

室長の梶山は不在だった。書類が片づけられていないところを見ると、まだ退社はしていないのだろう。高見は自分の席に戻ると、次の仕事にとりかかるべく山と積まれた書類の一つを手に取った。

「高見君」

不意に声を掛けられ、目を上げると、梶山が立っていた。

「すまんが『小部屋』に来てくれるか」梶山は珍しく眉間《みけん》に皺《しわ》を寄せた難しい顔で言った。

「『小部屋』ですか？……分かりました」

高見は読みかけの書類を山の上に戻すと、梶山の後について『小部屋』と呼ばれる小さな会議室に向かった。彼の表情から察するに、何かよほどのことがあったに違いない。狭い室内に明かりが灯《とも》った。寒々とした蛍光灯の光に満たされた部屋のドアが閉じられたところで、

「そこに掛けてくれ」

梶山は正面の席を勧めた。

銀縁眼鏡の下の目がじっとこちらを見詰めている。困惑、あるいは緊張感に満たされた目だった。心なしか顔面から血の気が引いているような気もする。

「高見君、実は困ったことが起きた」

「何でしょう」

ただならぬ気配を覚えながら、高見は訊《き》いた。

「君に転勤の話が持ち上がったのだ」

「転勤？　私にですか」

「そうだ」

「ちょっと待って下さい。私は去年の九月にTAMから本社に戻り、年末に今のポジションに就いてまだ一ヶ月しか経っていないのですよ」

とうてい納得のいく話ではなかった。組織改編に伴い職掌が変わることはまれにあることだが、これほどの短期間での配置転換、しかも転勤などという話は聞いたことがない。

「理由はいったい何なのですか。私の仕事に何か手落ちでもあったというのですか」

さすがの高見も冷静ではいられなかった。

「いや、そうではない」

梶山は、視線を外に向けると、一つ大きな溜息《ためいき》をついて続けた。

「今回の人事は私の与《あずか》り知らぬところで決められたことなのだ」

「部下を送りだす室長が知らぬところでというと……」

「もっと上のレベルでの話だ。率直に言えば、社長決裁だ」

「社長直々の人事だというのですか」

「そうだ」

ますます合点がいかなかった。通常人事というものは、事業部長や役員レベルは別として、ほとんどは現場レベルで話が決する。次長待遇に過ぎない自分レベルの人事に社長自らが断を下すなどということはまさに前代未聞のことだった。

「それで、今度はどこに行って何をしろとおっしゃるのですか」

思わず高見は、アメリカナイズされた直截《ちょくせつ》さで訊いた。

「岩手工場だ」

「すると、再び半導体事業部に戻れと」

「いや、そうではない。そこの労務部長として君に行って欲しいというのだ」

「え？　労務は人事部の担当ではありませんか」

「そんなことは分かっている」

梶山は言葉を区切ると、銀縁眼鏡を外し、うっすらと汗が滲《にじ》みだした額に手をやった。

「私は労務に関してはずぶの素人《しろうと》ですよ。どうして私が」

「実はこれにはそれ相応の理由があるのだ。来週には公《おおやけ》になることだが、我が社と鷹羽の半導体事業部が合併し、新会社が設立されることになった」

「まさか……」

「いや本当のことだ。君も知っての通り、我が社にかぎらず半導体事業の業績はどこの会社も惨憺《さんたん》たるありさまだ。特にDRAMの市場においては、韓国や台湾のメーカーに席巻《せっけん》され、このまま各社単体で事業を継続していけば、シェア奪回どころかじり貧がいいところだ。しかし、この合併が実現すれば生産効率は大幅にアップする。会社はそこに半導体事業の生き残りをかけるつもりなのだ」

半導体事業が苦境の極みに立たされていることは、昨年の九月まで現場に身を置いていたこの自分がよく知っている。確かに鷹羽との合併が実現すれば、会社の思惑通りに生産効率は上がり、世界的なマーケットシェアも韓国、台湾のメーカーと互角に戦えるものにはなるだろう。だが、その生産現場で陣頭指揮にあたれというのならともかく、労務担当とはいったいどういう理由なのだろう。

「会社がやろうとしていることは、理解できます。しかし——」

と言いかけると、梶山は言葉を遮《さえぎ》った。

「なぜ岩手工場の、しかも労務担当という全くの畑違いのポジションかと言いたいのだろう」

高見は無言のまま肯《うなず》いた。

「合併にともなって、岩手工場は閉鎖されるのだそうだ」

「閉鎖?」

「完全閉鎖だ」梶山は眼鏡を掛け直すと、きっぱりと断言した。「生産ラインの変更もない。現地採用の従業員は全員解雇、東北東洋への出向社員のうち半導体事業部出身者はそのまま新会社に出向、スタッフは本社に戻ることになる」

「それでは私に課される使命は、閉鎖に伴う人員整理業務、そういうことなのですね」

「岩手工場は東北東洋の管轄《かんかつ》下にある。人事・労務については現地採用のスタッフが任にあたっており、本社の人間はいない。工場閉鎖のような大仕事となると、本社の意向を正確に反映できる人材が不可欠なのだ。どうやら会社は、君がTAMのR&D閉鎖をつつがなく終わらせた実績と経験に着目したらしい」

「そんなものは何の参考にもならないでしょう。確かに私はTAMのR&D閉鎖業務に当事者の一人としてかかわったことは事実ですが、たかだか十人ほどの部下を解雇したに過ぎません。岩手工場には八百人からの現地採用者がいます。規模も違えば、第一、アメリカと日本では雇用に対する基本的概念が決定的に違います。それにTAMの閉鎖業務がスムーズにいったのは、好況を極めるシリコンバレーという受け皿があったからこそのことです。あそこで培《つちか》ったノウハウがそのまま岩手工場に応用できるというのは、あまりにも短絡に過ぎます。おそらく社長はその辺の事情をご存知ないのだと思います」

「しかし、社長辞令とはいっても、今日私が呼び出され、この人事を告げられたのは、湯下人事本部長からだからねえ」

梶山は眉間の皺を深くし、当惑の表情を露にした。

「湯下……人事本部長から、ですか」

高見は、顔が強《こわ》ばるのを感じた。

あの夜のことが脳裏に浮かんだ。

湯下の不倫を諌《いさ》め、学歴偏重を批判し、人事本部長としての職責にある者の姿勢を正した。それは純粋に同期である湯下の立場を慮《おもんぱか》ってのことだったが、彼にしてみれば決して他人には触れられたくはない部分に土足で踏み込まれたように感じたとしても不思議はない。いや、そうに違いない。そうでなければ、一介の次長待遇に過ぎない自分に社長自らが白羽の矢を立てるはずがない。工場閉鎖に伴う業務の責任者として、推挙したのは湯下だ。

「私としては、せっかく願ってもない人材を手に入れたところだ。おおいに活躍して欲しいと願っていたところなのだが、社長直々の人事とあっては、どうすることもできない」

「社長直々でなくとも、人事というものが拒否することができないことは充分に承知しております」高見は姿勢を正すと、率直に切り出した。「わがままを承知で言うのですが、今回だけは正式に辞令が発令される前に考慮していただきたい点が一つだけあります」

「何かね」

「会社の人事にプライベートなことを持ち出すのは、いささか気が引けるのですが、実はいま父が肺癌《がん》に罹《かか》っておりまして……」

「お父様が、癌に？　相当に悪いのかね」

「正直に申し上げて、予断を許さない状態です。肺癌が発見された時にはすでに胸部、頸部《けいぶ》リンパに転移が見られ、細胞診の結果も肺癌の中でも最も悪性といわれる小細胞癌と診断されました」

「酷な質問をするが、容態はいかがなのだ」

「もはや手術は不可能で、抗癌剤による治療を受けております。MRI及びCTによる検査の範囲では原発巣《そう》、転移巣ともに癌は消滅したとは言われておりますが、リンパ、それも頸部《けいぶ》にまで転移があったことを考えると、すでに顕微鏡レベルでは脳へ転移がある疑いは捨てきれないのだそうです」

「もし、仮に脳に転移があった場合はどうなるのだ」

「脳に効果がある抗癌剤はありません。残る手だては、放射線治療だけです。ただし、これも対症療法に過ぎません。延命効果が期待できるだけです」

「つまり、再発した場合は、時間の問題となるわけかね」

「そういうことになります」

「そんな大変な問題を抱えているとは知らなかった……」梶山は、同情を禁じ得ないといった目を高見に向けると、「君、ご兄弟は？」

「私と妹の二人ですが、妹は現在ニューヨークで暮らしておりまして、日本にいるのは私一人です」

「実は、私も父を癌で亡《な》くしてね。君のお父様とは違って、胃癌だったがね……」梶山は遠くを見詰めるような目を宙に向けると、「癌という病は、罹った個人のものではないからね。家族全員で闘う病だよ。末期ともなると、苦しむ患者を前にしてただ最期《さいご》の時を迎えるのを待つしかない。かといって、傍を一時たりとも離れることはできない……。ましてや、妹さんが海外で暮らしているとなると、看病も大変だな」

「父の癌が再発するかどうかは、神のみぞ知るというものですが、確率的にはやはり再発の可能性が高いことは否《いな》めません。問題は、父の癌が私の赴任中に再発した時のことです。母ももうすぐ七十になります。とても夜を徹しての看病などできるものではありません。やはり、家族が傍にいてやらないと……」

梶山は黙って何度も肯いた。

「私が不安を覚えるのは、工場の閉鎖ということになれば、当然デッドラインが設定されるという点です。それまでに労使間交渉を終わらせ、閉鎖をつつがなく済まさなければならなくなるでしょう。極めて密度の高い仕事が要求されるわけです。しかし、その間に父の容態が悪化した場合、東京にいるのと、岩手にいるのとでは、状況がまったく違います。東京、あるいは関東近辺にいれば、急な知らせを受けても、すぐに病院に駆けつけることができます。会社を空ける時間も極力短くて済むでしょうが、岩手からとなると……」

「状況に応じて、ちょっと会社を空けるというわけにもいかんな」

「本当に、個人的な事情を持ち出して申し訳ないのですが、ご一考いただける余地があるのでしたら、お願いしたいと思います。もちろんこんなわがままを申し上げるのです、その後いかなる人事があったとしても社命に従う覚悟はできております」

梶山は机の一点を見詰め、大きな息を吐《つ》き、しばらく言葉を発せずにいたが、

「分かった……事情が事情だ。私の方からもう一度、湯下本部長に話をしてみよう」意を決したように言い、「私としても、君は貴重な戦力になると見込んで、来てもらったのだ。岩手工場の閉鎖業務には人事の労務担当にもっとふさわしい人材がいるはずだとも思っている。もっとも、まだ公式な発表がないとはいえ、社長決裁が下りた人事だ。果たして覆《くつがえ》すことができるかどうかは分からんが、とにかくやってみようじゃないか」

梶山の温かい言葉が胸に染《し》みた。

目頭が熱くなるのを覚えながら、

「お願いいたします」

高見は、姿勢を正し、畏《かしこ》まるように頭を下げた。

＊

部屋のドアがノックされた。

「どうぞ」

湯下は眼下に見える皇居の森に目をやっていたが、椅子《いす》を回転させると向き直り、机の上に広げていた書類に目を走らせると、ぞんざいな口調で言った。

ドアが静かに開いた。ちらりと視線をやると、そこに高見が立っていた。

「ああ、来てくれたか。まあそこに掛けろよ。すぐに終わるから」

湯下は、再び書類に目をやると、傍らに置かれた木箱を開け、中から印鑑を取り出し、ことさら丁重に押した。高見は一言も発することなく、ソファに腰を下ろした。

二枚目の書類に判を押し終えると、ようやく湯下は立ち上がり、ゆっくりと歩を進め、ソファにどさりと身を投げた。高見はチャコールグレーのスーツを着ていた。役員フロアーに上がる際には、上着を着用するのが社内の決まりだったが、ボタンダウンのシャツにネクタイの結び目を緩めたくつろいだ格好の自分との違いは、社内における二人の格差を暗に物語っていた。

湯下は、シガーケースに手を伸ばし、煙草《たばこ》を口に銜《くわ》え火を灯《とも》すと、

「お父さん、大変なんやてな。午前中に梶山さんが来てな、事情は聞いたよ」

高々と足を組んだ。

「実は、それで困ったことになっているのだ。何しろ父の癌は肺癌の中でも最もたちの

悪い小細胞癌と診断されてね。すでに胸部、及び頸部リンパまで転移が認められている」

「それをどうして前に会った時に言ってくれなかったんや。もしもあの時、そんな大変な状況にあると知らされていたら、岩手工場赴任の件などどうにでもできたのに」

「まさか、半導体事業部が鷹羽と合併する話が持ち上がっているとは想像だにしていなかったからね」

「確かに君が知らなかったのも無理はない。実際この案件に関しては、未《いま》だに社内でも知る者は役員と、密《ひそ》かに組織されたプロジェクトチームのごく一部の人間でしかない。正式な発表は、来週の予定やからね。まあ、その前に梶山室長を通じて、転勤の内示をしたのはルール違反とがめられてもしかたがないことなんやが、岩手工場閉鎖という大任を任される君には、事前に知らせておいた方がええと思てな」湯下は、煙草をふかすと、「それで、お父さんの具合はどうなんや」

「まだ抗癌剤の投与は続いているが、直近の検査では、癌は原発巣、転移巣を含めて消滅したと言われている」

「ほう、それは何よりやないか」

「しかし、消滅したといっても、あくまでも肉眼的診断での話だ。先ほども言ったが、この癌はたちが悪い。細胞レベルではどこかに、特に脳に転移している可能性は捨てきれない。予断を許さない状況であることに変わりはない」

「確か、君のご家族は――」

「実家には母がいるだけだ。妹は夫の転勤に伴ってニューヨークで暮らしている」

「それじゃ、仮にお父さんの癌が再発した場合、看病にあたれるのは、お母さんと君の細君となるわけか」

「その通りだ」

高見はいつになく、重苦しく黙り込んだ。

「そんな事情があるのなら、本来であれば、辞令の内示を取り消さなければならんところなんやが、今回の人事は役員会の席で持ち上がり、すでに社長決裁を得てしまっているからねえ」

役員会の様子など、高見が知るわけもなければ、岩手工場閉鎖の任に最もふさわしい人間として推挙したのは紛れもない自分だったが、そんなことはおくびにも出さずに湯下はもっともらしく言ってのけた。

「プライベートなことを理由に、会社の決定事項に口を差し挟むのは、組織に属する人間としてあってはならないことだと充分に承知している。しかし、いつ再発するか分からない父を残していま東京を離れ、ましてや工場閉鎖というような重大な任務を全《まっと》うできる確信が今の僕には持てないのだ」

「弱ったなあ」湯下は、わざとらしく頭髪を掻《か》き上げると、「そうはいっても、君をおいて、他にこの任にふさわしい人材が見当たらんのや」

「どうして僕がその任に最もふさわしい人間だと、会社は判断したんだい。僕がこの会社でどんなキャリアを積んできたか、それは誰よりも君が一番よく知っているじゃないか」

「なにしろ君はTAMのR&D閉鎖業務を、何ひとつトラブルを起こすことなくやりおおせた実績があるからね。会社はその業績を高く評価しているんだよ」

「それはどうかな。僕は確かにTAMでR&Dの閉鎖業務を行ないはしたが、たかだか十人ほどの部下を解雇したに過ぎない。それにアメリカと日本では、会社に対する意識も違えば、雇用環境だって異なる。あの業務でつちかったノウハウがそのまま日本で活《い》かせるとは思えないがね。それに君のところには、労務担当のプロがいるじゃないか。人材には事欠かないはずじゃないのか」

高見は、真正面から湯下の顔を見ながら言った。

「本来ならば、君の言う通り、私の部下をその任にあたらせるのが筋というもんやろうが、今回ばかりはそうはいかへんのや」

「というと」

湯下は、煙草を灰皿に擦《こす》りつけると、

「現在両社が抱える人員は、研究開発部門で約千人。これに間接部門、国内外の生産拠点、関連子会社の従業員数を加えると一万人を超す。当然全員が新会社に移籍したのでは、期待通りのコスト削減も、業績を上げることも不可能や。組織の根本的な見直し、適正人員に向けての従業員の削減は必要不可欠になる」

「するとまた、従業員の首切りを行なうというのか」

高見の目が驚きで見開かれた。

「驚くほどのことでもないやろう。考えてもみろよ。新会社が図体ばかりでかくなってどないなるというんや。二つの組織が一緒になるからというて、必要人員が倍になるわけやない」

「君の言うことは、組織論としては正しいだろう。しかしね、半導体事業部で働く社員にとってはまさに死活問題だよ。君も知っての通り、半導体事業はどこの会社も業績不振で喘《あえ》いでいる。技術者、関連会社で働く人間たちが、会社から放り出されてしまえば、今の日本にはその受け皿がない」

「だからこそ、いま人事部には閉鎖業務に割けるだけの人間がいないのだよ。前回のリストラを行なうにあたっては、周到な準備を重ねてきた。それだけの時間もあった。だが、今回の合併に伴う人員削減は、何の準備もできていないんや。組合との交渉、早期退職プログラムの作成、該当従業員のリストアップ、再就職支援制度の確立……前回を上回る人員を整理しなければならない上に、やらなければならないことは山積しているんや。それも本社だけやない。関連会社の分までこちらでガイドラインを提示してやらなければならへんのや。いまの人事部にはたとえ一人でも割ける余裕がないのが現状や」

痛いところをついてやったと湯下は思った。

責任感と正義感が人一倍強い高見のことだ。かつて自分が籍を置いた半導体事業部の仲間たちが、会社を追われようとしている。その現実を突きつけられて平静でいられるはずがない。おそらくは、かつての同僚の行く末に思いをはせ、その心は千々に乱れていることだろう。

「その点、君は幸運やで。なにしろ、半導体事業部から離れてしまった以上、合併による人員削減とは無関係でいられるんやさかいな。君は首を切られる側やない。切る側や。任務を無事遂行すれば、君の評価も上がる。会社もその功績に充分に応《こた》えるだけのポストを新たに用意して、本社帰任ということになるやろうしねえ」

湯下はとどめを刺すように言った。

果たして、高見はぎゅっと唇を嚙《か》み、心の動揺を隠せないでいるようだったが、

「僕は、許されることならかつての同僚たちと苦労をともにしたいと思うよ」

高見の目に、屈辱を浴びせかけられたかのような怒りの色が浮かんだ。まるでこちら

の心根を見透かしたかのようなその視線の鋭さに、湯下は内心ぎくりとしながらも、いるやろう」

「君らしくもない言葉やね。組織の中でそんな私情が通じるはずもないことは分かって

冷たく突き放すと、再びシガーケースの中から煙草を取り出し、口に銜えた。重苦しい沈黙が流れた。やがて高見は目を上げると、「湯下……僕はいま自分を恥じている。知らなかったとはいえ、かつての同僚たちの多くが、会社を去らざるを得ないという重大な局面を迎えようとしている時に、たとえ、家庭内に深刻な問題を抱えているとはいえ、一瞬でも君の温情に縋《すが》ろうとした、その行為をね」

「そんな大袈裟《おおげさ》にものを考えなや」湯下はとりなすように言うと、「もっとも君の場合、事情が事情や、これからでも打つ手がないわけではないがね」

人事本部長という役職にある自分の立場と権力を暗に誇示してみせた。

「いや、ここで君の温情に縋って、今回の人事が変更されれば、僕の代わりに誰かが岩手工場閉鎖の任を負わなければならないことになる。ましてや、今回の件は、取締役会で持ち出され、社長決裁まで下りていることなのだろう。最高経営責任者の承認が下りた人事を覆す。確かにいまの君の力をもってすれば、そんなことはたやすいことだろう。しかしね、たったいま君が言ったように、組織の中に私情を持ち込み、ましてや人事を左右するなどという行為はあってはならないことだと思うよ。ましてや人事本部長とい

う要職にある君にそんなことをさせるわけにはいかない」

「じゃあ、君は今回の人事に従って、岩手工場閉鎖の任を引き受ける。それでええと言うんやな」

「半導体事業部は、僕が長く籍を置いてきた部門だ。本社の全く関係のない安全な部署に身を置き、傍観者を決め込んでいるよりも、当事者の一人としてかつての仲間たちと苦労をともにしたいと思う。仮に切られる者と切る者の違いはあってもね」

高見は覚悟を決めたように毅然《きぜん》として言い放った。

「そうか、そこまで君が言うなら、この話はこのまま進めることにしよう」湯下はふかしていた煙草を灰皿の上でもみ消すと、立ち上がり窓際《まどぎわ》にゆっくりと歩み寄った。「鷹羽との合併は来週、両社の社長列席の下、記者会見の場で公になる。当然、岩手工場閉鎖の件もな。正式な人事は、その翌週にでも発令されることになるやろう。その時点で君は事実上、俺の直属の部下ということになるわけや」

「分かっている」

「この際やから言うておくが、今回の閉鎖業務は、前に早期退職者を公募した時とはいささか事情が異なる。岩手工場の従業員のほとんどは、周辺地域の農家の長男、あるいは故郷へのUターン者が占める。周辺地域の産業基盤も極めて脆弱《ぜいじゃく》や。それに工場をあの地に建設するにあたっては、自治体の熱心な誘致もあった。工場が閉鎖ということになれば、解雇された従業員たちの身の振り方が最大の問題になる。やりかたを一つ間違えれば、従業員のみならず、自治体、あるいは政治家を巻き込んだ問題へと発展しかねない」

「閉鎖にあたってのパッケージは出来上がっているのか」

「現在、関連会社の従業員削減のプログラムをプロジェクトチームが作成しているが、それに準ずる形になる」

「それは、会社を去っていく人たちが、充分に納得できるものなのかね」

「納得できるものかどうかは関係ない。君の任務はそれを呑《の》ませることや」湯下は高見に背を向けたまま冷たく突き放すように言うと、「当面の交渉相手は、現地雇用の従業員によって構成されている労働組合になるやろう。だが、決して甘く考えたらあかんで。おそらく彼らも職場そのものがなくなってしまうとなれば、どんな強硬な態度に出てこないとも限らない。万が一にでも、交渉が紛糾し、社会問題化するようなことがあれば、マスコミとて黙ってはいまい。そうした事態は何が何でも避けなければならない。君の失敗は、上司である俺の失敗でもある。そこのところをよく肝に銘じておいてくれ」

「会社の意向は、充分に理解して任務にあたるつもりだよ。それじゃ湯下、僕はこれで失礼するよ。詳しい話は、そのパッケージを見せてもらってから、改めて――」

背後で高見が立ち上がる気配がした。

「高見」

湯下は振り返ると、急に思いついたかのような口調で呼び止めた。

「何か」

「一つ、言い忘れていたが、君は今回の人事で岩手工場の労務担当として転勤の扱いになるからね」

「承知している」

「そうならええんやが……君、まさか単身赴任をするつもりじゃないやろうね」

「病気の父を抱えているんだ。それに娘は昨年の九月にインターナショナルスクールに入ったばかりだ。母一人を東京に残すのは心配だし、娘の学校の都合もある。当然そのつもりだよ」

高見は、何をいまさらと言わんばかりに、怪訝《けげん》な視線を向けてきた。

「確か君は借り上げ社宅住まいだったね」

「そうだが」

「いずれ、厚生課の方から通知があると思うが、君が転勤ということになると、会社としては二つの社宅を用意しておくわけにはいかへん。君に与えられる社宅は、岩手工場の近辺ということになる。いま住んでいる社宅は、転勤の辞令が下り次第、早々に引き払ってもらうか、もし住み続けるならば、個別契約、つまり会社からの補助はなくなるから、どないするのか、その心積もりはしておいてくれ」

高見の顔が一瞬強《こわ》ばるのが分かった。しかし、彼は唇を固く引き結ぶと一礼してドアの向こうに姿を消した。

バナナ――。

湯下は、これまでの会話を思い返すと、いいようのない違和感を感じながら胸の中で呟《つぶや》いた。

いかに社命とはいえ、普通の人間ならば、今回のような内示を受ければ、絶対的権力を持つこの俺に泣いて縋ってでも、何とか今回の人事を逃れようとするだろう。それがあの男ときたらどうだ。組織に身を置く者としての筋をばか正直に通すばかりか、自らの信念を決して曲げようとしない。

しかし、今回の人事が公のものとなれば、高見の意思とは逆に、傍《はた》から見れば、彼は紛れもない会社側の人間として、自分の意を酌《く》んだ部下として、かつての同僚からも異端の目で見られることになるだろう。

湯下は、ゆっくりと窓際《まどぎわ》を離れると、机の前に座り山となった書類の一つを手に取った。ビジネススクール派遣制度への応募書類だった。その何枚目かの書類に目をやったところで、湯下の手が止まった。

邦武真也――。

「また、こいつか」

湯下は、触るのも汚《けが》らわしいとばかりに、次の応募用紙を捲《めく》りかけたが、はたと思いつくものがあって再びその手を止めた。

＊

夕方から東京は雪になった。

田園都市線の用賀駅に着き、地上に出ると雪は本降りになっていた。湿り気をたっぷりと含んだ重い雪が、漆黒の空から湧《わ》くように現れたかと思うと、アスファルトの道路の上でたちまちのうちに溶け去っていく。街路灯の薄明かりが路上に反射し寒々とした光を放つ中を歩きながら、高見は今回の辞令のことを考えていた。

市場調査室に配属されて五ヶ月。組織改編に伴い、新しいポストに就くまでは満足な仕事もしていない。北米市場の担当を任されてからも、やっと一ヶ月が過ぎたばかりだ。通常、一つのセクションには、よほどの不始末でもしでかさない限り、短くとも三年は勤務するものだ。それがこれほどの短期間に異動、それも地方への転勤である。後にも先にもこんな人事は聞いたことがなかった。

もっともＴＡＭの閉鎖を終え、本社勤務を命ぜられた時から、こと自分の人事に関しては異例ずくめであったことは事実である。半導体事業部の研究開発職から市場調査室へ——。いかにスタッフ部門への異動とはいえ、事業部間を跨《また》った人事はあまり例がない。そして今度は人事部への異動である。異例の人事がこれほどの短期間の間に、頻繁に繰り返される。高見はそこに組織の論理からかけ離れた、恣《し》意的な力が働いているに違いないことを確信した。

おそらく鷹羽との半導体事業部の合併、新会社の設立は、TAMの閉鎖が終了する以前からの決定事項だったに違いない。新会社が設立されれば、半導体事業部に籍を置く者は、もれなく出向、移籍を強いられ、東洋本体とは無縁の存在となる。合併が公《おおやけ》になる以前に、あからさまな事前人事を行なったのでは、会社を去る人間たちが黙ってはいまい。湯下は、それを知っていたからこそ、TAMの閉鎖を機に本社に自分のポストを用意したのだ。

それが湯下の好意から行なわれたものであることは疑いの余地もない。だが、一転して着任間もない部署からの異動——。それがいかなる理由があって下されたものであるかは容易に推測がつく。間違いなく、湯下の不倫を諫《いさ》め、人事本部長として本来あるべき姿を正した、あの夜の一件が引き金になったのだろう。

もちろん、あの夜のことは、高見なりに湯下の人事本部長としての地位と彼の将来を案じてのことだった。創業家一族に名を連ね、最年少で取締役の地位に就いた湯下に、今の会社の中で諫言《かんげん》する者などいやしない。このままでは、湯下は文字通りの裸の王様、いや、積み重ねてきた実績と約束された将来が台なしになってしまう。そんな気持ちからの行動だったのだが、どうやら彼はそうは取らなかったらしい。

あの夜の一件が、今度の人事となって表れたのだ。自分では仲間と思っていた男に、牙《きば》を剝《む》かれた。湯下にしてみれば、飼い犬に手を嚙《か》まれたような気持ちになったのかもしれない。

思いがそこに至った時。

飼い犬——。

という言葉が重く高見の心に響いた。

組織に身を置く以上、社命には抗《あらが》うことはできない。たとえ納得のいかない辞令であっても、甘んじて受ける以外に選択肢などありはしないのだ。そうでなければ、会社を辞し、新たな道を歩むしかない。もちろん、その道を選ぶことも考えた。おそらく、人材斡旋《あっせん》会社に登録すれば、自分を拾ってくれる会社の二つや三つはすぐに見つかるだろう。しかし、かつての同僚たちがこれから苦難の道を歩むのを強いられることを思うと、いまここで辞令を拒絶し、会社を去ることはできないと思った。

湿り気を含んだ牡丹《ぼたん》雪が、肩にうっすらと積もり始めた頃、高見は自宅に着いた。

「まあ、駅から歩いてらしたの。電話を下されば傘を持って迎えに行ったのに」

玄関口に立った高見を迎えた瑠璃子が言った。

「雪の降る中を、傘を届けてもらうのも悪いと思ってね」

「それなら、ビニール傘でもお買いになればよろしかったのに」

「そうだったね。気がつかなかった」

高見は肩口に積もった雪を払うと、濡《ぬ》れそぼったコートを手渡した。

「お風呂《ふろ》を先になさる、それともお食事」

リビングに向かって歩きかけた高見の背後から瑠璃子が訊《たず》ねた。

「食事を先にしよう。みなみは部屋かい」

「ええ、先に食事を済ませて、勉強しているわ」

コートをしまった瑠璃子が、キッチンに向かいかけるのを、

「ちょっと食事の前に話しておかなければならないことがある」

高見は、ダイニングチェアに腰を下ろした。

「なあに、お話って」

「まあ、そこに掛けろよ」

瑠璃子が座ったところで、高見はおもむろに切り出した。

「実はね、僕に転勤の内示があった」

「転勤？　どちらへ」

「岩手工場だ」

「岩手へ？　だって、あなた、五ヶ月前に本社に戻ったばかりじゃありませんか。それに新しいポストに就いて、まだいくらも経《た》っていないじゃありませんの。それでもう転勤？　いったい何があったのです」

「半導体事業部が鷹羽と合併して新会社を設立することになったのだ。それにあたって、岩手のＤＲＡＭ工場は閉鎖されることに決まった。会社はその閉鎖業務を僕に任せたいと言うのだよ」

「閉鎖業務って……それはおかしな話じゃない。本来そうした仕事は人事の労務が担当するものでしょう」

さすがにかつては同じ会社で働いていただけあって、瑠璃子は納得がいかないとばかりに反論した。

「どうやらＴＡＭのＲ＆Ｄ閉鎖の経験を買われたらしくてね」

「あなたがおやりになったのは、閉鎖業務といっても、十人かそこらのアメリカ人部下を順次解雇しただけじゃありませんか。そんな経験が工場の閉鎖なんて大掛かりな撤退業務を行なう上で、役に立つものなの」

「正直言って、僕だって釈然としないものは感じているさ。しかし、鷹羽との合併を行なうとなれば、半導体事業部に所属している全《すべ》ての従業員が新会社に移れるわけではない。大規模なリストラが伴う。本当のところは人事部だってしかるべき人間を送り込みたいのだろうが、とても人を割ける状況ではないそうなのだよ」

「それであなたに白羽の矢が立ったというわけなの？　ずいぶん乱暴な話ね。事前に打診はなかったの」

いつもは静かな眼差《まなざ》しの中に、会社の判断をなじるような光が宿った。

「人事に事前の打診などあるものか」

「でも、いまあなたがどんな状況にあるのかを話せば、会社だって少しは考慮するんじゃありませんの。抗癌《こうがん》剤の効果があって、お父様の癌は一応消えたとは言われていても、脳への転移の疑いが晴れたわけでもありませんし、もし万が一にでも、再発した時には……」

「梶山さんには話したさ。湯下にもね」高見はネクタイを外すと、「しかし、これはすでに社長決裁が下りた人事なのだそうだ。こうなった以上、辞令を撤回することはできないと言われたよ」

「湯下さんがそうおっしゃったの」

「ああ」

思わず、湯下との間にあったことを話しかけたが、そんなことを瑠璃子に話したところでどうなるものでもない。むしろ、湯下の妻に頼まれ、とりなしを頼んできたのは瑠璃子である。諫言したのは高見の自発的行為ではあったが、それが今回の人事につながった疑いがあると知っただけでも、いたたまれない思いをするだけだろう。

「ねえ、瑠璃子」

高見は、一つ小さな息を吐《つ》くとテーブルの一点を見詰めた。

「すでに社長決裁が下りた人事を覆《くつがえ》すことはできない。問題は、岩手に赴任するにあたって、君たちをどうするかだ」

「転勤ということになれば、本来ならば私やみなみも一緒に岩手に赴くのが当たり前なのでしょうけど……」

瑠璃子は深刻な顔をして語尾を濁した。

「みなみは普通の日本人の子供とは異なった環境で育ってきた。学校教育のほとんどはアメリカで受け、帰国してからもインターナショナルスクールに通っている。それも昨年の九月に編入したばかりだ。彼女のことだけを考えても、いま君たちを連れて岩手に赴くことはできないと思う」

「岩手工場はどこにあるのですか」

「県南の磐井《いわい》市というところだ。岩手は日本の中で一番大きな県で、四国四県に匹敵する広さがあるのだが、東洋のような大会社の施設は主に新幹線と東北縦貫道のインターチェンジ周辺に集中している。当然我が社の岩手工場も県南の中核をなす磐井市に設置されてはいるのだが、とてもみなみのような経歴を持つ子供にふさわしい学校を見いだすのは不可能だろう」

「確かにインターのような学校はないでしょうしねえ」

「どうやらみなみは、このまま聖花の女子大に進むつもりはないようだが、それでも東京と地方では教育の環境も違えば、集まる情報も違う。ましてや、あと二年の後には受験ということを考えれば、ここでいきなり日本の教育カリキュラムの中に放り込んでしまうのは、本人にとっても余計な負荷がかかるだけだろう」

「いっそ、杉並のご実家にみなみを預けて、私たち二人で赴任してはどうかしら」

「いや、それはできない」高見は瑠璃子の提案を即座に否定すると続けた。「親父の容《よう》態は今のところ安定してはいるが、いつまた癌が再発するか分からない。原発巣が再び暴れだすのか、あるいは脳に転移するのか、それは神のみぞ知るというやつだが、いずれにしても今度癌がみつかれば、決定的な治療法はないのだ。そうなれば親父は座して死が訪れるのを待つしかない。それが長い闘いになるのか、あるいは短期間で済むのかは分からないが、いずれにしても介護にあたるのは、お袋一人では無理だろう。やはり君が傍にいてくれた方がいい」

「それじゃあなたは単身赴任をなさるおつもり？　工場閉鎖というただでさえ大変な仕事を任されて、その上食事や、日常の身の回りのことも、ご自分でなさらなければならないということになるのよ。もし、あなたが体を壊したりしたら、それこそ大変なことになるわよ」

「僕のことなら大丈夫だよ。確かに、結婚してからは君がしっかりと家のことを守ってくれたせいで、仕事に打ち込んでこれたわけだが、学生時代は親元を離れアメリカで一人全てのことをやってきたんだ。社会人になっても、しばらくは同じ生活を送っていたのだからね」

「それはあなたが若かった頃の話じゃありませんの。もうそんな無理がきく歳《とし》じゃありませんわ」

「しかしねえ、瑠璃子。いまの我が家の状況を考えると、やはり君とみなみは東京に残った方がいいと思うのだよ」

妻が自分の身を案ずる気持ちがひしひしと伝わってくる。高見にしたところで、息子の慶一を一人異国の地に置いた上に、瑠璃子とみなみと離れ東北の地に一人赴くのは、できることなら避けたいのは山々だったが、

「それに単身赴任をした方がいいと言うのには、もう一つ理由があるのだ」

高見は瑠璃子に視線を向けると言った。

「どんな理由なのです」

「我が家の家計のことだ。君も知っての通り、この家は転勤者用に会社が借り上げたも

のだ。僕が岩手に転勤するということになれば、この家の家賃への補助はなくなる。もちろん岩手での住まいは会社が用意することになるがね」

「そんな……この家に住み始めてからまだ半年経っていないのですよ。会社の一方的な事情でこれだけの短期間の間に再度の転勤を命ずるというのであれば、なにかしらの特例があってもいいではありませんか」

「ルールというものは、臨機応変に運用できるものではないよ。転勤を命ぜられた従業員の家庭の事情を一々考慮していたのでは、それこそ特例だらけになってしまう。組織の決まりというのはそういうものだ。この家を継続して借りるとなれば、全額我々が負担しなければならないことになる」

「とても毎月の給与から、それだけの家賃を負担することなどできませんわ。慶一への仕送りだって生活費だけでも月に千二百ドル、それにみなみの学費だって、年に百五十万円もかかるのですよ。加えて、お父様がお飲みになっている癌に効果があるというサプリメントだって、月に四十万円もかかるのです。それの代金は全額我が家が負担しているのですもの。駐在時代の蓄えがあるといっても、とても賄《まかな》いきれるものではありませんわ」

「かといって、そのいずれをも切り詰めるわけにはいかない。みなみの学費は言わずもがな、慶一にしたところで、勉強が大変な時だ、仕送りの額を削って余計な負担をかけるわけにはいかない。もちろん親父に飲ませているサプリメントをやめることもね……」

「でも、そうなったら、私たちはいったいどこへ住めばいいというのですか。ここにいるわけにもいかない。あなたと一緒に岩手に行くこともできないとなれば……」

「どうだろう。この際だ、杉並の家に君とみなみが一緒に移っては」

「私とみなみがお父様のところに？」

「状況を考えるとそれが一番いいと思うのだ。幸い、あの家には僕と佳世子が使っていた部屋が空いたままになっている。家財道具は貸し倉庫にでも預けておけばいいだろう。それに君とみなみが同居してくれれば、お袋も心強いと思うんだ。親父の癌がいつまた再発するかもしれないと、一番心細く思っているのはお袋だからね」

瑠璃子は一瞬目を伏せたが、やがて涼しい一重瞼《ひとえまぶた》を上げると、

「そうね、それがいいかもしれませんわね。不吉なことを言うようで申し訳ないのですけれど、私もお父様がご病気になってから、ずっと考えていたのです。もしもお父様に万が一のことがあれば、お母様をお一人にしておくわけにはいかない。いずれ一緒に住んでいただこうと……」

「君には苦労をかけることになってすまないとは思うが、状況が状況だ」

「そんなことはお気になさらなくていいのです。結婚してからというもの、嫁らしいこ

とは何一つして差し上げられなかったんですもの。あなたにご異存がなければ、それが一番いいことだわ」

「すまない……」

高見は、吐息混じりに軽く頭を下げると、サイドボードの上に置かれた写真を見た。アメリカを離れるにあたって、最後に家族四人で撮ったポートレートであった。異国の地にあっても固く結ばれた家族の絆《きずな》が、綻《ほころ》びた糸が次第に広がりを大きくしていくように解《ほど》けていく思いにとらわれると、辞令一つで家族が引き裂かれる組織に身を置く者の悲哀を、いまさらながらのように感じた。

第四章　赴　任

北へ向かう新幹線は、仙台を過ぎると、にわかに乗客の数が減り、車内には空席が目立つようになった。

車窓から見える風景が一変し、土が剝《む》き出しになった田畑や枯れた雑草が地面を覆《おお》う茶色一色の荒野が広がるだけとなる。内陸部にあるこの地域は、厳冬のこの時期になってもさほど雪は降らないらしく、日陰となった部分にうっすらと白いものが点在しているだけである。

沿線に点在する家並みは、トタン葺《ぶ》きの屋根が目立ち、赤錆色《あかさびいろ》とでもいったらいいのだろうか、くすんだ屋根の建物が目立つ。かつて住んでいたパロアルトの瀟洒《しょうしゃ》な住宅とも違えば、ビルが林立する東京の街並みとも違う光景は、低く垂れ籠《こ》めた重い雲とも相まって、未知の土地に向かおうとしている高見の心を芯《しん》から寒からしめた。

流れる景色をぼんやりと見詰めていると、一瞬『都落ち』という言葉が頭をよぎったが、高見は意を取り直してそれを振り払うと、内示を受けて以来、この半月あまりの間のできごとに思いをはせた。

湯下の言った通り、二月に入るとすぐに臨時株主総会が開かれた。自社株購入制度を使い、毎月給与の中から決まった額をそれに振り当てていた高見にも出席の資格があったが、平日の午後、それも都内のホテルを使ったということもあって、出掛けることは叶《かな》わなかった。しかし、内容が内容である。総会の様子は人伝《づ》てに聞くところによれば、通常の株主総会と同様に、前席は総務部を中心とする社員が占め、議長席に座る安西が半導体事業部の独立、鷹羽との合併、新会社の設立の可否を問うと、さしたる質問や異議を唱える者が現れるわけでもなく、極めて短時間で終了したという。

それ以前に、臨時株主総会開催の知らせが公《おおやけ》のものとなり、その議題が半導体事業部の新会社として独立というニュースが流れると、社内の空気はにわかに緊迫したものになった。かつての同僚の中には、自宅に電話をかけてくる者もいたが、そのいずれもが自分たちの将来に不安を抱き、会社への疑念を露《あらわ》にするものだった。TAMのR&D閉鎖を終えて、出身母体である事業部に戻ることなく本社の市場調査室に異動した高見の幸運をあからさまにうらやむ者もいた。「これは事前人事じゃありませんか。高見さん、今回の話は、帰国当初からご存知だったんじゃありませんか」と、詰問《きつもん》口調で迫る者もいた。しかし、高見は我が身に課せられた任務を話すこともなければ、弁解の一つもすることなく、彼らの話に黙って耳を傾けた。

彼らの気持ちは痛いほどよく分かった。入社当時とは状況が違うとはいえ、『諸君はもはや家族である』という、創業者である向山翁《おう》の言葉を固く信じ、歯を食い縛って激務に耐えてきた人間たちである。それがいま、いかに資本関係は継続されるとはいえ、事実上会社から放逐されようとしている。当事者にしてみれば、まさに会社に裏切られたと感じ、恨みの一つも言いたくなるのは当然のことだ。

おそらく、間もなくして発令される辞令を彼らが目にすれば、自分は完全に会社側の人間で、うまく安全圏に身を置いたとの感をますます強くするだろう。少なくとも、岩手工場を閉鎖すべく、人事部労務担当部長として赴任することはそう取られてもしかたがない。しかし、それはあくまでも表面的なことに過ぎない。あの湯下が自分に白羽の矢を立てた、その本当の理由は彼の人事本部長としての資質を面と向かって正したことに起因するものだ。つまり彼の私怨《しえん》が今回の人事となって現れたのだ。

そう考えると、今回の任務を円滑に遂行することは彼の社内での権力を増すことにつながり、その後の自分の身の振り方も湯下の心積もり一つでどうにでもなることを意味する。岩手工場の閉鎖が終わった後は、おそらく自分もかつての同僚たちと同じように、新会社への出向を余儀なくされるかもしれない。決して将来を楽観して考えるわけにはいかない。

それからほどなくして、岩手工場への転勤辞令が発令された。回章として回ってきたペーパーに目を走らせた時、その思いは確信へと変わった。

高見龍平　(旧)東京本社市場調査室北米担当部長　(新)岩手工場人事部労務担当部長

その数枚後には、

邦武真也　(旧)東京本社地方業務統括本部業務管理課・課長代理　(新)岩手工場人事部労務担当課長

と記してあった。自分だけではなく、あの邦武までもが、岩手工場閉鎖の任につくことを命ぜられたのだ。名もない大学の出身であるがために、基準点を満たしていても企業派遣制度に何度応募しても書類選考で落とされ、それでも諦《あきら》めることなくトライし続けた邦武は、湯下の思考を考えると、さぞや目障《めざわ》りな存在であったに違いない。それに、自分とのつながりもある。いやむしろ、今回邦武に下された人事は、彼が自分に連なる人物と目されたからこそに違いない。

高見は、いまさらながらに、湯下の怒りの深さを知る思いがするとともに、図らずも二人の間の感情の軋《きし》みに巻き込んでしまった邦武に対して申し訳ない思いに駆られるのだった。

しかし、いったん辞令が発令された以上、もはやどうすることもできない。

岩手工場への転勤は、辞令発令から二週間以内に行なわなければならなかった。

幸い、市場調査室の仕事の後任者への引き継ぎは、在職期間が短かったこともあって、さほどの時間はかからなかった。高見はその多くの時間を、明け渡さなければならなくなった、借り上げ社宅の始末と、新たな赴任地に向かう引っ越しの準備にあてることができた。

実のところを言えば、会社の引き継ぎよりもこちらの方が、よほど大変だった。

杉並の実家にいる母が、同居に対して難色を示したのである。

瑠璃子と母の関係がうまくいっていなかったわけではない。いやむしろ世間でありがちな、嫁、姑《しゅうとめ》の軋轢《あつれき》というものとは無縁であったと言っていいだろう。

しかし、母は頑《かたく》なまでに瑠璃子とみなみとの同居を拒んできたのだ。

「どうして、そこまで同居を拒むのです。お父さんも大変な時に、瑠璃子が傍にいてくれるのは、お母さんにとっても、心強いではありませんか」

高見が問うと、

「龍平、私は何も瑠璃子さんに不満など抱いていませんよ」

「それならば、なぜ」

「瑠璃子さんの気持ちを思うからこそ私は反対しているのです」

「瑠璃子の気持ち？」

「嫁と姑の間というのはね、いくつになっても、やはり実の親子とは違うものなのよ。そりゃあ、瑠璃子さんの人柄はよく知っています。本当に私たちに尽くしてくれる。だからこそ、あの人に余計な苦労はかけたくないの」

「そんな、いったい私たちが結婚してから何年経《た》っていると思うのです」

「こればかりは年月の問題ではないの」母は軽い溜息《ためいき》を吐《つ》くと続けた。「あなたには初めてお話ししますけど、私もお母様にはいろいろ苦労させられましたもの。ほら、あなたが中学の時に、私が単身一時帰国をしたことがあったでしょう」

「ええ、覚えています。たしか中学一年の時でしたね。お祖母《ばあ》さまが、心臓発作で入院なさったとかで、慌《あわ》てて帰国したことが」

「今だから言いますけどね、あの時、お母様、心臓発作を起こしてもいなければ、入院もしていなかったの。私が羽田からこのお家《うち》に帰ると、居間で一人お茶を飲んでらしてね。びっくりした顔で『あら、玉枝《たまえ》さん。どうなさったの』って」母は遠い記憶を辿《たど》るように、視線を宙に向けると、「お母様、お寂しかったのね、きっと。戦争でお父様を早くに亡《な》くされて、苦労して育てた一人息子は遠いアメリカで私や子供たちに囲まれて、楽しい生活を送っている。だから、あんな電報を打ってよこしたのね」

「よく確かめもせずに、日本に戻ったのですか」

「あの時代は、今と違って通信手段だって限られていましたもの。もちろん電話を何度か入れましたけど、お出にならないし、かといって、ご親戚《しんせき》は九州でしょう。まさか様子を見に、東京に行って下さいとも言えないから、それで……」

「そんなことがあったのですか」この歳《とし》にして初めて知った事実に、高見は複雑な思いに駆られたが、「それでも、帰国後は同居して最期《さいご》を看取《みと》ったじゃありませんか」

祖母は九十三歳で天寿を全《まっと》うしたのだったが、晩年の五年間は事実上寝たきりで、母が下の世話までそれこそ献身的な看病をしたのだった。

「ええ、それが嫁のつとめですもの。お母様とはいろいろあったけど、お母様最後に『あなたで良かった……』そう言って下さったわ」

「でもお母さん、お父さんにもしものことがあったら、僕らはお母さんの面倒をみさせていただくつもりですよ」

「それはお断りするわ」

「お母さんはそうおっしゃいますけど、それが子供としての義務だと、僕は思っています。いや僕だけじゃない。瑠璃子だってそう思っていますよ」

「でもねえ、そう言ってもらうのは嬉《うれ》しいけれど、あんな苦労をするのは私一人でもうたくさん。瑠璃子さんがよくできた人だけに、私と同じ思いをさせるわけにはいかないのよ」

母は、穏やかな笑みを浮かべると言った。

「でもね、お母さん。人というものは、最後は必ず誰かの世話になるものですよ。たとえ不本意であったとしてもこればかりはどうすることもできない。今は、お父さんのことを第一に考えるべきです。お父さんの癌《がん》が再発すれば、お母さんの歳《とし》を考えても、一人で看病するのは無理です。それに、岩手から瑠璃子が出てくるとなれば、結局は同じことではありませんか。今回の任期は一年ほどで終わるでしょう。次の仕事がどこになるのか、どういうものになるのかは分かりませんが、とりあえずは一年、一緒に住まわせていただけませんか」

それから、何度かのやり取りを経て、ようやく母も同居を納得したのだった。

家具のほとんどは貸し倉庫に預け、とりあえず最低限必要なものをまとめ、高見は岩手に赴くことになった。

仙台を過ぎると、新幹線は各駅に停車するようになる。

「あと五分ほどで、磐井《いわい》駅に停車します」

閑散とした車内にアナウンスが流れる。

高見は立ち上がると、身なりを整え、ダレスバッグを手に降り口に向かった。新幹線の速度が徐々に緩やかになる。窓の外に、磐井市の市街地が近づいてくる。

小さなビルが密生し、ペンキの剝《は》げた看板が林立する駅前が見え始める。

やがて列車が鈍いブレーキの音とともに完全に停車すると、ドアが開いた。刹那《せつな》、暖房が利《き》いていた車内に厳冬の岩手の刺すような冷気がなだれ込んできた。

コートの襟元を立てた。頰が痺《しび》れるように痛い。

長いコンコースを抜け、改札口に向かう。在来線のローカル列車が停まっているのが見える。二両編成のディーゼルカーのフロントガラスの上部には、『ワンマン』の表示が掲げられている。

うら寂しい駅であった。プラットホームは閑散としており、駅弁の売店と、立ち食い蕎麦《そば》屋のボックスが一つずつあったが、客は一人もいない。

まさに最果ての地に来たかのような思いにとらわれながら改札を抜け、そのまま駅前に停車しているタクシーに乗り込むと、

「東洋電器の岩手工場までお願いします」

運転手に命じた。タクシーが走り始める。事前にもらった資料では、磐井市は人口六万の街であるはずだったが、メインストリートとおぼしき市街地の通りには人が数えるほどしか歩いてはおらず、平日の午後だというのに、シャッターが閉まっている店も多い。街路灯にぶら下げられた、虹色の旗がうら寂しさに拍車をかける。

「運転手さん、いつもこんなに人通りが少ないんですか」

高見は聞いた。

「お客さん、どちらから」

「東京からです」

「磐井は初めてですか」

「磐井市も初めてなら、岩手に来るのも初めてです」

「最近では、この街もずっとこんな調子です。とにかく人がいないんですよ」

「確か磐井市は、県南の中央都市でしたよね」

「それは昔の話です」運転手は、寂しげな笑いを漏らしながら言った。「ここは街の中央通りなんですが、そりゃあ、二十年ほど前までは、ずいぶん賑《にぎ》やかだったもんです。夜でも人通りが絶えることもなかったし、店だってこんな調子じゃなかったもんです。でもねえ、新幹線に東北縦貫道、それにバイパスができてからは、人の流れが変わってしまって……。今じゃ大きな買い物はバイパスにできた中央資本の店に行くか、仙台あるいは盛岡まででかけるか、地元で買い物なんかする人間はいやしません。昔からの店は寂れる一方です。皆どうやって食っているのか、不思議なほどです」

「しかし、磐井市の人口は、増えもしないかわりに減ってもいないのでしょう」

「それは、ほれ、バブルの時代に中央の工場がずいぶん来ましたからねえ。あの頃には、いったん地元を離れた人も、東京や仙台の学校に行っていた若い人も、皆帰ってきたもんです。それで、一時は減る一方だった人口も持ち直したんですけど、これから先はどうなることか……」

「というと」

「お客さん、東洋電器の方ですか」

「ええ」

「だったら、分かるでしょう。東洋電器は工場を閉めるそうですね」

高見は思わず返答につまった。運転手は、そんな高見の様子に気付く気配もなく続けた。

「ここら辺の誘致企業で働く人間は農家の長男とか次男が多いのです。何しろ専業農家で食っていけるほどの農業基盤がありませんからね。こんなところでも何とか生活が成り立っているのは、誘致した企業から固定収入が得られるお陰です。工場を閉鎖しても、本社から来られている方々は職にあぶれる心配はないのでしょうが、地元採用の人間にとっては深刻ですよ。再就職先を見つけるなんてまず無理でしょうねえ。仮に見つかったとしても、東洋電器のようないい給料を払ってくれるところなんてありませんん」

運転手が最後に言った一言が高見の胸に突き刺さった。

磐井市の工業団地、及びその周辺に散在する中央資本の工場は、東洋電器を除けば名もない中小企業ばかりであることは知っていた。だがいくら大会社の工場とはいえ、所《しょ》詮《せん》は数多《あまた》ある関連子会社の、それも一製造部門に過ぎない。給与一つをとってみても、本社採用のそれとは雲泥の差がある。いや、販売会社と比べても、格段に低いのは紛れもない事実だった。

製造業において、生産コストを低く抑えれば抑えるほど競争力が増すのは自明の理というものである。かつて、東洋電器がこの地に工場を建設するに至った最大の理由も、安い労働力が最大の魅力であったからにほかならない。

本社採用の人間から見れば、不当とも言える低い賃金をもらいながらも、それに不満の一つも漏らすことなく働く人々を、いかに会社が生き残るためとはいえ、いとも簡単に切り捨てようとしている。

そして自分は、彼らに最後通告を伝え、閉鎖業務を滞りなく済ませるためにこの地に赴いた。

これから放逐される、約八百余名の人間たちの行く末に思いをはせると、高見は改めて暗澹《あんたん》たる気持ちが胸中にこみ上げてくるのを感じた。

前方に東北縦貫道・磐井インターチェンジを示す看板が見え始めた。

タクシーはそのまま直進し、高速道路の高架をくぐると、五分ばかり走ったところにある交差点を右に曲がった。『磐井市工業団地』の看板が見え、その先にコンクリートパネルに覆《おお》われた、巨大な建物が見えた。その上部側面には東洋電器の社章が貼《は》り付けられている。工業団地の中は、片側二車線の道路で区画されており、植栽の向こうに誘致企業の建物が整然と並んでいる。

北国の冬特有の低く垂れ籠《こ》めた雲や、枯れた芝生がなければ、かつて暮らしたシリコンバレーを彷彿《ほうふつ》させる光景であった。

工場敷地への入り口には、『東洋電器産業岩手工場』と刻まれた御影石の門石が置かれている。黒々としたアスファルトの路面の両脇《りょうわき》には、最近まとまった雪が降った名残だろうか、除雪の際にできたとおぼしき茶色みを帯びた雪が、畝《うね》となって溜《た》まっている。

タクシーは事務棟の玄関前で停まった。料金を支払いドアが開くと、暖房の利いた車内で温まった体に、突き刺すような冷気が触れた。

高見はコートを着ずに、ダレスバッグを手に持つと、そのまま青光りするガラス扉に閉ざされた建物への入り口へと歩いた。

自動扉が開くと、正面に受付ブースがあり、中に座った女性が事務的な笑いを投げ掛けてきた。

「東京本社から転勤で来た高見です。工場長の城戸口《きどぐち》さんにとりついで欲しいのですが」

「承っております。しばらくお待ち下さい」

気のせいか、そう答えた女性の口元が少し強《こわ》ばったように感じた。受話器を耳にあて、二言三言言葉を交わした女性は、

「すぐに工場長がこちらにまいるそうです。そちらでお待ちいただけますか」

と、ロビーの片隅に並べられた椅子《いす》を示した。

東北の冬の日は短く、二時を少し回ったところだというのに、ロビーには早くも角度の浅い光が差し込んでいる。座った椅子がまだ温まらないうちに、ロビーの奥にあるエレベーターの扉が開くと、中から恰幅《かっぷく》のいい男が姿を現した。事業所では事務職も作業服の上着を着用するのが決まりである。カーキ色の作業服の襟元から、中に着込んだ臙《えん》脂色《じいろ》のセーターを覗《のぞ》かせた男は、ゆっくりと近づいてくると、

「やあ、高見君、工場長の城戸口です。ご苦労様だったね」

脂《あぶら》ぎった顔にかけた黒縁眼鏡の下の目を、微《かす》かに細めながら言った。

「本日を以《もっ》て、こちらの労務担当部長として着任することを命ぜられました高見です。よろしくお願いいたします」

高見は、姿勢を正して頭を下げた。

「硬い挨拶《あいさつ》は抜きだ。到着早々で恐縮だが、少し話したいこともある。私の部屋まで来てくれるかね」

受付の女性にちらりと視線を走らせると、高見の返事を聞くまでもなく先に立って歩

き始めた。

二人を乗せたエレベーターが四階のフロアーで停まった。城戸口はリノリウムの廊下を先に立って歩くと、一番奥にある部屋に高見を招き入れた。

地方工場とはいっても工場長室である。窓を背にして、本社の重役並みの重厚な作りの机が置かれ、その前には応接用のソファとテーブルが並べられている。

「まあ、そこに掛けてくれたまえ」

城戸口は先に、どさりと上座に置かれた一人用のソファに腰を下ろすと、傍らの長椅子を指し示した。

「失礼します」

「ところで君、岩手は初めてかね」

「ええ」

「ずいぶんと寂れたところで、びっくりしただろう」

図星をさされて、高見は思わず口籠《くちご》もったが、

「まあ、無理はない。特に冬にここにやって来た者は、誰でもとんでもない僻地《へきち》に来てしまったと思うものらしいねえ。もっとも、これが春になると光景が一変する。周囲の山々の木々に若芽が息吹《いぶ》き、田や畑も緑一色になる。冬の景色がうら寂しい分だけ、生命の息吹を感ずるというのかな、なかなか感動的なものだよ」

どうやら城戸口は冗舌なたちらしく、皺《しわ》がより窮屈そうな作業服のボタンを外しながら腹を上下させて笑うと、テーブルの上に置かれたシガーケースに手を伸ばし、中の一本を口に銜《くわ》えた。

「君、煙草《たばこ》は？」

「いいえ、私は煙草は……」

「そうか、やらんのか。まあそうだろうな。アメリカじゃ喫煙者は犯罪者扱いだ。ましてや最も健康に気を使うカリフォルニアで長く暮らしていたんじゃ、煙草を吸う気にもなれなかっただろう」

「人が吸うのは気になりませんので、どうぞ……」

「そうかい、それじゃ失礼するよ」

城戸口は、ライターで火を灯《とも》すと、ぶ厚い唇の間から煙を吐いた。

「ところで、城戸口さんはこちらに赴任してからどれくらいになるのです」

「かれこれ三年になるねえ。慣例では国内の工場長は四年を以て転勤ということになるのだが、今回ばかりは、そうはいかんだろう。閉鎖されるとなれば、撤収作業が終わるまで、あと一年半はここにいなければならんだろうね。もっとも、私の場合はあと二年で定年だ。まあ、これが最後のご奉公になるというわけだが、土壇場に来てとんでもなく面倒な仕事をおおせつかったものだよ」

城戸口は一転して苦笑いを浮かべ、

「もっとも、閉鎖に伴う実務面を担当する君はもっと大変だろうがねえ」

と続けた。

「すでに工場閉鎖は公《おおやけ》のものとなっておりますが、従業員の反応はどうなのです」

高見は最も気掛かりになっていることの一つを口にした。

「まあ、今のところ表だってどうという動きはないのだが、現場の人間から聞くところによると、従業員、特に現地雇用者たちの間には、やはり動揺の色が隠しきれない者も多いようだね。君も知ってはいるかと思うが、この工場で働いている現地雇用者の多くは、代々引き継いできた家や田畑を守るために、我が社がここに進出してきたのを機にUターン、あるいはIターンをしてきた人間が多い。もちろん、農家といっても専業で食っていけるだけの基盤はない。自家消費の余剰分を出荷して得る収入などたかが知れているからねえ。まあ、ここで得る収入が事実上、彼らの生活を支えていると言ってもいいだろうから、我が社がこの工場を閉鎖してしまえば、日々の生活も立ち行かないという従業員も決して少なくはないだろう。それでも今のところ目立った動きがないというのは、県民性もあるのかもしれないが、こちらの出方をじっと見守っているというところなんじゃないかな。そう僕は思っているがね」

「労働組合にも目立った動きはないのですか」

「それなりに情報収集に動いているとは思うが、今のところは特にね。第一、事の詳細については、まだ明らかにはなっていないんだ。それにもともと、労働組合とはいっても、本社と関連会社の組合とパイプがあるわけでもない。そういう観点から言えば、高見君、これからの君の一挙手一投足は、ことごとく注目の的になることは間違いないよ」

本社の労働組合は、かつて湯下が言ったように事実上、会社側の御用組合である。半導体部門が切り離され、鷹羽電器と合併、新会社を設立するという、会社始まって以来の大改革に際しても、強硬な手段に打って出ることはまず考えられない。おそらくは、昨年行なわれた早期退職者の公募と同じように、会社の思惑通りに事は進むに決まっている。

一方の現地雇用者で構成される労働組合はといえば、城戸口が言ったように、本社の労働組合とは何の交流もない。もしも、両者の間に何らかの交流があれば、労働条件や給与体系の格差が明らかになってしまう。そんなことになれば、本社採用者と現地採用者がほとんど違わない仕事をしているにもかかわらず、待遇面であからさまな差があることが分かってしまう。現地採用の労働者たちが格差是正を求めて騒ぎ出し、仮に給与ベースのアップを勝ち取ることにでもなれば、本社採用の人間にしてみれば、本来ならば自分たちに回される原資を奪われたという感を抱くに違いない。

つまり、ここでも弱者はあくまでも弱者以外の何ものでもないのだ。

「労働組合はともかくとしてだ、それよりも先に、動きをみせているのは、磐井市をはじめとする自治体だよ」

城戸口は、ずんぐりとした体を乗りだすと、

「今も言ったように、この工場だけでも、現地採用の従業員は八百人以上いる。本社がどういうパッケージを用意するつもりかは分からないが、それだけの人間が職を失うんだ。彼らに連なる家族の数を考えれば、その何倍もの人間の生活が影響を受けることになる。地場産業が受ける影響だって決して小さなものじゃない」

「ここへ来る道すがら、磐井市の市街地を通って来ましたが、平日の昼だというのに、ほとんど人気がありませんでした。シャッターを下ろしている店をずいぶん目にしました。現地雇用者だけでも八百人余の人間が職を失うとなれば、地場産業が受ける影響は甚大なものがあるでしょう。それにこの工業団地を造成し、我が社をはじめとする中央資本を誘致したのは自治体ですから、多大な関心を寄せるのも無理のない話です」

「苦しい状況にある古くからの店にとっては、とどめを刺されることになるだろうねえ。もっとも、地場産業が疲弊しているのは、その当の自治体が良かれと思って進めてきたことの反動が出た、という部分もあながち否定できないところではあるのだがね」

城戸口は深い溜息《ためいき》と共に煙を吐き、煙草を灰皿の上でもみ消すと、一転して深刻な顔

をして続けた。

「いずれ気がつくとは思うが、この辺りの道路は、東京のような都市部では考えられないほど整備されている。田んぼの中に立派な舗装道路が網の目のように通ってはいるが、走っている車はほとんどない。まあ、公共事業に湯水のように金を注ぎ込まないことには、この辺りの人々の生活が成り立たないというのは分からないでもない。しかしね、私もここに来て三年。この間に気がついたことは、そうした交通網の整備が逆に地場産業の首を絞めることになった、そう思うのだよ」

「と、いいますと」

「政治家はさ、新幹線や高速道路が通れば、中央との距離が近くなり、企業誘致も盛んになると踏んだのだろうが、その思惑は完全に外れたと言わざるを得んだろうね。もっともそうしたインフラが整ったお陰で、我が社に限らず、中央資本がこぞってこの地に工場をはじめとする施設を建て、雇用促進に一役買ったのは事実というものだ。だがね、その一方で人の動きは確実に変わった。かつては日帰りでは行くことができなかった街、仙台や盛岡といったところに日帰りで気軽に行けるようになってしまった。日常生活の細々とした買い物は、地元で済ませるかもしれないが、ちょっとした値の張る買い物は、品揃《しなぞろ》えが豊富でより選択肢の多い、さらに大きな街へと人々を向かわせるようになったのだよ。まさに経済、人の流れの玉突き現象が起きたのだ。いや経済だけじゃない。学校にしたところで同じことだ。この街には、旧制中学以来の伝統を持つ、磐井一高という学校があるのだが、少し前までは県南部の優秀な生徒は、一高に通学するためには下宿をしなければならなかったそうなのだが、いまではかなり広い地域からの通学が可能になった。当然、ここでも玉突き現象が起きた。これは何も岩手に限ったことではなく、大抵の地方都市に言えることだが、進学校は例外なく公立だからねえ。大都市の私立、特に中高一貫教育をしているような学校と同じカリキュラムを導入するわけにはいかない。中央の一流大学を目指す生徒の中には、新幹線を使って仙台をはじめとする基幹都市の高校に通学する生徒も少なくないそうだよ。実際、学齢期の子供を抱えている本社採用の社員にとって、これは頭の痛い問題でね、単身赴任を余儀なくされている者も多いのだよ」

「確か、本社からこちらに来ている社員は、技術職が百五十名、スタッフが五十名ほどでしたね」

「その通りだが、家族を帯同しているのは、若手の社員か私のようなロートルばかりだ」

城戸口は、ヘビースモーカーであるらしく、早くも二本目の煙草に手を伸ばすと、

「ところで君、お子さんは」

と訊《たず》ねてきた。

「二人おります。長男は私がアメリカ駐在を終える前に現地の大学への進学が決まっておりましたので、残して来ました。長女は去年、高校に上がったばかりで、それもインターナショナルスクールに入れたもので……」

「ああ、それじゃ、転校させるといってもここでは受け入れてくれる学校を探すのは難しいだろうねえ。それで、単身赴任というわけなのか」

「ええ」

「まあ、君の場合、転勤といっても、工場が閉鎖されるまで、長くとも一年半余りのことだ。先は見えている。期限付きの赴任と言えるわけだ。任期がいたずらに延びることもないだろう。工場閉鎖にともなう労使交渉の実質上の責任者ともなれば、気苦労の絶えない激務となるだろうが、地方には地方のいいところがないわけでもない。山海の幸もふんだんにある。華やかなネオンとまではいかないが、健全な息抜きの場はそれなりに揃ってはいるからね。せいぜい健康に留意して、任務を全《まっと》うしてくれたまえ」

工場閉鎖に伴う労使交渉は、高見の専任事項である。その気軽さからか、笑いを浮かべて言い放つ城戸口に内心不快な気持ちがこみ上げてきたが、すぐ席を外すわけにもいかず、

「ところで、私の荷物が届いていると思いますが」

と、話題を転じた。

「ああ、君の引っ越し荷物ね。それなら、総務の方で社宅に運び込んでいるはずだよ。早々に新居へ案内させよう」

城戸口は立ち上がり、執務机の上の電話を手にし、担当者にすぐに工場長室に来るように命ずると、

「本来ならば、管理職用の社宅に住んでもらうところなのだが、残念なことに空きがなくてね。緑ケ丘というところにある一戸建てを借り上げ社宅として用意させてもらったよ」

「住むといっても、私一人です。雨露がしのげれば充分です」

「まあ、そう簡単に言うなよ。脅かすわけじゃないが、岩手の冬は東京から来た者にとっては厳しいよ。何か困ったことがあれば、遠慮なく相談してくれ。私のところは子供たちが独立してしまっているから、女房を帯同しての赴任だ。何かと力になれると思うよ」

「ありがとうございます」

「ところで、閉鎖にともなう現地従業員へのパッケージが出るのはいつになるのかね」

「月曜には三日間の予定で一度本社に戻ることになっております。その際に、湯下本部長から説明を受けることになっております」

「そうか、それじゃ君の歓迎会は、本社から戻ってからにしよう。来週の金曜日の夜で

はどうだね」

「結構です」

その返事が終わるのを見計らったかのようにドアがノックされ、高見は慇懃《いんぎん》な一礼をして席を立った。

＊

緑ケ丘は、工場までは車で約二十分ほどの距離にある、磐井市街を一望に見渡せる小高い丘の上の住宅地であった。ずいぶん前に造成分譲されたものらしく、整然と区画された街並みの中に、新築と古い家屋が混在している。白く乾いたアスファルトの道路の両側には、除雪され黒くくすんだ雪が畝《うね》となって残っていた。

高見を乗せた車がその一画で停まった。外見からすると築二十年は経《た》っているだろうか、モルタルの白い壁は薄汚れて、水に濡《ぬ》れた石灰を塗したような色をしており、お世辞にも奇麗とは言い難い二階建ての家であった。屋根のついたガレージには、会社が通勤用にと用意してくれていた車が置いてあった。

「ここです」

ハンドルを握っていた山田《やまだ》という中年の総務課の男がぼそりと言った。車中何を話しかけても、口が重いたちなのか、本社から赴任してきた人間を前にしてなのかは分からないが、必要最低限の言葉を返すだけであった。それでも言葉の端からは、いかにも東北の人間らしく、朴訥《ぼくとつ》ながらも誠実な人柄が感じられる男だった。

「荷物は昨日部屋の方に運び込んであります。いま、すぐに鍵《かぎ》を開けますので」

山田はそう言うと、ドアを開け路上に降り立った。

高見もまた、助手席のドアを開けた。早くも冬の太陽は、西の山並みに隠れようとしている。玄関へのアプローチは除雪がされてはいたが、日陰となった部分は凍りついており、歩を進めるたびに足元で硬い音がした。

鍵はドアノブについたシリンダー錠が一つあるだけである。薄汚れたドアが開くと、三畳ほどの玄関があり、その奥は八畳の畳敷きの居間となっていた。そこには、東京から送り込んだ、当面必要と思われる衣類や家財道具が、梱包《こんぽう》を解かれないままに山となって置かれている。

山田は居間のカーテンを開けると、

「東京から来られた部長には、粗末な家に思われるかもしれませんが、この辺りでは、貸家というものがあまりないもので……」

申し訳なさそうに言った。

「いや、気になさらないで下さい。家族で住むとなれば、いろいろと考えなければならないところもあるでしょうが、私は単身赴任ですから」

それに、わずか一年半のことと言いかけそうになったのを、高見は慌《あわ》てて呑《の》み込んだ。

「一階はこの居間の他に六畳の部屋が一つと台所、それに風呂《ふろ》とトイレがあります。二階は六畳が二部屋あります」

「一人暮らしには、充分な広さだね。暖房器具は？」

「この辺りでは、エアコンを使っている家はあまりないのです。夏は冷房はいりませんし、冬にそんなものを使うと、電気代が大変で、ほとんどの家が炬燵《こたつ》と石油ストーブを使っています」

「そうか、それは知らなかったなあ。炬燵は持って来ていないからこちらで調達しなければならないね」

「それから、風呂も石油を使います」

「給湯設備はないのかね」

「はあ、先ほども申し上げたように、なにぶん古い家なもので……給湯といえば、瞬間湯沸かし器が台所についていますので、それを使っていただくことになります。ガスも都会と違って都市ガスはありませんからプロパンを使います。とりあえず、三十キロボンベを二つ用意してありますから、この冬は大丈夫だと思います。石油は外に二百リットル入りのタンクがあります。風呂への給油はそこから直接なされますので点火していただくだけで済むのですが、ストーブはご自分で給油しなければなりません」山田は、視線を下に下ろしたまま台所に入ると、粗末なシンクの脇《わき》に備え付けられたガステーブルの上に置かれていた一枚の紙を手渡してきた。「これがガスと石油屋、それに当面生活をするにあたって必要な先の電話番号です」

何気なく目を走らせた高見の目が、その中の一つで止まった。

「山田さん。この衛生局というのは？」

「あのう、この辺りではまだ下水道が完備されていなくて……」

「すると、トイレは」

「汲《く》み取りです。新しい家では、浄化槽を設置しているところも出てきてはいるのですが、汲み取りから水洗に替えるには百五十万円からの金がかかるものですから、まだ汲み取りの方が多いのです」

汲み取り式のトイレ――。そんな家で生活するのは、後にも先にも初めての経験である。少なくとも自分の記憶の中で、同様のトイレを使った記憶はといえば、かつてアメリカで生活していた時分に家族で出掛けた山奥のキャンプ場に設置された簡易便所ぐらいしか思い当たらない。あの時は、瑠璃子も慶一もみなみも、その臭いと排泄物《はいせつぶつ》が底に露《あらわ》になっている様を見て、トイレに行くのを嫌がり、大騒ぎになったものだった。

やはり単身赴任をして正解だったと高見は思った。

もちろん、このような家が用意されたのは、物件の選択を岩手工場の総務部に全《すべ》て任せたからなのだが、仮に家族を帯同するために自ら不動産業者をあたったとしても、おそらくは山田の言うとおり、都会と同じような設備がついた物件を見つけること自体、不可能と言ってもいいのだろう。

「都会から来られた方は、皆、便所にはびっくりなさるんですが……」

山田は、心底申し訳なさそうな声を出した。

「いや、山田さんのせいじゃありませんよ。大丈夫、私ならこの程度のことなら気になりませんから」

「申し訳ありません」

「それより、ストーブと炬燵は早々に購入しておきたいのですが、この近くでそうした物を売っているところを教えていただけませんか」

「それなら、バイパス沿いに大手の量販店があります。何でしたら、これから私がご案内しましょうか」

「いや、そこまであなたに甘える訳にはいかない」高見は、山田の申し出を断ると、「地図を書いていただければ、自分で買いに出かけます。当面の食料も買い込まなければなりませんし。会社が用意してくれた車で行きますよ」

「そうですか、それでは――」

山田は、作業着の胸ポケットから手帳を取り出し、地図を書くとそれを破り道順を説明し、

「スーパーは、量販店近くに三軒ほど、ほぼ同規模のものがあります。どこも大きな看板を掲げていますから、すぐに分かると思います」

と、丁重にその位置をペンで指し示した。

「ありがとうございます。慣れない土地ですから、これからも何かとお世話になると思いますが、よろしくお願いします。今日は、これからさっそく荷解《にほど》きをして、ストーブと炬燵を買いに出掛けますから、もうこれで結構です」

「そうですか、それでは私はこれで……」

高見は、すっかり恐縮した態《てい》で何度も頭を下げる山田を玄関まで見送った。

ドアが閉まり、路上に停めておいた車が走り去ると、しんとした室内で高見は一人になった。先ほどまで山の端《は》にかかっていた太陽は、すでにすっかりと沈み、残光が部屋の中を薄暗く照らしだしている。

単身赴任とはいっても、荷物はそれなりの量があった。これから荷解きをしてとは言ったものの、すぐには作業に取り掛かる気にはなれなかった。急速に薄暗くなっていく部屋の電気を灯《とも》した。白々とした蛍光灯の光が部屋の中を照らす。しんとした冷気が、足元から這《は》い上がってくる。カーテンが開け放たれた窓の外には、狭い庭に植えられた

庭木の枝が小刻みに震えている。長い間手入れがなされていなかったらしく、伸び放題になってそのまま放置された雑草が、枯れ果てたまま庭を一面に覆《おお》っている。高見はその光景にじっと目を止めたまま、全くの未知の土地である岩手に赴くことになった経緯に思いをはせた。

「じゃあ、君は今回の人事に従って、岩手工場閉鎖の任を引き受ける。それでええと言うんやな」

ふと、人事本部長室で念を押すように問い返してきた湯下の言葉が脳裏に浮かんだ。

東京にはいつ癌《がん》が再発するともしれぬ父がいる。多感な思春期を迎えているみなみがいる。父の看病、そして娘の面倒をみながら家庭を一人守らなければならなくなった瑠璃子がいる。そうした家庭状況、それに経済的負担を考えれば、どうしてあの時、湯下に辞令の内示を変更してもらうべく頭を下げなかったのだろう。自らの信念を貫くことよりも、なぜ家族を第一に考えなかったのか——。

高見は今になって自分の取った行動を悔やみかけたが、困難な状況だからこそ自分が強くなければならないのだ、と気を取り直し、携帯電話を取りだすと東京の自宅へ電話をかけた。

「高見でございます」

聞き馴《な》れた瑠璃子の声が聞こえてくる。今朝別れたばかりだというのに、温かな家庭

の空気がひどく懐《なつ》かしく感ずるのを覚えながら、

「私だ」

高見は短く言った。

「あなた、いまどちらから」

「会社が用意してくれた社宅からだ」

「荷物は無事着いていて」

「ああ、こちらの総務部の人が全て運び込んでいてくれた」

「そちらはどう？　寒いの？　雪は？」

北の国に赴いた夫の身を案ずるように、瑠璃子は続けざまに問いかけてきた。

「かなり寒いねえ。この辺りは雪はあまり降らないそうなので、雪かきの心配はなさそうだが、その分寒さは厳しいね。骨の芯《しん》まで凍えてしまいそうだよ。なんだか、雪がないということを除けば、学生時代を過ごしたロチェスターを思い出すよ」

「そんな呑気《のんき》なことをおっしゃって……それで荷解きの方はいかがなの。お一人でやらなければならないのでしょう」

「心配するな。荷解きといっても、本格的な引っ越しをしたわけじゃない。身の回りのものと布団《ふとん》だけ。今日明日と二日もあれば、あらかた済んでしまうだろう。もっとも、こちらに来て分かったのだが、石油ストーブと炬燵は買わなければならんようだがね」

「岩手の方ではセントラルヒーティングとか、床暖房とかはないの」

「この辺りでは夏は冷房なしで過ごせるらしくてね。エアコンを備え付けている家はほとんどないのだそうだ。貸家も物件自体が少なくて、借り上げ社宅は、そうだな築二十年といったところかな。まあ、この家が建った時代には床暖房なんて気の利《き》いたものなどありはしなかったろうさ」

「やっぱり、私がお手伝いに行った方が良かったんじゃないかしら」

一緒に赴任することは叶《かな》わなくとも、せめて送りだした荷物を解き、当面必要と思われる家財道具を買い揃《そろ》えるために一緒に岩手に行きたいと瑠璃子は申し出たのだったが、杉並の実家に瑠璃子とみなみが暮らすことになる部屋を空け、社宅を引き揚げるだけで手いっぱいである。高見はその申し出を断ったのだったが、瑠璃子は改めて後悔の念を露にした。

「いや、やはり君が来るほどのことはなかったさ。第一、僕の留守中に必要なものを買い揃えるといっても、この街では自動車がなければどうにもならない」

「あら、私だって車の運転なら馴《な》れたものですわ。アメリカと同じじゃありませんの」

「君が日常、車を足として使っていたのは、カリフォルニアでのことだろう。雪が降らないとはいっても、この気温だと、昼でも日陰になっているところは路面が凍結している。馴れない土地で、こんなコンディションの中を運転するのは危険だよ」

「あなただって同じことじゃありませんか」

「雪道の運転ならロチェスターで馴れているからね」

「あなた、いったい何年前の話をしているの。ロチェスターで馴れているといっても、学生時代の話でしょう。もう二十年以上にもなるのよ」

「昔とった杵柄《きねづか》というやつさ。生活にしても馴れるまでに多少の時間がかかるだろうが、それにしたって学生時代のことを考えれば、まだマシというものだ」高見は、努めて明るい声で言うと、「それで、そっちの方はどうなんだ。引っ越しの片づけはずいぶん進んだのか」

「細々としたものの整理はまだしばらくかかりそうですけど、一応、今日で何とか格好はつきましたわ。週明けに転出届を出せば、一段落というところかしら」

「親父《おやじ》の様子はどうだい」

「いやですわ。今朝お会いになったばかりじゃありませんか」瑠璃子はくすりと笑うと、「大丈夫、お変わりありませんわ。ずいぶん体調もいいみたいで、今日はみなみの部屋の片づけを手伝って下さったのよ」

「大丈夫か。あまり無理をさせるなよ」

「お父様も、みなみが一緒に住むことになって、喜んで下さっているみたい。あなたを単身赴任させるのは忍びない思いがするのだけれど、やっぱり同居させていただいてよかったわ。それより、くれぐれも無理はなさらないでね。病気にでもなったら、看病をして差し上げるわけにもいかないんですから」

「俺のことは心配するな」

「お食事も不便でしょうから、毎週末に保存がきくようなものをお送りしますわ。きちんと召し上がってくださいね」

「ありがとう。とにかく詳しいことは、週明けに東京に戻ってから話すよ」

高見は電話を切った。短い会話の中にも、自分の身を案じてくれる瑠璃子の想《おも》いが伝わってくるようで、胸の中にほのかな温かさがこみ上げ、部屋の中に忍び寄ってくる冷気がいくぶん和らいでくるようだった。気を取り直し、取りあえず布団袋を開け、寝具を取りだし終えたところで、携帯電話が鳴った。

液晶画面の表示を見た。電話は邦武からだった。

＊

夜になって高見は磐井市の中心部にある寿司《すし》屋にでかけた。

『いゝだ』と麻地の布に墨で黒く染め抜かれた暖簾《のれん》をくぐり、引き戸を開けると、暖房の利いた室内の空気が優しく高見を包んだ。カウンター席に客はいなかったが、狭い通路を挟んだ座敷に邦武の姿があった。

「やあ、邦武君、久しぶりだね」

「申し訳ありません。赴任早々にお呼びたてして。まだ荷物の整理もついていないのでしょう」

邦武は立ち上がると、丁重に頭を下げた。

「いや、荷物といっても単身赴任だからね。たいした量ではないのだ。明日一日あれば終わるだろう。それに夕飯はどうしたものかと、ちょうど思案していたところだったのだよ」

その言葉に嘘《うそ》はなかった。東京から送った荷物は、明日一日どころか半日もあれば、大方片づいてしまうだろう。今夜必要なものといえば寝具程度のものである。

「それにしても辞令の回章を見た時には驚きましたよ。岩手工場の閉鎖はともかく、まさか高見さんに労務担当部長だなんて……どういうことなんです」

腰を下ろす間もなく、邦武は訊《たず》ねてきた。

「会社の決めることだからね」

高見は曖昧《あいまい》に言葉を濁した。

「しかし、高見さんは去年の九月にＴＡＭから本社に帰任なさって、市場調査室北米担当になって間もないじゃありませんか。それがこんな短期間に転勤なんて普通では考えられない人事ですよ。辞令が発令される前に何か打診はなかったのですか」

「僕の場合は、どうもそのTAMのR&D閉鎖での実績が買われたようだね」

女将《おかみ》らしき中年の女性が、熱いおしぼりを差し出してきた。

高見はそれを手に取ると、冷たくなった顔を拭《ぬぐ》いながら、

「何か美味《うま》そうなところを見繕って下さい。それから熱燗《あつかん》を」

注文すると、それを待ち構えていたかのように、

「TAMのR&Dの閉鎖の実績？　それはまた妙な話ですね。僕はTAM閉鎖にあたっての詳しい経緯は知りませんが、アメリカと日本の雇用関係の違いということぐらいなら多少の知識はあります。一口に解雇といっても、アメリカの現法と国内の製造拠点を閉鎖するのでは事情が全く違います。そんなところになぜ高見さんを送り込まなければならなかったのでしょう」

邦武は訊ねてきた。

「君も知っての通り、我が社は昨年大規模な人員整理を行なったばかりで、新組織が発令されて間もない。そこに追い打ちをかけるように今度は半導体部門を切り離し鷹羽との合併会社の設立だ。それを行なうにあたっては、当然余剰人員が発生する。同時に関連子会社を含めて大規模な組織再編も行なわれる。とても人事部には工場閉鎖の任にあたる人間を割けるだけのリソースがないのだそうだ」

「それは湯下本部長がおっしゃったのですか」

「もちろん、湯下からも説明はあったよ」

「それで納得の上で転勤を承諾なさったのですか」

たたみかけるように邦武は訊ねてきた。

「納得も何も、先ほども言ったように会社の人事というものは、個人の意向が必ずしも反映されるものでもなければ、仕事の好き嫌いが通るものでもない。与えられた仕事を確実にこなす。それが組織に身を置く者の宿命だ。その対価として会社は我々に給与を支払っているのだ」

淡々と話しながらも、はからずも邦武を二人の諍《いさか》いの狭間《はざま》に巻き込んでしまったという後ろめたさがこみ上げてくる。

「まあ、いったん決定した人事のことはもういいじゃないか。ところで、君はいつ赴任したのだ」

高見は気を取り直して訊ねた。

「先週末です」

「まさか君が私の部下として転勤を命ぜられるとはね。回章を見たときには驚いたよ。気にはなっていたのだが、赴任前は仕事はともかく、家の方の雑事が片づかなくてゆっくり話をする間もなかったのだ。悪く思わないでくれたまえ」

「そんな……。私は高見さんと違って、まだ独身で寮から寮へ引っ越すだけのことですから」邦武はそっと視線を落とすと、「それに、私も入社以来十年以上が経《た》つのに、その間転勤はおろかセクションの異動もなかったのです。むしろこれまで、同じ仕事を続けてこられた方が異例のことだったのですから」

邦武の心情は察するに余りあるものがあった。同じセクションに入社以来十年以上もの長きにわたって居続けるというのは、本人が言う通りあまり例がない。事業部間での異動はともかく、通常、入社三年ないしは四年の周期で部内での異動が繰り返され、キャリアを積み重ねていくのが慣例である。これだけ長い期間一つのセクションに塩漬けにされるのは、よほど人事考課が悪いか、さもなくば恣《し》意的な力が働いていたとしか思えない。人事は単に上部の意向だけで決まるものではないのは組織の常識である。それは結婚と似ていて、一つの人材を欲する側がおり、それを受け入れることに同意して初めて成り立つものだ。

そんな人事のからくりは、企業に身を置く者なら誰でも知っていることだ。邦武がそんな境遇に耐えてこられたのも、企業派遣という社内制度を自らの力でものにするという目標があったからに違いない。

「しかし、私はともかく、今回の辞令は君にとってはさぞかし無念だっただろうね。今回も企業派遣制度へ応募していたのだろう」

る。

「無念かと訊《き》かれればその通りですが、たとえ本社に残っていたとしても、書類選考で落とされたに決まっています。むしろこれでさっぱりしました」

邦武は努めて明るい声で応《こた》えたが、それでも表情のどこかに、寂しげな影が漂ってく

女将が熱燗と、大振りの皿に奇麗に盛りつけをされた生牡蠣《なまがき》をテーブルの上に置いた。

「まあ、こうして二人で岩手に赴くことになったのも、何かの縁だろう。もう人事の生臭い話はよそう。工場閉鎖の直接担当は楽ではないだろうが、一つよろしく頼むよ」

「こちらこそ、よろしくお願い致します」

邦武は改めて姿勢を正すと、高見が注いでやった盃《さかずき》を合わせてきた。

ほどよく温められた酒が美味かった。皿に盛られた殻つきの生牡蠣を口にすると、潮の香りとともに、芳純な牡蠣のエキスが口いっぱいに広がる。牡蠣は高見の好物の一つで、サンフランシスコの街に出ると、小腹の空《す》いた時には、ダウンタウンにあるオイスターバーでシャブリを口にしながらよく牡蠣や、リトルネックという蛤《はまぐり》に似た貝を食したものだった。しかしアメリカの牡蠣は概して小振りであるのに比して、三陸の牡蠣は遥《はる》かに大振りで小気味よい切れ味がある。

「美味い牡蠣だね。さすがに気仙沼という日本有数の漁港が近い土地だけあるね」

思わず感嘆の声を上げると、

「私の実家は、ここから車で二時間ほどのところにありましてね、そうした身からすると、同じものを食するにしても、いかにかつてより輸送時間が短くなったとはいえ、鮮度も味も全く違いますね。それで価格は、都会よりもずっと安いんですから」

「今日、工場長に挨拶《あいさつ》をした時に聞いたのだが、岩手というのは山のものも海のものも、実に豊富なところらしいね」

「ええ、肉にしたところで、牛なら前沢、豚は磐井、鳥は南部という日本有数の評価を受けているブランド品が揃っていますし、松茸《まつたけ》にしても岩手産は丹波に匹敵すると言われています」

「そう聞くと、東京には全国から物が集まって来るとはいっても、やはり本当に美味いものを食っているという点では地元の人にはかなわんね」

「それはどうでしょうか」邦武は、小首を傾《かし》げると、「高見さんはまだスーパーに行ってらっしゃらないでしょう」

「ああ」

「確かに岩手は山海の食材に恵まれた土地ではあります。でもそれはあくまでも供給地という点においてです。事実スーパーの食材、特に生鮮売り場に並ぶものは、魚なら冷凍品か加工品ばかりです。肉にしてもブランド品が占める割合はわずかなものです。一級品は、そのまま東京をはじめとする大都市に送られてしまいますから」

「それは、なぜだい」

「簡単な理屈です。つまり消費するだけの民力がないのです。それに食べ方にしても、大都市の常識とはかけ離れているのです」邦武は声を潜めると、身を乗りだして顔を近づけてきた。「実は、この店は磐井市の寿司《すし》屋の中でも、一番店でしてね、だからこそこんな見事な牡蠣が出るのです。私は赴任した最初の夜に、ここを初めて訪ねたのですが、週末だというのに客は数えるほどしかいませんでした。いや決してこの店が高いというのではありません。むしろ東京の同じレベルの店に比べれば半値程度でしょう。それでも、地元の人間にとっては敷居が高いのです。もう一つ、驚いたのは握りの大きさです」

「握り？」

「ええ、黙っていると、シャリが驚くほど大きいのです。まるで握りではなくてお握りの上にネタが載ったようなものが出てくるんですよ」

「どうしてまた」

「店主は東京の名のある店で修業して、生まれ故郷のこの街に戻って店を構えたらしいのですが、地元の人が言うには『高い値段を取るくせに、こんなに飯が小さな寿司じゃ腹の足しにならねえ』そう言うのだそうです」

「だが寿司はそもそもそういうものだろう。『摘《つま》む』という言葉があるように……」

「この辺では食事なのです。店主は私が東京から来たと言ったら、こぼしてましたよ。『戻って来た当初は面食らった。シャリを小さく握るのは簡単だけれど、でかく握るのは難しい』って。でもこの街で商売をしていくためには仕方がないんだとね」

「つまりこの街の人たちが求めるのは質よりも、価格に見合った量があるか否《いな》かということなのだね」

「同じ金を払うならそういうことになるんでしょうね。上質のものを口にでき、味覚を楽しむことができるのは、それに見合う充分な収入があってのことですよ。この辺りの地場産業に勤めている人たちにとっては、とてもそんな余裕はありません」邦武は箸《はし》を置くと、「高見さん、岩手工場の現地雇用者の給与がどの程度かご存知ですか」

「詳しい資料はまだもらってはいない。週明けに本社で詳しいレクチャーを受けることになっていてね」

「私もこれまでさほどの関心は抱いていなかったのですが、実態を知って驚きました」

「いったいどの程度なのかね」

「関連子会社である販社の給与は本社従業員の七割程度と言われていますが、現地従業員の場合それよりもさらに低く、ざっとその八割……」

「子会社の八割？　それじゃ本社の給与の五六％程度か」

「役職や職種によって、多少の違いはありますが、平均するとそんなところです」

高見は初めて知らされた現地雇用者の給与の低さを啞然《あぜん》とする思いで聞いた。

確かに、地方に製造拠点を設ける最大のメリットは、安い労働力にあることは違いない。これが首都圏近郊ならば、この程度の賃金で質の高い従業員を確保するのは困難と言わざるを得ないだろう。しかし、仕事の内容に関していうならば、事務職にしても技術職にしても、本社で働く人間とこれほどの給与格差がつけられるほどの違いがあるとは思えなかった。

搾取《さくしゅ》——という言葉が脳裏に浮かんだ。そして、自分がいままでどれほど恵まれた環境に身を置いてきたのか、日の当たる道を歩んできたのかということを改めて思い知る気がした。

メーカーの給与は他業種に比して低いとはいえ、TAMに赴任するにあたっては、本社の給与とは別に現法からも給与をもらった。つまりダブルインカムというわけである。その額は、この地で働く人たちにしてみれば、法外以外の何ものでもあるまい。加えて外地への赴任という成り行きからすれば当然のこととはいえ、二人の子供は現地校に学び、二つの言語を自由に操ることもできるまでになっている。いずれ、親の手元を離れ社会に出るにあたっては、慶一やみなみが得たアドバンテージは、計り知れないものがある。

「高見さん、そういった意味から言っても、今回の工場閉鎖は、会社が考えているほど簡単なものではないと思いますよ」

高見は黙って肯《うなず》いた。

「その程度の給与でも、この街で暮らしていくには贅沢《ぜいたく》さえしなければ何とかなるとは思います。しかし、学齢期を迎えた子供を抱えていれば、かかるコストは都会も田舎も関係ありません。特に大学に子供を行かせようと思えば、むしろ田舎の人間の方が遥《はる》かに金がかかります。たとえば東京の大学に行かせたとなれば、当然アパートを借りてやらなければなりません。家賃だけでも、五万から六万はかかります。それに生活費、学費……諸々《もろもろ》の経費をその程度の収入から捻出《ねんしゅつ》するのは至難の業です。その点では、都会の人間の方が生活コストは変わらない分だけ、田舎から大学に出してやるより遥かに楽だといえます。工場が閉鎖され、固定収入の道が閉ざされることは、まさに従業員のみならず、家族にとっても人生が狂ってしまいかねない大変な問題なのです」

その一言一言に会社の無責任さを問う鋭い棘《とげ》があった。

「いや、全く君の言う通りだ。会社がどんなパッケージを以《もっ》て、今回の閉鎖にあたろうとしているのか、その点は充分に考慮しておかないとならないね」

「私は、今になって、なぜ田舎の人間の多くは大志を抱くことなく、故郷に骨を埋めるような道を選ぶのか、その理由がようやく分かったような気がします」

「というと？」

「この辺り、もちろん私の田舎を含めてですが、高校時代に成績のいい者の多くは、一番近くにある国立大学の教育学部を選択すると相場が決まっていたものです。東京の名だたる一流校に入るだけの学力を持っているにもかかわらずです。もちろん中には東京の一流校に進む人間もいましたが、卒業するとなると、大企業に就職することなど端《はな》から念頭になく、故郷に戻り教員の道か、あるいは役場の職員を目指す……。当時の私には、それがまるで自分に秘められた可能性を放棄し、田舎の片隅に埋もれていくことを選択しているように思えてならなかったのです。そんな仲間をみるにつけ、絶対に自分だけは夢を捨てずにいたい、世界に出る人間になりたいと思ったものでした。しかし、結果からすると彼らの選んだ道は正解だったと言わざるを得ないと感じています。企業に入って夢を叶《かな》えられるのは、ほんの一握りの人間です」

邦武は、注いでやった熱燗を苦いものを啜《すす》るように飲み干すと続けた。

「少ない可能性に賭《か》けるより、確実かつ安定した道を選ぶ。彼らは本能的に、それを悟っていたのですね」

教員や公務員が夢のない仕事だとは思わないが、そのささやかな夢までも会社は奪おうとしている。そしてその先鋒《せんぽう》となって事にあたらなければならないのは誰でもない、この自分だ。

そう思うと、高見は自らの身に課せられた任務の重さを今さらながらに感ずるのだった。

＊

湯下はとっぷりと日が落ちた冬の空の下を一人歩いていた。

半導体事業部の鷹羽電器との合併、それに伴う人員整理、関連子会社の組織再編、岩手工場の閉鎖と、担当する人事部にはこなさなければならない仕事が山積していた。特に半導体事業部の合併が公《おおやけ》のものとなって以来、休日を返上して出社し、陣頭指揮にあたらなければならない日が続いていた。

日曜とあって、地下鉄は空いておりウイークデイに比べて通勤は楽ではあったが、連日の出勤で肉体は疲れ果て、街灯に照らされた道を歩く足がことのほか重く感じられた。

新高円寺の駅を降りた湯下は、そこから数分の所にある三階建ての瀟洒《しょうしゃ》なマンションの門を開けた。

晴枝に離婚を切り出して以来、等々力《とどろき》にある自宅には一度も帰ってはいない。離婚話も暗礁《あんしょう》に乗り上げた形で、進展は何一つありはしなかった。その間に、祥子の体内に宿った新しい生命は順調に発育を遂げ、臨月に入っていた。

御影石が敷き詰められた玄関に立つと、湯下はインターフォンのボタンを押した。ほ

どなくして、

「はい」

という応答があった。

「わしや」

「おかえりなさい。いま開けるわ」

弾んだ声とともに、ドアのオートロックが解除された。

子供が生まれるとあっては、さすがに1Kのアパートというわけにはいかない。かつて祥子が住んでいたところから、わずかな距離にあるこのマンションに移ったのは、暮れも押し迫ってのことだった。

螺旋《らせん》状の階段を上がり、部屋がある二階に上がると、重い鉄の扉が開かれ、すっかり腹が大きくなった祥子が湯下を迎えた。

「ごくろうさまでした。お疲れでしょう。お風呂《ふろ》にする、それとも食事」

「そうやな、食事を先にしようか」

湯下は靴を脱ぐと、長い廊下を歩きリビングへと向かった。マンションの間取りは2LDKとなっており、リビングは十二畳ほどの広さがあった。湯下はコートと上着を窓際《まどぎわ》に置かれたソファの上に放り投げると、一画に置かれたダイニングチェアへ腰を下ろした。

ドアを隔てた隣のキッチンから、食事の用意をする気配がする。

ネクタイを外すうちに、急に喉《のど》の渇きを覚えた湯下は、ドアを開けると冷蔵庫の中から缶ビールを取り出し、立ったままロング缶の半分ほどを一息に胃の中に送り込んだ。

「何も食べていないところに、いきなりお酒を飲んだりして、体に毒よ」

料理を皿に盛りつけながら、祥子がとがめるように言った。

「こんなもん、水みたいなもんや。心配すな」

湯下は、もう一缶、ビールを取り出すと再びリビングに戻り、ダイニングチェアに腰を下ろした。

平日の仕事は深夜まで続き、外で飲む機会がめっきり減ったせいで、そのストレスもあってか、このところ前にも増して酒量が上がっているのは自分でも分かっていた。空腹のまま、まず最初にビールを飲み、それから入浴を済ませると、今度は腰を据えて日本酒を冷やで飲む。それも五合ほどの量を毎日飲むのが習慣となっていた。それだけでもかなりの量と言わなければならないところだが、夜明け前に喉が渇き目が覚めると、それを癒《いや》すためにまたビールを飲む。そんな日々が続いていた。

祥子はそんな行状を目《ま》の当たりにし、ことあるごとに飲酒癖をたしなめてくるのだったが、湯下は聞く耳を持たなかった。このところ前にも増して体が重く感じるのは仕事のせいばかりではなく、アルコールによるものとの自覚はあったが、もはや自分ではコントロールできない域に達していた。

「せめて、飲むときは、何か胃の中に入れてからにしてね」

祥子は大きく膨らんだ腹を突き出しながら、チーズとサラミの載った皿をテーブルの上に置いた。

「ありがとう」

湯下は、スライスされたチーズを軽く齧《かじ》ると、最初の一缶の残りを一気に飲み干し、二本目の缶を開けた。

「お仕事の方はどうなの。会社が大変なところに差しかかっているのは知ってはいるけれど、少しは体のことも考えてね。もうすぐあなたもこの子の父親になるんだから……」

湯下の飲酒癖は、昨日今日始まったことではない。すっかり諦《あきら》めた態《てい》で、祥子は言った。

「やらならんことは山ほどあるんやが、それでも岩手工場の閉鎖に伴うパッケージだけは何とか目処《めど》がついた。社長決裁も下りたことやし、あとはこちらのスケジュールに沿って粛々と事を進めるだけや」

湯下はそう言うと、今度はゆっくりと一口ビールを喉に送り込んだ。

「粛々とねえ……。会社の思惑通りに事が運べばいいんだけど」

「なんや、いやに棘のある言い方をするやないか」

「だって、解雇される方にしてみれば、死活問題であることはもちろん、これまで忠誠を誓ってきた会社に裏切られたという思いを抱くでしょうからね。そう簡単に事が運ぶものかしら」

「まあ、確かにお前の言うことはもっともや。おそらく決着をみるまでには一山も二山もあるやろうね。それは想定のうちや。そやけどな、工場閉鎖は会社の決定事項なんや。こればかりはどうすることもできへん。現地の人間たちがどう騒いでも結果は同じや」

「感情論のことを言っているのよ」すぐに食事が始まらないと察したのか、祥子は正面の椅子《いす》に腰を下ろすと、「いざとなると、少しでも有利な条件を引きだそうと、常識では考えられない行動を取る人も出てこないとは限らないでしょう」

「嫌なことを言うなよ」

湯下は、また一口チーズを齧ると、ビールを口に含んだ。

「だって、最近もこんなことがあったのよ。私の短大時代の友人なのだけれど、彼女、大崎産業という会社に勤めていたのね」

「大崎産業？　ああ、一部上場の専門商社やったね」

「あの会社、アメリカのネルソン製品の日本総代理店をやっていて、彼女はその事業部で働いていたわけ」

「ネルソンは今まで日本市場については、マーケティングも販売も全《すべ》て大崎産業に一任していたのだけれど、それが現地法人を立ち上げいよいよ日本市場に本格的に参入することを決定したの」

「それで」

「まあ、ネルソンといえば、精密化学品の分野では世界のトップ企業やからね。いささか遅きに失する感は否《いな》めないが、当然と言えば当然やろうね」

「問題は、代理店契約を打ち切られた大崎産業よ。だってあの会社の中でネルソン製品事業部だけで、四百人からの従業員がいて、販売子会社や関連会社を含めると二千人もの従業員を抱えていたんですもの」

「確かに、それだけの人間が行き場を失うとなれば、社内ではとても吸収できるものではない。それで、大崎産業はどないしたんや」

「それがね、現地法人設立にあたっては、本社事業部の社員はもちろん、関連会社も含めて全員新会社で引き取ることにしたんですって。もちろん移籍なさる方は、大崎産業を辞めるわけですからね、当然退職金も支払われることになったんだそうだけど、それが破格の条件だったというの」

「ほう」

「退職金は、普通勤続年数によって、支払い比率が決まるのが普通でしょう?」

「そうやね。入社十年までは定年退職者の算出基準の六〇%とかな」

「それがネルソンは移籍者全員に対して一〇〇%。加えてウェルカムボーナスとして基本給プラス加給の二ヶ月分、しかも関連子会社の人たち全員にも支払ったんですって」

「そりゃまた豪勢な話やな。まあ、ネルソンといえばかつてはアメリカのエクセレントカンパニーとして名を知られた会社や。それに家族的な経営でも知られておったしな。君の友達にしてみれば、盆と正月が一度にやってきたようなもんやったろう」

「盆と正月どころの話じゃないわ」祥子は膨らんだ腹を抱えると、椅子の上で窮屈そうに姿勢を正し、「彼女、その時妊娠していたのね。本当は新会社の設立前に会社を自主退職するつもりだったのだけれど、その条件を聞いてからは、一銭でも多くお金をもらおうと、会社に居座ったの」

「つまり、退職金は一〇〇%の割合でもらい、さらにウェルカムボーナスまで手にしたってわけか」

「その通りよ。もともと大崎産業には産休の制度もあったしね、それをフルに活用したってわけ」

「じゃあ新会社で一日も働くことなく？」

「ええ」

「しかし会社もよくそんなことを許したもんやな」

「無理やり辞めろとはいえないでしょう。もちろん彼女の魂胆は見え見えだったから、会社は移籍前に辞めることを強く迫ったそうだけど、いったん会社を離れてしまえば縁も切れるわけですからね。どんな陰口を叩《たた》かれようと、悪い評判がたとうと、そんなこと関係ないわ」

「縁が切れるとなれば、なりふり構わずか……」

「人間なんて、そんなものよ。もっとも彼女の場合、お金目当てだったからまだ分かりやすいけれどね」

妻でもなければ愛人でもない。祥子の言葉には、いま自分がおかれている立場の曖昧《あいまい》さに対する不安と、一向に進展が見られない晴枝との離婚話への非難が込められているような気がして、湯下は内心暗鬱《あんうつ》たる気持ちになりかけたが、

「しかしやな、今回の岩手工場閉鎖に伴うパッケージは、会社としても最大限のことをしたつもりや。もっとも、ネルソンが出した条件ほど良くはないがな」

「どの程度の補償をするつもりなの」

「もちろん補償の主たるものは金ということになる。だいたい年収の二倍程度の金は出さんと現地採用の従業員とはいえ納得はせんやろうからな。それと、再就職の支援も行なうことになっとる」

「年収の二倍といっても、もともと現地雇用者の給与水準は低いんでしょう」

「それでも田舎で暮らす人間にとってはかなりまとまった金になるはずや。だいたい、生活コストは都市部に比べてかなり低くて済むはずやからね。実際、本社採用の人間でも、固勤の従業員の賃金は八割やしね」

「固勤？」

「固定勤務のことや。最近では転勤を嫌う人間も多くてな。そうした従業員には、給与ベースを下げて転勤を免除するんや。大都市で勤務するより、家を買うにしても地方の方が格段に安い。生活も楽や。端から出世を望まない従業員には、固勤はありがたい制度なんや。ましてや現地雇用の従業員ともなれば、生活基盤は出来上がっている人間がほとんどや。そこに年収の二年分に相当する退職金が舞い込んでくるとなれば、文句は言わんだろう」

「でも、そんな人たちだって、この時とばかりに、一銭でも多くお金をもらおうとするかもしれないわよ。労働組合だってあるんでしょう」

「労働組合といっても、たいした力があるわけやない。現地雇用者で結成された名ばかりのもんやからね。交渉のしかたもろくに知らへん人間ばかりや」

「閉鎖業務の担当は誰がやるの？　当然労務担当の誰かが岩手に赴任するんでしょう」

「それか」湯下はぐびりとビールを呷《あお》ると、「高見にやってもらうことにした」

「高見さんって……あなたの同期のあの高見さん？」

「驚いたか」

「だって高見さんは昨年九月にアメリカから戻って、本社の市場調査室に配属されたばかりでしょう。それがわずか半年足らずで岩手に、しかも全く畑違いの労務担当だなんて」祥子は、さすがに目を丸くして驚きの色を露《あらわ》にすると、「それに、高見さんが市場調査室に配属されたのは、あの人を半導体事業部に戻したのでは、鷹羽との合併と同時に移籍することになる。そんなところにあいつを戻すわけにはいかない。そういうあたの配慮があってのことだったんじゃなかったの」

と、続けた。

「あの時はそう思うていたことは事実や。経歴からしても、いずれは会社の中枢《ちゅうすう》を担《にな》う人物と思うて同期の枠を超え、入社以来何かと目をかけてきたんやが、恩に着るどころか、おもろうないことを言ってきやがったんでな」

「いったい何があったの」

湯下は、ことの経緯を口にしかけたが、まさか祥子を前にして二人の関係を正すべきと言われたなどと話すわけにもいかず、

「まあ、しょうもないこっちゃ」

視線を逸《そ》らすと、吐き捨てるように言った。

「それって、もしかして私と何か関係のあること」

しばしの沈黙があり、祥子がぽつりと言った。

「そんなことはない。仕事上のことや」湯下は慌《あわ》てて言葉を繕うと、「それに、いかに俺が人事本部長とはいってもやな、二人の間にあった諍《いさか》いだけで、あいつを地方に飛ばすことなどできるもんやないで。あいつには、TAMのR＆D閉鎖を円満かつ迅速にやり遂げたという実績もある。お前も知っての通り、いま本社の人事部は半導体事業部の合併、関連子会社の新体制作りで人手が絶対的に不足してるんや。社内を見渡しても、工場閉鎖の任をこなせるだけの人材は高見をおいて他におらんかったんや」

「でも、高見さんは、確か長い研究所勤務を経た後は海外での経験しかなかったんでしょう。そんな方が、地方の工場閉鎖を任されるなんて……何だか気の毒な気がするわ」

「そんなことはないって。お前はあいつをよう知らんからそんな考えを抱くんや」湯下は手にしていた缶を置くと、「ええか、あいつはな、大学を卒業するまでの教育のほとんどをアメリカで受けてきた奴《や》っちゃ。その上、会社に入ってからもビジネススクールに行き、八年もの間駐在をしてきた。外見は日本人でも中身はアメリカ人に近い人間や。そういった点からもな、あいつには日本人特有の清濁併せ呑《の》むとかいった曖昧さもない。物事は白黒はっきりと決着をつけたがる上に、欧米人特有のドラスティックな面がある。今回の業務はな、現地雇用者を一人残らず解雇せなならん。誰にとっても辛《つら》い任務であることは間違いない。へたに日本人的情を持つ人間にとってはなおさらのこっちゃ。その点、高見は違う。あいつならこれは仕事や。そう割りきって事にあたれる。そう判断したからこそ、あいつに白羽の矢を立てたんや」

一気にまくしたてた。

「なんだか、あなたの言葉を聞いていると、高見さんて、とても冷酷な人に聞こえるわ」

「まあ、日本人からすればそういう感じを抱かれても仕方のないところはあるがね。何しろ社内ではあいつを『バナナ』と呼ぶ連中もおるくらいやからな」

湯下は、再びテーブルの上に置かれたビールに手を伸ばすと、偽りの言葉を洗い流すかのように一気に飲み干した。

＊

たった二日間、家を離れていただけだというのに、家族で囲む食卓がひどく懐《なつ》かしいものに感じた。

テーブルの上には、ふぐチリの鍋《なべ》が置かれ、高見の好物が所狭しと並べられていた。

東京は寒波がぶり返して、今年に入って一番低い気温だということだったが、北国特有の体の芯《しん》から凍りつかせるような厳しい寒さを経験してきた身には、それほどのものとは思えなかった。

鍋をつつき、食卓を一緒に囲む父につきあって、ヒレ酒を飲むうちに、高見の体には汗が噴きだしていた。

「やはりこうして皆と一緒に食べる飯は美味《うま》いものだね」

心地よい酔いが回り始めたのを感じながら高見は言った。

「いやあねえ、たった二日間家を空けていただけじゃありませんの。それとも、今度赴任なさった磐井市というところは、行ってすぐに里心がつくような酷《ひど》いところですの」

瑠璃子が鍋の中に入れる具を挟んだ箸《はし》を止めると訊《たず》ねてきた。

「いや、そんなことはないよ。なにしろ岩手というところは、食材の宝庫だからね。三陸で揚がる新鮮な魚、それに前沢牛をはじめとする美味い肉の産地でもあるんだ。野菜にしたって、畑が隣にあるようなものだからね。食べ物に不自由するわけではないよ」

「でも、いくら食材が良くとも、肝心の料理人がいないんじゃ仕方がありませんわ。私が傍にいてあげられたら、せめて食事だけはしっかりしたものを作って差し上げられるのに」

「学生時代にロチェスターで暮らしたことを思えば楽なものさ。なにしろあの当時は、外地、しかもあんな片田舎で日本食に与《あずか》るなんてことは不可能だったからね。今にして思えば、いったい何を食って過ごしていたものか、すっかり忘れてしまったが、食生活に関しては酷いものだったのだろうと思うよ。それに比べれば、街が狭いぶんだけ食べ物屋も軒を連ねているしね。楽なものだよ」

「それならばいいのですけど、外食ばかりでは栄養が偏《かたよ》りますから……あなたも充分に中年の域に入っているのですから、健康管理には注意して下さいね」

「すまんな。本来ならばみなみは学校があるからともかくとしても、瑠璃子さんが龍平について岩手に赴けばいいのだろうが……」

英介が、単身赴任を余儀なくされたのはさも自分のせいだとばかりに頭を下げた。

「何もお父さんが謝ることなんてありませんよ。だいたい無理を言ったのはこちらの方です。みなみを東京に残し、瑠璃子を連れて岩手に赴いたのでは、私の給料だけではやっていけませんからね。慶一の学費や生活費もありますし……。ここに居候《いそうろう》をさせていただかなければ、どうにもならないところです。この歳《とし》になって親の脛齧《すねかじ》りをするのは、みっともない話なのですが、しばらくの間甘えさせて下さい」

高見は、父の心情を察して取りなすように言った。

「ところで龍平、今回の工場閉鎖の件なのだが、東洋電器は解雇する従業員に対して、どういう方針を以《もっ》てあたるつもりなのかね」

英介は、手にしていた湯呑みを手の中で包みながら訊ねてきた。

「それについては明日から三日間、本社で会議が開かれ、パッケージと今後の指針が示されることになっています」

「今回の工場閉鎖は、本社半導体事業部の独立・合併に伴うものだと聞いてはいるが、こうした業務はね、本社の上層部が考えているよりもずっと大変なものなのだよ」

「実は、それについてお父さんの経験談をお聞きしたいと思っていたところだったのです。何しろ、お父さんの大和物産での最後の仕事は、入社以来所属してきた鉄鋼部門を切り離し、別会社にすることだったでしょう」

高見は、湯呑みをテーブルの上に置くと、英介に向き直った。

「まあ、当時と今ではだいぶ状況も違うから、参考になるかどうかは分からんが……」

英介はそこで少しの間を置くと、遠くを見るような視線を浮かべ、「私があのような仕事をやってつくづく感じたのはね、組織に身を置く者の一人として会社側に立つのか、あるいは苦楽を共にしてきた仲間の側に立つのか、自分の立場を明確にして事にあたらないと、苦しい思いをするだけでなく、双方に無駄な混乱をきたすということだよ」

静かな声で話し始めた。

「自分の立場を明確に……ですか」

「そうだ。会社とて、理由もなく事業部を別会社にしたり、あるいはお前のところのように工場を閉鎖したりするわけではない。決断を下すにあたっては、会社の経営を担う者の責務として、それが最善の手段であり、またそれ以外に会社を存続させる手だてがないかと熟慮し、他に取るべき道がないと判断したからだ。しかしね、会社を出なければならなくなった社員にもまた、それぞれが置かれた状況というものがある。会社に対して抱いてきた思い入れというものもね。つまり、双方それぞれに聞けばごもっともという見解が必ずや存在するものなのだよ」

「おっしゃることはよく分かります。今回の岩手工場の閉鎖にしたところで、現在の半導体、特にDRAM製品の低迷については、会社の業績の足を引っ張る最大の要因になっています。このまま何の手も打たずに放置しておくわけにはいかないと考えるのは経営者としては当たり前のことです。しかし、その一方では、分社、合併される半導体事業部の人間、あるいは閉鎖されることになった岩手工場で働く現地雇用者にとっては、深刻な問題です。前者の場合、鷹羽と合併し、新会社を設立したからといって、ただちに業績が回復するかといえば、それは未知数です。ましてや、後者の場合は完全に職を失ってしまうのですからなおさらのことです。お父さんは自分の立場を明確にしろとおっしゃいましたが、正直なところ私には決断がつきかねるところです」

「まあ、いまの段階ではお前が迷うのはむしろ当然のことだろうさ。私も、企業人人生の全《すべ》てを注いできた鉄鋼部門を分離独立させる、お前がその陣頭指揮を執れと言われた時には大いに悩んだものだからね」英介は湯呑みに軽く口をつけると続けた。「しかしね、組織に身を置く者としては、いかに悩んだところで、結論は一つしかない。経営会議で決定したことは、いかなる理由があろうとも覆《くつがえ》るわけではない」

「つまり選択肢は一つしかないと。会社から与えられた任務を忠実にこなすのが私の取るべき道だと、お父さんはおっしゃるのですか」

「端的に言えばそういうことになる」

「しかし、会社を離れ別会社に転じた人間にも、解雇されていく人間にも家族があります。生活があります。給与が減ぜられる、あるいは収入の道が完全に閉ざされる。そんな立場に追い込まれる人間のことを思うと、そう簡単に割り切れるものではありませんよ」

英介は、二度三度と肯《うなず》くと、

「確かにお前の言うことはもっともだ。しかしね、見方を変えるとそれは少しばかり違ってくるんじゃないのかな」

かつて、日本を代表する大手総合商社の取締役の職にあった人間らしい落ち着いた声で言った。

「それはどういうことです。おっしゃっていることの意味が理解できませんが」

「一人の人間が、ある会社に職を求める。そのそもそもの動機は何だったのかということだよ。この世に未来永劫《えいごう》にわたって繁栄を続ける企業などありはしない。今でこそ大企業といわれる会社にしても、必ず創業期というものがあったはずだ。皆取るに足らない個人商店のようなところから、事業の第一歩を踏みだしたのだ。そうした時代には、今の常識から考えれば、有能と呼べるような人材はそう簡単には集まらなかっただろう。おそらくは中卒、いや尋常小学校を出たかどうかという人間を集めるのがせいぜいだっただろう。しかしそうした人間たちが、血のにじむような思いをしながら事業を拡大し、それに伴って従業員を一人二人と増やし今日ある姿を築き上げたのだ」

「確かに、我が社にしても、向山兵衛という卓越した創業者がいたからこそ今日があることは否《いな》めない事実です」

「確か、向山兵衛という人は尋常小学校しか出てはいなかったな」

「はい、その通りです」

「彼が小さな店を構え、商売が軌道に乗ったところで、最初は取るに足らない中小企業でしかなかったろう。当然集まってくる人材にしても、当時世間で言う有能な人物など見向きもしなかったに違いない」

「そうでしょうね」

「ところが、会社がある程度の規模となり、世間的に名が知れてくるようになると、とたんに集まってくる人間の質が変わる」

「つまり、一流の大学を卒業した人間たちというわけですね」

「私はね、企業の転換点、いや衰退が始まるのはその時だと思うのだ」

「どういうことです。有能な人材が集まりだすことが、なぜ企業の衰退期だと言えるのです」

「一流の大学を出た人間が有能だとなぜ言い切れる」

「なぜ……と言われましても……」

高見は言葉に詰まった。

「一流の大学を出た人間の多くは、世間的にも一流といわれる企業に職を求める場合が多い。実際私がいた大和物産にしても、お前のいる東洋電器にしてもしかりだ。しかしね、問題はそこにある。一流企業、イコール大企業、その時代の花形産業……。志望の動機はどうとでも取り繕うことはできるだろうが、所詮《しょせん》、世間的に聞こえが良く安定した職場、約束された給与、それが最大の志望動機であることは間違いない。名もない中小企業に将来性を見いだし、そこに命を賭《か》けよう、この会社を名のある大会社にしてみせる、そんな覇気のある人間などいやしない。集まってくるのは、寄らば大樹の陰といった安定志向の人間ばかりとなる。そんな人間たちが、会社の中堅幹部から経営陣へと昇りつめていけばどんなことになるか、結果は火を見るより明らかだ。事実かつての鉱山、船舶、私が身を置いていた鉄鋼など、『鉄は国家なり』と言われ、あの時代、それこそ一流、有能と言われた人間がこぞって集まってきたものだった。それがいまではいずれの産業も衰退の一途を辿《たど》るばかりだ。もしも、真の意味で覇気のある人間がこうした産業の舵取《かじと》りをしていたなら、自分の会社がそこまで追いつめられる前に、適切な方向転換をしていたことだろう。これは私自身の自戒の意味も込めて言うのだがね」

「お父さんは、会社を追われることになった人間にも責任の一端はあると、そうおっしゃりたいのですね」

「そうだ。こうしてみていると、一つの産業というものは、半世紀のサイクルで生まれ、全盛期を迎え、そして衰退期に入るという傾向が見て取れるような気がする。もしも本当に有能と言われる人間が社会に出るにあたって、真剣に自分の将来を考えるのなら、その程度の分析はできてしかるべきだろう」

確かに言われてみれば、父の分析はあながち外れてはいないような気がした。事実、自分が就職活動をしていた時分には、人気企業の上位は航空会社や総合商社といった産業が上位を占めてはいたが、いまでは、いずれの業種にもかつての勢いはない。当然、学生が志望する人気企業ランキングは当時とは全く様変わりしていることも事実だった。

「しかし、お父さん」高見は、短い溜息《ためいき》を漏らしながら言った。「移籍することになった社員にその分析は当てはまるかもしれませんが、こと岩手工場の現地雇用者については必ずしもそうは言えないところがありますよ」

「そうかな、私には同じに思えるがね」

「いいえ、そもそも彼らには都市部の人間と違って働き口の選択肢などは、そう多くありはしないのです。今回、磐井市に行ってみて、改めて思い知ったのですが、現地雇用者の多くは、地元で生まれ育った人間がほとんどで、代々受け継いできた家や田畑を守るために、生まれ故郷を離れることはできなかったのです。もちろん専業農家で暮らしていけるほどの規模を持っているところはほとんどありません。そこに我が社が進出して安い労働力を求めたのです。彼らにしてみれば、工場に働き口を得ることは、確実な収入源を得ることと同義語だったのです。それも決して高い給与をもらっているわけでもない。その収入の道が閉ざされてしまうことは、たちまち生活そのものが立ち行かなくなってしまうことを意味するのですよ」

「お前の言うことはよく分かる。だがな、工場を存続させるだけの体力がいまの会社にはないのではないのか。だから会社も莫大《ばくだい》な設備投資をした施設をあえて閉鎖するという道を選んだのだろう。工場を存続させても、肝心の本体の経営が傾いてしまったら、それこそ、現地雇用者も路頭に迷うことになる。つまり結果は同じ、いや、ことによるともっと悪い結果を迎えることになる可能性だってあるだろう」

「ですが、私にはその点がどうしても割り切ることができないのです。本体が生き残るために、弱者を切り捨てる……。その点が……」

高見の前にじっと見詰める英介の目があった。やがて、英介は長い溜息を漏らすと、

「いまの私にアドバイスできることがあるとすれば、ただ一つだけしかない。さっきも

言ったが、組織に身を置く者の一人として会社側に立つのか、あるいは切られる側に立つのか、自分の立場を明確にして事に当たることだ」

「分かりません。僕にはそのどちらに立てばいいのか……」

「龍平、ここが正念場だぞ。お前が企業人として職務を全《まっと》うできる人間なのか、あるいは企業人として無能な人間なのか、会社はいまお前にその踏み絵を突きつけているのだ」

「そんな、残酷な……」

「組織というものはそういうものだ。いいか龍平。今まで日の当たるところしか歩いてこなかったお前にはにわかに理解はできないだろうが、会社の中には常にそうした理不尽ともいえる決断を迫られ、そしてそれを実行することを命じられている人間がいるものなのだ。今回の場合、その番がお前に回ってきただけの話だ。ここを乗りきれなければ、次に切られるのはお前だ」

英介は、ぴしりと最後を結ぶと、揺るぎない視線で高見を見据えた。

いつの間にか二人のやり取りが続いた食卓に先ほどまでの賑《にぎ》わいはなく、家族の間に重い沈黙の時が流れた。

鍋《なべ》が煮えたぎる音だけが憂鬱《ゆううつ》に響いた。

やがて、その沈黙に耐え兼ねたように、英介は湯呑みに手をやると、

「しかし、運命というのは何とも残酷なものだ。私だけではなく、息子にまでも辛《つら》く苦しい試練を繰り返し与えるとは……」

ぽつりと言い、天を仰ぎながら中の液体を啜《すす》った。

＊

短い挨拶《あいさつ》を交わした高見は、湯下の勧めに従って本部長室の中央に置かれたソファに腰を下ろした。

お互いの出方を探り合うような空気が漂い、二人は秘書が淹《い》れたばかりのコーヒーを前に置いて向かい合った。

「詳しい話は、担当の課長から改めて説明してもらうことにするが、概要だけをざっと話しておこう」

湯下は手にしていたファイルをテーブルの上に置くと、返す手で煙草《たばこ》に火をつけた。

『岩手工場閉鎖に伴う解雇従業員への補償について』

ファイルはざっと二十数枚はありそうだった。ページを捲《めく》ると、最初に今回の閉鎖に伴う、現地雇用者への補償の概要が書かれており、次に撤退スケジュール、従業員の年齢別構成比や給与データの詳細が資料として後半に綴《と》じられていた。

「まず最初に、撤退のスケジュールなんやが」ゆっくり目を通すのは、後からでもいいとばかりに湯下が切り出した。「君も半導体工場については全くの素人《しろうと》やないから、一々説明するほどのことではないが、岩手工場も他の工場と同様、生産現場は三つの部門から成り立っている」

高見は黙って肯いた。

半導体の技術革新は日進月歩で、生産する製品はめまぐるしく変わる。それに伴って半導体を使用する製品も、スペックを変えてくれれば話は簡単なのだが、実際の市場というのはそれほど単純なものではない。メーカーとしては、ある一定の期間、旧式となった製品を供給する責任がある。そのせいで、岩手工場も、最新の半導体を製造するラインをＩ１、中間製品のラインをＩ２、旧来製品のラインをＩ３という具合に三つに分けて運用していた。

「撤退は旧来製品を製造するライン、つまりＩ３の従業員から始める。時期は本年四月。それから四ヶ月ごとにＩ２、Ｉ１のライン、最後に事務職従業員の解雇を行なう。指名解雇は行なわない。今回は全面撤退や。出来不出来で従業員を選別する必要はないからな。あくまでも、粛々と、機械的に行なう」

薄い唇からふうっと煙を吐きながら、『機械的に』という部分に力を込めて湯下は言った。

高見は、湯下の言葉を聞きながら、ファイルの最初のページに目を走らせていた。

「この計画によると、従業員には期限を設けて、退職希望者を募る。期限以内に退職に応じた者には、プログラムに書かれたインセンティヴを支払うとあるが」

「その通りや。まあ、退職を拒絶したところで、工場そのものがなくなるんや。そんなものを用意せずとも、事は足りるのやろうが、妙にごねられても困る。素直に協力してくれた連中には、多少の色をつけたろいうわけや」

「しかし、会社の方針通りに閉鎖計画を進めれば、最初に辞めていくI3とI1の従業員の間では、八ヶ月のタイムラグが生じることになる。当然I1で働く従業員には、その間も給与を払い続けるわけで、I3で働く人たちにしてみれば、これを逸失利益と捉《とら》える人間も出てくると思うが」

高見が言うと、湯下は既にそれを考えていたらしい面持ちで、

「あのな、高見よ。逆の立場に立ってものを考えてみいや。先陣を切って辞めていく人間に、最終段階にまで残る人間と同じ給与を支払ってやったら、今度は最後に残る人間たちが文句を言い出すに決まっているやろう。確かに八ヶ月分の給与差はでかい。年間ボーナスの約倍に匹敵する額になる。そやけどな、これは労働の対価であると同時に、限られた期間、事業を円滑に進めるために会社に居続けてくれるご褒美《ほうび》や。I2やI1で働く従業員にさっさと会社を辞められてみい。それこそ撤退に伴う生産計画はめちゃ

くちゃになってしまう。そんなことになれば、マーケットかて大混乱になってまうがな」

冷めた顔でコーヒーを啜った。

「しかしね湯下、あの街に赴任して改めて思い知ったのだが、我が社が撤退するというのは、現地雇用者にとっては君が想像している以上に深刻な問題だよ。給与の八ヶ月分といえば、年収の半分ほどにはなるだろう。たまたま勤務していたラインによって、それだけの差が出るというのはとうてい納得がいくものではないと思うよ」

「考え方一つや。早く辞めていく人間には、それだけ早く新しい仕事に就くチャンスがあるということや。逆に退職が遅くなる人間にとっては、転職が遅くなるリスクを会社が持ってやる。実に公平な処遇やないか」湯下はいとも簡単に言い放つと続けた。「それに退職金にしたって、本社の早期退職制度にほぼ準じた形で支払うというとるんや。つまり、退職金の算出額は基本給に勤続年数を掛けたものが満額支払われる。本来ならば、満額は勤続二十年以上が決まりやが、会社都合やしな。この点は考慮してやらないかんやろう。それに特例として、一年分の年収を上乗せしてやるんや。こんなええパッケージはあらへんがな。それに未消化の年休は買い取りとして加算もされるしな」

湯下の言葉を聞きながら、高見はファイルのページを捲った。岩手工場の従業員平均年齢は、三十五歳で年収はほぼ五百万というところだった。ボーナスが年四ヶ月として、給与は約三十一万円、これに勤続年数を掛け、さらに年収を加えると、八百万ほどになる計算だった。本社採用でも、入社十三年程度の人間が自主退社する場合の退職金は、おそらくその半分程度だろう。現地採用との給与格差を考えれば、確かに提示金額自体は決して悪いものとは言えない。会社にしても精いっぱいの誠意を示したとは言えるだろう。

しかし、問題はこの退職金と引き換えに、現地採用従業員の全員が職を失うという点だ。男の三十五歳といえば、早くに結婚した者は学齢期の子供を抱えている。加えて、核家族化が進んだ都市部とは違い、地方工場の従業員にとって、給与は親子三代の生活を支える固定収入源となっているケースも多いだろう。通常よりも色がついた退職金は、当面の生活費の補塡《ほてん》にはなるだろうが、職を失うことによって抱える問題の深刻さが解決できるわけではない。

「一つ聞くが、岩手工場の生産ラインで働いている従業員の学歴はどんなものなんだ」

「職種にもよるが、ほとんどが大卒か高専卒や。もっとも大学というても、国立出はほとんどおらへん。地方か東京の取るに足らん私立の出身者が大半を占めるようやね」

いとも簡単に答える湯下に、高見は一瞬不快な感情を抱いたが、それを呑《の》み込み、

「最近では都市部でさえも、三十五を過ぎた人間が新たな仕事を見つけるのは難しい。たとえ、通常よりも手厚い退職金を用意したとしても、我が社ほどの給与をもらえる仕

事に就くことはかなり難しいだろう。今後のことを考えれば従業員の誰しもが……」

「高見よ」湯下は一転苛立《いらだ》ちを露《あらわ》に言葉を遮った。「撤退は決定事項なんや。工場の存続はないんや。現地雇用者がこのまま働きたいと言っても、それは無理な話というものや。それを呑ませるのが君の仕事やないか。それにな、四十代、五十代の従業員にしてみれば、今回のパッケージによって支払われる退職金は、定年まで勤務した際にもらう額を遥《はる》かに凌《しの》ぐ。そんな連中にしてみりゃ、災難どころか濡《ぬ》れ手で粟《あわ》のような話やで。喜んで退職していく人間もおるやろう」

「そうかな。果たして君の思惑通りに事が運ぶかな」

「どういう意味や」

「確かに、退職金の額だけを取ってみれば、このパッケージが適用されて得をする人間もいるだろう。しかし、生涯賃金で計算すれば別じゃないのかい。四十代、五十代といえば、子供を抱えている親にとって、最も金がかかる時だ。事実磐井市には大学はないから、進学する子弟は家を出て、下宿生活を余儀なくされる。つまりその年齢になれば、都市部にいて自宅から通学させるよりも遥かに大きな出費を余儀なくされるんだ。一時的に高額の退職金をもらうより、現在の仕事を続け一定の給与を得たいと願う従業員の方が多いのではないだろうか」

「それはお前の言う通りや。せやけどな、従業員の家庭の事情を斟酌《しんしゃく》していたのでは、閉鎖なんてできへんがな。ええか、高見。昨年の早期退職制度で会社を去っていった人間たちも、皆それぞれの事情を抱えていたんや。家のローンがまだ終わっていない、子供がまだ学齢期にある。そんな人間は山ほどいたんや。会社かて、理由なしに従業員を解雇するのでもなければ、工場を閉鎖するのでもない。会社、組織を守るためや。肝心の会社がなくなってしまえば、退職金を支払うことさえできずに、従業員は路頭に迷うことになるんや」

「それは理解できるが……」

「繰り返すが、工場閉鎖、従業員の解雇は決定事項や。もはや引き返すことはできへん」湯下はきっぱりと断言すると、一通の封書を差し出してきた。

「これは？」

「昨日、磐井市とその近隣の首長がこんなもんを送り付けてきおってな」

湯下の言葉を聞きながら、高見は封書から一通の手紙を取りだし、目を走らせた。

最初のページには、『東洋電器産業株式会社　代表取締役社長　安西修吾殿』と宛名《あてな》があり、それに続けて磐井市長、及び近隣八市町村の首長の名前が書き連ねてあった。

「記者会見で半導体事業部が鷹羽と合併し、岩手工場の閉鎖を発表する前に、工場長からは市当局に内々にその事実は伝えるように指示していたんやが、早々に閉鎖問題対策委員会を設置しおった」

「それはそうだろう。岩手工場には八百人もの現地雇用者がいるんだ。仮に、それぞれの従業員に四人の家族がいるとしたら、三千二百人もの人たちが影響を受けることになる。周辺の経済が受ける打撃だって甚大なものがある。自治体だって手をこまねいてみているわけにはいかないさ」

「まあ、しかしその文面からすると、対策委員会とはいっても、閉鎖の方針は受け入れざるを得ないと考えていることは明白やね。閉鎖が回避できない場合は現在就労している従業員の生活安定及び再雇用対策に万全を尽くしていただきたい、とそこに書かれているようにな」

「それで、再雇用対策についてのプログラムはできているんだろうな」

「もちろん、君に手渡したパッケージの中に書いてあるが、東京のことなら人材斡旋《あっせん》会社と契約して会社独自に斡旋を行なうことは可能なのだが、何しろ地方都市のことやからねえ。人材斡旋会社などあらへんやろう。これぱかりは自治体の力を借りなければならんやろうね」

「閉鎖を通告した当の自治体に頼るというのか」

「地場のことは地場が一番詳しいに決まっているがな。おそらく、自治体にしてもこちらに丸投げしてくることはあらへんやろう。市町村当局と連絡を取る専任を一人置いて、公共職業安定所と緊密な接触を続け、従業員に新たな仕事を斡旋する。そうした姿勢を見せることやね」湯下は冷めたコーヒーを啜ると、急に思い出したように、「ほら、何といったかな、君と同時期に赴任した若いのがおったやろう」

「邦武君のことかね」

「そうそう、あの邦武をその任につかせたらええがな。彼は確か長年地方業務統括本部にいたんやから、書類仕事には慣れているやろう。それから従業員の中には、住宅ローンを抱えている人間も多いやろうから、公庫融資の返済方法の変更などの手続きも必要になってくるやろう。それも彼をリーダーに立ててやらしたらどないや」

「邦武君は、人事部管轄《かんかつ》の仕事については素人だよ」

「何も彼一人で全《すべ》てのことをやれとは言うとらへんがな。岩手工場にいるスタッフの頭に立って仕事をしろと言うとるんや。邦武にしたって、入社して十年以上になるんや。ましてや本社採用の人間やで。その程度の仕事は、すぐに覚えてもらわなあかんな」

高見には湯下が余りにも撤退業務を安易に考えているような気がしてならなかった。湯下に限らず、父も言ったように、企業が存続していくためには、時代にそぐわなくなった部門や、非採算事業からの撤退の手段をとることは決して間違った選択ではない。新しい細胞が活発に活動するためには、老細胞の速やかな交代が不可欠だということも充分に承知している。しかし、湯下の言葉には、会社を去らざるを得なくなった人間たちへ当然覚えてしかるべき人間の情というものが一切感じられなかった。

「湯下、一つだけ聞きたいことがある」

高見は、こみ上げる感情を抑えて静かに言った。

「なんや」

「君は岩手工場に行ったことがあるか」

「いや、あらへんけど……それがどうかしたか」

「ならば一度でいい。磐井市へ君は足を運ぶべきだ」

「何でそんな必要があるねん」

「会社が撤退しようとしている街が、今どんな状況にあるのか、会社を去っていかざるを得ない従業員たちがどんな環境で暮らしているのか、一度その目で見ておくべきだ」

「そんなものを見たところで何も変わらへんよ」

湯下の返事は鰾膠《にべ》もなかったが、高見は怯《ひる》むことなく続けた。

「今回のことだけを言っているのではない。おそらく、君はこれから先、さらに上に進む人間だと僕は思っている。経営の中核を担《にな》う人間に名を連ねることになるとね。そんな立場になれば、将来再び苦しい選択を迫られることもあるかもしれない。経営に携わる者が、切られる者の苦労を、地域がどれだけ苦境にたつことになるのか、それを知っておいて損はない。いや知っておくべきだ」

湯下は、口元を歪《ゆが》めると、

「君がそんなに僕を買ってくれているとは知らんかった。そやけどな、見ての通り、僕には岩手くんだりまで出掛けている時間なんてないんや。販社の統合、人員整理、やらなけりゃならん仕事は山ほどある。目の回るような忙しさなんや」

「岩手まではたった三時間じゃないか」

「その三時間を割く時間がないと言ってんねん」

「しかし、自治体の首長から、こうした手紙をもらった以上、社長とは言わないまでも、せめて役員たる君が出掛けて行くのが礼儀というものではないのかい」

「君は本社の部長なんやで。会社は閉鎖業務の全てを一任してるんや。君で充分や」

湯下は取りつく島もなく、言い放つと、「とにかくこれからまた会議がある。後は悪いけど詳しいことは担当者と打ち合わせをしてくれ」いささか憮然《ぶぜん》とした表情を浮かべると席を立ち、「話は終わりや。もう行っていい」

ソファに腰を下ろした高見に傲然《ごうぜん》とした口調で言い放った。

＊

岩手工場の現地雇用者で結成される労働組合と初めての交渉を持ったのは、東京での会議を終えて磐井市に戻ってから五日後のことだった。

管理棟にある会議室には、労働組合側から委員長、書記長、賃金部長、労対部長の四人が出席し、会社側からは、高見、邦武、それに工場長の城戸口が狭いテーブルを挟んで相対する形で座った。

一同が揃《そろ》ったところで高見は立ち上がると、

「このたび岩手工場の労務担当部長として赴任してきた高見です。改めて申し述べるまでもありませんが、我が社の半導体事業部は鷹羽電器との合併、新会社設立に伴い、断腸の思いで当工場を閉鎖することを決定いたしました。残念ながら現地採用の皆さんは全員解雇するというのが会社の方針です。もちろん、皆さんにはできる限りの補償をすることは言うまでもありません。これから、退職していただくにあたって、会社が用意したパッケージの説明をさせていただきたいと思います」

交渉の開始を静かに告げた。

隣に座った邦武が、すかさず用意してきた書類を執行部役員に差し出した。

「まず最初に撤退スケジュールからご説明いたします」

高見は、それから長い時間をかけて、パッケージの内容を丁重に説明した。執行部の役員たちは、その間一言も発することなく、黙って高見の言葉に耳を傾けていた。

「よろしいでしょうか」

最初に口を開いたのは書記長を務める片倉《かたくら》だった。執行部役員の履歴にはあらかじめ目を通していた。彼はＩ２の生産ラインで働くリーダー職にあり、年齢は三十八歳のはずだった。

「条件面の評価に入る前に、会社に一言申し上げたいことがあります」片倉は書記長という役職にふさわしく、感情を抑えた声で話し始めた。「半導体事業、特にＤＲＡＭの市場が苦境に立たされていることは生産現場にいる我々も充分に承知しております。事業部の切り離し、鷹羽との合弁会社の設立は企業存続の観点からいえば、理解できるとしても、なぜ岩手工場でなければならなかったのか、その理由をお聞かせ願いたい」

「当工場が閉鎖の対象になったのは、国内にある当社、鷹羽の四工場の中で、施設が最も古く、規模の点においても、最小のものであるというのが最大の理由です」

東京での三日間の滞在中、湯下に会ったのは最初の一日だけだったが、残る二日の人事部とのミーティングの間に想定問答集が手渡されていた。この質問はあらかじめ予想されていたものだったので、高見は淀《よど》みなく答えながらさらに続けた。

「付け加えれば、残る三工場、秋田、岐阜、佐賀の工場の人件費との格差が問題になったのも事実です。当工場の人件費は、他に比べてわずかながらですが高額なのです。国際的な価格競争に晒《さら》されているＤＲＡＭ市場において、生産コストが高いことは販売力に即座に影響します。これもまた、当工場が閉鎖対象になった要因の一つです」

「それでは、もしも、我々が他の三工場程度のレベルまでの賃下げに同意すれば、閉鎖を免れる余地はあるということですか」

「人件費の問題はそう単純なものではありません。ご承知かと思いますが、現在世界市場で圧倒的シェアを持っているのは韓国メーカーで、彼《か》の国の製品がおよそ三〇％を占めています。もしも彼らと現在の設備、陣営のまま競合していこうとすれば、従業員の賃金を同レベルまで下げなければならなくなります。たとえ雇用が確保されたとしても、これまでと変わらない労働条件で賃金だけは比較にならないほど下がることになるのですよ。そんな労働を強いられて果たして我慢していただけるでしょうか。それに韓国企業にしたところで、いつまで今の繁栄を享受《きょうじゅ》していけるかという点に関しては大いに疑問があります」

「と、いいますと」

「中国です。片倉さんは、賃下げに応じれば工場は閉鎖を免れるかとおっしゃいましたが、中国での半導体生産規模が拡大すれば、生産コストの中に占める人件費の比率は劇的に下がることは間違いありません。当社にも、上海《シャンハイ》に半導体工場がありますが、中国の人件費がどれほどのものか、想像がつきますか」

片倉は当惑した表情で沈黙した。

「高卒初任給が日本円にして約一万七千円。高専卒で二万二千円。かなり優秀な大卒を雇用しても三万四千円といったところです。その程度の賃金でも出来上がってくる製品が同じならば、製造拠点が中国へ移っていくのも当然でしょう」

「確かに、高見さんのおっしゃることは理解できなくはありません。事実、この辺りでも、早々に製造拠点を中国に移している企業はたくさん出てきていますからね。しかし、東洋のような大企業ともなれば、日本経済の一翼を担う存在としての社会的責務というものがあるのではないですか。いかに企業が生き残るためとはいえ、地方の弱者を切り捨てていいというわけではないでしょう」

片倉は初めて感情を露《あらわ》にして、血を吐くような言葉を投げつけてきた。

彼の心情は察するに余りあるものがあったが、高見はこれが使命なのだと自らに言い聞かせながら、

「会社もあなた方だけにご迷惑をかけようとしているわけではありません。事実、本社だけでも昨年末に三千人もの従業員を解雇しました。今回の鷹羽との合併に際しては、関連会社、販売会社を合わせてさらに多くの従業員が早期退職を迫られることになるでしょう」

「結局は会社が生き残るために、弱者を切り捨てるのと同じことじゃないですか」

「肝心の本体が潰《つぶ》れてしまえば、全社員が何の補償もなく路頭に迷うことになるのです。経営環境というものは日々変化するものです。世界がかつてとは比較にならないほど狭くなってしまったいま、そのスピードは加速度を増す一方です。我が社にしても、今だ

からこそ、辞めていただく皆さんにはこれだけの優遇措置を提示することができますが、一年後に同じ条件を提示できるかといえば、その保証は全くありません」高見はこみ上げる心の迷いを振り払うかのように、強い口調で言うと、「会社が提示した条件面でご質問はありませんか」

と、話題を転じた。

片倉に代わって、賃金部長を務める榊原《さかきばら》が口を開いた。

「先ほどのご説明では、四月のI3を皮切りに、四ヶ月ごとにI2、I1と順次閉鎖を進めるとのことでしたが、これでは辞める時期によって、再就職先を探す際にハンデキャップが生じます。つまりI3で働く人間は、早くから職探しに専念できるわけですが、周辺地域の雇用状況を考えると、出遅れた者はどう考えても不利です。もしもI2、I1にいる従業員が、四月の段階で退職を希望した場合はどうなるのです」

「それは、自己都合ということになりますからパッケージ通りの退職金は支払われません」

「つまり、規程通りということですか」

「そういうことになります」

「それは酷《ひど》い。いくらなんでもあんまりだ。勝手に工場の閉鎖を決めておきながら、首を切られる従業員の辞める時期まで拘束するなんて、身勝手にもほどがある」

榊原のみならず、執行部の全員が怒りを露にした。

その気持ちは高見とて同じだった。事実、湯下との面談を終えた後、人事部の担当者から、この指針を告げられた時には、そのあまりの虫のよさに舌鋒《ぜっぽう》鋭く方針を変えるよう、嚙《か》みついたのは誰でもない、この自分だった。

しかし、会社の答えはあまりにも冷酷なものだった。

「生産計画が狂えば、マーケットが混乱する。何があってもプラン通りに解雇は進めろ」

その一点ばりで、最後には、

「これは社命だ」

その一言で議論は打ち切られたのだった。

「皆さんの気持ちは理解できます。確かに早くに辞めていかれる方は、職探しにも先んじて専念できることは事実というものでしょう。しかし、これも考えよう一つです。I2、特にI1と事務職に最後まで残られる方は、八ヶ月の間、今まで通りの給与が支払われるわけです。昨年のボーナスが年間四ヶ月だったことを考えれば、これは決して小さな額ではないはずです。つまり最後に残っていただける方たちは、先に辞める方に比べて、より多くの年収を確保できることになるのですから」

「まあ、君たちもそう喧嘩腰《けんかごし》になるなよ」やり取りを聞いていた城戸口が、初めて口を開いた。「僕から見ても、今回のパッケージに関しては、会社はずいぶんと誠意を見せているうと思うよ。退職金は勤続年数に関係なく満額支払われるうえに、一年分の年収を上乗せすると言ってるんだ。僕にこんな話が来たら、真っ先に手を上げたいところだよ。ふっふっふっ」

恰幅《かっぷく》のいい腹をゆすりながら、笑い声を上げた。高見は腸《はらわた》が煮えくりかえったが、

「定年間際《まぎわ》の工場長だからそんなことが言えるんですよ。これから先、家族を養っていかなければならない我々はそんな気持ちにはなれませんね」

榊原が高見の心情を代弁するかのように鋭く憤《いきどお》りの声を上げると、憮然《ぶぜん》とした表情を浮かべながら、城戸口は押し黙った。

「それに、高見さん。工場長はいま、今回のパッケージは、会社として精いっぱいの誠意を見せたと言いましたが、昨年末に希望退職で辞めていった方々に提示された条件はいったいどんなものだったのです」

「基本的には今回皆さんに提示したものと変わりはありません。いやむしろ、本社の方が、一年分の年収が加算されなかっただけ条件は悪かったと言えます」

「それは、そもそも、我々の給与ベースが低いからじゃありませんか。同年齢で支払われた退職金のモデルを知りたいと思います」

榊原は賃金部長らしく食い下がってきた。

「しかし、現地雇用者と本社採用者ではそもそも賃金テーブルが違う。それを見たところで参考にはならないと思いますが」

「そうでしょうか。岩手工場の従業員の平均年齢は三十五歳です。家族を養い、これから学校に行かせなければならない子供を抱えている人間もたくさんいます。教育にかかる金は、都会も地方も同じです。それどころか、三世代が同居している従業員の比率は、本社の方々よりも、こちらの方がずっと多いでしょう。つまり、これから先の出費を考えれば、必要な金はこちらの方が遥《はる》かにかかることは間違いありません。解雇に際しての補償というなら、そうした点も考慮に入れてしかるべきでしょう」

榊原が言わんとしていることはよく理解できた。思わずなんと答えたものかと、沈黙した高見に代わって口を開いたのはまたしても城戸口だった。

「君ねえ、本社の退職金を参考にしても仕方がないじゃないか。第一だねえ、君たちはこの工場で働く際に提示された給与で不満はないと言って、自ら望んでここに来たのだろう。それをいざ辞めるとなれば本社並みの退職金を補償しろなんて、そんな理屈は通らないよ」

「そうでしょうか。私たちは、今の条件でもいいから働かせてくれと言っているのに、辞めてくれと頼んでいるのは会社ですよ。本社と同様とは言いませんが、その格差を確認しないことには、我々執行部としては、組合員に説明ができません」

「むちゃは言うものじゃないよ」

「あなたと話していてもらちがあかない。どうなんです高見さん」

高見は考えていた。榊原の気持ちは分かるが、あの湯下が本社の賃金テーブルはおろか、退職金のモデルさえも開示するとは思えなかった。だが、都市部とは違い、雇用の場が限られている地方で職を失う彼らの心情を考えると、その願いを言下に否定できないと思った。

「希望が叶《かな》えられるかどうかはわからないが、とにかく本社に君たちの意向は伝えよう」

「高見君」

城戸口がとがめるように呻《うめ》いたが、

「意向を伝えるだけでは困ります。ぜひ情報開示をお願いします。もしも、会社が拒絶するというのであれば……」

「開示しなければ、どうするというのです」

「ストを打つことも考えます」

「スト？」

思いもしなかった言葉に、高見は唖然《あぜん》として問い返した。

「当然でしょう。我々はまだ東洋電器の社員であり組合員です。スト権だって保障された権利の一つなんですから、それを行使することだって許されるはずです」

その言葉をきっかけに、四人の執行部員たちは席を立った。

ドアが荒々しく閉まり、三人になった部屋で、酷《ひど》い疲労を感じた高見は思わず大きな溜息《ためいき》をついた。隣に座っていた城戸口は、煙草《たばこ》に火を灯《とも》すと、ふうっと深い息を吐き、

「高見君、まあ、そんなに心配することはないよ」

意外なほど楽天的な声を掛けてきた。

「同じ組合でも、本社の御用組合とはえらい違いです。まさかストを持ち出すとは考えもしませんでした」

「大丈夫、そんなことにはならないよ」

「しかし、あの様子では……」

「まあ、君はこの街に来て間もないから、分からんのも無理はないのだが、この辺の連中はストなんてことはしないよ。見ていれば分かる」

城戸口が妙に自信あり気なのが理解できず、

「どうしてそう断言できるんです」

「僕の家は代々北海道で農業をやっていてね」城戸口は一転して遠くを見詰めるような視線を宙に向けた。「農業というのは博打《ばくち》みたいなものなんだ。丹精込めて育てた作物が、たった一夜にして全部駄目になることもある。収穫の多寡《たか》、作物の出来不出来なん

てものは、それこそ天気次第だ。不作だってどうすることもできやしない。『しょうがねえ』の一言で済ませて、後は翌年を信じてひたすら耐えるしかない。つまり諦《あきら》めるということには慣れているんだ。その代わり、収穫が順調でまとまった金が入ると、後先を考えずに使っちまう。新しい農機具を買い、子供にはバイクや服を惜しげもなく買い与える。たとえ借金を抱えていても、やっぱりまとまった金が入ってくると、懐《ふところ》が温かくなったように感じてしまうものなんだな。農家の人間なんてそんなもんだ。今回の閉鎖で固定収入の道を閉ざされるのは確かに痛手には違いないが、会社が提示した条件は決して悪いものじゃない。おそらく、この辺の農家の年収の四倍以上にはなるはずだ。彼らにしてみれば大金だよ。それだけの現金に加えて、畑では野菜も取れれば、田んぼからは米も取れる。固定収入がなくなったところで、食っていくのにただちに困るということはあり得ない。まあ、実際に再就職の斡旋《あっせん》が始まってみれば分かることだが、おそらく全員がただちに職探しにやっきになることはないと思うよ。退職金が底を尽きかけるまでにゆっくり次の仕事を探す。そういう連中も少なくはないだろうさ。ましてやストなどに打って出ることなどあり得ないよ。あまり深く考えないことだな」

城戸口は、ぽんと高見の肩を叩《たた》くと、まとめた書類を手に立ち上がった。

＊

その翌日、高見は邦武を伴って、磐井市役所に出掛けた。

気まずい空気が応接室に漂うなか、高見は邦武と共に磐井市長の時田《ときた》、助役の川崎《かわさき》、商工労働部長の西島《にしじま》と冷めた茶を前に向かい合っていた。

高見が赴任の挨拶《あいさつ》の後、岩手工場を閉鎖するに至った経緯をひとしきり述べ終えると、時田が口を開いた。

「御社の事情はただいまの説明でおおむね理解できました。しかしね、高見部長、雇用人数の少ない中小企業が撤退するのと、東洋さんのような大企業が撤退するのとでは、従業員はもちろん、地域経済に及ぼす影響は比較になりません。御社の撤退プランをいま一度、再検討いただく余地はないものでしょうか」

地方都市とはいえ、さすがに時田は市長の座に就くだけあって、六十三歳にしては若さを漂わせる顔の中で、鋭い眼を光らせ、威厳を感じさせる声で言った。

「磐井市、及び近隣八市町村の首長連名による申入書をいただき、岩手工場閉鎖が地元自治体に与える影響は、当社としても認識を新たにしているところです。しかし、今回の閉鎖撤退は、すでに会社の決定事項であるとともに、株主総会で承認を得ておりますので、プランの変更は不可能であると言わざるを得ないというのが正直なところです」

「はっきり申し上げますが、高見部長、今回の御社のやりかたには、我々としては納得のいかない点が多々あります」

「と申しますと」

「たとえ企業の経営にかかわることとはいえ、これほど重大な決定を行なうにあたって、当事者である従業員はもちろん、誘致を行なった我々にも何一つとして事前の通告がなかったのは、これまでの当市と御社の関係を考えれば、あまりにも礼を失した態度と言わざるを得ないのではないでしょうか」

「その点に関してはただお詫《わ》び申し上げるほかありません。ご不快の念を抱かれるのも当然だと思います。しかし、今回の件につきましては、半導体事業部を分離独立させ、鷹羽電器さんと合併会社を新たに設立するという計画がありました。業種のいかんを問わず、こうした計画は極秘裏に行なわなければなりません。事前に情報が漏れることは、社内のみならず株式市場等にも多大な影響を与えるものです。混乱を避けるためにも、このような手段を取らざるを得なかったのです。どうかこの点だけはご理解をいただきたいと思います」

　高見は、改めて三人の顔を見詰めると、深々と頭を下げた。

「しかしねえ、東洋さんほどの大企業ならば、何も工場を閉鎖しなくとも、製品ラインを変更するとか、他に打つ手があったのではありませんか」時田の後を継いで、西島が納得いかないという色を露にして問うた。「何も半導体だけが御社の製品ではないでしょう。作っていない製品といえばパソコンくらいのもので家電製品の全《すべ》てを網羅しているわけですから。たとえば、DVDレコーダーが製品化されれば、ビデオに取って代わる有望な製品になると聞きます。御社にしたところで、日々膨大な研究開発費を使い、新製品の開発に心血を注いでいるわけですから、工場の転用は可能なのではありませんか」

「おっしゃることはもっともです。当然、我が社といたしましても、閉鎖の決断をする前に、他の製品ラインへの転用は検討いたしました。しかし、肝心の家電製品市場が冷え込み、業績が下降線を辿《たど》っているいま、国内のどこの工場も生産能力を持て余しているのが実情で、生産拠点をシフトできる製品は皆無だったというのが結論です」

西島に限らず、そうした疑問を覚えるのは当然だと思った。実際、人事部との会議の席上、会社の決定事項が覆《くつがえ》ることはないと知りつつも、高見は同じ質問をぶつけ激論を交わしていたからだ。しかし、これもまた人事部にとっては、想定されたやり取りの一つで、すでに回答はQ＆Aマニュアルの中に組み込まれていた。高見は、それに書かれたことを単に声にして伝えなければならない自分の立場に苦痛を覚えながら、事務的な口調で答えた。

「高見部長。工場が撤退すれば、磐井市周辺の経済にどれだけの影響を与えるか、御社は把握しているのでしょうか」

西島はいささか憮然とした表情で訊《たず》ねてきた。

「甚大なものがあるとは認識しております」

「甚大とは漠然としたお答えですな。ならば、実際私共が調査したデータがありますので、それを基にご説明させていただきます」西島はぶ厚いファイルを取り出すと、テーブルの上に広げた。「現在県内にはおよそ四百の県外からの誘致企業があります。それら企業が県全体の工業出荷額に占めるウエイトは五〇〜六〇％に達しています。磐井市近辺の県南地域には、そのうち六十六の企業があり、県全体に占める割合は、一六・九％、出荷額では、一七・六％を占めます。この中で御社は出荷額で実に四五％、従業員数では一〇％の割合になります。さらに、岩手工場で使われる半導体基盤等を生産する工場は、撤退に伴いこちらもまた閉鎖を余儀なくされますから、この比率はさらに大きなものになるでしょう。協力会社もまた、大打撃を受けることは間違いありません」

地場産業に与える影響の試算は、人事部が作成したデータには含まれておらず、初めて突きつけられた具体的な数字を前に、高見は返す言葉が見つからず沈黙した。

「影響はそれだけではありません。工場の閉鎖は、各市町村の商店街にも深刻な影響を及ぼします。現在磐井市だけでも、商工会の会員約五百社のうち、御社から何らかの形で恩恵を受けてきた小売店や飲食店は、二百社を超えます。商工会でも今回の閉鎖は深刻な事態と捉《とら》え、早々に会員からアンケートを取ったのですが、その結果一社平均で実に月額二十万円以上の売上依存があると判明したのです。中には、事務消耗品や電気工事などを請け負い、年に五百万円から一千万円以上の取引をしている会社もあるのです。周辺自治体を加えればその金額はさらに大きなものとなります。我々の試算では、年間約八億円。来年以降、このほとんどがなくなってしまうと考えると、周辺自治体が受ける影響は単なる税収減にとどまりません。まさに、周辺地域の経済にとっては死活問題そのものです」

「ただいまの試算に疑義を差し挟むつもりはありませんが、それは解雇された従業員が再雇用されなかった場合、つまり完全失業となったことを前提としておられるようですが」

「その通りです」

「だとすれば、その数字はいささか、悲観的に過ぎるというものではないでしょうか」

「そうとも言えません」時田が続けた。「実際、工場の閉鎖が相次いでいる県北の盛岡周辺では、地場産業が受けている打撃は目に見える形で現れてきています。市内の商店にしても、昨年末以降、売上は伸び悩んでいます。高見さんは赴任されたばかりでこの辺りの事情はご存知ないでしょうが、正月ともなれば、多少の無理はしてでも、誰もが古くからのしきたりを守るべく高額な品を買い揃《そろ》えるものです。ところが昨年は、年末の売上は前年比マイナス。それどころか、年が明けてからのセール品すら、誰も手を出そうとしない。我が市にしても、東洋さんに去られたのでは、ただでさえも中央資本に押され、商売を続けていくのがやっとという旧来の店は、それこそ閉店の危機に晒《さら》されることになるのは間違いありません」

「それに……」

時田に代わって西島が、さらに食い下がる気配を見せたが、高見はすかさず語気を強めて返した。

「当社は、これまで雇用してきた従業員を何の手当てもすることなく、放りだそうとしているのではありません。充分な割増退職金を支払い、さらに再雇用の支援までをも行なうことを確約しております。これはただいま商工労働部長が述べられた、最悪の事態を回避するために打ちだしたプランであることをご理解いただきたいと思います」

「高見部長。あなたは再雇用と簡単におっしゃいますが、実際問題として、八百人もの人間の再雇用の場を見つけるのは、現状を考えると簡単な話ではありませんよ」助役の川崎が初めて口を開いた。「御社のような条件を提示できる企業はまず皆無と言っていい。かつて、地場に安定した雇用がなかった時代には、農閑期になると出稼ぎに出るのがこの辺りでは当たり前でしたが、季節工の募集など今の日本のどこを探してもありはしません。人員整理にあう従業員は、完全に収入の道を閉ざされてしまうのです」

「だからこそ、その補償として、通常以上に手厚い退職金を用意するつもりでいるのです。残酷な言い方かもしれませんが、閉鎖の決定は覆るものではありません。役員会議レベルでの話ならともかく、すでに株主総会で承認された決定事項です。いま、我々に課せられた任務は、ただいま商工労働部長が述べられた、最悪の事態を避けるためにも、全従業員が再雇用を果たせるよう、お互いに協力しあうことだと私は考えます」

それは、相対して座る三人に向けた言葉というよりは、自らの覚悟を確固たるものとして戒めるものでもあった。長年会社のために貢献してくれた従業員を不幸にしてはならない。もはや撤退が避けられないものとなった以上、不幸になる人間を作ってはならない。そのためには、どんな努力、労苦をも惜しんではならない。それが自分に課せられた使命だ。

高見はこみ上げてくる決意を新たにしながら、三人の顔を見詰めた。

長い沈黙があった。誰もが一言も発することなく、時間が流れた。やがて、苦渋の色を露《あらわ》にした時田が、静かに口を開いた。

「高見部長。もう一度訊《き》きますが、閉鎖の決定は何があっても覆らないのですね」

「残念ながらその通りです。すでに我が社、鷹羽の双方は半導体事業部の合併に向けて、動き始めています。関連会社、販売会社の再編に伴う人員整理も、間もなく実行段階に入ると思います。今回の話は、単に半導体事業部の存続だけではなく、東洋、鷹羽のいずれもが、会社の存続をかけ、不退転の決意で臨んでいることなのです」

時田はしばらく熟慮するように黙り込んでいたが、

「分かった……事態がそこまで進んでいるのなら仕方がない。あなたが言うように、こうなった以上、最悪の展開を見ないことを最優先に考えるべきかもしれんな」決然と言い放つと、「早急に八市町村の関係各署、それから県の労働局に連絡して、東洋電器閉鎖問題対策委員会を通じて、解雇される従業員の再雇用をできうる限り円滑に行なう、それが最優先課題だ。東洋さんも、従業員の再雇用については、最大限の誠意を見せていただきたい。それは確約して下さいますね」

高見の目をじっと見ながら、念を押すように言った。

市役所を出ると、いつの間にか外は激しい雪になっていた。

工場に戻る車中で、二人になったところで、ハンドルを握る邦武が、

「高見さん、だいぶお疲れのようですが」

心中を推し量るような口ぶりで話しかけてきた。

「そう見えるかね」

助手席に座った高見はぽつりと答えた。

「ええ……無理もありません。昨日は組合執行部、今日は市当局者と、気を使う面談続きだったのですから」

車は市役所のある裏通りから、市の中心部に入った。乾いた雪が、うっすらと積もり始めた路面は、スタッドレスタイヤを履いていても滑りやすい。通行量がいつにも増して少ない通りを、邦武は速度を落とし、ゆっくりと車を走らせた。

おそらく、近年に道路拡張工事がなされたのだろう。道を挟んで左右の建物の建築年数が明らかに違うことに高見は気がついた。煉瓦《れんが》ブロックが敷き詰められた歩道は、両側が均等に充分な広さを持っていたが、左側の建物はどれも新築のものばかりだった。それに比して右側の建物は、旧来の街の面影を色濃く残している。だが、商店の多くは、昼下がりだというのに固くシャッターを下ろした店が目立ち、歩道を歩く人影は数えるほどしかいない。

まさにシャッター通りという形容にふさわしい惨状だった。脳裏を先ほどの言葉がよぎった。

周辺自治体を加えての試算とはいえ、西島は年間八億円もの金が商店街に落ちていると言った。ただでさえも苦しい経営環境下にあるこの商店街にとっては、一社平均月額二十万円の減収は、決して小さなものではない。いや、ことによると致命的な打撃となるだろう。再雇用といっても、通勤可能な圏内にある大手企業が受け皿になるとは思えない。そもそも大企業ほど採用計画というものは綿密に立てられているもので、新規事業を立ち上げるのならともかく、急に人員を増やすことなどあり得ない。となれば、取るに足らない中小の地場産業が再雇用の中心となる。そのキャパシティがどれだけあるものかは全くの未知数だ。

高見は改めて、市の当事者たちが出してきた数字の重みを感じた。ともすると、自らに課せられた任務の重さに押しつぶされそうになった。溜息《ためいき》が漏れた。それが引き金になって、ふと、一週間前に交わした父の言葉が思い出された。

「邦武君……」

高見は前を見ながら、ぽつりと言った。

「何でしょう」

「私の父はね、かつて大和物産に勤務していたのだよ」

「そうでしたか」

「最後は鉄鋼部門を預かる取締役まで昇りつめたのだが、そこを襲ったのが未曾有《みぞう》の鉄鋼不況だった」

邦武は黙って高見の話に耳を傾けている。

「大和物産は鉄鋼部門の分離独立を決めた。当然、人員合理化という名の下に多くの社員が会社を追われた。それにあたって陣頭指揮を執ったのが父だった。この前東京に戻った際に、その父から言われたことがある」

「お父様、何とおっしゃったのです」

「父はこう言ったよ。『組織に身を置く者の一人として会社側に立つのか、あるいは切られる側に立つのか、自分の立場を明確にして事にあたることだ』とね」

「困難な任務だからこそ、旗幟《きし》を鮮明にしろというわけですね」

「確かに父の言う通りだと私も思う。閉鎖任務にあたる我々に迷いがあっては、職を失う従業員たちの間にも余計な混乱を招くだけだ」

邦武が黙って肯《うなず》くのが分かった。

「我々ができることは、限られている。工場閉鎖の当事者として、最大限の誠意を以《もっ》て交渉にあたり、再雇用を望む者には、市当局と緊密な連携を取り、新たな職を斡旋《あっせん》する。その二つしかない。君は、その再雇用の責任者となるわけだが、従業員たちの意向をできる限り叶《かな》えてやるべく、最善の努力をしてくれ。もちろん全てを君だけに任せるわけじゃない。総責任者として、私もできうる限りの労を惜しまない覚悟だ。我が社がここに進出して十五年。新たな雇用を創出しても、その間に街はここまで廃《すた》れた。そうした観点からすれば、たとえ工場が存続したとしても、地場経済がこのままの状態で推移するとは思えない。滅びるものは滅びるものだ。だが、溺《おぼ》れかけているものに最後の一撃、致命的な打撃を与えるようなまねだけは断じて避けなければならない」

高見は、自らの決意を新たにしながら言った。

*

組合執行部と、二度目の交渉を持ったのは、それから二日後のことだった。一回目と同様、四人のメンバーの顔が揃ったところで、高見は穏やかに切り出した。

「今日は、前回とは違い、踏み込んだ話をしたいと思います」

「その前に、先の交渉でお願いした本社で行なわれた早期退職者へのパッケージ公開の件ですが、お聞き届けいただけるのでしょうか」

高見の機先を制するように、真っ先に言葉を発したのは、書記長の片倉だった。

「その件については、本社にも打診はしてみたのですが、公開はできない、というのが回答です」

「それじゃ話になりませんね。会社側から出された条件を検討しようにも、肝心の判断材料となる資料がないのではどうすることもできません」

四人の顔に、本社の不誠実さを詰《なじ》るような怒りの色が宿った。

「なぜ、本社で行なわれたパッケージの内容を公開できないのか、その理由を聞かせて下さい」

片倉の後を継いで、榊原が身を乗りだした。

「理由は二つあります」高見は四人の顔を順に見ながら言った。「一つは、この前も申し上げましたが、本社採用と現地雇用者との間では、そもそも賃金体系が異なっており、それを公開しても参考にはならないと思われるからです。もう一つは、今回の半導体事業部の分離独立に際して、本社人事部はすでに移籍する従業員との間で、労働組合を通して交渉を始めています。同時に、販売会社、関連子会社との間でも、同様の交渉が始まっていますが、いずれの組合からもそのような要望は出ておりません」

「それは置かれた状況が違うからでしょう」

榊原が声を荒らげた。

「と、いいますと」

「本社の半導体事業部の方にしても、販社におられる方にしても、東洋電器を去るとはいっても、即座に職を失うことにはならないでしょう。その点我々は違います。工場の閉鎖は、イコール職を失うことを意味するのです。深刻さの度合いが違う」

「そうでしょうか」榊原の言わんとすることはよく理解できたが、高見はことさら冷静を装《よそお》って反論した。「今回の半導体事業部の分社、合併が行なわれた後も、該当する従業員の全《すべ》てがそのまま新会社に横滑りできるとお考えですか」

四人の顔に、一瞬だが怪訝《けげん》な色が宿った。

「合併というのは、一足す一がそのまま二になるというような単純なものではありません。経営的観点からいえば、従業員の数が一足す一が一、いや、それ以下になり、かつ逆に業績が上向かなければ意味がないのです」

「つまり、この機に乗じて大規模な人員削減を行なうということですか」

榊原の喉仏《のどぼとけ》が、大きく上下した。

「全ての社員が新会社に移籍できるわけではないと、申し上げているのです」高見は慎重に言葉を選んで告げた。「本社はもちろん、東洋傘下《さんか》の販社、関連会社にしても、全ての社員を受け入れるだけの余力はありません。この際ですから正直に申し上げますが、移籍する社員には形式上会社をいったん辞めていただくことになるのですから、退職金が支払われることになっています。しかしその額は規程通り、つまり何のインセンティヴもありません」

「辞めていく、いや、辞めさせられる従業員についてはどうなのです」

「それは皆さんに提示した条件と、ほぼ同等のものが適用されると考えていただいて間違いありません。こちらは会社の都合で辞めていただくわけですから、規程通りというわけにはいきませんからね」

「それでは、そのモデルを教えていただきたい。岩手工場の場合、従業員の平均年齢は三十五歳ですから——」

「本社では、すでに実績給制度を取り入れていることもあって、組合員、非組合員ともに、モデルといわれても、基本給が微妙に異なります。一概にこうだ、とはとても言えません」

高見は、さらに食い下がろうとする榊原の言葉を途中でぴしゃりと撥《は》ねつけた。

「しかしねえ、高見部長。これじゃ我々には会社から出された条件以外に、なんの判断材料もないじゃありませんか。職を失う八百人もの従業員に対して、どう説明したらいいのです」委員長の吉澤《よしざわ》が、初めて口を開いた。「まさか、出されたパッケージをそのまま鸚鵡《おうむ》返しに各部署を回って説明して納得させろ。そうおっしゃるつもりじゃないでしょうね」

鸚鵡返しと言われれば、自分だってその通りだった。先の交渉で、組合から突きつけられた要求を、本社に伝えた結果、人事部から返ってきた答えを、ただ話しているに過ぎないのだ。

「本件に関しては、会社も精いっぱいの誠意を見せているつもりです。実は昨日、市長をはじめとする市の当局者にも事情説明を行ないました。近隣の自治体では、中央資本の撤退が相次いでいるという現状も伺いました。そこで、撤退していった企業が、どれだけの補償をしたのかを我々も調査しましたが、我々が今回出した条件は決して悪いものではない、いやどこの会社に比しても最高のものだということが分かりました。それだけでも、組合員の皆さんには会社の誠意をご理解いただけると考えておりますが」

隣に座り、事の成り行きをうかがっていた邦武が、この二日の間に調査した資料を差し出してきた。それを広げたところで、

「撤退した他社といっても、東洋のような大企業が工場閉鎖を行なうのは前例がありません。中小企業が出した条件と、我が社のような大企業が出す条件を比較して論じるのは、それこそ何の意味もない」

吉澤は、語気を強めた。

「まあ、そんなわがままを言うもんじゃないよ」

城戸口が、割って入った。

「我々は何もわがままを言っているつもりはありませんよ。工場の閉鎖が、決定事項だというならば、支払われる退職金が妥当なものかどうか、それを確認したいと言っているだけです」

組合の委員長という責任感からくるものなのか、あるいは職場を失おうとする切迫感からくるものなのかは分からなかったが、吉澤の舌鋒《ぜっぽう》はますます鋭さを増してきた。

「繰り返しますが、今回皆さんに提示したパッケージは、同規模の企業が事業所の閉鎖を余儀なくされた場合、どこに出しても恥ずかしくないものだと私は考えています。皆さんが本社で行なわれた早期退職制度で支払われた退職金と比較して考えたいという気

持ちは、心情的に理解できなくはありませんが、そもそも退職金というものは、その時点でもらっている本給がベースになるものです。年齢が同じでも、職種、職掌によって、額には大きな差がでるものです。それを同一テーブルで比較しても何の参考にもならなければ、ましてや交渉材料にはならないでしょう」

高見は努めて穏やかに言ったつもりだったが、

「私たちは、創業者である向山翁《おう》の『社員は家族である』という言葉を信じ、この会社に一生を捧《ささ》げるつもりで、これまで仕事に打ち込んできました。家族の中ですら、隠し事をするというのでは、話しあう接点もありませんね。そちらが最低限の誠意すら見せるつもりがないというのなら、私たちにも考えがあります」

吉澤は、口を固く結ぶと、揺るぎない視線を向けてきた。

「考えというと」

「生産ラインをストップさせます。つまりストを打つことも辞しません」

「ストを打つということになると、職場放棄ということになりますから、その間の給与は支払われないことになりますよ」

「承知しています。岩手工場が進出してきてから十五年。この間、ただの一度もストを行なったことはありません。闘争資金は潤沢にあります。一月ぶっ続けでストを行なったとしても、これまで蓄積してきた資金で従業員への損失補塡《ほてん》は充分に手当てすることがでぎます」

「吉澤さん。冷静に考えて下さい」高見は言った。「確かにあなたがおっしゃったように、組合には闘争資金が潤沢にあることは事実でしょう。しかしね、ストを行なうとなれば、まず最初にスト権の確立が必要不可欠になります」

「そんなことは百も承知しています」

「果たしてどれほどの組合員がストに賛同するでしょうか」

吉澤をはじめ、執行部の全員が怪訝な顔をして高見を見た。

「工場が閉鎖されれば、当然組合も解散することになります。その時、これまで蓄積してきた闘争資金は、組合員に返却しなければならないのではありませんか」

あっ、という表情が四人の顔に浮かんだのを見て、高見は一気にたたみかけた。

「いま吉澤さんは、一月ぶっ通しでも損失補塡ができるだけの資金が組合にはあるとおっしゃいました。もし、ここでストを打つことなく、工場が閉鎖されれば、当然そのお金はまるまる従業員に還元されることになるわけです。つまり組合員の皆さんが手にできるお金は、退職金だけじゃない。組合を整理して残ったお金もまた手にできるわけです。これは決して小さなものではないと思います。それを無にしてまで、ストに賛同する従業員がどれだけいるでしょうか。本当にスト権が確立できるでしょうか」

四人の視線がすっと落ちた。内心にこみ上げる忸怩《じくじ》たる思いが伝わってくるようだった。

先に本社で退職していった人間たちのモデルを示すのは難しいということに嘘《うそ》はない。年功給が廃止され、業績給制度が導入されて以来、基本給は個人によって大きく異なり、どの年齢でいくらという単純な指標を指し示してやることはできない。一つ可能だとすれば年齢別に平均値を出すことぐらいだろう。それを知って気が済むものなら、教えてやりたいと思った。しかし、彼らがそれを知ったところで、会社との交渉の材料にはなりはしない。退職金の算出根拠になるのは、辞める時点での基本給がいくらだったかにある。それに先の早期退職のターゲットになったのは、いわゆるホワイトカラーのオフィスワーカーで、工場の労働者ではない。職種が違う上に、現地雇用者である彼らが、オフィスで働く人間たち、しかも本社従業員との給与格差を知れば、あまりの違いに惨《みじ》めな思いをするだけだ。

だが、彼らもまた東洋電器の社員であることに変わりはない。『社員は家族である』という翁の言葉を信じ、これまで身を粉にして東洋電器のために働いてきた、紛れもない同志であり戦友だった。

しかし自分は、会社の側に立ってこの撤退業務を完遂すると心に決めた——。

高見は心中を満たす葛藤《かっとう》を排除して、新たな提案を行なった。

「吉澤さん。会社側から一つ提案……いやお願いがあります」

「何でしょう」

掠《かす》れた声で吉澤が訊《たず》ねてきた。

「ここに、会社側があなた方組合員に提示したパッケージの要約と、アンケート用紙があります。これを執行部を通じて組合員の皆さんにお配りいただきたいのです」

邦武があらかじめ用意してきた書類を四人の前に置いた。

執行部の面々が、せわしげにそれに目を通し始める。

「岩手工場ではまだ業績給制度が導入されていませんから、賃金テーブルははっきりしています。要約には、会社側が提示した退職金を年齢別に、いくらもらえるか、それを表にまとめてあります。さらに、今回閉鎖を行なうにあたって、会社が再就職支援業務を行なうこと、住宅ローンの借り換え、健康保険の任意継続を求める場合の負担金、及びその期限、失業保険等、従業員の皆さんに必要と思われる情報だけを記載しました」

吉澤が書類に目を通しながら、こくりと肯いた。

「最後のアンケートですが、組合員の皆さんが、このパッケージをご覧になった上で、提示された条件をどう考えるか、それを知るための質問事項が記載されています」

「ちょっと待って下さい」声を上げたのは書記長の片倉だった。「いま配られたアンケートを見ますと、四種類のものが用意されているようですが」

「それはI1からI3の生産ライン、それに事務職によって退職時期が異なるためです」

「しかし、こんなアンケートを行なったのでは、我々執行部が事実上、工場閉鎖の事実を容認したことになる」

「それは何度も、申し上げている通り、会社の決定事項です」

高見は心を奮い立たせ、あえて冷たく突き放した。

「そうだよ。工場の閉鎖も決定事項なら、君たちに提示した条件もどうあがいても覆《くつがえ》るものではないよ。会社にしたって、この工場の閉鎖は企業存続をかけた決断なんだ。仮にだよ、君たちの熱意が通じて閉鎖を免れたとしても、会社が傾いてしまったのでは元も子もないだろう。倒産なんてことになったら君、それこそ丸裸で放り出されてしまうんだよ」

城戸口が横から口を挟んだ。

挑戦的なその言葉に、『黙れ！』と、叫びたくなるのをぐっとこらえて、

「提示したアンケートをそのままお使いになるのか、あるいはアレンジして使うのか、それは皆さんの判断にお任せします。私は組合執行部の皆さんの意見を信頼しないわけではありませんが、従業員が今回会社が提示した条件をどう考えていらっしゃるか、何に一番不安を覚えているか、今後の身の振り方をどうなさりたいのか、直截《ちょくせつ》な意見を伺いたいのです。これは、私たち会社から閉鎖の任を任された立場の者だけではなく、執

行部の皆さんにとっても、今後交渉を行なう上での重要な資料になると思います」

高見は静かな口調で言葉を結んだ。

執行部の面々は、しばらくお互いの顔を見合わせながら考え込んでいたが、

「このアンケートには、退職希望時期という項目がありますが、もしも、I3の従業員が最後まで働きたいという意向を示す、あるいは逆に、I1の人間が四月で辞めたいと言った場合、会社は退職時期について融通を利《き》かせる意思があると判断してよろしいのでしょうか。先の交渉では、I2、I1にいる従業員が、四月の段階で退職を希望した場合、自己都合ということになるからパッケージ通りの退職金は支払われないとの説明でしたが」

吉澤が、訊ねてきた。

「会社側の指示はその通りです」高見は包み隠さず、正直に答え、「だからこそ、解雇される当の従業員の皆さんの意向を知りたいのです。前にも言いましたが、最初に辞めていかれる方は、いち早く再就職の活動に入ることができます。その代わり、最後まで残った方は、八ヶ月とはいえ、長く固定給をもらえることになる。どちらを選択するのかは、それぞれが置かれた環境で異なるでしょう。アンケートには従業員の皆さんの意向が正確に表れるはずです。ことこの件に関して、私は閉鎖の責任者として、解雇されていく従業員の方々の意向を反映すべく、結果次第では会社側ともう一度交渉するつも

りです」

驚愕《きょうがく》の表情を浮かべながら、隣に座った城戸口がこちらを見るのを尻目《しりめ》に、高見は言い放った。

＊

机の上の電話が鳴ったのは、二度目の交渉を終えた翌日のことだった。二度ずつ小刻みに鳴るベルの音は内線であることを示している。

「高見です」

「東京人事部の市川《いちかわ》です」

慇懃《いんぎん》な声が受話器の向こうから聞こえてきた。市川は本社人事部で労対を担当する次長で、岩手工場閉鎖の任にあたっては、事実上高見のカウンターパートにあたる人物だった。うりざねののっぺりとした顔。きっちりと七三に分けた頭髪。銀縁の眼鏡。丁重だが、どこか人を見透かしたような態度——。まさに絵に描いたような人事部員という雰囲気を醸《かも》し出している男だった。

「ちょっと気になる話を耳にしたのですが」市川は、冷静な声で用件を切り出した。

「そちらの組合との会合の席で、退職時期に関して従業員の意向を反映させるべく、会社側と交渉する用意があるとお話しになったのは本当ですか」

昨日の話がもう本社の人事部に伝わっている。その事実に、内心驚きながらも、

「確かに言いました」

高見もまた冷静な口調で答えた。

「困りますね、高見さん。撤退の手順は本社にお越しいただいた際にも充分に説明したはずですし、あなたもパッケージを細部まで熟読し、会社の意向は理解しているものと思っていましたが」

「承知しております」

「ならば、なぜ会社の意向に反する回答を組合執行部になさったのですか」

「閉鎖の当事者となる現地雇用従業員の意向を知るためです」

「従業員の意向も何も、工場は順次閉鎖されることが決定しているのですよ。いまさら、彼らの意向を調査したところで、撤退計画の変更などできはしませんよ」

「それは分かっています」

「だったらなぜ」

「実は、意識調査の結果が出てからご相談申し上げるつもりだったのですが、撤退計画ではＩ３からＩ１まで、生産品の古い順に順次閉鎖を行なうということでした。しかし、実際に執行部との交渉の席で、辞める時期によって解雇されていく従業員の間に不公平

が生じることを指摘されたのです」

「それは、どうにでも説明がつくことでしょう。四月退職者と、十二月退職者の間では、八ヶ月分の収入格差がつくことは避けられませんが、その分早くに辞めていく従業員は再就職に向けての活動にいち早く取り組むことができるわけです。最終的な収入格差は、不利益を覚悟で最後まで会社に尽くしてくれた従業員への、いわば報償的意味合いもあるのですよ」

「市川さん。それはあまりにも、会社に都合のいいように事を考え過ぎてはいないでしょうか。確かにいまおっしゃったことは組合執行部にも伝えました。しかし、I1で働いている従業員の中にだって、すぐにでも再就職活動に入りたいと考えている人間だって少なくないと思うのです。逆に、I3の従業員の中には、最後まで会社に残りたいと願う人間もいるでしょう。それを会社の意向に従わず辞めていく従業員には、何のインセンティヴも与えない。つまり自己都合退職扱いにするというのは、余りにも勝手過ぎはしませんか。願いを叶《かな》えるかどうかは別として、従業員がどんな意識を持っているのか、それを調査するのは、むしろ事を円滑に運ぶためには、必要なことではないでしょうか」

「その結果、従業員の多くが最後まで会社にとどまりたいという意向を示したら、どうなさるつもりなのです」

「それは実際に意識調査の結果が出てみないことには即答できません」

「そんな悠長なことを言っていていいのですか。少なくとも、会社は撤退計画を変更するつもりは一切ないのですよ」

「承知しています」

「承知している？　だったらなぜそんなことを言ったのです」

　市川の口調が詰問調になった。

「ただいまも申し上げた通り、意識調査の結果が出てみないことには明確なお答えはできませんが、おそらく市川さんがご心配になるような展開にはならないと思います」

「ほう、大した自信ですな」

「人間の価値観というものは、人が百人いれば百様です。中には早々と会社を辞し、再就職活動を始める人間もいるでしょうし、最後まで残りたいと思う人間もいるはずです。問題はその比率です。会社の意にそぐわない行動をとれば、自己都合とされ、なんの補償もされないまま放り出される。嫌々ながらも、業務を続けるしかない。従業員がそんな境遇に置かれれば、職場の士気は確実に落ち、生産効率が低下する事態だって避けられないかもしれない。私に課せられた使命は、円滑に従業員を解雇するばかりではなく、最後まで工場を稼働《かどう》させることでもあると思っています。そのためには、従業員の意向をできうる限り反映してやることが必要不可欠だと思うのです」

「しかしねえ、数多《あまた》いる従業員一人ひとりの意向を反映していたのでは――」

「回答はいくつかのパターンに分かれるはずです」高見は市川の言葉を遮《さえぎ》って続けた。「もしもI3の従業員の中で、最後まで働きたいと願う人間がいれば、できうる限りの範囲で配置転換をしてやればいいでしょう。もちろん削減人員は、各期ごとにあらかじめ決められていますから、それを逸脱するつもりはありません。その点はお約束いたします。とにかく、それを話し合うのも意識調査が出てからということで、今日のところはご納得いただけないでしょうか」

半導体工場のオペレーションに関していうならば、高見は誰よりもよく知っているという自負があった。半導体製品のスペックがめまぐるしく変わるのは事実だが、生産工程がそれに伴って劇的に変化することはない。作業員の仕事にしたところで、I3とI1では似たようなものだ。I1の中で四月に退職を希望する者がいてI3の中で最後まで働くことを望む人間がいたとすれば、業務内容にさほどの違いがない限り人間を入れ替えればいいだけだ。確かに機械的に、ラインごとに人を解雇していくほうが手間いらずには違いないが、閉鎖の任を任された自分たちが多少苦労をすれば充分に解決できる問題だと、高見は考えていた。

「そこまでおっしゃるのなら、その従業員の意識調査の結果が出るのを待ちましょう」

市川の軽い溜息《ためいき》が受話器の向こうから聞こえてきた。「しかし、人事部としてはパッケージに書かれた内容を、一切変更するつもりはない。その点だけは、心しておいて下さい。それから、この件は、湯下本部長に報告しておきますので、その点もお含みおき下さい」

湯下の名前を出したところから、早くも市川が保身に走っていることが分かった。

「結構です。結果が出次第すぐにご報告いたします」

高見は、努めて冷静な口調で言うと受話器を置いた。

工場長の城戸口の顔が脳裏に浮かんだ。従業員の意識調査を行なうべく、アンケートを申し出たことを知っているのは、会社側では自分を除いて二人しかいない。この件で邦武が本社に報告を入れるとは思えない。組合執行部の四人にしたところで同じことだ。まちがいなく、本社人事部にご注進に及んだのは城戸口だ。

いても立ってもいられなかった。閉鎖業務の指揮を執る当事者の一人が、組合との交渉の一部始終を密《ひそ》かに会社に漏らしている。自分の打ちだした方針に異議があるのなら、その前に面と向かって言えばいい。それを密告とも取れるような形で、通報するとは――。

高見は席を蹴《け》って立ち上がると、一つ上のフロアーにある工場長室に向かって、一気に階段を駆け上った。

ドアをノックすると、どうぞ、と間延びした城戸口の声が聞こえた。

「高見君。どうしたんだね、君ほどの紳士がアポも取らずにいきなり現れるなんて」

「城戸口さん。先ほど本社人事部の市川さんから電話をもらいましたよ」

「ほう、何かそれが？」

城戸口はでっぷりとした体を椅子《いす》に預けると、とぼけた口調で言いながらもじろりと高見を見た。

「アンケートの件を本社に報告したのは、城戸口さんですか」

「アンケート？　ああ、あの従業員意識調査の件かね」

「そうです」

「確かに報告したよ」城戸口は手にしていたペンを机の上に置くと、「それがどうかしたかね」

「解雇される従業員の意向を知っておくのは、完全閉鎖まで工場を円滑に稼働させるためには、我々も知っておかなければならない重要なことじゃありませんか」

「まあ、いきなりそう喧嘩腰《けんかごし》で話を切り出すものじゃないよ。そこに掛けたまえ」

城戸口は、部屋の中央に置かれた応接セットを目で指した。

「君が言うことは分からんでもないが」二人が相対する形で座ったところで、城戸口は煙草《たばこ》を銜《くわ》え、煙を吐き出しながら話し始めた。「しかし、君、あれは越権行為だよ」

「どうして従業員の意識調査をすることが越権行為にあたるのですか」

「君は、今回ここに赴任する際に、会社の人事部から撤退方針については詳しいレクチャーを受けてきたのだろう」

「もちろんです」

「会社はこう言ったんじゃないかね。撤退はパッケージに書かれた手順で粛々と行なうこと。なのにあの時君は組合の連中を前にして何と言った。『解雇されていく従業員の方々の意向を反映すべく、結果次第では会社側ともう一度交渉するつもりだ』そう言ったね」

「確かにそう言いました」

「困るんだな、実際、ああいうことを軽々しく言われては。あれじゃ寝た子を起こすようなもんじゃないか」

城戸口は苦虫を噛《か》み潰《つぶ》すように口元を歪《ゆが》めると、また一つ煙を吐いた。

「なぜです」

「わざわざ説明しないと分からないことかね。いいか、君が組合の連中に言った言葉は、アンケートの結果次第では退職時期について考慮する余地があると確約したことになるんだよ。会社の方針では、I3からI1まで、四ヶ月ごとに随時操業を停止していく。しかも事前人事は行なわないという前提がある」

「しかし、中にはいち早く就職活動に入りたいと考えている従業員もいるでしょうし、あるいは最後まで会社にとどまりたいと願う人間だっているでしょう」

「だから、会社はそういう面倒を避けるために、早く辞めていく社員に対しては自己都合退職扱い、規程の退職金しか支払わないという方針を以《もっ》て臨んだんじゃないか。確かに、最後まで残った従業員は再就職が不利になる。だが、その分給与は余計にもらえる。それだけのインセンティヴをちゃんと用意したんだ。君の発言は、その計画を根底から覆《くつがえ》してしまうものじゃないのかね」

「城戸口さんは、本当にそれで最後まで残る従業員が、従来通り高いモラルを持って、仕事に邁進《まいしん》すると思われるのですか」

「何をそんな青臭いことを言っているんだ。仕事に私情は禁物だ」

「そうでしょうか」いとも簡単に城戸口は言い放ったが、高見は怯《ひる》まなかった。「四月になれば、定期的に多くの仲間たちが工場を去っていく。最後まで残る従業員には、毎月決まった額の給与が支払われる。それは事実でしょう。しかし、それも十二月までと決まっている。一方で早くに辞めていった仲間は就職活動に専念し新しい職場が決まっていく。当然最後まで残る従業員は不安に駆られる。仕事の合間を縫って、就職相談窓口に出掛け必死に次の職場を探す人間だって少なくないかもしれない。辞める時期が決まっているとなれば、どんな勤務態度をとったところで、人事考課に反映されるわけじゃない。ミスを犯したところで、痛くも痒《かゆ》くもない。生産効率、いや良品の歩留まりが下がれば、それはこの工場の生産について全責任を負うあなたの考課に直結する問題ですよ」

「そんなことを言い始めたら、退職時期を考慮してやったところで同じことじゃないか」

考課に直結する問題と言われ、一瞬、ぎくりとした表情を浮かべながらも、城戸口は傲慢《ごうまん》な口調で言い放った。

「それは違うと思います。少なくとも退職時期を自分で選択できるのと、会社から有無を言わさず押し付けられたのでは、意識が全く異なる」高見はここぞとばかりにたたみかけた。「撤退業務を全《まっと》うしなければならないのも使命なら、最後まで生産計画を狂わせることなく工場を稼働し続けるのも我々に課せられた使命です。従業員の事情に応じて配置転換を行なうことは決して悪い結果を生むことにはならないと私は考えます」

「まあ、君ももとはといえば半導体事業部にいたんだ。生産ラインのことはよく知っているだろうから、その点については争う気はないが……。しかしねえ、何しろ八百人からの従業員の配置転換を行なうとなると、これは並大抵のことではないよ」

「分かっています。ですが、このまま会社の計画に沿って、機械的に従業員の解雇を行なえば、会社側が予期していなかった事態を招くことだってあるかもしれません」

「不測の事態？」

城戸口は銜えていた煙草を、口から離すと訊《たず》ねてきた。

「従業員の再雇用に関しては、先の市当局との事情説明の席で、自治体の協力を取りつけたことはお話ししましたね」

「ああ」

「これほど大規模な誘致企業の撤退は、県内でも初めてのことで、おそらく本格的に閉鎖業務が始まった時点あたりから、我が社の動向は自治体のみならず、県民の多くの注目を集めることになるでしょう」

「まあ、それは君の言う通りだろうな」

「当然、マスコミも動き始めるでしょう。リストラなんて話題は格好のネタですからね。特に地元の新聞は、間違いなく今回の撤退に関して、徹底的な取材をしてくるに違いありません」

声にこそ出さなかったが、あっという顔をして城戸口は高見を見た。

「こうしたケースでマスコミがどんな論調で事態を報じるかは、容易に想像がつくでしょう。まさか、職を失ってハッピーだったなんていうコメントを取り上げるわけがありませんからね。従業員にしたところで、恨みつらみの言葉を吐きこそすれ、手厚い退職金をもらったなんてことは決して言いますまい。その時に、会社側は、一度も従業員の意識調査をしなかった、有無を言わさず会社の撤退スケジュールに沿って、辞めさせられたなんてコメントが載せられたらどんなことになるか。再雇用を円滑に行なうために対策室を設けた自治体だって、黙ってはいないでしょう」

城戸口は、忌々《いまいま》し気に煙草を灰皿に擦《こす》り付けると、呻《うめ》き声を上げながら腕を組んだ。

「ことは、会社のイメージにもかかわる問題です。とにかく我々にできる最大限の誠意を見せること。ある程度の非難は避けられないまでも、誠意は見せたという事実を一つでも多く見せること。それが、ひいては会社のためでもあるのです」

高見は念を押すように言った。

＊

解雇対象者となる従業員の意識調査の結果が出たのは、それから五日後のことだった。約八百人もの人間を対象にしたにもかかわらず、短期間でアンケートが回収できたのは、生産ラインの現場で働く従業員を対象としたために、出張等の不在者がいなかったこと、それに質問項目をごく限られたものに絞ったせいだった。

従業員の氏名、所属部署、希望退職時期を四、八、十二月のいずれを望むか。その理由は何か。

その気になって書き込めば、ものの十分とかからないものだった。

アンケートの結果は組合執行部の手によって、七枚ほどのペーパーにまとめられていた。

高見は届けられた集計結果に目をやった。

最初の一枚には、退職時期の選択結果と理由が項目別に記してあった。

四月末日退職希望者、三〇・六％、八月末、二九・四％、十二月末、四〇％……。比率は、三つの生産ラインの従業員数にほぼ比例する。I3からI1までの各ラインの数字に目を転じると、意外なことに会社側が提示した退職時期よりも長く勤務したいと願っている社員はさほど多くはない。一番最初に閉鎖されるI3でも、八月に退職を希望する者は、わずか一〇％で、十二月になると、二％程度のものだった。逆に最後まで残るI1では、四月退職希望者が五％、八月退職希望者が三％しかいない。

これなら、配置転換も何とかなる。

安堵（あんど）の気持ちがこみ上げてきたが、同時に意外な思いがした。少なくともアンケートの結果を見る限りにおいては、解雇対象となった従業員が、素直に会社側の意向を受け入れ、条件面で争う姿勢が見えなかったからだ。本社人事部や、工場長の城戸口が心配した、希望退職時期の意向を訊ねたりすれば、誰もが最後まで働きたいと思うに決まっているという予想とはあまりにかけ離れた結果を見て、高見もまた首を捻（ひね）った。

次のページを捲ると、そこには退職時期を選んだ理由が書き記してあった。

四月及び八月を選択した従業員の主な理由は、就職活動・資格・免許取得のためというものが圧倒的に多く、各期の六〇％を占めていた。次いで多いのが、その他・特になし、の二九％、担当業務がなくなる、の八％、仕事を続ける自信がない、家族の体調不良が残り三％といったところだった。

十二月を選択した従業員の意向を見ると、その他・特になしが最も多く四〇％、次いで収入を長く保ちたいが二五％、最後まで東洋電器で働きたい・業務を全うしたい、が一二％、会社の指示に従うが二三％だった。

『諦《あきら》めるということには慣れているんだ。固定収入がなくなったところで、食っていくのにただちに困るということはあり得ない。おそらく全員がただちに職探しにやっきになることはないと思うよ。退職金が底を尽きかけるまでにゆっくり次の仕事を探す。そういう連中も少なくはないだろうさ』

着任早々、城戸口が言った言葉が思い出された。その一方で、『最後まで東洋電器で働きたい・業務を全うしたい』という従業員が一二％もいる。会社の一方的な都合で、職を失おうというのに、その志の高さが高見の胸を打った。

七枚にわたるペーパーの後半のほとんどは、本来の退職時期をずらすことを望む従業員のリストにあてられていた。各期、それぞれ二十名前後、この程度ならば現場に混乱を招くことなく、配置転換を済ませることができる。

「邦武君」

労務担当課長として六人ばかりの部下を見渡せる席に座る邦武を呼んだ。

「何でしょう」

窓際《まどぎわ》に席を構える高見の前に邦武が進み出た。

「組合からアンケートの結果が回ってきたのだが」高見は、ペーパーの束を差し出すと続けた。「やはり、意識調査をやっておいて正解だったね」

邦武は、真剣な顔でペーパーの束に視線を走らせている。

「退職時期を考慮して欲しいと願っているのは、各生産ラインで二十名前後しかいない。もちろん早く辞めたいと願っている者もいれば、最後まで働きたいと思っている者もいる」

「これを見ると、両者のバランスがうまくとれているようですね」

「そのようだね」

「それで、高見さん、どうなさるつもりです。本社と、従業員の退職時期を考慮してもらうよう、交渉するつもりですか」

「そのつもりだが、対象となる従業員の業務内容を検討してみた上でないと、迂闊《うかつ》に切り出せば、杓子《しやくし》定規の答えしか返ってこないだろう。円滑に配置転換が可能かどうか、精査してみないとね」

「城戸口さんはこの件をご存知なのですか」

邦武は辺りをはばかるように声を潜めた。

「いや、まだだ。工場長には、その作業が終わってから話すことにするよ」

プランが実行可能かどうかが分からないうちに事が城戸口の耳に入れば、先の例から考えても報告はたちまちのうちに本社人事部へ伝わるに違いない。彼に知らせるのは、見込みが立った後のことだ。

「この報告書の最後の数ページは、退職時期をずらして欲しいと願い出ている従業員のリストになっている。悪いが君、該当者の職務内容を見て、意向に沿うことができるかどうか、検討してくれるかね」

「分かりました。で、どんな形でまとめればよろしいでしょうか」

「一人ひとりの所属セクション、業務内容を、希望退職期ごとの対比表にまとめて欲しい」

「それだけで、いいのですか」

「半導体工場の生産ラインのことは僕がよく知っている。それさえ分かれば、後は僕がやる。本当は、その作業も自分でやればいいのだが、今日はこれから市役所に出向かなければならない」

「ああ、周辺市町村で結成された、東洋電器閉鎖問題対策委員会の第一回目の会合があったのですね」

「そうだ。本当は直接の窓口になる君にも出て欲しいのだが……」

「いや、出席したところで、私は黙って話を聞いているだけです。本当の出番は組織の概要と指針が決まってからですから、こちらの方が優先課題です。すぐにとりかかれば、週明けの朝までには、リストを作成することができると思います」

「そう言ってもらうと助かる。このリストは一日でも早く仕上げなければならないんだ。無理を言ってすまんが……」

「いいんです。どうせ仕事が終われば独身寮に戻って、飯を食って寝るだけですから」

「管理職になって残業手当もつかない君には気の毒だが、この埋め合わせはちゃんとさせてもらうよ」

「それだけで充分です。任せて下さい」

邦武は、ペーパーの束を手にしたまま、一礼をすると席に戻って行った。

オフィスの中に、書類を捲る音だけが響いていた。

ふと顔を上げた先に、壁に掛かった時計が目に入った。長いこと書類と格闘していたせいで、にわかに焦点が合わず、邦武は二度三度と目をしばたいた。時刻は間もなく九時半になろうとしていた。フロアーの中に灯《とも》った明かりは、邦武がいるセクションだけで、いつの間にか他の電気は全《すべ》て消されていた。

「いけない、服部《はつとり》さん、君はもう帰った方がいい。後はやるから」

邦武はすぐ前の席で、黙々と作業を続ける服部智子《ともこ》に慌《あわ》てて声を掛けた。

「いいんです。今日は残業になるから遅くなると、家に電話を入れてありますから」

智子が顔を上げると、小さく微笑《ほほえ》みを返してきた。最初、リストの作成は邦武自身で全て行なうつもりだったが、人事課から従業員名簿をもらい、作業を始めたところで手伝いを申し出てきたのが智子だった。彼女は県内の短大を卒業して東洋電器に一般職として入社して六年になる。今どきの若い女性にしては、土地柄にふさわしく、素朴さを漂わせる女性で、雑務を言いつけられても嫌な顔をするところを見たことがない。入念な化粧を施し、ひとたび勤務時間を終えるとブランドもののバッグや服に身を固め、嬉々《きき》としてオフィスを後にする本社の女子社員を見慣れた邦武の目には、彼女の一挙手一投足が新鮮に映る。

「いや、そうはいっても、今夜はことのほか冷える。今朝出がけに聞いた天気予報では深夜から雪だと言っていたよ。このぶんだと道路は凍結しているだろうし、その上に雪が降ったんじゃ、車の運転は危険だよ。もういいから、帰りなさい」

「でも、このリスト、週明けの朝には部長に提出しなければならないんでしょう」

「ああ、それはそうだが、おおよその目処《めど》は立ったし」

「これって、退職時期の調整を願い出ている方のリストですよね」

「そうだが……」

「だったら、最後まで私に手伝わせて下さい」智子は一転して真剣な眼差《まなざ》しを向けると、

「本社は、従業員の退職時期の変更に関しては応ずるつもりはなかったのでしょう？」

「どうしてそれを」

「この部署にいればいろいろなことを耳にしますから。私は人事部員ということもあって組合には所属していませんけど、同期からは何かと話は漏れてきますし。それに
……」

「それに？　なんだい」

「実は、私の兄がI3で働いているんです」

「お兄さんが？　それは知らなかったな」

「入社七年目で、今年三十歳になります」

「お兄さんは、退職時期の変更を願い出ているのかい」

「実はそうなんです。できれば十二月まで、つまり最後までこの工場で働きたいと
……」

「もし、差し支えなかったら、最後まで働きたいという理由を聞かせてもらってもいいかな」

邦武は、解雇を目前にした従業員の生の声に興味をそそられた。

「家は父の代まではリンゴ園をやっている専業農家だったんです。もっとも、それだけで食べていけるほどの実収入はありませんでしたから、毎年冬になると、両親が出稼ぎに行くのが恒例となっていました。だけど、当の出稼ぎの口がなくなってしまって、今では兄と私の収入が家計の中で占める割合は決して小さなものではないんです」

「だったら、いち早く会社を辞めて次の仕事を探した方が賢明というものじゃないのかい」

「それがそうはいかないんです」智子は手にしていたペンを置くと、そっと視線を落とした。「リンゴ園といっても、収穫されたものが全て商品となるわけではありません。規格に合わない商品、味が良くとも見栄《みば》えの悪い商品は、農協の選別場で弾《はじ》かれてしまう。お金になるものよりも、引き取り手のないまま捨てられるものの方が多いくらいなんです。だけど、売れるものができるかどうかは、収穫してみるまでは分からない。手《て》間《ま》隙《ひま》は畑全てに均等にかかります。それに肥料代、農薬代、農機具のローン……。こうした生産にかかるコストをリンゴだけから上げるのはとても無理です。当然借金もあります。だから、少しでも長い期間、ここで働かせていただいて固定給を得たい。少なくともここにいる限りは、収入が計算できますから……」

「それじゃ、家の借金というか、ローンを返すために、少しでも長くここで働きたいと」

「ええ、それともう一つ、実はもう八十になる祖母がいるのですが、このところ体調が思わしくなくて、ずっと地元の病院に出たり入ったりを繰り返しているんです。農繁期になると、祖母以外は、果樹園の世話で忙しくなりますから、老人センターに預けたりはしているんですが、その入院費もばかになりません。こればかりは、歳《とし》だからといって、治療費を抑えることはできませんから……」

返す言葉が見つからなかった。隣の県出身の身であるがゆえに、農家が置かれた事情は充分に承知していたつもりだったが、直接智子の口を衝《つ》いて出る言葉には、当事者ならではの切実な響きがあった。彼女の一言一言が、邦武の心を抉《えぐ》った。

「ここで働いている方々の家の状況なんて、似たり寄ったりだと思います。皆苦しいんです。本当のことを言えば、従業員の誰もが辞めたいなんて思っていません。固定収入が閉ざされてしまうのは、死活問題そのものです。だけど、会社が撤退していくことを受け入れようとしているのは、経営の苦しさというものを分かっているからだと思うんです」

「経営の苦しさ?」

意外な言葉に、邦武は問い返した。

「農家の人間は皆、個人経営者ですから。会社との違いはそれが大規模な組織で行なわれているか、家族で行なわれているかの違いで、本質的なところは同じでしょう。それにケースも規模も今回の場合と異なりますが、古くから地場に根づいてきた会社が、従業員を解雇するということはままあったことなんです。つい最近では磐井市にある製材所がそうでした。経営不振に陥り、倒産したんですが、支払われた退職金はたった五万円だったそうです。それを考えると、会社の意向に逆らってまで、従業員の意志を何とか尊重してやろうとする部長には頭が下がる思いがします」

「高見さんはね、僕とは違って本流を歩いてきたエリート中のエリートだ。入社してすぐにアメリカのビジネススクールに派遣され学位を取り、長くTAMのR&Dに勤務して、昨年日本に戻ったばかりなんだ。だけどそんな経歴を鼻にかけることもなければ、約束された将来に執着し保身に走ることもない」

「そんな方が、なぜ工場閉鎖の責任者に？」

どうやら高見の経歴については初めて耳にしたらしく、智子は少し驚いた様子で訊《たず》ねた。

「それは僕にも分からない。だけど高見さんは、心の底から解雇されていく従業員の将来を心配している。閉鎖という会社の方針は変えられないが、少しでも従業員が納得する形で会社を去れるよう、知恵を絞り身を削っているんだよ」

「立派なんですね、高見さん……」

「ああ、本当に。僕も本社でいろんな人を見てきたけれど、あんな人はいないよ」

「でも、大丈夫なんですか」

「何が？」

「退職時期を考え直すこと自体がすでに会社の方針に反することになるのではないんですか。それをこんなアンケートをやって、退職時期の調整を行なうなんて申し出たら、本社がどう思うか……」

「それは心配いらないよ。高見さんは長いこと半導体部門を歩いてきたんだ。製造の現場のことなんか、人事の連中よりも遥《はる》かによく知っている。組合や解雇されていく従業員との間で余計な軋轢《あつれき》を生じさせない、つまり、円滑に閉鎖業務を行なう上では必要不可欠な措置で、会社を説得できると考えたからこそ、意向調査を行なったんだ。あの人は、そういう人だ。僕はそう信じて最後までついていくよ」

　邦武は、敢然と言い放ったが、智子が口にした、『そんな方が、なぜ工場閉鎖の責任者に？』という疑問が脳裏にこびりついて離れなかった。それはかつて自分が高見に投げ掛けたもので、あの時はTAMのR&D閉鎖の実績が買われたらしい、という答えが返ってきたが、改めて考えてみると、そこに何らかの恣《し》意的な力が働いた結果であるような気がしてならなかった。

　まずいことにならなければいいが――。

突然脳裏に浮かんだ不吉な予感を振り払おうと、邦武は再びリストを作成する作業に没頭すべく、机の上に山と積まれた書類に視線を戻した。

*

本社人事部の反応は素早かった。

『岩手工場閉鎖に伴う解雇者の配置転換に関して』というレポートを社内便で送った翌日の昼、机の上の電話が鳴った。

「高見です」

「湯下や」挨拶《あいさつ》を交わす間もなく、不機嫌な声が受話器から聞こえてきた。「高見、なんやこのレポートは」

「従業員の意識調査の結果の件かい」

「勝手にこんなアンケートを取って、いったい、お前、どないなつもりや」

「どんなつもりもないよ。従業員が解雇されていくにあたって、どんな意識を持っているのか、それを事前に調査し、無理のない範囲で会社の撤退プログラムに反映させるのは、当然のことだと僕は思うがね」

「お前、会社が出した撤退プログラムは頭に叩《たた》き込んでいるんやろうな」

「もちろん、隅から隅まで熟読したし、君の部下からも入念な説明を受けたよ」

「だったら訊《き》くが、プログラムには一切の事前人事は行なわないと書いてあったはずや。市川から聞いたが、君は組合の連中に対して、退職時期に関して従業員の意向を反映させるべく、会社側と交渉する用意があると言ったそうやな」

「確かにそう言った」

「それで、従業員の多くが最後まで会社に残りたいと言いだしたらどないするつもりだったんや」

「僕はあくまで交渉する用意があると言っただけだ」

「まるでどこぞの議員さんのような答えやな。アメリカナイズされたお前から、そんな曖昧《あいまい》な言葉を聞くとは思わへんかったわ」

湯下の皮肉の込められた言葉に、高見は一瞬、むっとしたが、

「結果はレポートに書いた通りだ。退職時期の調整を望んでいる従業員は、各期とも一〇%程度に過ぎない。この程度ならば意向を反映してやることは難しい話ではないと思う」

冷静に答えた。

「第一陣の退職時期を前にしてやね、いまさら配置転換なんかを始めたら、現場が混乱するだけやろうが」

「いや、そうはならない。I1からI3までのラインで製造される製品に新旧の違いはあっても、現場の仕事の内容はそう変わらない。レポートの最後に添付したリストを見てくれれば分かることだが、配置転換を行なったとしても業務に支障はきたさない。簡単な引き継ぎで事はスムーズに運ぶ。こういう言い方はしたくないが、半導体の製造現場のことに関しては、僕だって素人《しろうと》じゃない。それくらいの判断はつくし、確信を持っているつもりだ」

「確かに、半導体の現場については、お前は社内屈指のプロや。それは否定せえへん。しかしやな、こうした形で、会社が提示した撤退プログラムに対して、組合との交渉過程で一つでも譲歩すれば、連中、今度は何を言いだしてくるか分からへんぞ」

「そんなことは……」

受話器を持ち直して言いかけた高見の言葉を、湯下の冷酷な声が遮《さえぎ》った。

「そんなことはない言うんか。ええか、お前が半導体の専門家言うんなら、こっちは人事のプロや。先に行なわれた早期退職者との交渉を通じて、今まで飼い犬のようにおとなしゅうしとった人間が、いざ会社を辞めるとなると、どれだけ理不尽な要求を突きつけてくるかはよう知っとる。こちらが既定の路線を曲げて、たとえ一つでも譲歩の姿勢を見せれば、さらに新たな条件を奪い取ろうと踏み込んでくる。それが人間というもんや」

その人事に疎《うと》いと言わんばかりの人間を、工場閉鎖に伴う労務担当部長として任命したのは、いったいどこの誰だ、と言いたくなるのを高見はぐっとこらえて、

「しかし、湯下。君はそう言うが、我が社ほどの企業が、ただでさえも雇用基盤の脆《ぜい》弱《じゃく》な地方都市から全面撤退するとなれば、社会的責任は決して無視できないほど大きなものがあるはずだ」

「そないなことは、お前に言われんでも分かっとる。だから通常の退職金に割り増しを加えて支払うと言うとるんやないか」

「金だけの問題じゃない。辞めていく従業員に、しかたないとは思いながらも、納得してもらえることが大切なんじゃないのか。会社も最大限の誠意を見せた。そう思ってもらうことが……」

「会社の都合で辞めさせられる人間に、納得なんて言葉は存在せえへんよ」

「確かに君の言う通りだろう。だがね、もう一度アンケートの結果を見てほしい。収入を長く保ちたいという従業員は、わずか二五％しかいない。会社の指示に従うがほぼ同率の二三％、そして最後まで我が社で働きたい・業務を全《まっと》うしたいと願っている従業員が一二％もいる。この結果から見ても、退職時期を考慮したところで、新たな条件を勝ち取ろうというような気を起こす従業員はまずいないだろう。確かに組合の執行部は、これまでの交渉過程において、半導体部門の合併・新会社の設立に伴う早期退職者の条

件を開示することを再三要求しているが、それは大多数の組合員の意向ではないと僕は思っている。退職時期について会社が考慮すれば、閉鎖はスムーズに運ぶと確信している」

高見は、ぴしりと最後を結んだ。

短い沈黙があった。受話器を通して、湯下の息遣いが聞こえてくるようだった。

「ええやろう。君がそこまで言うんやったら、従業員の配置転換だけは認めよう」湯下は、浅い溜息《ためいき》と共に言うと、「ただし、パッケージの内容を変更するのは、この一件限りやで。他に連中が何を求めてきても、会社は一切応じない。既定の路線に従って閉鎖業務を行なうんや。ええな」

「分かっている」

「念を押すまでもないが、すでに閉鎖に伴う解雇通知は全従業員に対して行なってある。労働基準法では解雇は期日の一月前までに通知すればええことやから、法的にはなんら問題ない。あとは各自に退職時期と、それに伴う退職金等の条件を記した書類を送付して、同意書を取り付けろ。それさえ済めば、最大の山場は越える。すぐに取りかかってくれ」

今度は一転して強い口調で最後を結び、叩きつけるように受話器を置いた。

湯下をはじめとする本社人事部からは反発を買った意識調査だったが、交渉の窓口となる組合執行部の高見に対する姿勢には、明らかに変化の色が見て取れるようになった。アンケートの結果、組合員の大半が会社側が提示した条件に納得していることが明らかになったせいもあるが、何よりも高見が、交渉の席で公言した、退職時期を考慮し配置転換を行なうことを実現したことが、組合執行部の態度を軟化させることになった。

もはや、これ以上の譲歩を勝ち取ることは難しい。

執行部の面々の表情にはそんな諦《あきら》めの色が見て取れるようになり、退職同意書の送付についても、交渉と言えるほどのやりとりもなく、素直に了承した。

高見は、邦武をはじめとする部下に命じて、三日をかけて退職同意書と、退職金等の条件を記した書類を、現地雇用の全従業員分作成し、それを個々の自宅に向けて送付した。同時に、退職希望時期の変更を願い出た約六十名の従業員の配置転換を行ない、直ちに業務の引き継ぎに取りかかるよう、手配を終わらせた。

湯下が言ったように、これで全従業員の同意書を取りつければ、閉鎖業務にあたる上での最大の山を越えたことになる。

後は、退職していく従業員の再雇用をサポートする仕事に専念するだけだ。

全く予期せぬ事態が勃発《ぼっぱつ》したのはそう思っていた矢先のことだった。

「高見さん。早急にお伺いしたいことがあります。これからお時間を拝借できますか。

これは組合からの正式な要請です」

有無を言わせぬ口調で申し入れてきたのは、労働組合の書記長を務める片倉だった。

組合からの正式な要請とあってはむげに断ることはできない。

早々に会議室が用意され、いつもの四人の役員が顔を揃《そろ》えたところで、片倉が切り出した。

「高見さん。この記事をご覧になりましたか」

片倉は、席に着くや一冊の週刊誌を机の上に置いた。サラリーマンの間では広く読まれているものだった。

「いや、私はこの手の雑誌はあまり読まないものでね」

「この記事をご一読下さい。我が社のことが書いてあります」

あらかじめ付箋《ふせん》が貼《は》られたページを捲《めく》ると、『東洋電器産業大リストラ勃発』とゴシックで大書された見出しが飛び込んできた。すでに何人もの目に晒《さら》されたのだろう、ページの隅は縒《よ》れて皺《しわ》がよっている。その記事の何行かにわたって、赤のペンで傍線が引かれていた。

『――東洋電器産業と、鷹羽電器の半導体事業部の合併に伴う新会社の設立は、対象となる事業部の全員が新会社にそのまま移籍できるわけではない。また、販売会社、関連子会社も整理統合の対象となり、そこで働く従業員もリストラの対象になる。

今回早期退職勧告を受けた東洋電器の販売会社の従業員がこう嘆く。

「会社が提示してきた条件は、先に本社で行なわれたリストラの際に従業員に適用されたものと同じという説明がありました。しかし、本社の人たちには適用されても、我々には適用されないものもあるのです。その最たるものが『福祉年金』です。これは社員の退職金の半分（上限千六百万円）を会社が預かるもので、固定金利で運用、退職後に支給されるものなのですが、これは私たちのような販売会社や関連子会社の人間には適用されません。この年金の金利は現在七％と聞いていますから、条件は本社社員と同じという会社側の説明にはとても納得できませんよ」――』

「これは本当のことですか。こうした制度が本社にはあるのですか」

高見が記事を一読し、目を上げたところで片倉が感情を押し殺した声で訊ねてきた。

「確かに、こうした年金があることは聞いたことがあるが、不勉強で申し訳ないのだが、詳細については私は知らない」

その言葉に嘘《うそ》はなかった。福祉年金制度があることは、知ってはいたが、実際にこれを意識し始めるのは、退職を目前とした社員ぐらいのものだろう。もちろん人事部の人間ならば、この制度に対して熟知しているのは言うまでもないが、ついこの間まで全くの門外漢だった身には、とてもこの場で執行部の面々に納得のいく回答などできるものではない。もちろん、今の自分はその当の人事部の一員ではあるのだが、ことこの件に関しては、パッケージでも触れられておらず、本社でのレクチャーの席でも一言の説明も受けていなかった。

「それは、おかしいじゃありませんか。高見さん、あなたは本社人事部から派遣されてきたんですよね。それがこんな大事なことを知らないなんて、変じゃありませんか」

果たして片倉は痛いところを突いてきた。

「そう言われると、一言もないが……」

にわか仕立ての人事部員などと言っても弁解にもなりはしない。高見は口籠《くちご》もった。

「これは、事実上のインセンティヴですよね」

「いや、そういうわけではないだろう。インセンティヴというのは、通常では適用されない優遇措置のことを言うものだよ。福祉年金は、確か、かなり以前から本社の退職者に適用されることになっていた制度だからねえ」

「かなり以前からとおっしゃいましたが、我々はこんな制度があることは、この記事を目にするまで、全く知りませんでした。面談を要求する前に、会社の規程全《すべ》てに目を通しましたが、そこにもこの福祉年金制度に対しての記述はありませんでした」

舌鋒《ぜっぽう》鋭く迫ってくる片倉の前で、高見は言葉に窮し、押し黙った。

「この記事によると、販社や関連会社の従業員にも、この年金制度は適用されないとありますが、とすると、これは本社従業員だけに適用される、いわば特権と解釈してもいいのですね」

「特権という言葉は適切ではないだろうね。こうした制度というものは、会社と従業員との雇用条件を話し合う積み重ねの中で、形成されていくものだからね」

「だったら、この件に関して、我々がまだ話し合う余地があるということですか」

「それは不可能だと思う」

「不可能？　なぜです」

「おかしいじゃありませんか、高見さん。確かに我々岩手工場の現地雇用者は、東北東洋という子会社の従業員です。販売会社や関連会社の人間と同じ立場にあります。ですが同じ東洋グループの人間であることに変わりはありません。どこの関連会社にだって本社からの出向者は必ずいるものです。事実この工場にだってたくさんいる。同じ職場で机を並べて、さほど変わらない仕事をしている人だっている。それがたまたま採用が本社であったかないかで、一方は年金の恩恵に与《あずか》れ、一方には適用されない。これは明らかに差別じゃないですか」

片倉の後を継いで、賃金部長の榊原が凄《すさ》まじい形相で言った。

「差別なんて言葉を軽々しく口にするものではないよ」

たしなめるように、高見は言ったが、

「いや、これが差別でなくて何だというのです。もしも、この規程が我々に適用されるとすればですよ、今回岩手工場の従業員に提示された早期退職金は三十五歳平均でおよそ八百万円。その半分を会社に預け、年利七％で計算すると、年間二十八万円の年金をもらえることになるわけです。これは同年齢の月給が三十一万円ということを考えれば決して小さな額ではありません」

榊原はここぞとばかりに押してきた。

「確かに、皆さんが同じグループに所属する身でありながら、制度に微妙な違いがあることは事実です。しかし、それぞれの会社が独立したものである限り、給与体系も違えば制度も違う。これは常識というものでしょう。それを全て一緒の制度にしろというのはむちゃです」

「むちゃ？　だったら、グループ各社の社長や役員はどうなのです。いずこの会社も、社長、役員、重要ポストは全て本社からの天下りじゃありませんか。そうした人たちは、こうした恩恵に与っていないとでも言うのですか。そうじゃないでしょう。確かに中には移籍して関連会社の給与体系の中に組み込まれた方もいるでしょうが、彼らはその前に本社の規程にのっとった退職金をもらい、この年金制度の恩恵に与っているんじゃありませんか」

片倉は眉《まゆ》を吊《つ》り上げた。

「それは個々の事情があるだろうから、断定はできない」

「高見さん。我々は本社の賃金テーブルの公開要求を取り下げました。それはあなたが、従業員の退職時期について、考慮すると言い、本社と交渉した誠意を買ってのことです。しかし、この件だけは譲れません。岩手工場の全従業員に対して、本社と同様の福祉年金の適用を要求します。それができないとおっしゃるのでしたら――」

「できない場合はどうするのです」

「それまで、従業員に送付された退職同意書の返送を差し止めます」

片倉は、高見の目を揺るぎない視線で見詰めると、宣言した。

＊

底冷えのする夜だった。

明かりを消した部屋の中で一人布団《ふとん》に包《くる》まっていても、肩口から刺すような冷気が忍び込んでくる。降り積もった雪が音を吸収してしまうせいだろうか、聞こえる音は何もない。

床についてからもうどれくらいの時間が経《た》っているのだろうか。漆黒の闇《やみ》の中で目を閉じていても、一向に眠気を覚えない。それどころか、ますます頭は冴《さ》え渡ってくる。帰宅直後から胃の辺りに覚えていた鈍痛が寝苦しさに拍車をかけた。

『福祉年金の適用を要求します』『それができないとおっしゃるのでしたら、従業員に送付された退職同意書の返送を差し止めます』

交渉の席で、組合執行部から突きつけられた要求が、脳裏から離れない。

高見は、もう何度繰り返したか分からない寝返りを、また一つ打った。

常識から考えれば、組合執行部の要求は到底受け入れられるものでないことは明白だ。しかし、会社の一方的な事情で職を失う人間にしてみれば、たとえ年額三十万円に満たない年金でも決してばかにできるものではない。ましてや、数多《あまた》ある関連会社の一つに過ぎないとはいえ、年金の適用が本社採用の従業員に限られるというのは、榊原の言うように差別と映ってもいたしかたのないところがある。

かといって本社の人事部が、会社の規程を変えて今回退職していく従業員に福祉年金を適用することは考えられない。組織において、特例という言葉は存在しない。それは、ある意味で裁判の判例に似ていて、一度前例ができてしまえば、あとはなし崩し的に同様のケースにおいて適用しなければならないことになるからだ。岩手工場の退職者に対して、福祉年金の適用を認めてしまえば、販社や関連会社の全ての従業員に対して、この制度を認めなければならないことになるのは明白である。ただでさえも銀行金利がないに等しいものになっている現在の状況を考えれば、積立金を運用し、年利七%もの配当を維持していくのは至難の業と言わざるを得ない。

高見は両者の狭間《はざま》に立って、この問題にどう対処すべきか、途方に暮れる思いがした。

脳裏に、『たとえ一つでも譲歩の姿勢を見せれば、更に新たな条件を奪い取ろうと踏み込んでくる。それが人間というもんや』という湯下の言葉が浮かんだ。

福祉年金の適用を組合が要求してきた、などと報告すれば湯下のことだ、そらみたことかと言わんばかりの答えが返ってくるに決まっている。とうていそんな要求は呑《の》めるわけがないと言うだろう。かといって、組合執行部が簡単に要求を引き下げるとは考えられない。I3の閉鎖まで、すでに二ヶ月を切ったいま、絶対的時間の制約の中で、果たして交渉をうまくまとめられるものだろうか。

胃の不快感は増すばかりだった。鉛の塊を呑み込んだような鈍痛は、時間が経つにつれ、剣山で胃壁を擦《こす》られたような鋭い痛みに変わり、吐き気さえ覚えるようになった。

耐えきれずに床を抜け出した高見は、冷気に包まれた体を身震いさせながら明かりを灯《とも》した。蛍光灯の白い光が、満足な家具もない寒々とした部屋を照らし出した。枕元《まくらもと》に置かれた時計を見ると、時刻は午前二時を回っている。

確か瑠璃子がもたせてくれた薬があったはずだ。

高見は、粗末な組み立て式の棚を開けると、胃薬を取り出し台所に向かった。

ラベルの用法の欄には、食後三十分以内に服用と書いてあったが無視した。

コップ一杯の冷水とともに二粒ばかりの錠剤を一気に飲み下した。食道の粘膜を押し広げながら薬が胃の中に落ちていく感覚があった。

ほうっと大きな溜息《ためいき》をついた。その瞬間、猛烈な吐き気がこみ上げてきた。胃壁が裏返しになったかのように何度も痙攣《けいれん》し始めた。幽門部から食道を、熱いものが逆流してくる。たまらず高見は、シンクの中に顔を近づけた。断末魔の悲鳴にも似た声と共に、透明な水が口から勢いよく噴きだした。溶けかかった錠剤が、ステンレスの流しにへばりつく。胃の痙攣はまだ収まらない。二度三度と体が震えるたびに、透明だった吐瀉物《としゃぶつ》の色が黄色みを帯びたものに変わった。胃液だった。一体胃袋の中のどこに、これほどの液体が詰まっているのかと思えるほど大量の胃液がシンクの中に飛び散った。

口の中に酸の味が充満する。ようやく吐き気が収まったところで唾液《だえき》を吐いた。長い糸を引いてこぼれ落ちた粘液が、生牡蠣《なまがき》のようにシンクの底でうねる。

高見は蛇口に手を掛けると、シンクの中いっぱいに広がった吐瀉物を洗い流そうとした。

手が止まった。

胃液ばかりと思っていた中に、鮮血が混じっているのを見つけたからだ。

これは素人《しろうと》療法では駄目だ。

そう判断した高見は、とりあえず、吐瀉物を奇麗に洗い流すと、寝室に取って返し、早々に着替えを始めた。スラックスにセーター。その上に厚手のジャンパーを羽織ると、車のキーを手にガレージに向かった。社宅から車で十分ほどのところに総合病院がある。本来ならば、朝を待って出掛ければいいのだが、平日の昼間のスケジュールはひと月先まで決まっている。とても診察を仰ぐだけの時間はとれない。

対向車一台通らない深夜の道を、高見は一人病院に向かった。ヒーターが車内を暖める間もなく、閑散とした駐車場に車を乗りつけた高見は、救急外来と書かれた明かりが灯るドアを押し開けた。

「すみません」

明かりの消えた廊下に人影はなかった。受付という文字がペイントされた窓から漏れる明かりが、リノリウムの廊下に鈍い光を反射しているだけだった。

「はい」少しの間を置いて、当直の看護師が奥から姿を現すと、「どうなさいました」と訊《たず》ねてきた。

「夜分に申し訳ありませんが、先ほど少し血を吐きまして……」

「血を吐いたのですか。かなりの量ですか」

「いえ、胃液に血が混じった程度だったのですが、夕方から胃が重苦しくて薬を飲んだら、いきなり嘔吐《おうと》したのです」

「分かりました。すぐに先生に診ていただくようにしますから、これに所定の事項を書き込んで下さい。保険証はお持ちですか」

「ええ、ここに」

「準備ができたらお呼びしますから、少しお待ち下さい」

受診票と問診票の空欄を埋めたところで、

「高見さん。それじゃこちらの部屋に入って下さい」

看護師が言った。

ドアをノックすると、どうぞという返事があり、年の頃はまだ三十そこそこといったところだろうか、童顔の医師がカルテに何事かを記載しながら高見を迎えた。

「どうなさいました」

高見は、ついいましがた看護師に言った症状を繰り返し話した。

「それじゃ、ちょっと診てみますから、そこに上半身裸で横になって下さい」

言われたままに、着衣を脱ぎ診察台に横たわった高見の腹部に、医師の手が触れた。

「ここは痛みますか」

「いいえ」

「ここは」

白衣の胸につけたネームカードには城山《しろやま》という名前が彫り込まれていた。ひんやりとした彼の手が、腹筋の上から胃を探るように何度も往復する。

「吐いた血は、胃液に混じった程度だったのですね」

「はい。それほどの量ではなかったのですが、こんなことは初めてだったもので」

「夕食はお摂《と》りになりましたか」

「お握りを一つ、お茶と一緒に摂った程度です」

「お酒は」

「たしなむ程度ですが、今夜は飲んでおりません」

「分かりました。服を着ていただいて結構です」

診察台を離れた城山は、机の前に座るとカルテにペンを走らせ始めた。

「この時間では、詳しい検査はできませんので断定はできませんが、大したことはないと思います。激しい嘔吐をすると、食道の血管が切れ、そこから出血することがあるのです。たぶん吐瀉物に混じった血はそこからでしょう。しかし、いけませんね。夕食がお握り一個だなんて」

「食欲が湧《わ》かなかったのです。いろいろと職場のことが気になりまして」

「職場？」城山は一瞬手を止めるとカルテの一欄に目を走らせ、「東洋電器にお勤めですか」

「はい」

「そうでしたか。それじゃストレスからきているものかもしれませんね」城山は一人

「ストレスというのは単に精神的な苦痛を覚えて済むものではないのです。内科的治療を施す病気の多くが、実はストレスからくるものが多いのですよ」

肯《うなず》くと、またカルテにペンを走らせながら、

「分かってはいますが、仕事が難しい局面を迎えているもので、どうしてもそのことが頭を離れないのです」

「そうでしょうね。工場が閉鎖されるとなれば、考えることも多いでしょうからね。実はこのところ、東洋の方の外来が目立って多くなりましてね。その多くがやはり心因性のもの、つまりあなたのようにストレスからきていると思われるケースが多いのです」

いったん治まりかけていた痛みがぶり返した。

「我が社の社員の外来が目立って多くなったというのは、本当のことですか」

「正確な統計を取ったわけではありませんが、多くなっていることは事実ですね」

高見は愕然《がくぜん》としながら、城山の言葉を聞いた。先鋭的な組合執行部は別として、従業員の多くは心の底からとは言わないまでも、工場閉鎖という会社が打ちだした方針を納得してくれているものとばかり思っていた。しかし、現実は違ったのだ。表面には現れないまでも、心の奥底には職を失うことへの不安が充満し、体調に不安を覚えるほどに悩み苦しんでいるのだ。

「先生……」

高見の呼びかけに、城山が視線を向けてきた。

「実は私は、この土地の者ではないのです。本社から工場閉鎖の任を担《にな》ってこの地に赴任してきた人間です」

「そうでしたか……」

おそらく平日の診察時間内ならば、こんな話はしなかったに違いない。それが証拠に城山の顔に微《かす》かだが、まずいことを言ってしまったとでもいうような狼狽《ろうばい》にも似た色が走った。

「やはり、我が社が撤退するということは、従業員の多くをそれほどまでに苦しめているのですね」

城山はしばらく沈黙したまま、カルテを見詰めていたが、再び視線を向けると、

「高見さん……でしたか。失礼ですが、地方勤務は初めてですか」

重い口調で訊ねてきた。

「はい。生まれは東京ですが、長いこと海外畑を歩んできたもので……」

「そうでしたか。それじゃ地方の人たちの生活がどんなものかはあまりご存知ないのも無理はありませんね」城山は軽く吐息を漏らすとペンを置き続けた。「医師という職業は、病院の中で患者と相対しているだけで、一般社会の情勢とは切り離された存在のように思われるかもしれませんが、ことここのような地方で治療にあたっていると、地域

の人々が置かれた境遇というものが手に取るように分かるものなのです」

高見は黙って城山の話に聞き入った。

「この病院には都市部の大病院に匹敵するような検査器具が設備されています。ＣＴやＭＲＩといった機械も、いち早く導入されました。ですがね、いくら最先端の検査機器を装備していても、最近では検査そのものを拒む患者が後を絶たないのです」

「それはなぜです。検査は診断に欠かせないものだと医師が判断したからこそ行なわれるものでしょう」

「おっしゃる通りです。問題は金です」

「金？」

「検査を拒む患者さんは、その費用を払えないというのです」

「そんなばかな」

「いいえ、それが現実なのです。検査だけじゃない。薬にしてもそうです」城山はさらに続けた。「今日私は高見さんに三種類の薬を二週間分処方します。一日三回、毎食後に服用していただく。薬というものは、医師の指示した通りに飲まなければ、効果は期待できません。つまり、二週間経《た》てば、薬を処方してもらうためにあなたは再び私のもとを訪れることになる」

「その通りです」

「しかし、ここでは二週間経っても現れない患者が少なくないのです」

「おっしゃっていることの意味が理解できませんが」

「一日三回飲まなければならない薬を二回にしたらどうなります」

あっと高見は息を呑んだ。

「三週間はもつわけです。そんなことをしても、節約できる薬代なんて千円やそこらでしょう。しかし、その程度の金でもセーブしようと、皆必死なのです」

「それじゃ治る病気だって治らなくなる。そればかりか、いたずらに治療期間が延びるだけだ」

「普通に考えればその通りでしょう。ですがその千円が捻出《ねんしゅつ》できないのです。治療に使う費用というのは、いわば想定外の出費ですからね。皆余裕がないのですよ。それに地元に残り一家を構えた多くの人が、老人となった親を抱えています。日本人の平均寿命が延びていることは統計の示すところですが、それはここでも同じです。老人の皆が皆、健康でいるわけではありません。持病の一つや二つは必ず抱えているものです。金がないとはいっても、親の治療費は削るわけにはいきません」

「つまり、自分の治療は後回しにしても、親の治療を優先させていると」

「悲しいかな、それがここの現実なのです」

城山は机に向き直ると、再びペンを走らせた。

「つまらないことを耳に入れてしまいました。処方箋《せん》です。胃の薬が二種類、それから精神安定剤を出します。眠れない時には、それを服用して下さい。この薬で症状が改善されない時には、平日の昼においで下さい」

高見は無言のまま頭を下げると、診察室を出た。精算を済ませ、薬局で薬を受け取ると、車に戻った。しばし呆然《ぼうぜん》としたまま、運転席に座っていたが、エンジンをかけアクセルを踏んだ。とてもこのまますぐに家に戻る気にはなれなかった。どこに行くあてもなく、夜の磐井市のメインストリートを走った。厳冬の深夜の街に人影はなく、固くシャッターが下ろされた街が水銀灯の光の中に虚《うつ》ろに浮かび上がった。

胃の痛みはますます激しさを増してくるようだった。高見には、その痛みがこれからほどなくして会社を去らざるを得ない従業員が覚えている痛みなのだと思いながら、歯を食い縛って耐えた。

＊

「報告はそれだけか」

受話器の向こうから、湯下の冷たい声が聞こえた。

「どうや言うた通りになったやろう。辞めていく人間に、会社が既定の方針を変え、一つでも譲歩する姿勢を見せれば、新たな条件を突きつけてくる。お前が、退職時期の調整を呑んでやった結果がこれや」

それみたことか、と言わんばかりの口調に、高見は受話器を握り締め、返す言葉を探した。

「君はそう言うが、配置転換が会社の既定路線にさほどの影響を与えたとは思っていない。事実、組合は従業員の意識調査のアンケートにも応じたし、週刊誌にこんな記事さえ出なかったら、素直に退職同意書を提出しただろう」

「ほう、そなら、こんなむちゃな要求を突きつけられたのは、全くの不可抗力やと言うんか」

「弁解するつもりはないが、タイミングが悪すぎた。半導体事業部の合併に伴う大規模な人員整理が行なわれるにあたって、本社の人間だけに福祉年金制度が適用されるとあっては、彼らが不公平感を抱くのは無理のないことだ。第一、人事部からもらったパッケージの中でも、この件については一言も触れられていないし、何の説明もなかった」

「まるで、こちらが意図的に隠していたとでも言うような口ぶりやな」

「僕は信じたくはないが、解雇される従業員には、そう取られても仕方がないだろう」

「会社は何も隠し事などしてへんぞ。従業員に与えられる権利は包み隠さず全《すべ》て明らかにしている。第一、福祉年金制度はやな、製造から販売までを本社が一貫してやっていた時代に設けられたという経緯がある。その後会社が大きくなるに従って、関連会社や販社が設立されたが、同じグループとはいっても、個々は独立した会社や。退職金の運用をどないするか、そんなことはそれぞれの会社が決めることや」

「しかし、現に工場を閉鎖するのを決めたのは、本社じゃないか。その理屈はおかしいよ」

「ええか高見。福祉年金の運用は確かに本社がやっとることは事実や。そやけどな、本社が利回りを永久に保証しているわけやない。一昔前なら、年七％の利回りを確保するのは、さほど難しいことではなかったろうが、最近では銀行金利だってほとんどゼロに等しい。今、福祉年金の恩恵に与《あずか》っている人間たちにしても、過去の運用で上げた利益の恩恵に与っているだけや。いつまでも、同額の年金を受け取っていられると思うたら大間違いや」

湯下は、一気にまくし立てると、

「もしもやで、今回の騒ぎを機に、関連会社や販売会社にまで適用範囲を広げてみい。すでに辞めていった従業員はどないする。過去に遡《さかのぼ》って、この制度に参加する者を募るのか。そんなことはできへんことは分かるやろう。本社以外の人間に同率の年金支給を始めたら、これまでの蓄積なんてあっと言う間に食い潰《つぶ》されてしまう。そないな事態になったら、今年金を受給しているＯＢが黙っとらへんがな」

と続けた。

確かに、湯下の言う通りには違いない。理屈の上では分かっていても、昨夜医師の城山から聞かされた、確たる産業基盤を持たない地方都市に住む人々の現状を思うと、高見はやるせない気持ちに駆られ、

「実は、昨夜体調を崩してね、病院に行った」

「病院？　どないしたんや」

「大したことじゃない。そこで、医者からこの地の人たちの生活の窮状を改めて思い知らされるような話を聞いたよ」

湯下は、黙ったまま次の言葉を待っているようだった。

「医者が検査の必要を説いても、応じようとはしない。二週間分の薬を処方しても、次に現れるのは、三週間後。そんな患者ばかりだという。特に働き盛りの人間に限ってね」

「それがこの件とどないな関係があると言うんや。要点を言え」

「金がないんだよ。検査に支払う金もなければ、薬を毎日決められた通りに飲む金もね。一日三回服用しなければならない薬を二回にして、節約しているんだ。この工場で働いている従業員にしても、多くが年老いた親を抱えている。自分自身が何かしらの病を抱えている人間だって少なくない。中には親の病院代を捻出するために身を削り――」

「そんな話を聞かせて、どないせいっちゅうんや」湯下が怒気を込めた声で遮《さえぎ》った。

「ええか、高見。従業員が百人いれば百人それぞれに抱えている問題がある。その一つ一つを斟酌《しんしゃく》していたんじゃ、会社は成り立たへん。サラリーマンはな、決められた給与の中でやりくりせなならんのや。それが世の倣《なら》いちゅうもんや。自分のことを考えてみい。息子がアメリカの大学に行っている。娘だってインターナショナルスクールに通っとる。おまけにお父さんは癌《がん》に侵され、その治療費やてばかにならんやろう。そんな事情を会社は考慮しているか。お前に何か特別な手当でも支払って、援助しているか。条件は皆同じや。そんな簡単な理屈も分からへんのか。組合の連中から突きつけられた理不尽な要求を、撥《は》ねつけることもできへんのか」

湯下が机を拳《こぶし》で叩《たた》く音が聞こえた。さすがの高見も言葉に窮した。

「どうやらお前と話しておっても埒《らち》が明かんようやな。ええやろう、福祉年金のことが週刊誌に報じられてしまった以上、我々としても何らかの対策を講じなければならないと考えていたところや。販売会社や関連会社はともかく、岩手工場は、閉鎖まで時間がない。俺が乗り込んで組合執行部に直接説明しようやないか」

「君が？」

「俺が行っても状況は変わらんか」

「いいや、そんなことはない。少なくとも、君が来て直接話をしてくれれば、それが会社としての最終回答だということは、彼らも理解してくれるだろう。それで、こちらにはいつ来てくれる」

「ちょっと待て」おそらくスケジュール表を確認しているのだろう。しばしの間を置いて、「三日後。朝一番の新幹線でそちらに行く」

「だったら、駅まで迎えに行こう」

「いや、それは不要や。話が終われば、すぐに東京に戻る。そないなことより工場に着き次第、組合執行部と会えるよう、手はずを整えておいてくれればそれでええ」

回線が切れた。

湯下の話しぶりからすると、組合執行部が突きつけてきた要求を会社が呑《の》むとは思えなかったが、本社から人事部の最高責任者が来訪し、話を聞く。その誠意は間違いなく組合執行部には伝わるに違いない。そう、誠意——。それが何よりも大切なのだ。決してこれまでの自分の対応に誠意が欠けていたとは思わなかったが、職務権限が明確なアメリカとは違い、日本ではポジションが上の人間が出てきただけで状況が一変することはよくある話だ。それに、現在会社が置かれた状況を考えると、各地に散らばる工場閉鎖は何も今回で終わりではあるまい。地方の人々が置かれている境遇の一端を自らの目で垣間見《かいまみ》ておくことは、湯下の将来を考えるとプラスになることはあっても、決してマイナスにはならない。

高見は、自らに言い聞かせながら、受話器を置いた。

湯下は約束通り、三日後に現れた。

ブリーフケース一つと、薄手のコートを抱えて工場長室に入ってきた湯下の顔は、前にも増して血色が悪く、相変わらず毎日の飲酒癖が続いていることがうかがい知れた。

「本部長、ささ、どうぞこちらへ」

腰を低くした城戸口が、愛想笑いを浮かべながら上座にあたるソファを勧めた。

事務員の女性には粗相のないように命じていたとみえ、湯下が腰を下ろすと同時にコーヒーが運ばれてきた。

「お忙しい中、遠路はるばるお越しいただいて恐縮です」

城戸口が如才ない口調で挨拶《あいさつ》を述べると、湯下は煙草《たばこ》に火を灯《とも》しながら、

「高見君から、組合がなかなか強硬だという話を聞いたものでね。福祉年金の話は、週刊誌でも大々的に報じられ、現場だけに任せておいては埒が明かない。やはり最高責任者たる私が直接話をせんと向こうも納得せんやろう。そう思うたもんでね」

「全く、とんでもない要求を突きつけてきたものです。せっかく、従業員の配置転換を呑み、これで全てがうまく行くと思っていたのですが、週刊誌にあんな記事が出るとは……」

「まあ、起こってしまったことは仕方がない」湯下は、すうっと煙を吐くと、コーヒーを一口啜《すす》り、「それで組合との話し合いは何時からです」

「十時からにしてあります」

城戸口の手前もあって、高見は改まった口調で答えた。

「まだ十五分ほどあるか」湯下は腕時計に目をやると、「短い時間やが、会社の方針を話しておこう」

「当然、要求は呑めない、そうおっしゃるのでしょう」

城戸口がしたり顔で言ったが、湯下は一瞥《いちべつ》をくれると、

「いや、会社の方針としては、福祉年金に関しては、閉鎖後の交渉継続事項とすることにしたいと思う」

「継続事項？　それはいったいどういう意味だ」

あれほど福祉年金の適用は呑めないと言った湯下が、方針を曲げた。その真意を測りかね、高見は訊《たず》ねた。

「君には先の電話でも話したが、現在の福祉年金は、これまで退職金のうち、千六百万円を上限にして、それを運用する形で支払ってきた。その主な運用先は銀行金利、株式投資などやが、はっきり言って今では利益を上げるどころか、損失を出しているのが現実や。このままの状況が続けば、近い将来原資を食い潰してしまうことは間違いない。

ましてや、ここに岩手工場をはじめとする関連会社、販売会社、それから本社従業員の退職金が流れ込んできて同率の配当を行なうとなれば、原資の増加よりも、これまでの運用益の目減りに加速がつくだけや」

「それでは、福祉年金制度そのものが破綻《はたん》する。結果的に撤廃される可能性もあるということですか」

定年退職を控えている城戸口は、さすがに他人事ではないとばかりに、顔色を変えた。

「いや、福祉年金制度は、翁《おう》が発案した制度や。これは何としても守らなければならない。かといって、新たに制度を広げた形で維持していくのも困難なことは明白や。そこで、これを機に、年金の支払い金利を根本的に見直すことにしたいんや」

いつになく、湯下は言葉を慎重に選ぶような口ぶりで言った。

「つまり、現在の固定金利で年七％の支給は難しい、引き下げを検討するということですか」

城戸口が、身を乗りだした。

「それは検討してみないことには何とも言えんよ」

「しかし、金利を見直すということになれば、現在の経済動向を考えると、下がることはあっても上がることは期待できないでしょう」

「会社としても、何とか現在の支払い金利を維持する手だてはないか、その道を模索しているんや」

「交渉継続事項としたいということは、岩手工場をはじめとする本社以外の従業員に対しても、この制度を適用する。それを前提として考えると、解釈していいのだね」

高見は言質《げんち》を取るように訊ねた。

「それは少しばかりニュアンスが違う」湯下は澱《よど》んだ眼差《まなざ》しを向けてくると、「これまでの福祉年金は本社の退職者に適用される制度やった。今の時代に至っても、七％という高率の配当をしてこれたのも、かつて充分に運用益を上げられていた、いわば過去の蓄積があったからや。新たに、ここに関連会社、販売会社の従業員の退職金を預かり、一緒に運用してしまえば、皺寄《しわよ》せは本社退職者に行く。これでは公正さを欠く。そこで、本社では、関連会社、販売会社の従業員独自の福祉年金制度を設けることができないかどうか、それを検討しようというのや」

「そうでしょうとも。そうでなくては、これまで退職金を預けてきたOBが犠牲を強いられることになります。そんな事態は断じて許されるものではありません」

城戸口の虫のいい言葉に、嫌悪《けんお》がこみ上げてきたが、それをこらえて、

「その予定金利はどのくらいになる目算なんだ」

高見は訊ねた。

「まあ、そう結論を急《せ》くな。知っての通り、運用といってもいろいろある。もちろん、リスクを分散するために、いろいろな金融商品を組み合わせ、最適と思われるものを選ぶつもりやが、運用益がどれだけになるのか、それはこれから検討してみないと分からへん。慎重には慎重を期さないとな。そのためには時間が必要や。そやからこの件に関しては、交渉継続事項としたいんや」

「そんな曖昧《あいまい》な回答で、組合が納得するかな」

「曖昧？　妙なことを言うやないか。もともと福祉年金制度は関連会社にはない制度なんやで。それを新たに制度として設けることを前提として検討する。現時点で会社が示せる最大限の誠意だと思うがね」

「しかし、いったん、退職同意書を取りつけてしまえば、後はどうとでもできるじゃないか」

「高見、いかに同期とはいえ、少しは言葉を慎んだらどうや。仮にも俺は本社の取締役人事本部長やで。その俺が、導入を前提として検討すると言うとんのや。それとも何か、お前は俺が信用できへんとでも言うのか」

「そう言うわけじゃないが……」

湯下の語気の鋭さに、高見は口籠《くちご》もった。

「まあ、いい。この地域の生活基盤の脆弱《ぜいじゃく》さを目《ま》のあたりにしたお前が、工場閉鎖に呵《か》責《しゃく》の念を覚えていることは、俺かて理解はしているつもりや」

一転して穏やかな口調で湯下は言うと、

「どんな形になるかは分からへんが、福祉年金制度は導入を前提に考える。その証《あかし》として、退職後福祉年金制度に加入する従業員には、本社の例に倣って、退職金の半額までを預かることを組合に提案する」

「本当か」

「すでにこの件に関しては、社長の承諾を得てある」

「しかし、これほどの案件ともなれば、役員会を経ないことには……」

「繰り返すが、新福祉年金制度は、本社のものとは違う独自の体系を取ることになるやろう。新たな原資を運用して、得られた利益を配分するものになる。本社並みの金利を払えるかどうかは試算の結果次第やが、いずれにしても原資の範囲内での運用や。万が一損金が出ても、それを会社が補塡《ほてん》することはない。それなら役員会やてすんなり通るやろう。もっとも、お陰で、こっちは一つ仕事が増えることにはなるがな」

「損金が出ても会社は補塡しない？」

「それは現行の福祉年金にしても同じじゃ。これでもまだ文句を垂れると言うんなら、それこそわがまま。むちゃな要求ちゅうもんやで」

湯下は短くなった煙草を灰皿に擦《こす》り付けると、時計に目をやり、

「時間やな。そろそろ行こうか」

ブリーフケースを手に取ると、席を立った。

（下巻につづく）

楡周平著
再生巨流
一度挫折を味わった会社員たちが、画期的な物流システムを巡る新事業に自らの復活を賭ける。ビジネスの現場を抉る迫真の経済小説。

城山三郎著
役員室午後三時
日本繊維業界の名門華王紡に君臨するワンマン社長が地位を追われた――企業に生きる人間の非情な闘いと経済のメカニズムを描く。

城山三郎著
毎日が日曜日
日本経済の牽引車か、諸悪の根源か？　総合商社の巨大な組織とダイナミックな機能・日本的体質を、商社マンの人生を描いて追究。

城山三郎著
男子の本懐
〈金解禁〉を遂行した浜口雄幸と井上準之助。性格も境遇も正反対の二人の男が、いかにして一つの政策に生命を賭したかを描く長編。

城山三郎著
打たれ強く生きる
常にパーフェクトを求め他人を押しのけることで人生の真の強者となりうるのか？　著者が日々接した事柄をもとに静かに語りかける。

城山三郎著
無所属の時間で生きる
どこにも関係のない、どこにも属さない一人の人間として過ごす。そんな時間の大切さを厳しい批評眼と暖かい人生観で綴った随筆集。

高杉良著
いのちの風
大日生命社長、広岡俊は実子の厳太郎を取締役として入社させた。生保業界に新風を運んだ若き取締役の活躍を描く長編経済小説。

高杉良著
生命燃ゆ
世界初のコンピュータ完全制御の石油化学コンビナート建設に残り少ない命を費やした男の最後の完全燃焼を感動的に描く経済長編。

高杉良著
王国の崩壊
業界第一位老舗の丸越百貨店が独断専横の新社長により悪魔の王国と化した。再生は可能なのか。実際の事件をモデルに描く経済長編。

高杉良著
不撓不屈（上・下）
中小企業の味方となり、国家権力の横暴な法解釈に抗った税理士がいた。国税、検察と闘い、そして勝利した男の生涯。実名経済小説。

高杉良著
明日はわが身
派閥抗争、左遷、病気休職――製薬会社の若きエリートを襲った苦境と組織の非情。すべてのサラリーマンに捧げる渾身の経済小説。

高杉良著
破滅への疾走
権力に固執する経営者と社内人事を壟断する労組会長の異様な密着。腐敗する巨大自動車メーカーに再生はあるのか。迫真の経済小説。

江上剛著
非情銀行
冷酷なトップに挑む、たった四人の行員のひそかな叛乱。巨大合併に走る上層部の裏側に、闇勢力との癒着があることを摑んだが……。

江上剛著
起死回生
銀行は、その使命を投げ出し、貸し剝がしに狂奔する。中堅アパレルメーカーを舞台に、銀行に抵抗して事業再生にかける男たちの闘い。

江上剛著
総会屋勇次
虚飾の投資家、偽装建築、貸し剝がし――企業のモラルはどこまで堕ちるのか。その暗部を知る勇次が、醜い会社の論理と烈しく闘う。

江上剛著
失格社員
嘘つき社員、セクハラ幹部、ゴマスリ役員――オフィスに蔓延する不祥事の元凶たちをモーゼの十戒に擬えて描くユーモア企業小説。

吉田修一著
東京湾景
岸辺の向こうから愛おしさと淋しさが押し寄せる。品川埠頭とお台場を舞台に、恋の行方をみつめる最高にリアルでせつない恋愛小説。

吉田修一著
7月24日通り
私が恋の主役でいいのかな。港が見えるリスボンみたいなこの町で、OL小百合が出会った奇跡。恋する勇気がわいてくる傑作長編！

垣根涼介著　君たちに明日はない
山本周五郎賞受賞
リストラ請負人、真介の毎日は楽じゃない。組織の理不尽にも負けず、仕事に恋に奮闘する社会人に捧げる、ポジティブな長編小説。

荻原　浩著　メリーゴーランド
再建ですか、この俺が？　あの超赤字テーマパークを、どうやって?!　平凡な地方公務員の孤軍奮闘を描く「宮仕え小説」の傑作誕生。

小林信彦著　唐獅子株式会社
任俠道からシティ・ヤクザに変身！　大親分の指令のもとに背なの唐獅子もびっくりの改革が始まった！　ギャグとパロディの狂宴。

椎名　誠著　新橋烏森口青春篇
明るくおかしく、でも少しかなしい青春——小さな業界新聞社の記者として働くシーナマコトと同僚たちの〈愛と勇気と闘魂〉の物語。

椎名　誠著　銀座のカラス（上・下）
23歳の新米編集者が突然編集長に。ええい、こうなったら酒でもケンカでも女でも仕事でも何でもこい！　なのだ。自伝的青春小説。

椎名　誠著　新宿熱風どかどか団
「本の雑誌」は4年目を迎えた。発行部数2万部、社員1人。椎名誠は35歳、ついに脱サラ。夢に燃える熱血どかどか人生が始まった。

吉村昭著

戦艦武蔵

菊池寛賞受賞

帝国海軍の夢と野望を賭けた不沈の巨艦「武蔵」——その極秘の建造から壮絶な終焉まで、壮大なドラマの全貌を描いた記録文学の力作。

吉村昭著

高熱隧道

トンネル貫通の情熱に憑かれた男たちの執念と、予測もつかぬ大自然の猛威との対決——綿密な取材と調査による黒三ダム建設秘史。

吉村昭著

零式戦闘機

空の作戦に革命をもたらした"ゼロ戦"——その秘密裡の完成、輝かしい武勲、敗亡の運命を、空の男たちの奮闘と哀歓のうちに描く。

吉村昭著

背中の勲章

太平洋上に張られた哨戒線で捕虜となり、アメリカ本土で転々と抑留生活を送った海の兵士の知られざる生。小説太平洋戦争裏面史。

吉村昭著

大黒屋光太夫（上・下）

鎖国日本からロシア北辺の地に漂着し、帝都ペテルブルグまで漂泊した光太夫の不屈の生涯。新史料も駆使した漂流記小説の金字塔。

吉村昭著

島抜け

種子島に流された大坂の講釈師瑞龍は、流人仲間と脱島を決行。漂流の末、流れついた先は何と中国だった……。表題作ほか二編収録。

新潮文庫最新刊

村上陽一郎著
あらためて教養とは
いかに幅広い知識があっても、自らを律する「慎み」に欠けた人間は、教養人とは呼べない。失われた「教養」を取り戻すための入門書。

山本譲司著
累犯障害者
罪を犯した障害者たちを取材して見えてきたのは、日本の行政、司法、福祉の無力な姿であった。障害者と犯罪の問題を鋭く抉るルポ。

小川和久著
聞き手・坂本衛
日本の戦争力
軍事アナリストが読み解く、自衛隊。北朝鮮。日米安保。オバマ政権が「日米同盟最重視」を打ち出した理由は、本書を読めば分かる！

莫邦富著
「中国全省を読む」事典
巨大国家の中で、今何が起こっているのか？改革・開放以後の各省の明暗を浮き彫りにする。ビジネスマン、旅行者に最適な一冊。

髙橋秀実著
トラウマの国ニッポン
教育、性、自分探し――私たちの周りにある〈問題〉の現場を訪ね、平成ニッポンの奇妙な精神性を暴く、ヒデミネ流抱腹絶倒ルポ。

小西慶三著
イチローの流儀
オリックス時代から現在までイチローの試合を最も多く観続けてきた記者が綴る人間イチローの真髄。トップアスリートの実像に迫る。

新潮文庫最新刊

羽生善治
伊藤毅志著
松原仁

先を読む頭脳

誰もが認める天才棋士・羽生善治を気鋭の科学者たちが徹底解明。天才とは何がすごいのか？　本人も気づいていないその秘密に迫る。

石井妙子著

おそめ
―伝説の銀座マダム―

嫉妬渦巻く夜の銀座で栄光を摑んだ一人の京女がいた。川端康成など各界の名士が集った伝説のバーと、そのマダムの半生を綴る。

二神能基著

希望のニート

労働環境が悪化の一途をたどる日本で若者はどう生きていけばよいのか。ニート、引きこもりの悪循環を断つための、現場発の処方箋。

長谷川博一著

ダメな子なんていません

「おねしょ」「落ち着きがない」「不登校」「暴力」――虐待、不登校の専門家がそんな悩みを一つ一つ取り上げ、具体的な対処法を解説。

L・フィッシャー
林一訳

魂の重さは何グラム？
―科学を揺るがした7つの実験―

魂の重さを量ろうとした科学者がいた。奇妙な、しかし真剣そのものの実験の結論とは。イグ・ノーベル賞受賞者による迫力の科学史。

ポー
巽孝之訳

黒猫・アッシャー家の崩壊
―ポー短編集I　ゴシック編―

昏き魂の静かな叫びを思わせる、ゴシック色、ホラー色の強い名編中の名編を清新な新訳で。表題作の他に「ライジーア」など全六編。

異《い》端《たん》の大《たい》義《ぎ》（上）

新潮文庫　に－20－2

平成二十一年四月一日発行

著者　楡《にれ》周《しゅう》平《へい》

発行者　佐藤隆信

発行所　株式会社 新潮社

郵便番号　一六二—八七一一
東京都新宿区矢来町七一
電話 編集部（〇三）三二六六—五四四〇
　　 読者係（〇三）三二六六—五一一一
http://www.shinchosha.co.jp

価格はカバーに表示してあります。

乱丁・落丁本は、ご面倒ですが小社読者係宛ご送付ください。送料小社負担にてお取替えいたします。

印刷・大日本印刷株式会社　製本・加藤製本株式会社

ISBN978-4-10-133572-8　C0193